ଛ ମାଣ ଆଠଗୁଣ୍ଠ

ଛ ମାଣ ଆଠଗୁଣ୍ଠ

ଫକୀର ମୋହନ ସେନାପତି

ବ୍ଲାକ୍ ଈଗଲ୍ ବୁକ୍ସ

ଭୁବନେଶ୍ୱର, ଓଡ଼ିଶା

BLACK EAGLE BOOKS
Dublin, USA

BLACK EAGLE BOOKS

USA address:
7464 Wisdom Lane
Dublin, OH 43016

India address:
E/312, Trident Galaxy, Kalinga Nagar,
Bhubaneswar-751003, Odisha, India

E-mail: info@blackeaglebooks.org
Website: www.blackeaglebooks.org

First International Edition Published by
BLACK EAGLE BOOKS, 2022

CHHA MANA ATHA GUNTHA
by **Fakir Mohan Senapati**

Copyright © **Black Eagle Books**
Foreword Copyright © Sanghamitra Mishra

Art & Cover Design: **Ramakanta Samantaray**

Interior Design: Ezy's Publication

ISBN- 978-1-64560-269-9 (Paperback)

Printed in the United States of America

'ଛ ମାଣ ଆଠଗୁଣ୍ଠ' ଏକ ପାଠକୀୟ ପ୍ରତିବେଦନ

'ଛ ମାଣ ଆଠଗୁଣ୍ଠ' ଓଡ଼ିଆ ସାହିତ୍ୟର ଚିରାୟତ ସୃଷ୍ଟି । ବ୍ୟାସକବି ଫକୀରମୋହନ ସେନାପତି ଏହାର ସ୍ରଷ୍ଟା ଭାବରେ ଆମର ନମସ୍ୟ । ଓଡ଼ିଆ ଭାଷା ସାହିତ୍ୟର ସଂକଟ କାଳରେ ସମର୍ଥ ସେନାପତିର ଭୂମିକା ନେଇ ସେ ସାହିତ୍ୟର ଅନେକ ଦିଗନ୍ତକୁ ସ୍ପର୍ଶ କରିଛନ୍ତି । ସେ କବି, ଅନୁବାଦକ, କଥାକାର, ଔପନ୍ୟାସିକ, ଭ୍ରମଣ ବୃତ୍ତାନ୍ତ ଓ ଆତ୍ମଜୀବନୀ ଲେଖକ । ପୁଣି ଓଡ଼ିଆ ଜୀବନର ସେ ପ୍ରବୀଣ ରୂପକାର । ସେଥିପାଇଁ ସେ ଏକାଧାରରେ ବ୍ୟାସକବି ଓ ଓଡ଼ିଆ ଗଦ୍ୟ ସାହିତ୍ୟର ଜନକ ଭାବେ ସମ୍ମାନିତ ।

'ଛ ମାଣ ଆଠଗୁଣ୍ଠ' ଭୂମି କୈନ୍ଦ୍ରିକ ଉପନ୍ୟାସ । ଊନବିଂଶ ଶତାବ୍ଦୀର ଶେଷାର୍ଦ୍ଧରେ ଓଡ଼ିଆ ଜନଜୀବନର ମୂଳଭିତ୍ତି ଥିଲା ଭୂସମ୍ପଦ ଓ ଗୋ ସମ୍ପଦ । ଏତଦ୍‌ବ୍ୟତୀତ ଗୁଡ଼ାଏ କୁସଂସ୍କାର ଓ ଅନ୍ଧବିଶ୍ୱାସ ଏଭଳି ପ୍ରଭାବ ବିସ୍ତାର କରିଥିଲା ଯେ ସେହି ସମୟର ସମାଜରେ ପୁରୋହିତମାନଙ୍କର କଥାକୁ ବିନା ପ୍ରଶ୍ନରେ ଗ୍ରହଣ କରାଯାଉଥିଲା । ଅଶିକ୍ଷା, ସ୍ୱାର୍ଥପରତା, ଆତ୍ମଗର୍ବ ସହିତ ମିଶି ଯାଇଥିଲା ଅନ୍ୟକୁ ନିମ୍ନ ସ୍ତରର ବୋଲି ପ୍ରତିପାଦନ କରିବାର

ମାନସିକତା। ଫକୀରମୋହନ ସ୍ତ୍ରୀଶିକ୍ଷାର ପକ୍ଷପାତୀ ଥିଲେ। କନ୍ୟା ଧନ ବିପକ୍ଷରେ ଲେଖନୀ ଚାଳନା କରିଥିଲେ। ଶିକ୍ଷା କିଭଳି ମଣିଷକୁ ଉଦାର କରିଦିଏ ତାହା ତାଙ୍କର ଅନେକ ରଚନାରେ ପ୍ରତିପାଦିତ। ତେବେ 'ଛାମାଣ ଆଠଗୁଣ୍ଠ'ରେ ଭୂମି ଓ ଧେନୁ ସମ୍ପଦ ଉପରେ ଗୁରୁତ୍ୱ ପ୍ରଦାନ କରାଯାଇଛି। ଛ ମାଣ ଆଠଗୁଣ୍ଠ ତାଙ୍କର ପ୍ରଥମ ଉପନ୍ୟାସ। ମାତ୍ର 'ଲଛମା'କୁ ଆଗରେ ରଖି ବିଚାର କଲେ ଦେଖାଯିବ ଯେ ତାଙ୍କର ଚାରୋଟି ଉପନ୍ୟାସ ଭିତରେ ଦୁଇଶହ ବର୍ଷରେ ଓଡ଼ିଶାର ସାମାଜିକ ଇତିହାସ ରୂପାୟିତ ହୋଇଛି। 'ଲଛମା' ବର୍ଗୀ ଆକ୍ରମଣର ପରବର୍ତ୍ତୀ କାରୁଣ୍ୟ, 'ଛ ମାଣ ଆଠଗୁଣ୍ଠ' ଗ୍ରାମ୍ୟ ଅର୍ଥନୀତି ଓ ପରମ୍ପରାବିହୀନ ଜମିଦାରମାନଙ୍କର ଶୋଷଣ, 'ମାମୁଁ' ଗ୍ରାମରୁ ସହର ଆଡ଼କୁ ପ୍ରସାରିତ ହେଉଥିବା ସମାଜର ଚିନ୍ତା ସଂଘର୍ଷ ଆଉ 'ପ୍ରାୟଶ୍ଚିତ୍ତ'ରେ ନବଶିକ୍ଷିତମାନଙ୍କର ମାନସିକତାର ସୂଚନା ମିଳିଥାଏ।

'ଛ ମାଣ ଆଠଗୁଣ୍ଠ' ୧୮୯୭ରୁ ୧୮୯୯ ପର୍ଯ୍ୟନ୍ତ ଦୁଇବର୍ଷ କାଳ ଧାରାବାହିକ ଭାବରେ ଉତ୍କଳ ସାହିତ୍ୟରେ 'ଧୂର୍ଜଟୀ' ଛଦ୍ମ ନାମରେ ପ୍ରକାଶିତ ହେଉଥିଲା। ୧୯୦୨ରେ ଏହା ପୁସ୍ତକ ଆକାରରେ ପ୍ରକାଶିତ ହେଲା। ପୁସ୍ତକରେ ଲେଖକ ଭାବରେ ଫକୀର ମୋହନ ସେନାପତିଙ୍କ ନାମ ଉଲ୍ଲେଖ ଥିଲା। ଧାରାବାହିକ ଭାବେ ପ୍ରକାଶିତ ହେଉଥିବା ସମୟରେ ଏହା ଖୁବ୍ ଲୋକପ୍ରିୟ ହୋଇଥିଲା। ଏପରିକି ଏକବିଂଶ ପରିଚ୍ଛେଦ 'କଟକ ସେସନ କୋର୍ଟ' ବସିବା ବିଷୟ ପୂର୍ବ ଅଧ୍ୟାୟରୁ ପଢ଼ି ଲୋକମାନେ ବଳଦଗାଡ଼ିରେ ଆସି କଟକ ସେସନ କୋର୍ଟ ସାମ୍ନାରେ ଭିଡ଼ କରିଥିଲେ। ମଙ୍ଗରାଜଙ୍କୁ କି ଦଣ୍ଡ ମିଳିବ ସେଥିପାଇଁ ସେମାନଙ୍କର ଉତ୍କଣ୍ଠତାର ଅନ୍ତ ନ ଥିଲା। ମଙ୍ଗରାଜଙ୍କ ଏକାଦଶୀ ପାରଣାରୁ 'ଛ ମାଣ ଆଠଗୁଣ୍ଠ' ଆରମ୍ଭ ହୁଏ। ଏହି ରାମଚନ୍ଦ୍ର ମଙ୍ଗରାଜ ତତ୍‌କାଳୀନ ସୂର୍ଯ୍ୟାସ୍ତ ଆଇନ ବଳରେ ଫତେପୁର ସରଖଣ୍ଡ ତାଲୁକା ନିଲାମ ଧରିଥିଲେ। ଜମିଦାର ସେଠ ଦିଲ୍‌ଦାର ମିଆଁ ମଦ୍ୟପାନ ଓ ବାଇଜୀ ନାଚରେ ମତ୍ତ ରହି କପର୍ଦ୍ଦକଶୂନ୍ୟ ହୋଇଥିଲେ, ଯେଉଁଥିପାଇଁ ମଙ୍ଗରାଜ ପାଲଟିଲେ ନୂଆ ଜମିଦାର। ପାରମ୍ପରିକ ଜମିଦାରମାନଙ୍କ ଭଳି ତାଙ୍କ ହୃଦୟରେ ପ୍ରଜାଙ୍କ ପାଇଁ ଦୟା କ୍ଷମା ନ ଥିଲା। ତାଙ୍କ ଏକାଦଶୀ, ବ୍ରାହ୍ମଣଭୋଜନ, ହାଟରେ ପରିବା ବିକ୍ରି ଭଳି ଅନେକ ଦୃଷ୍ଟାନ୍ତ ଦେଇ ଔପନ୍ୟାସିକ ଖୁବ୍ ବ୍ୟଙ୍ଗାତ୍ମକ ଭାବରେ ତାଙ୍କର ସ୍ୱାର୍ଥପରତାର ଉଲ୍ଲେଖ କରିଛନ୍ତି। ରଇତମାନଙ୍କ ଜମିରୁ ଧାନ ତଳି ଉପାଡ଼ି ଦେବା ଭଳି ଅମାନୁଷିକ କାର୍ଯ୍ୟ ସେ ସହଜ ଭାବରେ କରୁଥିଲେ। ଏଭଳି ଅପକର୍ମରେ ତାଙ୍କର ସାହାଯ୍ୟକାରିଣୀ ଥିଲା ଅଜ୍ଞାତକୁଳଶୀଳା ଚମ୍ପା, ଯିଏ ସାଆନ୍ତାଣୀଙ୍କ ସହିତ ତାଙ୍କ ବାପଘରୁ ଆସିଥିଲା। ଚମ୍ପାର ଉଆସ ଭିତରେ ଖୁବ୍ କାଟ୍‌ତି ଥିଲା। ସେ ମନରୁ ଗୀତ ଫାନ୍ଦି ପାରୁଥିଲା।

କାନ୍ଥରେ ଚିତା ଲେଖିପାରୁଥିଲା। ସେ ହିଁ ସାରିଆ ଭଗିଆଙ୍କର ଛ ମାଣ ଆଠଗୁଣ୍ଠ ଓ ନେତ ଗାଈକୁ ମଙ୍ଗରାଜଙ୍କ କବ୍‌ଜାକୁ ନେବାପାଇଁ ଗୁପ୍ତ ମନ୍ତ୍ରଣା କରୁଥିଲା। ଅପତ୍ୟହୀନା ସାରିଆର ସନ୍ତାନ ପ୍ରାପ୍ତି ହେବ ଯଦି ସେ ବୁଢ଼ୀ ଠାକୁରାଣୀଙ୍କ ମନ୍ଦିର ତୋଳାଇ ଦେବ। ତାହା ନ କଲେ ତା'ର ସ୍ୱାମୀ ଭଗିଚନ୍ଦର ମୃତ୍ୟୁ ହେବ। ଏକଥା କୌଶଳରେ ଚତୁର ରାମା ଭଣ୍ଡାରୀ ତୁଣ୍ଡରେ କୁହାଯାଇଛି ଯାହାକୁ ଠାକୁରାଣୀଙ୍କ ପ୍ରତ୍ୟକ୍ଷ ମହିମା ବୋଲି ବିଶ୍ୱାସ କରି ସାରିଆ ଜମି ବନ୍ଧାପକାଇଛି। ନେତପାଇଁ ଯାହାକୁ ସେ ନିଜ କନ୍ୟା ଭଳି ପାଳନ କରିଥିଲା ସେ ମଧ ମଙ୍ଗରାଜଙ୍କ ଗାଈଗୋଠରେ ରହିଛି। ଚମ୍ପା ଟାଙ୍ଗୀମାଉସୀ ସାଜି ବାଘସିଂହ ବଂଶର ଘରପୋଡ଼ି ଦେଇଛି, ଯେଉଁ କାର୍ଯ୍ୟ ପାଇଁ ଗମନରେ କୌଣସି କ୍ଷୋଭ ନାହିଁ।

ସାଆନ୍ତାଣୀ ଏହି ଉପନ୍ୟାସର ଏକ ଦୃଢ଼ ଅଥଚ ନିରବ ଚରିତ୍ର, ଏହି ମଙ୍ଗରାଜଙ୍କ ପତ୍ନୀଙ୍କ ପାଇଁ ଫକୀରମୋହନଙ୍କ ବିଚାର 'ଶାଳଗ୍ରାମର ବସିବା ଶୋଇବା ସମାନ', ଅର୍ଥାତ୍ ସେ ନିରୀହା, ସଦାଚାରିଣୀ ପର ଦୁଃଖ କାତରା, ଯିଏ ଦୁଃଖୀ ଭିକାରୀକୁ ଆହାପଦ କହନ୍ତି। ହେଲେ ମଙ୍ଗରାଜ ତାଙ୍କ ପାଇଁ ନିର୍ଦ୍ଦୟ। ଚମ୍ପା ସହିତ ପରଘର ଭଙ୍ଗା ଆଲୋଚନା କରୁଥିବା ବେଳେ ପତିଙ୍କୁ ବାରଣ କରି ସେ ଚମ୍ପାର 'ହୁଁ'ଟିଏ ଶୁଣି ନିରବରେ ଉଠିଆସିଛନ୍ତି ଓ ଅନ୍ନଜଳ ତ୍ୟାଗ କରି ଆରପୁରକୁ ବାହୁଡ଼ି ଯାଇଛନ୍ତି।

ମଙ୍ଗରାଜଙ୍କ ଘରର ଶିରୀ ତୁଟିଛି, ସାରିଆର ମୃତ୍ୟୁ ପାଇଁ ମକଦ୍ଦମା ହୋଇଛି। କୋର୍ଟରେ ସାକ୍ଷୀ ଖୋଜା ଜବାବସୁଆଲ ଚାଲିଛି। ଓକିଲା ରାମ ରାମ ଲାଲା ମଙ୍ଗରାଜଙ୍କ ଅସୁବିଧା ସମୟରେ ତାଙ୍କଠାରୁ ଚତୁରତାର ସହିତ ଅର୍ଥ ଦାବି କରିଛନ୍ତି, ମଙ୍ଗରାଜ କପର୍ଦ୍ଦକଶୂନ୍ୟ ହୋଇଥିବାରୁ ସେ ତାଙ୍କ ଜମିଦାରୀ ନିଜ ନାମରେ ଲେଖାଇଦେବାକୁ ଚାହାନ୍ତି। ସାରିଆ ମୃତ୍ୟୁରେ ଭଗିଆ ପାଗଳ ହୋଇଛି। ସାଆନ୍ତାଣୀଙ୍କ ଦେହାନ୍ତ ପରେ ସାଆନ୍ତେ ତାଙ୍କ କୃତକର୍ମର ପ୍ରାୟଶ୍ଚିତ୍ତ କରିବାକୁ ଚାହିଁଛନ୍ତି। ତାଙ୍କୁ ପତ୍ନୀଙ୍କର ରୂପ ଦିଶୁଛି। ଏଣେ ଗୋବିନ୍ଦା ଭଣ୍ଡାରୀ ସହିତ ଚମ୍ପା ମଙ୍ଗରାଜଙ୍କ ଟଙ୍କା ସୁନା ହାତ କରିଛି ଉଭୟ ପଳାଇ ଗୋପୀ ସାହୁର ଦୋକାନଘରେ ରାତି କାଟିଛନ୍ତି। ଗୋବିନ୍ଦା ନିଜ ଖୁରରେ ଚମ୍ପାର ବେକ କାଟିଦେଇ ଟଙ୍କା ପଇସା ନେଇ ବିରୂପା ନଦୀ ପାରି ହେବା ବେଳେ କୁମ୍ଭୀର ମୁହଁରେ ପଡ଼ିଛି। ତେଣୁ ଅଧର୍ମ ବିତ୍ତକୁ କେହି ଭୋଗ କରିପାରିନାହାନ୍ତି।

ହାସ୍ୟ ବ୍ୟଙ୍ଗର ଯେଉଁ ଛଟା ଫକୀରମୋହନ ଛ' ମାଣ ଆଠଗୁଣ୍ଠରେ ପ୍ରଦାନ କରିଛନ୍ତି ତାହା ଚମ୍ପାର ବେଶ ବର୍ଣ୍ଣନାରେ ସରସ୍ୱତୀଙ୍କ ବନ୍ଦନାର ଲାଳିକାରୁ ପାଠକ ଜାଣିପାରେ। ତତ୍‌କାଳୀନ ଅପଣ୍ଡିତ ବ୍ରାହ୍ମଣମାନଙ୍କ ମାନସିକତାର ପ୍ରମାଣ

ଶ୍ରୀ ଅକ୍ଷର ବିବର୍ଜିତ ଚିତିପଇତାଦି ଶୋଭିତ।

ସନ୍ଧ୍ୟା ଗାୟତ୍ରୀହୀନ ବିଲରୁ ଚିପନ୍ତି ମୀନ'ରୁ ମିଳିଥାଏ। ଅସୁରଦୀଘିର ବର୍ଣ୍ଣନା ଭିତରେ ଗ୍ରାମ୍ୟ ଜୀବନର ଅନ୍ୟ ଏକ ଦିଗନ୍ତ ଉନ୍ମୋଚିତ ହୋଇଛି। ବନ୍ଧ ପୁଷ୍କରିଣୀ ଅସୁରଦୀଘିର ଅପରିଷ୍କାର ପରିବେଶ ତତ୍‌କାଳୀନ ଗ୍ରାମ୍ୟଜୀବନର ପରିବେଶ ଭଳି ଅସ୍ୱାସ୍ଥ୍ୟକର ଓ ଅନାତ୍ମୀୟତାରେ ଭରା। 'ଗୋପୀ ସାହୁ ଦୋକାନ' ପରିଚ୍ଛେଦରେ ଫକୀରମୋହନ ଯେଉଁ ବିଭତ୍ସରସର ଅବତାରଣା କରିଛନ୍ତି ତାହା ବର୍ଷା, କାଦୁଅ, ରକ୍ତପିପାସା ଓ ଧନ ଲୋଭକୁ ନେଇ ଏକ ନାରକୀୟ ଦୃଶ୍ୟ ସୃଷ୍ଟି କରିଛି। ସତେ ଯେପରି ଲେଖକ ଚମ୍ପାର ମୃତ୍ୟୁକୁ ଆଉ ବିଭତ୍ସ କରିପାରି ନ ଥାନ୍ତେ। ଏହା ଫକୀରମୋହନଙ୍କର ପାରମ୍ପରିକ 'ବିଶ୍ୱାସ ପାପ ପାଇଁ ପ୍ରାୟଶ୍ଚିତ୍ତ' ବୋଲି ଗ୍ରହଣ କରାଯାଇଥାଏ। ସେହିପରି ପାଗଳ ଭଗିଆ ମଙ୍ଗରାଜଙ୍କ ନାକ କାମୁଡ଼ି ଦେବା ମଧ୍ୟ 'ଯେସାକୁ ତେସା' ନୀତିର ଏକ ନମୁନା। ଭଗିଆ ମଙ୍ଗରାଜଙ୍କ ବ୍ୟତୀତ ଆଉ କାହାକୁ ମଧ୍ୟ କାମୁଡ଼ି ପାରିଥାଆନ୍ତା। ମାତ୍ର ସେ ମଙ୍ଗରାଜଙ୍କ ନାକ କାମୁଡ଼ିଛି। ନାକ ଶରୀରର ଉନ୍ନତ ଅଙ୍ଗ ଯାହା ଗୌରବ ସମ୍ମାନର ସୂଚନା ଦେଇଥାଏ। ମଙ୍ଗରାଜ ନିଜର କୃତକର୍ମର ଏହିଭଳି ପ୍ରାୟଶ୍ଚିତ୍ତ କରିଛନ୍ତି। ମଙ୍ଗରାଜଙ୍କ ପ୍ରାୟଶ୍ଚିତ୍ତ ପରେ ତାଙ୍କୁ ପତ୍ନୀଙ୍କ ଛବି ଦିଶିଛି ଓ ତାଙ୍କର ଦେହାନ୍ତ ହୋଇଛି।

ଛ ମାଣ ଆଠଗୁଣ୍ଠ ସମୟର ପ୍ରାଣସ୍ପନ୍ଦନକୁ ଚମତ୍କାର ଭାବରେ ଧରିରଖିଛି। କୃଷି ଓ ଗୋପାଳନ ଗ୍ରାମ୍ୟ ଓଡ଼ିଶାର ଜୀବିକାର୍ଜନର ପ୍ରଧାନ ଉପାୟ। ଏହି ଉଭୟ ଉପରେ ରାମଚନ୍ଦ୍ର ମଙ୍ଗରାଜ ନିଜର କୂଟ ବୁଦ୍ଧିରେ ପ୍ରହାର କରିଛନ୍ତି। ଛ ମାଣ ଆଠଗୁଣ୍ଠ ଜମି ଓ ନେତ ଗାଈକୁ ନେଇ ନିଜର ଅହଂକାରକୁ ସନ୍ତୁଷ୍ଟ କରିଛନ୍ତି। ସାଧାରଣ ପ୍ରଜାକୁ ଅନ୍ତଃସାରଶୂନ୍ୟ କରିବା ପରେ ମଧ୍ୟ ତାଙ୍କର ସମ୍ପତ୍ତି ସଂଗ୍ରହର ଆଗ୍ରହ ତୃପ୍ତ ହୋଇନାହିଁ। ତତ୍‌କାଳୀନ ସମାଜ ଥିଲା ପ୍ରତିବାଦଶୂନ୍ୟ। ପୁରୋହିତଙ୍କ ପୋଥିର ଧର୍ମ ଓ ଜମିଦାରଙ୍କ ଅମାରର ଧନ ମିଶି ସମାଜର ଗତି ନିୟନ୍ତ୍ରଣ କରୁଥିଲେ। ତେଣୁ ପ୍ରତିବାଦହୀନା ଶାରିଆ ଉପବାସରେ ପ୍ରାଣ ବିସର୍ଜନ କରିଛି, ସତେ ଯେପରି ତାହା ତା'ର ମୌନ ପ୍ରତିବାଦ। ଜମିଦାର ରାମଚନ୍ଦ୍ର ମଙ୍ଗରାଜଙ୍କର ଚାରିତ୍ରିକ ତ୍ରୁଟିର ପ୍ରମାଣ ଦେବାକୁ ଅନେକ ଆଶ୍ରିତା ଉଆସରେ ଥିଲେ ମାତ୍ର ଚମ୍ପା ସହିତ ତାଙ୍କର ସମ୍ପର୍କ କିଭଳି ଥିଲା ହୁଏତ ନିଜେ ସ୍ରଷ୍ଟା ତାହା ଜାଣି ନ ଥିଲେ ବା ସାହସ କରି ଲେଖିନଥିଲେ। ଯେତେବେଳେ ମନ୍ତ୍ରଣା ହୁଏ ସାଆନ୍ତେ ତକ୍ତପୋଷ ଉପରେ ଓ ଚମ୍ପା ତକ୍ତପୋଷ ତଳେ ବସିଥିବା ପାଠକ ଦେଖେ। କେବଳ ପରଘର ଭଙ୍ଗା ବୁଦ୍ଧି ଦେଇ ସେ ସାଆନ୍ତଙ୍କ ଭୂସମ୍ପତ୍ତି ସଂଗ୍ରହର କ୍ଷୁଧାକୁ ଇନ୍ଧନ ଯୋଗାଇଛି।

ଗ୍ରାମ୍ୟ ଚୌକିଦାର, ଭଣ୍ଡାରୀ, ବାବାଜୀଙ୍କ ଠାରୁ ଶାମ ଗୋଛାୟତ ପର୍ଯ୍ୟନ୍ତ

ଅନେକ ପ୍ରକାର ଚରିତ୍ରଙ୍କୁ ପାଠକ 'ଛ' ମାଣ ଆଠଗୁଣ୍ଠ' ପରିସରରେ ଭେଟେ। ସେମାନେ ଗ୍ରାମ୍ୟ ଓଡ଼ିଶାରେ ଚଳପ୍ରଚଳ କରୁଥିବା ଜୀବନ୍ତ ଚରିତ୍ର। ସେମାନଙ୍କ ତୁଣ୍ଡରେ ଭାଷାର ବ୍ୟବହାର ମଧ୍ୟ ପାତ୍ରୋପଯୋଗୀ। ଏପରିକି ଶେଖ୍ ଦିଲଦାର ମିଆଁଙ୍କ ତୁଣ୍ଡରେ ଉର୍ଦ୍ଦୁମିଶା ହିନ୍ଦୀ, ରାମ ରାମ ଲାଲାଙ୍କ ତୁଣ୍ଡରେ ମିଶ୍ରିତ ହିନ୍ଦୀ ଭାଷାର ପ୍ରୟୋଗ ମଧ୍ୟରେ ସ୍ରଷ୍ଟାଙ୍କର ଭାଷା ଉପରେ ଥିବା ଦଖଲର ସୂଚନା ମିଳିଥାଏ। ଭାଷା ପ୍ରୟୋଗ ସମୟରେ ଯେଉଁଠି ଲେଖକ ଭାବପ୍ରବଣ ସେଠାରେ ସଂସ୍କୃତାୟିତ ଦୀର୍ଘ ସମାସ ନିଷ୍ପନ୍ନ ଭାଷା ବ୍ୟବହାର କରିଛନ୍ତି। ଯେମିତି ମଙ୍ଗରାଜଙ୍କ ଜୀବନ କ୍ଷେତ୍ରରେ ଦୁଇଟି ନାରୀ - "ଜଣେ ସର୍ପକୁମ୍ଭୀର ଶଂକୁଳା ଚର୍ମଣ୍ୱତୀ ଅନ୍ୟ ଜଣେ ଅନ୍ତଃସ୍ରୋତା କୁଳପାବିନୀ ଫଲ୍‌ଗୁ। ଏ ଦୁହେଁ ଯେ ଚମ୍ପା ଓ ସାଆନ୍ତାଣୀ ତାହା ସଚେତନ ପାଠକ ମାତ୍ରେ ବୁଝିପାରେ। କିନ୍ତୁ ରାମଚନ୍ଦ୍ର ମଙ୍ଗରାଜ ସାଆନ୍ତାଣୀଙ୍କ ମୃତ୍ୟୁ ପର୍ଯ୍ୟନ୍ତ ପର୍ଯ୍ୟନ୍ତ ତାଙ୍କର ଗୁରୁତ୍ୱ ବୁଝିପାରିନଥିଲେ।

ଏହି ଉପନ୍ୟାସରେ ଇଂରେଜମାନଙ୍କୁ କୌଶଳରେ ବିଦ୍ରୂପ କରାଯାଇଛି। ଇଂରେଜମାନେ 'ଗଜଗାମିନୀ'କୁ ନାରୀର ଉପମା ଭାବେ ଗଣନ୍ତି ନାହିଁ, ଫକୀରମୋହନ କୁହନ୍ତି- "ଖୁବ୍ ସମ୍ଭବ ନବ୍ୟ ସଭ୍ୟ ଶିକ୍ଷିତ ବାବୁମାନେ ଆପଣା ଆପଣା ଅଙ୍କ- ଲକ୍ଷ୍ମୀମାନଙ୍କୁ ଗେଲପ ଚାଲି ଶିଖାଇବା ଶାଇବା ନିମନ୍ତେ ଚାବୁକ ସବାର ନିଯୁକ୍ତ କରିବାକୁ ପ୍ରସ୍ତାବ କରିବସିବେ।" ପୁଣି ଅସୁରଦୀଘି ବର୍ଣ୍ଣନାରେ କେଉଁ ଦେଶରୁ ଉଡ଼ିଆସି ଯୋଡ଼ାଏ ପାଣିକାଉ ଦୀଘିରେ ବୁଡ଼ମାରି ପେଟ ପୁରାଇ ଫର୍‌ର କରି ଉଡ଼ିଗଲେ। କିଏ ମେମ୍‌ସାହେବଙ୍କ ଗାଉନ ଭଳି ଡେଣା ଶୁଖାଇଲେ। ହିନ୍ଦୁ ଧର୍ମୀ ବଗମାନେ ଦିନସାରା ପାଣି ଚକଟି ଚକଟି ଦଣ୍ଡିକିରି ଓ କେରାଣ୍ଡି ହିଁ ପାଉଛନ୍ତି। ଏବେ ପଲପଲ ପାଣିକାଉ ଆସି ଚେଙ୍ଗ ବେଙ୍ଗ ସବୁ ନେଇଯିବେ। "ତୁମେମାନେ ବିଦେଶକୁ ଯାଇ ସମୁଦ୍ର ପହଁରି ନ ଶିଖିଲେ ଆଉ ରକ୍ଷାନାହିଁ।" ଏହା ଭିତରେ ଲେଖକଙ୍କର ସ୍ୱଦେଶପ୍ରୀତି ତଥା ଚତୁର ଇଂରେଜ ଜାତି ପ୍ରତି ଥିବା ବିରକ୍ତି ଭାବର ପରିଚାୟକ।

୧୮୭୦ ପରେ ଓଡ଼ିଶାରେ ଯେଉଁ ଯୁବଶକ୍ତିର ଅଭ୍ୟୁଦୟ ହୋଇଥିଲା, ସେମାନେ ସଚେତନ ଭାବରେ ସାହିତ୍ୟ ସୃଷ୍ଟି କରିଥିଲେ। ପ୍ରଥମ କଥା ଓଡ଼ିଆ ପୁସ୍ତକ ରଚିତ ହେଲେ ଓଡ଼ିଆ ସାହିତ୍ୟ ପଠନ ପାଇଁ ରୁଚି ବଢ଼ିବ। ସ୍କୁଲମାନଙ୍କରେ ପଢ଼ା ହେବାପାଇଁ ପୁସ୍ତକ ରଚନା କରିବା ଜରୁରୀ ଥିଲା। ଏଥିପାଇଁ ପ୍ରାଚୀନ ଓଡ଼ିଆ ସାହିତ୍ୟ ଯଥେଷ୍ଟ ନ ଥିଲା। ତେଣୁ ସମୟର ଆହ୍ୱାନକୁ ଏହି ନବଜାଗରଣ କାଳର ସ୍ରଷ୍ଟାମାନେ ଗ୍ରହଣ କରିଥିଲେ। ଓଡ଼ିଆ ଏକ ସ୍ୱତନ୍ତ୍ର ଭାଷା ବୋଲି ଏମାନେ ଖାଲି କହିଲେ ନାହିଁ

ବରଂ ନିଜ ଲେଖନୀ ମାଧ୍ୟମରେ ପ୍ରମାଣ କରିଦେଲେ। ଅନୁବାଦ, କବିତା, ଭ୍ରମଣ କାହାଣୀ ଓ କାବ୍ୟ ଲେଖିବା ପରେ ମଧ୍ୟ ଫକୀରମୋହନ ପରିଣତ ବୟସରେ ଉପନ୍ୟାସ ଲେଖିଲେ। ଉପନ୍ୟାସର ବିପୁଳ ପରିସର ଭିତରେ ଆମ ସମାଜ ଜୀବନର ପ୍ରତ୍ୟେକ ସ୍ତରକୁ ଆଲୋକିତ କରିବାର ପ୍ରୟାସ କଲେ। ଛ ମାଣ ଆଠଗୁଣ୍ଠ ସେହି ପ୍ରୟାସର ସାର୍ଥକ ଫଳଶ୍ରୁତି।

ଯେଉଁ ସମାଜରେ ସାରିଆ ଭଗିଆ ଅଭାବରେ ଥାଇ ମଧ୍ୟ ପରସ୍ପର ପାଇଁ ବଞ୍ଚନ୍ତି ସେହି ସମାଜରେ ଧନୀ ସମାଜପତି ରାମଚନ୍ଦ୍ର ମଙ୍ଗରାଜ ସାଆନ୍ତାଣୀଙ୍କ ତ୍ୟାଗର ମହତ୍ତ୍ୱ ବୁଝି ପାରନ୍ତି ନାହିଁ। ସାରିଆନେତର 'ହମା' ଶବ୍ଦ ଶୁଣି 'ହଁ ମା' ବୋଲି ଭାବି ଆନନ୍ଦିତ ହୁଏ। ମାତ୍ର ଏକାଧିକ ଅପତ୍ୟ ନେଇ କୁଟୁମ୍ବ କରିଥିବା ମଙ୍ଗରାଜଙ୍କ ପିଲାଏ ଅମଣିଷ ହୋଇଛନ୍ତି। ସେମାନେ ଗୁଡ଼ି ଉଡ଼ାଇ ଗୋବରା ଚଢ଼େଇ ଧରନ୍ତି। ସେ ଦିଗକୁ ବାପାଙ୍କର ନଜର ନାହିଁ। ସାରିଆ ରାମା ଭଣ୍ଡାରୀର ସ୍ୱରକୁ ଠାକୁରାଣୀଙ୍କ ହୁକୁମ ଭାବି ନିଜର ସମ୍ପତ୍ତି ବନ୍ଧକ ଦେବାକୁ ରାଜି ହୁଏ। ତା'ର ବିଶ୍ୱାସକୁ କିନ୍ତୁ ଚତୁରତାର ସହିତ ହତ୍ୟା କରାଯାଏ। ଈଶ୍ୱରଙ୍କ ନାମରେ ଭେଳିକି ଦେଖାଇ ସରଳ ମଣିଷଙ୍କୁ କିଭଳି ସର୍ବସ୍ୱାନ୍ତ କରାଯାଉଥିଲା ଏହି ଉପନ୍ୟାସ ବର୍ଣ୍ଣନା ତା'ର ଏକ ସାର୍ବକାଳିକ ଉଦାହରଣ।

ପାଠକ ସଚେତନତା ଛ ମାଣ ଆଠଗୁଣ୍ଠର ଅନ୍ୟ ଏକ ବୈଶିଷ୍ଟ୍ୟ। ଏହାକୁ ଆଜିର ବିଚାରରେ ତ୍ରୁଟି ବୋଲି କୁହାଯାଇପାରେ। 'ଆମ୍ଭମାନଙ୍କୁ ନାଚାର ହାଲତରେ ସେ କଥା ବୋଲିବାକୁ ହେଉଅଛି।' 'ଆମ୍ଭେମାନେ ସମ୍ପୂର୍ଣ୍ଣ ନାରାଜ, ଆମ୍ଭେ ଅନୁମାନ କରୁ।' 'ପାଠକେ ନିରାଶ ହେବେ ନାହିଁ, ଅଧୀର ହେବେ ନାହିଁ।' 'ଆମ୍ଭେମାନେ ଜାଣୁନାହିଁ, ଆମ୍ଭେମାନେ ନିତାନ୍ତ ଅନଭିଜ୍ଞ କିନ୍ତୁ ସାଆନ୍ତଙ୍କ ମୁଖରୁ ଯଥା ଶ୍ରୁତଂ ତଥା ଲିଖିତଂ।'

ଛ ମାଣ ଆଠଗୁଣ୍ଠର ନାମକରଣରେ ସେହି ଭୂମିକୈନ୍ଦ୍ରିକ ସାମାଜିକଜୀବନ ହିଁ ପ୍ରତିଫଳିତ। ଆଜିଠାରୁ ଶହେ କୋଡ଼ିଏ ବର୍ଷ ପୂର୍ବେ ପ୍ରଚଳିତ ଜୀବନଧାରାର ଚିତ୍ର ଦେବାରେ ଔପନ୍ୟାସିକ ନିଜର ଦକ୍ଷତା ପ୍ରଦର୍ଶନ କରିଛନ୍ତି। ହୁଣ୍ଡା ହୁଣ୍ଡୀଙ୍କ ସଂସାର ଉପରେ ଚାତୁର୍ଯ୍ୟର ହସ୍ତକ୍ଷେପ କିଭଳି ବିଷମ ପରିସ୍ଥିତି ସୃଷ୍ଟି କରେ ତାହା ଛ ମାଣ ଆଠଗୁଣ୍ଠର ବକ୍ତବ୍ୟ- ସ୍ରଷ୍ଟାଙ୍କର ପରିବେଷଣ କୌଶଳ ଭିତରେ ଛ ମାଣ ଆଠଗୁଣ୍ଠର ଆପାତଃ ହାସ୍ୟକର ପରିବେଶ ସହିତ ସାରିଆ ଭଗିଆ ତଥା ସାଆନ୍ତାଣୀଙ୍କର କାରୁଣ୍ୟ ମିଶି ଚମତ୍କାର ସ୍ୱର ସୃଷ୍ଟି କରିଛନ୍ତି। କେହି ଚତୁର ହୋଇ କଷ୍ଟ ପାଇଛନ୍ତି ତ କିଏ ଅତି ସରଳତାରୁ କଷ୍ଟ ପାଇଛନ୍ତି। ଫକୀରମୋହନଙ୍କର ପାରମ୍ପରିକ ଜୀବନଦୃଷ୍ଟି ଅର୍ଥାତ୍ ଧର୍ମର ଜୟ ପାପର କ୍ଷୟ, ଦୋଷୀକୁ ଦଣ୍ଡ ନିର୍ଦ୍ଦୋଷକୁ ପୁରସ୍କାର ଏଥିରେ ପ୍ରତିଫଳିତ

ମାତ୍ର ନିର୍ଦ୍ଦୋଷ ପୁରସ୍କାର ପାଇବା ପୂର୍ବରୁ ସେମାନଙ୍କର ଭୂମିକା ଶେଷ ହୋଇଛି। ଯଦିଚ ପାଗଳ ଭଗିଚନ୍ଦକୁ ସାଆନ୍ତଙ୍କର ଅବିବେକିତା ଓ ନୃଶଂସତା ପାଇଁ ଦୈବୀଦଣ୍ଡ ଦେବାର ସୁଯୋଗ ମିଳିଛି ଓ ସେ ମଙ୍ଗରାଜ ନାକ କାମୁଡ଼ି ଦେଇଛି।

ଆଜି ସମୟ ବଦଳିଯାଇଛି। ବିସ୍ଥାପନ ପାଇଁ ଗୃହ ଓ ଭୂମି ହରାଇ ବାସ୍ତୁହରା ହୋଇଥିବା ମଣିଷ ପାଇଁ ଭୂମିର ଆବେଦନ ବଦଳିଯାଇଛି। ବଞ୍ଚିବାର ଦୌଡ଼ରେ ମଣିଷର ସନ୍ତାନହୀନତା, ଆଉ ସର୍ବସ୍ୱ ହରାଇ ରିକ୍ତ ହୋଇଯିବାର ମାନସିକତା ବଦଳିଯାଇଛି। ତଥାପି ଶୋଷଣ କଷଣ ରହିଛି। ସମାଜ ଜୀବନରେ ଧନୀ ଗରିବର ଶତକଡ଼ା ହିସାବ ବଦଳି ଯାଉଥିଲେ ବି ଶେଷ ହୋଇନାହିଁ। ତେଣୁ ଆଜି ମଧ୍ୟ 'ଛ ମାଣ ଆଠଗୁଣ୍ଠ' ପ୍ରତ୍ୟେକ ସଚେତନ ପାଠ କରି ପ୍ରିୟ ଉପନ୍ୟାସ ଓ ଏହାର ସ୍ରଷ୍ଟା ବ୍ୟାସକବି ଫକୀର ମୋହନ ପ୍ରତ୍ୟେକ ଓଡ଼ିଆର ପ୍ରିୟ ଲେଖକ। ଏହାର ପୁନଃ ପ୍ରକାଶନ ଏ ଜାତି ପାଇଁ ଶୁଭଙ୍କର। ଏହି ପୁସ୍ତକ ପାଇଁ କେତୋଟି ଧାଡ଼ି ଲେଖିବା ମୋ ପାଇଁ ସୌଭାଗ୍ୟର ବିଷୟ।

ପ୍ଲଟ୍- ବି୩୫, ଶହୀଦନଗର
ଭୁବନେଶ୍ୱର

ସଂଘମିତ୍ରା ମିଶ୍ର
ଅବସରପ୍ରାପ୍ତ ପ୍ରଫେସର
ଓଡ଼ିଆ ବିଭାଗ, ଉତ୍କଳ ବିଶ୍ୱବିଦ୍ୟାଳୟ, ବାଣୀବିହାର

ପରିଚ୍ଛେଦ-୧

ରାମଚନ୍ଦ୍ର ମଙ୍ଗରାଜ

ରାମଚନ୍ଦ୍ର ମଙ୍ଗରାଜ ଜଣେ ମଫସଲର ଜମିଦାର, ମଧ୍ୟ ମହାଜନ । ନଗଦ ଟଙ୍କା କାରବାରଠାରୁ ଧାନର ମହାଜନୀ ବେଶି । ଶୁଣାଯାଏ ଆଡ଼େ ଦୀର୍ଘେ ଚାରି କୋଶ ମଧ୍ୟରେ ଆଉ କାହାରି କାରବାର ଚଳେ ନାହିଁ । ଲୋକଟି ବଡ଼ ଧାର୍ମିକ । ବର୍ଷ ମଧ୍ୟରେ ୨୪ଟା ଏକାଦଶୀ; ୪୦ଟା ଥିଲେ ମଧ୍ୟ ଗୋଟାଏ ଯେ ଛାଡ଼ ପଡନ୍ତା, ଏକଥା ଆମ୍ଭେମାନେ କହିବାକୁ ଅକ୍ଷମ । ଏକାଦଶୀ ଦିନ ତୁଳସୀପତ୍ର ଜଳ ମାତ୍ର ଅବଲମ୍ବନ । ସେଦିନ ଉପରଓଳି ମଙ୍ଗରାଜଙ୍କର ଜଗା ଭଣ୍ଡାରି କଥା କହୁ କହୁ କହି ପକାଇଥିଲା, ପ୍ରତି ଏକାଦଶୀ ଦିନ ସଞ୍ଜବେଳେ ଦ୍ୱାଦଶୀ ପାରଣା ସକାଶେ ସାଆନ୍ତଙ୍କ ଶୋଇବା ଘରେ ସେରେ ଦୁଧ, ଦିଶୁ ଖଇ, ନବାତ, ପାଚଲା କଦଳୀ ରଖାଯାଇଥାଏ । ସେ (ଜଗା) ଦ୍ୱାଦଶୀ ଦିନ ବଡ଼ିସକାଳେ ତୁଚ୍ଛା ବାସନ ମାଜେ । ଏ କଥା ଶୁଣି ଜଣକେତେ ମୁହଁ ଚାହାଁ ଚାହିଁହୋଇ ମୁରକି ମୁରକି ହସିଥିଲେ । ଜଣେ କହି ପକାଇଲା, "ଡୁବି ପାଣି ପିଇଲେ ମହାଦେବଙ୍କ ବାପ ବି ଜାଣି ପାରିବ ନାହିଁ ।" ଏ କଥାର ଅର୍ଥ ସଫା ବୁଝାଗଲା ନାହିଁ; ମାତ୍ର ଆମ୍ଭେମାନେ ଅନୁମାନ କରିନେଲୁଁ, ଏହା ନିନ୍ଦୁକର କଥା । ସେ କଥା ଛାଡ଼, ବରଞ୍ଚ ଆମ୍ଭେମାନେ ସାଆନ୍ତଙ୍କ ସପକ୍ଷରେ ଓକିଲାତି କରିପାରୁଁ । ଭାଣ୍ଡ ଶୂନ୍ୟ ହେବା କାର୍ଯ୍ୟଟା ଯେ ମଙ୍ଗରାଜଙ୍କ ଦ୍ୱାରା ଅନୁଷ୍ଠିତ ହୋଇଅଛି, ଏଥିର ଚାକ୍ଷୁସ ସାକ୍ଷୀ କାହିଁ ? ଶୁଣିବା କଥା ଅନୁମାନ କଥା ପ୍ରମାଣ ରୂପେ ଗ୍ରହଣ କରିବାକୁ ଆମ୍ଭେମାନେ ନିହାତି ନାରାଜ । ଅଦାଲତର ହାକିମମାନଙ୍କର ତ ଏହି ରାୟ । ଆଉ ଗୋଟାଏ କଥା ଦେଖ- ବିଜ୍ଞାନଶାସ୍ତ୍ର କହେ, 'ଜଳୀୟ ପଦାର୍ଥ ସବୁ ବାଷ୍ପାକାର ହୋଇ ଉଡିଯାଏ । ଦୁଧ ତ ଜଳୀୟ ପଦାର୍ଥ, ଜମିଦାର ଘର ଦୁଧ ବୋଲି ବିଜ୍ଞାନ ବିଧି ଡରିବ

ପରା ! ପୁଣି ସେ ଘରେ ମୂଷା, ଚୁଚୁନ୍ଦୁରା, ଚୁଟିଆ ଥିଲା; ଛାରପୋକ, ମଶାମାଛି ଅବା କେଉଁ ଘରେ ନଥାନ୍ତି ? ପେଟପାଟଣାପାଇଁ ଜଗତର ସମସ୍ତ ପ୍ରାଣୀ ଧାଉଁଛନ୍ତି । ବିଶେଷରେ ସେମାନେ ମଙ୍ଗରାଜଙ୍କ ପରି ହରିଭକ୍ତ-ବିଳାସ- ଗ୍ରନ୍ଥ ମାହାତ୍ମ୍ୟ ଶୁଣିନାହାନ୍ତି । ଏଥକୁ ମଙ୍ଗରାଜ ଧର୍ମନିଷ୍ଠା ପ୍ରତି ସନ୍ଦେହ କରିବା ମହାପାପ ବୋଲି ବିଚାର କରୁ ।

ଆହୁରି ମଧ୍ୟ ପାର୍ଶ୍ୱବର୍ତ୍ତୀ ଘଟଣାମାନଙ୍କ ପ୍ରତି ନଜର ରଖିବା ନିମନ୍ତେ ପ୍ରମାଣ ଆଇନରେ ବିଚାରକମାନଙ୍କ ପ୍ରତି ବିଶେଷ ବିଧି ଅଛି । ମଙ୍ଗରାଜେ ଉଷୁନା ଛୁଆନ୍ତି ନାହିଁ- ମାଛ, ଶୁଖୁଆ କଥା ଛାଡ଼ । ଦ୍ୱାଦଶୀ ଦିନ ବ୍ରାହ୍ମଣ ଭୋଜନ କରାଇ ତହିଁ ଉତ୍ତାରେ ପାରଣା କରନ୍ତି । ମଙ୍ଗରାଜେ ଭାରୀ ହୁସିଆର ଲୋକ । ଏହି ବ୍ରାହ୍ମଣଭୋଜନରୂପ ମହତ୍ କାର୍ଯ୍ୟରେ କେତେ ବିଘ୍ନ ଘଟିପାରେ । ଏଥିସକାଶେ ଜଣେ କେଉଟକୁ ମାଣେ ଓ ଜଣେ ଗୁଡ଼ିଆକୁ ମାଣେ ଏପରି ଦୁଇମାଣ ଜମି ଖଞ୍ଜି ଦେଇଛନ୍ତି । ଦ୍ୱାଦଶୀ ଦିନ ଭୋରୁ କେଉଟ ଦୁଇ ନଉତି ଚୁଡ଼ା ଓ ଗୁଡ଼ିଆ କୋଡ଼ିଏ ପଳ ଗୁଡ଼ ଦାଖଲ କରିଯାଏ । ଗୋବିନ୍ଦପୁର ଶାସନ ୨୭ ଘର ବ୍ରାହ୍ମଣ ସମସ୍ତେ ନିମନ୍ତ୍ରିତ ହୋଇ ଆସନ୍ତି । ବେଳ ଛଅଘଡ଼ି ମଧ୍ୟରେ ବ୍ରାହ୍ମଣଭୋଜନ ହୋଇଯାଏ । ମଙ୍ଗରାଜେ ସ୍ୱୟଂ ବ୍ରାହ୍ମଣମାନଙ୍କୁ ପରିବେଷଣ କରନ୍ତି । ଥରେ ପତ୍ରରେ ଚୁଡ଼ା ଗୁଡ଼ ଲଗାଇଦେଇ ମଙ୍ଗରାଜେ ଉଚ୍ଚ ପାଟିକରି ହାତ ଯୋଡ଼ି କହନ୍ତି, "ଗୋସାଇଁମାନେ କହନ୍ତୁ, ଆଉ କିଛି ଲୋଡ଼ା କି ନାହିଁ ? ଢେର୍ ଜଳପାନ, ଢେର୍ ଗୁଡ଼ ଅଛି, ମାତ୍ର ମୁଁ ଜାଣେ, ଆପଣମାନଙ୍କ ଆଖି ବଡ଼, ପେଟ ସାନ । ଆପଣମାନଙ୍କ ପେଟକୁ ବଳି ପଡ଼ିଲାଣି ।" ଏଥିଉତ୍ତାରେ କୌଣସି ପେଟ ବିକଳିଆ ବ୍ରାହ୍ମଣ ଜଳପାନ ମାଗିବସିଲେ, ସାଆନ୍ତେ ତିନିଆଙ୍ଗୁଳିଆ ପାଞ୍ଚ ସାତପୁଞ୍ଜା ଚୁଡ଼ା ଧରି ପତ୍ରକୁ ଫୋପାଡ଼ି ଦିଅନ୍ତି । ତହିଁଉତ୍ତାରେ ଗୋସାଇଁମାନେ 'ପୂର୍ଣ୍ଣ ହେଲା, ପୂର୍ଣ୍ଣ ହେଲା' କହି ଲମ୍ବା ଲମ୍ବା ହାକୁଟିମାରି ଆଶୀର୍ବାଦ କରି ପତ୍ର ଛଡ଼ାନ୍ତି । ବ୍ରାହ୍ମଣ ଭୋଜନ ଉତ୍ତାରେ ଯେଉଁ ଏକ ନଉତି ଚୁଡ଼ା ଓ ଅଧାଅଧି ଗୁଡ଼ ବଳିପଡେ, ତାହା ଭକ୍ତିପୂର୍ବକ ମଙ୍ଗରାଜେ ସେବା କରନ୍ତି । ପାଠକଆପଣ ପଚାରିବେ, ନଉତିଏ ଚୁଡ଼ାରେ ସତେଇଶ ଜଣ ବ୍ରାହ୍ମଣଙ୍କ ପେଟ କିପରି ପୂରିଲା ? ହରିବୋଲ ଭାଇ, ହରିବୋଲ ! ଏସବୁ କଥାର ଉତ୍ତର ଦେବାକୁ ଗଲେ ଆମ୍ଭମାନଙ୍କର ଆଉ ଲେଖା ଚଳିବ ନାହିଁ । ଯୀଶୁଖ୍ରୀଷ୍ଟ ଦୁଇ ଖଣ୍ଡ ରୁଟିରେ ବାରଶତ ଲୋକ ଖୁଆଇଲେ, ପୁଣି ଚାରି ପାଛିଆ ବଳିପଡ଼ିଲା । କାମ୍ୟକବନରେ ଶ୍ରୀକୃଷ୍ଣ ଦୁର୍ବାସାଙ୍କ ବାରହଜାର ଶିଷ୍ୟଙ୍କର ପେଟ ଟିକିଏ ଶାଗରେ ପୂରାଇ ଦେଇଥିଲେ । ଏହି ମହାପୁରୁଷଙ୍କ ହସ୍ତମହିମା ପ୍ରତି ଯଦି ଆପଣମାନଙ୍କର ବିଶ୍ୱାସ ନଥାଏ, ତେବେ ଆମ୍ଭମାନଙ୍କ ମଙ୍ଗରାଜ ଚରିତ୍ର ପଢ଼ିବା ନିମନ୍ତେ ଅନୁରୋଧ କରିବାକୁ ସାହସ କରିପାରିବୁ ନାହିଁ ।

ଏପରି ଶୁଣାଅଛି, ତାଙ୍କର ମାଉସୀପୁଅ ଭାଇ ଶ୍ୟାମ ମଲ୍ଲ ସହରକୁ ଯାଇଥିଲେ । ପାପ ଛପା ରହେ ନାହିଁ । ସେ କୁସଙ୍ଗରେ ପଡ଼ି ପିଆଜ ମିଶା କୋବି ଖାଇଥିବା ସାଆନ୍ତଙ୍କ ନିକଟରେ ଅଜଣା ରହିଲା ନାହିଁ । ଆଜିଯାଏ ରୁଢ଼ ବଢ଼ି ରହିଥାଆନ୍ତା । ମଙ୍ଗରାଜେ ଖୁବ୍ କମ୍ ଖରଚରେ ଅର୍ଥାତ୍ ଶ୍ୟାମଙ୍କ ଦେଢ଼ବାଟି ପୈତୃକ ଲାଖରାଜରୁ ୧୫ ମାଣ ଜମି ମାତ୍ର ନେଇ ଖଲାସ କରିଦେଲେ । ମଙ୍ଗରାଜେ ଦିନେ ଶ୍ୟାମକୁ ଡାକି ମୁରବିପଣିଆ କରି କହିଲେ, "ଦେଖ ଶ୍ୟାମ, ଏଣିକି ହୁସିଆର ରହ । ମୁଁ ଥିଲି ବୋଲି ମୋ ମୁଲାଜାରେ ପାଞ୍ଚଜଣ ତୋତେ ଟେକିନେଲେ ସିନା, ନୋହିଲେ, ତୁ ଏକାବେଳକେ କିରସ୍ତାନ ହୋଇଯାଇଥାନ୍ତୁ- ତୋ ସାତପୁରୁଷ ଅହିନରକରେ ପଡ଼ିଥାନ୍ତେ । ଆଉ ମୁଁ ବୋଲି ସିନା ତୋର ମାଣ ପାଞ୍ଚ ଟଙ୍କାରେ ନେଲି, ଆଉ କେହି ଦୁଇ ଟଙ୍କାରେ ଛୁଅନ୍ତା ନାହିଁ । ଯେତେହେଲେ ତୁ ତ ଭାଇ କ'ଣ ତୋତେ ଫୋପାଡ଼ି ଦେବି ? ହେଲେ, ବିପଦ ଆପଦ ବେଳକୁ ମୁଁ, ଭଲବେଳେ କେହି ନୁହେଁ । ଏହି ସେଦିନ ଭୀମାଗଉଡର ଫୌଜଦାରୀ ମକଦ୍ଦମାରେ ତୋତେ ଗୁହା ହେବାକୁ କହିଲି । ଘରେ ଲୁଚିଲୁ, ଦେଖାଦେଲୁ ନାହିଁ ।"

ହାୟ ! ହାୟ ! ଯେଉଁ ନିନ୍ଦୁକମାନେ ଖ୍ରୀଷ୍ଟଙ୍କୁ କ୍ରୁଶରେ ଚଢ଼ାଇଲେ, ପରମା ସତୀ ସୀତାଙ୍କୁ ବଣକୁ ପଠାଇଲେ, ସେମାନଙ୍କ ବଂଶଧରମାନେ ଯେ ହରିବାସର ଉପବାସୀ ପରୋପକାରୀ ମଙ୍ଗରାଜଙ୍କ ଅଖ୍ୟାତି ରଟନା କରିବେ, ଏହା କିଛି ବିଚିତ୍ର ନୁହେଁ । ନିନ୍ଦୁକମାନେ ଯେଉଁ କଥା କହି ବୁଲିବେ, ଆମ୍ଭମାନଙ୍କୁ ନାଚାର ହାଲତରେ ସେ କଥା ବୋଲିବାକୁ ହେଉଅଛି । ସେମାନେ କହନ୍ତି, ମଙ୍ଗରାଜେ ଚାରିକୋଶ ମଧ୍ୟରେ କାହାରି ଗୋଖୋଜରୁ ଖୋଜେ ଜମି ରଖିଲେ ନାହିଁ । ବାକି ଥିଲା ଭାଇ-ଓର ଖୋଜି ଖୋଜି ଏତେଦିନେ ପାଇଲେ । ଶ୍ୟାମ ପିଆଜ ଖାଇ ବ୍ରାହ୍ମଣ ଭୋଜନ କରାଇଲା, ମଙ୍ଗରାଜଘର ମାଇକିନିଆମାନେ ଯେ ଚମ୍ପାକୁ ପଠାଇ ହାଟରୁ ପିଆଜ କିଣି ଆଣନ୍ତି, କଥାଛଳରେ ଆମ୍ଭେମାନେ ମାନିଗଲୁଁ ଚମ୍ପା ପିଆଜ କିଣିଆଣିଲା । ଖାଇବାର ପ୍ରମାଣ କାହିଁ ? "ପଲାଣ୍ଡୁ ଗୁଞ୍ଜନ ଞ୍ଚୈବ"- ମନୁରେ ଖାଇବାକୁ ସିନା ମନା; କିଣିଲେ ପତିତ ହେବ ଏ ବିଧି କାହିଁ ? ମାତ୍ର ଭଦ୍ରଲୋକଘର ମହିଳାମାନଙ୍କୁ ଦୋଷାଦୋଷ ସମାଲୋଚନକାରୀ ନିନ୍ଦୁକମାନଙ୍କ କଥାରେ ଉତ୍ତର ଦେବାକୁ ଆମ୍ଭେମାନେ ସମ୍ପୂର୍ଣ୍ଣ ନାରାଜ ।

ପରିଚ୍ଛେଦ - ୨

ସ୍ୱନାମ ପୁରୁଷୋ ଧନ୍ୟଃ

ମଙ୍ଗରାଜେ ଗରିବର ପୁଅ ଥିଲେ । ଶୁଣାଅଛି, ସାତବର୍ଷ ବୟସରେ ସେ ଛେଉଣ୍ଡ ହୋଇ ବୁଲୁଥିଲେ । ପଇସା ଅଭାବରୁ ବାପର ଶୁଦ୍ଧ ହୋଇନାହିଁ । ଚାଳକୁ ନଡ଼ା ନ ଉଠିବାରୁ କାନ୍ଥ ପଡ଼ିଯାଇଥିଲା । ଏହାଙ୍କ ବାଲ୍ୟଜୀବନ, ବିଦ୍ୟାଶିକ୍ଷା, କର୍ମକ୍ଷେତ୍ରରେ ପ୍ରବେଶ ପ୍ରଭୃତି ଘଟଣାମାନ ବିଚିତ୍ର ରକମର । ଜଗତର କୌଣସି ପ୍ରଧାନ ଲୋକଙ୍କ ଜୀବନଚରିତ ଅଲୌକିକ ଘଟଣାଶୂନ୍ୟ ନୁହେଁ । ସେ ସବୁ କଥା ଲେଖିବାକୁ ଗଲେ ଢେର୍ କାଗଜ କଲମ, ଢେର୍ ସମୟ ଆବଶ୍ୟକ; ମାତ୍ର ପରିମିତବ୍ୟୟିତା ଯେ ଗୋଟିଏ ମହତ୍ ଗୁଣ ଏ ବିଷୟରେ ଆମ୍ଭମାନଙ୍କର ଶିକ୍ଷାଗୁରୁ ମଙ୍ଗରାଜେ ଅର୍ଥନୀତି ସମ୍ବନ୍ଧରେ ମହାପଣ୍ଡିତ ବେଞ୍ଜାମିନ ଫ୍ରାଙ୍କଲିନ୍ ଯେଉଁ ଉପଦେଶ ଦେଇ ଯାଇଅଛନ୍ତି, ସେଥିର ମର୍ମ ଆମ୍ଭେମାନେ ଏହିପରି ବୁଝିଅଛୁ । କାଗଜ ବଜାରରୁ କିଣି ଆଣିବା ସହଜ, ବ୍ୟବହାର କରିବା ବଡ଼ କଠିନ । ଏଥକୁ ଆମ୍ଭେମାନେ ଠିକେ ଠିକେ ସବୁ କଥା ଲେଖି ମଙ୍ଗରାଜୀ ଅର୍ଥନୀତିର ମର୍ଯ୍ୟାଦା ରକ୍ଷା କରିବାକୁ ଚେଷ୍ଟା କରିବୁଁ ।

ମଙ୍ଗରାଜଙ୍କ ଜମିଦାରୀର ନାମ ଫତେପୁର ସରଷଣ୍ଡ, ସଦରଜମା ପାଞ୍ଚହଜାର, ଅଠେଇଶ ବାଟି ବାହେଲ । ଲାଖରାଜ, ବାଜିଆପ୍ତି ପନ୍ଦର ବାଟି ସତାଇଶ ମାଣ - ସତାଇଶ ମାଣ କିମ୍ବା ଜାଣ, ଏଥିର ଜଣେ ସାତମାଣିଆ ସରିକଦାର ଥିବାର ଜଜ୍ ଅଦାଲତରେ ଅପିଲ୍ ଦାଏର ଅଛି । ଲୋକେ କହନ୍ତି ଚାଳିଶ ପଞ୍ଚାଶ ହଜାର ଟଙ୍କା ମହାଜନୀରେ ଖେଳୁଅଛି । ବଡ଼ଲୋକ ଘର କଥା, ବଡ଼ ଶୁଭେ । ଆମ୍ଭେମାନେ ଅନୁମାନ କରୁଁ ୧୫ ହଜାରରୁ ବେଶି ନୁହେଁ । ମିଥ୍ୟା କଥା କହିବା ଆମ୍ଭମାନଙ୍କର ଧର୍ମ ନୁହେଁ । ଇନ୍‌କମ୍ ଟିକସ୍ ଇଲାକା ପିଆଦାଠାରୁ ଶୁଣି ଏ କଥା କହୁଅଛୁଁ । ଧାନ

ମହାଜନୀ କାଗଜ କୋଡିଏ ବରଷ ହେଲା ରଫା ହୋଇନାହିଁ । ଏଥିକୁ ସଠିକ ହିସାବ ଦେବାକୁ ଅକ୍ଷମ । ଗଲା ଅଙ୍କ ସୁନିଆ ବାହାରେ ଧାନଘରିଆ ଯେଉଁ ପାଞ୍ଜି ଦାଖଲ କରିଥିଲା, ସେଥି ମଥୋଟରୁ ଆମ୍ଭେମାନେ ଜାଣୁଅଛୁ ଯେ ଦୁଇହଜାର ସାତ ଭରଣ ପନ୍ଦର ନଉତି ଛ ବିଶ୍ୱା ଦୁଇ ଜାଣି ଧାନ ଅମାରରେ ଜମା ଅଛି ।

ଘର ପାଞ୍ଚ ପରସ୍ତ- ତିନି ପରସ୍ତରେ ତିନି ପୁଅ । ଏକ ପରସ୍ତରେ ସାଆନ୍ତ ସାଆନ୍ତାଣୀ ଓ ସାନ ଝିଅ ମାଳତୀଥାନ୍ତି, ବାହାର ପରସ୍ତ କଚେରି। କଚେରି ଘର ପାଞ୍ଚଶେଣିଆ, ଶେଣିପଟାରେ ବାଘ, ହାତୀ, ବିରାଡ଼ି, ରାଧାକୃଷ୍ଣ, ମାଙ୍କଡ଼ ଖୋଳାଯାଇଅଛି । କାନ୍ଥ ସବୁରେ ନୀଳ, ଶୁକ୍ଳ, ରକ୍ତ, ହରିତ୍, ପାଟଳ- ବିବିଧ ରଙ୍ଗରେ ପଦ୍ମ କହ୍ଲାର, କୁସୁମ, ମାଳତୀ, ପୁଷ୍ପମାଳା, ବାନରଯୂଥ, ରାକ୍ଷସଶ୍ରେଣୀ ସମ୍ବଳିତ ରାମ-ରାବଣ ଯୁଦ୍ଧ ପ୍ରଭୃତି ପୌରାଣିକ ଘଟଣାମାନ ଅଙ୍କିତ ରହିଅଛି । ରାଜପୁତାନାର କୌଣସି ସ୍ଥାନରେ ଗୋଟିଏ ଉଲଗ୍ନ ସ୍ତ୍ରୀମୂର୍ତ୍ତି ଦେଖି ଟଡ୍ ସାହେବ ଅନୁମାନ କରିଅଛନ୍ତି, ଭାରତର ପୂର୍ବକାଳର ଅଙ୍ଗନାମାନେ ଉଲଗ୍ନ ଥିଲେ । ହାୟ ! ହାୟ ! ଆମ୍ଭେମାନେ ମଙ୍ଗରାଜଙ୍କ କାନ୍ଥର ଚିତ୍ର ଦେଖାଇ ସାହେବଙ୍କ ମୂର୍ଖତା ଦୂର କରିପାରିଲୁ ନାହିଁ । ଭିତ୍ତି ଚିତ୍ରିତ ସଖିମଣ୍ଡଳୀ ପରିବେଷ୍ଟିତ ରାଧିକାଙ୍କର ଗେରୁରଙ୍ଗରେ ହାଣ୍ଡିକଳା ବୁଟାଦାର ଘାଗରା ଦେଖିଲେ ଅବଶ୍ୟ ସାହେବଙ୍କର ମୂର୍ଖତା ଓ ଭ୍ରାନ୍ତି ବିଦୂରିତ ହୋଇଥାନ୍ତା । ଏହି ସମସ୍ତ ଚିତ୍ର ଅଙ୍କିତ କରାଇବା ନିମନ୍ତେ ଅନ୍ୟ ଦେଶରୁ ଚିତ୍ରକାର ଲୋଡ଼ିବାକୁ ହୋଇନାହିଁ । ସମସ୍ତ କାର୍ଯ୍ୟ ଚମ୍ପାଙ୍କର ସ୍ୱହସ୍ତ ସମ୍ପାଦିତ ଅଟେ । ଚମ୍ପା ଏତେ ପ୍ରକାର ପଶୁର ଛବି ଚିତ୍ର କରିପାରେ ଯେ, ସେପରି ପଶୁ କଲିକତା ଜୁଲଜିକେଲ ଉଦ୍ୟାନରେ (ଚିଡ଼ିଆଖାନା) ତୁମ୍ଭେ ଖୋଜି ପାଇବ ନାହିଁ ।

ମଙ୍ଗରାଜ ଉଆସ ଲଗାଲଗି ପଛରେ ଗୋଟିଏ ବଡ଼ ବଗିଚା, ବାଡ଼ି ଦୁଆର ପାଖରେ ଭାରୀ ଗୋଟାଏ ପୋଖରୀ- ପୋଖରୀ ଚାରିପାଖରେ ନଡ଼ିଆ ଗଛ, ତା ପଛକୁ କଦଳୀ, ପଣସ, ଆମ୍ବ, ଓଆଉ ଗଛ । ବଗିଚା ପଘାର ଚାରିପାଖ ସୁନାର ଖାଇ ବାଉଁଶ ବାଡ଼ ପ୍ରାଚୀର ପରି ବେଢ଼ି ରହିଅଛି । ମଙ୍ଗରାଜଙ୍କ ପରି ନିଃସ୍ୱାର୍ଥ ଲୋକ ଦୁନିଆରେ ଅଳ୍ପ ଦେଖିବ । ତାଙ୍କର ସବୁ କାର୍ଯ୍ୟ ପରୋପକାର ନିମନ୍ତେ । ସାଆନ୍ତଙ୍କ ଏହି ବଡ଼ ବଗିଚାଟି ଗୋବିନ୍ଦପୁର ହାଟର ସ୍ଥିତି ଓ ଉନ୍ନତିର ମୂଳାଧାର ଅଟେ । ବଗିଚାର ନଡ଼ିଆ, କଦଳୀ, ବାଇଗଣ, କଖାରୁ, ଖଡ଼ାଠାରୁ ଲଙ୍କାମରିଚ ପର୍ଯ୍ୟନ୍ତ ନ ଯାଉଥିଲେ ହାଟର ଏଡ଼େ ଜାରି ଦେଖନ୍ତ ନାହିଁ । ସାଆନ୍ତଙ୍କ ବଗିଚାର ପରିବା ବିକା ନ ସରିଲେ ଆଉ କାହାରି ବିକିବାର ଅଧିକାର ନାହିଁ । ସେ ତ ଠିକ୍ କଥା । ଭଲ ଜିନିଷଗୁଡ଼ାକ ପଡ଼ିରହିବ, ଖରାପ ଜିନିଷ ଆଗେ ବିକ୍ରି ହେବ, ଏହା ତ ଉଚିତ୍ ନୁହେଁ । ହାଟ ଯେ

ନିଜ ଜମିଦାରୀ ମଧ୍ୟରେ; ଅନ୍ୟ ଲୋକର ହୋଇଥିଲେ ଅନ୍ୟକଥା । ସୁନିଆଁ ଓ ପର୍ବପର୍ବାଣୀରେ ଯେ ସବୁ କଖାରୁ, ବାଇଗଣ, କଦଳୀ ଭେଟି ଆସେ, ସେ ସବୁ ସଳଖେ ସଳଖେ ହାଟକୁ ଯାଏ । ଚୀନ ଦେଶର ପ୍ରାଚୀର ତୟାର ହେଲା ଉତ୍ତାରେ ସମ୍ରାଟ ଦେଶର ସମସ୍ତ ଇତିହାସ ଲେଖକଙ୍କୁ ଧରି ଆଣି ହତ୍ୟା କରିଥିଲେ; କାରଣ ପ୍ରାଚୀରରେ କେତେ ଟଙ୍କା ଖରଚ ହେଲା, କାଳେ ସେମାନେ ଲେଖି ପକାଇବେ । ଏଥକୁ ଆମ୍ଭେମାନେ ସମ୍ରାଟଙ୍କୁ ନିରହଙ୍କାରୀ ପୁରୁଷ ବୋଲି କହୁ । ମହତ୍ ଲୋକମାନେ ମହତ୍ କାର୍ଯ୍ୟ ସାଧନ କରି ସେଥିରେ କେତେ ଟଙ୍କା ଖରଚ ହେଲା କହି ବୁଲନ୍ତି ନାହିଁ । ମଙ୍ଗରାଜଙ୍କୁ ପଚାର, ଆପଣଙ୍କର ନଅର ବନାରେ କେତେ ଟଙ୍କା ଲାଗିଲା ? ଉତ୍ତର, ଢେର ଟଙ୍କା; ମୁଁ ତ ସେଥିରେ ସରିଗଲି, ପାଠକ, ନିରାଶ ହେବେ ନାହିଁ , ଅଧୀର ହେବେ ନାହିଁ ।

ପ୍ରତ୍ନତତ୍ତ୍ୱ ବିଦ୍ୟାଳୟରେ ସବୁ ପୁରୁଣା କଥାର ଠିକଣା ଲାଗିଯାଏ । ନଅଶ ବରଷ ଉତ୍ତାରେ ଜଣେ ସାହେବ ଆସି ପୁରୀ ମନ୍ଦିର ତୟାରିରେ କେତେ ଟଙ୍କା ଖରଚ ହେଲା, ତାହା ହିସାବ କରି ତାଲିକା ଦେଖାଇ ଦେଲେ । ମଙ୍ଗରାଜଙ୍କର ଲେଉଟିଆ ଶାଗ ବିକ୍ରି ପର୍ଯ୍ୟନ୍ତ ପତ୍ର ରହିଅଛି, ଘର ତିଆରି ଖରଚର କି ହିସାବ ମିଳିବ ନାହିଁ ? ଦେଓୟାନ ଗଙ୍ଗ ଗୋବିନ୍ଦସିଂହଙ୍କ ମାତୃକ୍ରିୟା ପରି କ୍ରିୟା ଭାରତବର୍ଷରେ ଆଜିଯାଏ କେହି କରି ନାହିଁ । ବଙ୍ଗଳା ହତାର ସମୁଦାୟ ଜିଲ୍ଲାର କିଲଟର ସାହେବ ଡାଲି, ଚାଉଳ, ମୟିଦା, ତେଲ, ଘିଅ, ନଡ଼ିଆ, କଦଳୀ କିଣି ପଠାଇବେ ବୋଲି ବଡ଼ଲାଟ ସାହେବ ସେମାନଙ୍କ ଉପରେ ଚିଠି ଜାରି କରିଥିଲେ । ନବଦ୍ୱୀପର ରାଜା ଶିବଚନ୍ଦ୍ର ସେହିପରି ମାତୃକ୍ରିୟା କରିବାକୁ ଇଚ୍ଛା କରି ଖରଚର ଡାବ ମାଗିପଠାଇଥିଲେ । ଦେଓୟାନ ଗଙ୍ଗାଗୋବିନ୍ଦ କେବଳ ଗଞ୍ଜେଇ, ଆପୁ, ଧୂଆପତ୍ର ଖରଚ ଡାବ ପଠାଇଦେଲେ ତାହା ଅନୁପାତରେ ସମସ୍ତ ଖରଚର ଠିକଣା ଲଗାଇବାକୁ ସଙ୍କେତ କରି ଭାଷା ଲେଖିଥିଲେ । ଏହିସବୁ ଜିନିଷ ଖରିଦରେ ବାସ୍ତରି ହଜାର ଟଙ୍କା ଖରଚ ପଡ଼ିଥିଲା । ନଗଜାତ ଖରିଦ ଛଡ଼ି ସମସ୍ତ ଜମିଦାର ବେଠିରେ ଅନେକ ଜିନିଷ ଦେଇଥିଲେ । ଆମ୍ଭେମାନେ ଘର ତୟାରିର ଗୋଟିଏ ହିସାବ ଦେଉଅଛୁଁ- ବୁଦ୍ଧିମାନ ପାଠକମାନେ ତାକୁ ଧରି ମୋଟ ଖରଚ କଥା ବୁଝିପାରିବେ । ଧାନଘର ପାଞ୍ଜିରୁ ଆମ୍ଭେମାନେ ଠିକ୍ ହିସାବ ପାଇଅଛୁଁ । ବଢ଼େଇ, କମାର, ବେଠିଆଙ୍କ ପଛେ ପନ୍ଦର ଭରଣ ବାଇଶ ନଉତି ଧାନ ଖରଚ ପଡ଼ିଥିଲା ।

ମଙ୍ଗରାଜଙ୍କ ମୁହଁରୁ ଅନେକ ଥର ଶୁଣାଯାଇଅଛି ସେ କେବଳ ପରର ବିକଳ ସହି ନ ପାରି ଧାନ ଟଙ୍କା କରଜ ଦିଅନ୍ତି, ନୋହିଲେ ସେଥିରେ ତାଙ୍କର ନିଜର ଲାଭ

କିଛି ନାହିଁ । ଆମ୍ଭେମାନେ କହୁଁ ବରଞ୍ଚ ଲୋକସାନ । ଧାନ ଦେଢ଼ିରୁ ବେଶି କରଜା ନାହିଁ, ଏଥିରେ ଲାଭ କ'ଣ ? ଦିଅନ୍ତି ଶୁଖିଲା ପୁରୁଣା ଧାନ, ନେବା ବେଳକୁ ନୂଆ କଞ୍ଚା । ଆଚ୍ଛା ପାଠକ, ଆପଣଙ୍କ ଓଦାଲୁଗାଟା ଆଗେ ଓଜନ କରନ୍ତୁ, ଦେଖିବେ ଓଦା ଶୁଖିଲାର କେତେ ପ୍ରଭେଦ । ଗଲା ଅଙ୍କ ପାଞ୍ଜିଆ ଯେ ସାଲତମାମି ଦାଖଲ କରିଥିଲା, ସେଥିରେ ମହାଜନୀ କରଜାରେ ଆଠଟଙ୍କା ଛଅଅଣା ଦୁଇକଡ଼ା ଦୁଇକ୍ରାନ୍ତି ଛାଡ଼ ତଳେ ପଡ଼ିଥିବାର ଦେଖାଯାଇଅଛି । ଏତେଗୁଡ଼ାଏ ଟଙ୍କା ଛାଡ଼ ସକାଶେ ପାଞ୍ଜିଆ ଗାଳିଖାଇ ଯେଉଁପରି କୈଫିୟତ ଦେଇଥିଲେ, ସେଥିର ସାର ମର୍ମ ଏହି- ଭିକାରୀ ପଣ୍ଡା କରଜ ନେବାର ମୂଳ ପାଞ୍ଚଟଙ୍କା, ସେଥିରେ କଳନ୍ତର ଚକ୍ରବୃଦ୍ଧି ପ୍ରମାଣେ ବାର ଟଙ୍କା ପାଞ୍ଚ ଅଣା ଏଗାର ଗଣ୍ଡା ଦୁଇ କଡ଼ା । ଗାଏ ଦୁଇପଦକୁ ମୋଟ ଓ ଆଦାୟ ସତର ଟଙ୍କା ପାଞ୍ଚ ଅଣା ଦୁଇ ପଇସା ବାଦେ ବାକି ଛାଡ଼ ଦେଢ଼ ଗଣ୍ଡା ।

ପରିଚ୍ଛେଦ -୩

ବାଣିଜ୍ୟେ ବସତେ ଲକ୍ଷ୍ମୀ ସ୍ତଦର୍ଦ୍ଧ କୃଷିକର୍ମଣି

ଅସ୍ୟାଃର୍ଥ

'ବାଣିଜ୍ୟେ ଲକ୍ଷ୍ମୀଙ୍କ ବାସ, ତହୁଁ ଅଧେ କଲେ ଚାଷ ।'

ଆମ୍ଭେମାନେ ଅନୁମାନ କରୁଁ, ଜଣେ ମରହଟି କବି ଏହି କବିତା କହିଅଛନ୍ତି । ଆଜିକାଲିର କବି ହୋଇଥିଲେ, ଏହିପରି କହନ୍ତେ-

'ବାଣିଜ୍ୟେ ଲକ୍ଷ୍ମୀଙ୍କ ବାସ, ତହୁଁ ଅଧେ ବି.ଏଲ୍.ପାସ ।'

ମଙ୍ଗରାଜଙ୍କ ନଅର ଦେଖି କେହି କେହି ଅନଭିଜ୍ଞ ଲୋକ ଅନୁମାନ କରିପାରନ୍ତି, ଏହା ଗୋଟିଏ ଅଦାଲତର ବି.ଏଲ୍ ପାସିୟା ଓକିଲଙ୍କ ଘର ବାଷଠି ଘର ଭଗାଂଶର ସମଷ୍ଟି ମାତ୍ର । କଥା କଣ ଜାଣନ୍ତି, 'ଭାଗ୍ୟଂ ଫଳତି ସର୍ବତ୍ରଂ ।' ଏହି ଯେ ଅଦାଲତର ଓଳିରେ ଗଣ୍ଡା ଗଣ୍ଡା ଶାଳପାଗିଆ ବୁଲୁଅଛନ୍ତି, ମଙ୍ଗରାଜଙ୍କ କଛରେ ପଚିଶ ଘର ଭଗ୍ନାଂଶ ଗାଏ କରିବାକୁ କେତେଜଣ ମିଳିବେ ? ସାଆନ୍ତେ ଆପେ କହନ୍ତି, ସେ କାହାରି ଗୋଟାଏ ପଇସା ଆଣନ୍ତି ନାହିଁ । ନିଜ ବୁଦ୍ଧି, ନିଜ ବାହୁବଳରେ ମାଟିରୁ ସୁନା ପଇଦା କରିଅଛନ୍ତି । ଏହିପରି ଶୁଣାଅଛି- ଶୁଣା କିମ୍ବା, ଆମ୍ଭେମାନେ ଠିକ୍ କଥା ଜାଣୁଁ- ମଙ୍ଗରାଜେ ପ୍ରଥମେ ଗାଁ ପ୍ରଧାନଠାରୁ ଦୁଇମାଣ ଜମି ଭାଗରେ ଧରିଥିଲେ । ବର୍ତ୍ତମାନ ଚାଷଜମି ଚବିଶଦସ୍ତି ପଦିକାରେ ଚାରି ବାଟି ଛ ମାଣ, ଏହା ଛାଡ଼ି ତିରିଶ ବାଟି ସତର ମାଣ ଭାଗରେ ଲାଗିଛି । ଜମି ସବୁ ଲାଖରାଜ, କିଛି ନିସ୍ଫବାଜ୍ୟାପ୍ତି ଅଧିକାଂଶ ଖରିଦା ବ୍ରହ୍ମୋତ୍ତର, ଚାଷ ବଳଦ ୧୫ ହଳ । ହଳିଆ ୧୨ ଜଣ । ଏମାନେ ବାରମାସିଆ, ଜାତିରେ ବାଉରି, ତିନି ଜଣ ପାଣ । ଚାଷ ଓ ବଗିଚା ଏମାନଙ୍କର ଜିମା । ମଙ୍ଗରାଜଙ୍କ ଶିକ୍ଷା ଓ ଉତ୍ସାହରେ ଏମାନେ କର୍ମଠ ଓ ଉତ୍ସାହୀ । ବ୍ରାହ୍ମମୁହୂର୍ତ୍ତରେ

ଶଯ୍ୟା ତ୍ୟାଗ କରିବା ସ୍ୱାସ୍ଥ୍ୟ-ବିଧାନଶାସ୍ତ୍ରର ବିଧି । ଖରା ହେଉ, ବରଷା ହେଉ, ତୋଫାନ ହେଉ, ଝଡ଼ି ହେଉ, ମଙ୍ଗରାଜେ ଏହି ବିଧି ଲଙ୍ଘନ କରିବାର କେବେ କେହି ଦେଖିନାହିଁ । ଶାସ୍ତ୍ରରେ ଲେଖାଅଛି-

ଯେତେକ ଦେଖ ନଦନଦୀ, ସମସ୍ତେ ମିଳନ୍ତି ଜଳଧି ।

ଆପଣା ଗୁଣ ପାସୋରନ୍ତି, ଲବଣ ଗୁଣକୁ ଭଜନ୍ତି ।

ଠିକ୍ କଥା । ସେହିପରି ସ୍ତ୍ରୀ, ଦାସ ଦାସୀ ସମସ୍ତେ ସାଆନ୍ତଙ୍କ ଗୁଣକୁ ଊଣା ଅଧିକରେ ଲାଭ କରିଥାନ୍ତି । ଆମ୍ଭେମାନେ ସାଆନ୍ତଙ୍କ ଘର ଦାସଦାସୀମାନଙ୍କୁ ଦେଖି ଏହି ଶିକ୍ଷା ଲାଭ କରିଅଛୁଁ । ମଙ୍ଗରାଜେ ବ୍ରାହ୍ମମୁହୂର୍ତ୍ତରେ ଉଠି ଦାନ୍ତ ଘଷିପକାନ୍ତି । କଲିକତା ସହରରେ ଦୁଇଥର ତୋପ ପଡ଼େ । ପ୍ରାତଃକାଳ ତୋପ ରାତ୍ରି ଶେଷଜ୍ଞାପକ । ମଙ୍ଗରାଜେ କଚେରି ପିଣ୍ଡାରେ ଛିଡ଼ା ହୋଇ ହଳିଆକୁ ଡାକଦେଲେ ଗ୍ରାମର ଲୋକେ ଆଖିବୁଜି ମଧ୍ୟ ଜାଣିପାରନ୍ତି, ରାତି ପାହିଲାଣି, ବହୂ ଭୁଆସୁଣୀଏ ବାସିପାଇଟିରେ ଲାଗିଯାନ୍ତି । ମଫସଲର ଲୋକେ ଘଣ୍ଟାଫଣ୍ଟା ବୁଝନ୍ତି ନାହିଁ । ସୂର୍ଯ୍ୟ ମୁଣ୍ଡ ଉପରକୁ ଆସିଲେ ବଳଦ କାନ୍ଧରୁ ଜୁଆଳି ବାହାରେ । ଆଖପାଖ ଚାଷୀମାନେ ଦୂରରୁ ଅନାଇଁ ଦେଖନ୍ତି ମଙ୍ଗରାଜଙ୍କ ବଡ଼ ତାଳପତ୍ର ଛତା ହିଡ଼ ଉପରୁ ଉଠିଲାଣି କି ନାହିଁ । ମଙ୍ଗରାଜେ ତାଙ୍କର ହଳିଆମାନଙ୍କୁ ପୁଅ ପରି ପାଳିଛନ୍ତି । ମା ବାପ ପିଲାମାନଙ୍କ ଖିଆପିଆ ନିଜେ ନ ଦେଖିଲେ ସେମାନଙ୍କ ମନ ମାନେ ନାହିଁ । ହଳିଆମାନେ ଧାଡ଼ି ହୋଇ ଖାଇବାକୁ ବସିଗଲେ ସାଆନ୍ତେ ରାନ୍ଧୁଣିଆକୁ ଉଚ୍ଚସ୍ୱରରେ ଡାକି ଦିଅନ୍ତି- ଆରେ ତୋରାଣି ଆଣ, ତୋରାଣି ଆଣ, ଏମାନଙ୍କ ତଣ୍ଟି ଶୁଖିଯାଉଛି । ରାନ୍ଧୁଣିଆ ଅଭ୍ୟସ୍ତ ବିଦ୍ୟା ପ୍ରଭାବରେ ଫିଜଣକୁ ଦୁଇକଂସା କରି ତୋରାଣି ଦିଏ । ହଳିଆ ଏତେଗୁଡ଼ାଏ ତୋରାଣି ପିଇବାକୁ ନାରାଜ ହେଲେ ସାଆନ୍ତେ ତାହାର ଉପକାରିତା ଓ ବଳକାରିତ୍ୱ ସମ୍ବନ୍ଧରେ ଖୁବ୍ ଏକ ବକ୍ତୃତା କରି ତାହା ପିଆଇଦେଇ ତହିଁ ଉତ୍ତାରେ ଭାତର ବ୍ୟବସ୍ଥା କରି ଆପେ ସ୍ନାନ କରିବାକୁ ବାହାରିଯାନ୍ତି । ସାଆନ୍ତଙ୍କ ବଗିଚାରେ ସତରଟା ସଜନାଗଛ । ସଜନା ଶାଗ ହଜମୀ, ବଳକର, ରୋଗନାଶକ, ମୁଖରୋଚକ, ରୋଗର ପଥ୍ୟ । ନିର୍ଘଣ୍ଟରେ ସଜନାର ଏପରି ଗୁଣବର୍ଣ୍ଣନା ଅଛି କି ନାହିଁ ଆମ୍ଭେମାନେ ଜାଣୁ ନାହିଁ, କାରଣ ସେ ବିଦ୍ୟାରେ ଆମ୍ଭେମାନେ ନିତାନ୍ତ ଅନଭିଜ୍ଞ, କିନ୍ତୁ ସାଆନ୍ତଙ୍କ ମୁଖରୁ 'ଯଥା ଶ୍ରୁତଂ ତଥା ଲିଖିତଂ ।' ସେଥିସକାଶେ ବଗିଚାର ସଜନାଶାଗ କେରାଏ ମଧ୍ୟ ହାଟକୁ ଯାଏନାହିଁ, ହଳିଆମାନଙ୍କର ବଳବର୍ଦ୍ଧନ ଓ ପୋଷଣ ନିମନ୍ତେ ସମସ୍ତ ଉତ୍ସର୍ଗୀକୃତ । ଏହି ଯେ ଫୁଲ ଦେଖୁଅଛ, ଏପରି ଉପାଦେୟ ପଦାର୍ଥ ପୃଥିବୀରେ ନାହିଁ । ପୁଞ୍ଜାଏ ରାଇ ଯଦି ସେଥିରେ ମିଶେ, ତା' କଥା ଛାଡ଼ । ପରମେଶ୍ୱରଙ୍କ ସୃଷ୍ଟିରେ କେତେ ଭଲ ଅଛି-

ସେଥିରେ ଭଲମନ୍ଦ ମିଶାମିଶି । ଦେଖ, ପଣସ ଖୋସାଗୁଡ଼ିକ କେଡ଼େ ମଧୁର; କିନ୍ତୁ ତାହା ଭିତରେ ସୂତାଗୁଡ଼ାକ ବଦହଜମୀ; କିନ୍ତୁ ଜ୍ଞାନୀଲୋକଠାରେ କିଛି ଅଖଞ୍ଜ ରଖେ ନାହିଁ- ଭଲକୁ ଭଲ, ମନ୍ଦକୁ ମନ୍ଦ ବାଛି ଦିଅନ୍ତି । ସଜନାର ସବୁ ଭଲ, କେବଳ ଛୁଇଁଗୁଡ଼ାକ ଖରାପ ଓ ବଦହଜମୀ । ସେଥିପାଇଁ ହଳିଆ କିମ୍ବା ଚାକରମାନଙ୍କ ପତ୍ର ଛୁଇଁପାରେ ନାହିଁ, ବାହାରେ ବାହାରେ ହାଟକୁ ଯାଏ ।

ପରିଚ୍ଛେଦ- ୪

ଚାଷ ତଦାରଖ

"ଅୟଂ ନିଜଃ ପରୋବେତି ଗଣନା ଲଘୁଚେତସାଂ ।"

ମଙ୍ଗରାଜେ ନିଜ ପର ଚାଷ ବୁଝନ୍ତି ନାହିଁ । ଶାସ୍ତ୍ରରେ ପାଠ ଡାକୁଛି, ଲଘୁଚେତାମାନେ ଆପଣା ଓ ପର ଏହିପରି ବୁଝନ୍ତି । ସାଆନ୍ତଙ୍କ ଆପଣା ଚାଷ ପ୍ରତି, ଯେପରି ନଜର, ପର ଚାଷ ପ୍ରତି ମଧ୍ୟ ସେହିପରି ଦୃଷ୍ଟି । ଆମ୍ଭେମାନେ ଦିନକର କଥା କହିଲେ ଜ୍ଞାନୀ ପାଠକମାନେ ସେଥିରୁ ସବୁ ଜାଣିଯିବେ । ଭାତହାଣ୍ଡିରୁ ଗୋଟାଏ ଚିପିଲେ ସବୁ ଜଣାପଡ଼େ । ସରଦାର ହଳିଆ ଗୋବିନ୍ଦ ପୁହାଣ ସକାଳେ ଜଣାଇଲା, ଆଜ୍ଞା ଦେଢ଼ମାଣ ବିଲ ଅରୁଆ ରହିଲା, ତଳି ନିଅଣ୍ଟ ।' ସାଆନ୍ତେ 'ହଁ, କହି ତୁନିହେଲେ । ହଳିଆ ହାତଯୋଡ଼ି ଦୁଆରେ ଛଡ଼ାହେଲା !

ସାଆନ୍ତେ ବିଲ ବୁଲି ବାହାରିଛନ୍ତି । ପରିଧାନ ଖଣ୍ଡିଏ ତେଲଚିକିଟା ମଠାଲୁଗା, ଅଣ୍ଟାରେ ଗେରୁରଙ୍ଗିଆ ଗାମୁଛା ଭିଡ଼ା, କାନ୍ଧରେ ବିଶାଳ ତାଳପତ୍ର ଛତା । ପଛରେ ଗୋବିନ୍ଦ ପୁହାଣ ବିଲର ହାଲଚାଲ କହି କହି ଚାଲୁଅଛି, ଆଉ ଜଣେ ହଳିଆ କାନ୍ଧରେ ଯୋଡ଼ାଏ ଯୁଆଳି ପକାଇ ଚାଲୁଅଛି; ତାହାର ନାମ ପାଣ୍ଡିଆ । ଗାଁର ସବୁ ଲୋକ ଉଠିନାହାନ୍ତି । ଶିବୁ ପଣ୍ଡିତଙ୍କ ସାଙ୍ଗରେ ଭେଟ ହେଲା ।

ପଣ୍ଡିତେ ନାସ ସୁଙ୍ଘି ସୁଙ୍ଘି ବାଁ ହାତରେ ଡାଳଟିଏ ଧରି ପୋଖରୀ ପାଣି ବାହାରିଛନ୍ତି । ସାଆନ୍ତଙ୍କୁ ହଠାତ୍ ପଛରେ ଦେଖି ତରତର ହୋଇ ସାଢ଼େ ସାତହାତ ଆଡ ହୋଇଗଲେ ଏବଂ ଡାଳଟା ତଳେ ଥୋଇଦେଇ ଧନୁକାକାର ଧାରଣପୂର୍ବକ 'ଅଞ୍ଜଳିବଦ୍ଧେ ଭୂତ୍ୱା' ସାଆନ୍ତଙ୍କର 'କୀର୍ତ୍ତିମାୟୂର୍ଯ୍ୟ ଶଃଶ୍ରିୟଂ' କାମନା କଲେ । ସାଆନ୍ତଙ୍କର ତେଣିକି ଦୃଷ୍ଟି ନାହିଁ, ଏକମୁହାଁ ଚାଲିଛନ୍ତି । ସାଆନ୍ତେ ଖଣ୍ଡେ ବାଟ ଚାଲିଗଲା ବାଦ୍ ପଣ୍ଡିତେ ଧୀରେ ଧୀରେ ଡାଳଟି ଉଠାଇ ଶ୍ଳୋକଟିଏ ପଢ଼ିଲେ- 'ଅଦ୍ୟ

ପ୍ରାତରେବାନିଷ୍ଟଦର୍ଶନଂ', ଜାତଂ ନ ଜାନେ କିମନଭିମତଂଦର୍ଶୟିଷ୍ୟତି ।'
ପଣ୍ଡିତମାନଙ୍କର ଶ୍ଳୋକ ପଢ଼ିବା ଅଭ୍ୟାସ, ସେଥିରୁ ଆମ୍ଭେମାନେ କଣ ପାଇବୁ ?

ଶ୍ୟାମ ଗୋଛାଇତ ଜାତିରେ ବାଉରି । ବିଲ ଗାଁ ତଳେ । ବିଲଗୁଡ଼ିକ ଆଗ ରୁଆ, ଶୁଆପକ୍ଷିଆ ବୁଲିଗଲାଣି । ଶ୍ୟାମ ନଇଁପଡ଼ି ହିଡ଼ ବାନ୍ଧୁଅଛି । ସାଆନ୍ତେ ପାଖରେ ଛିଡ଼ା ହୋଇଯାଇ କଅଁଳ ଭାଷାରେ କହିଲେ, "କିରେ ବାପ ଶ୍ୟାମ !" ଶ୍ୟାମ ହଠାତ୍ ସାଆନ୍ତଙ୍କୁ ଦେଖି ଚମକିପଡ଼ିଲା । ପାଞ୍ଚ ହାତ ଦୂରକୁ କୋଡ଼ିଟା ଫୋପାଡ଼ି ଦେଇ ଲଟ୍‌କରି କାଦୁଅରେ ଶୋଇପଡ଼ି ଓଳଗି ହେଲା । "ଆରେ ଉଠ୍, ଆରେ ଉଠ୍, ଆରେ ଉଠ୍" ବୋଲି ସ୍ନେହରେ ସାଆନ୍ତେ ସମ୍ବୋଧନ କଲେ । ତହିଁ ଉତ୍ତାରେ ଶ୍ୟାମ ହାତଯୋଡ଼ି ଦଶହାତ ଦୂରରେ ଛିଡ଼ା ହେଲା । ତାହା ବାଦ୍ ଶ୍ୟାମ ଓ ସାଆନ୍ତଙ୍କ ମଧ୍ୟରେ ଢେର୍ ବେଳଯାଏ ଦୁଃଖସୁଖ କଥାବାର୍ତ୍ତା ହେଲା । ସବୁ କଥାଗୁଡ଼ା ଲେଖିଲେ ପାଠକମାନେ ବିରକ୍ତ ହୋଇପାରନ୍ତି, ସେଥି ସକାଶେ ସାରାଂଶ ମାତ୍ର ଲେଖୁଅଛୁଁ- ଅର୍ଥାତ୍ ଶ୍ୟାମ ବଂଶ ଉପରେ ସାଆନ୍ତଙ୍କ ଭାରି ନଜର । ଶ୍ୟାମ ବାପ ଅପର୍ତ୍ତିଆ ରୋଜ ରୋଜ, ସଞ୍ଜବେଳେ ସାଆନ୍ତଙ୍କ ପାଖକୁ ଯାଇ ବିଲବାଡ଼ିର ହାଲଚାଲ ଜଣାଉଥିଲା ଏବଂ କିପରି ଚାଷ କଲେ ଧାନ ଖୁବ୍ ଫଳିବ ଏ ସବୁ କଥା ପଚାରୁଥିଲା, ଇତ୍ୟାଦି ଇତ୍ୟାଦି । ମାତ୍ର ଶ୍ୟାମ ସେପରି କରେ ନାହିଁ। ଇତ୍ୟବସରେ ବିଲ ଉପରେ ସାଆନ୍ତଙ୍କର ନଜର ଅକସ୍ମାତ୍ ପଡ଼ିଗଲା । ଚମକିପଡ଼ିଲାପରି ମୁରବିପଣିଆ କରି କରିଲେ, "ଆରେ ଶ୍ୟାମା, ତୁ କଣ କରିଛୁ ? ତୁଟା ତ ନିହାତି ଓଲୁ ! ଚାଷ କରି ଜାଣୁନାହିଁ । ଆରେ ଏତେ ନିଘଞ୍ଚ କରି ରୋଇଲେ କଣ ଧାନ ଫଳେ ? ଗଛ ନିଶ୍ୱାସ ମାରିବାକୁ ତ ବାଟ ରଖିନାହୁଁ। ଉପାଡ଼ ଅଧେ ଉପାଡ଼ିପକା । ଗୋବିନ୍ଦ ଭଲ କରି ଅନାଇଁ ସାଆନ୍ତଙ୍କର ପୋଷକତା କଲା । ଶ୍ୟାମ ଥରି ଥରି ହାତ ଯୋଡ଼ି କହିଲା, "ଆଜ୍ଞା, ମୁଁ ତ ସବୁ ବରଷ ଏହିପରି ରୁଏ, ସମସ୍ତେ ରୁଅନ୍ତି ।" ସାଆନ୍ତେ ବିରକ୍ତ ହୋଇ କହିଲେ, "ଆରେ ଓଲୁ, ଭଲ କହିଲେ ଶୁଣୁନାହୁଁ।" ଗୋବିନ୍ଦ ଆଡ଼କୁ ଚାହିଁ କହିଲେ, "ଆରେ ଗୋବିନ୍ଦ, ଦେଖାଇ ଦେ ତ !" ଏହି କଥା ମୁହଁରୁ ନବାହାରୁଣୁ ଗୋବିନ୍ଦା ଏବଂ ପାଣ୍ଡିଆ ଦୁଇ କିଆରି ବିଲ ଅଧା ପଦା କରି ପକାଇଲେ । ଶ୍ୟାମ ଡକାପାରି ସାଆନ୍ତଙ୍କ ଗୋଡ଼ତଳେ ପଡୁଥାଏ । ସାଆନ୍ତେ ରାଗିଯାଇ ସାଆନ୍ତାଣୀଙ୍କ ସହିତ ଶ୍ୟାମର ଭାଇ ଲେଖା ସମ୍ବୋଧନ କରି କହିଲେ, "ତୁ ବିଲ କରି ଜାଣ ନ ଜାଣ, କରଜ ଧାନର ମୂଳ ଜଳନ୍ତର ବିଶ୍ୱାଏ ରଖିଲେ ଜାଣିବୁ ।" ଶ୍ୟାମ ଭୟରେ କାଠପିତୁଳିଟି ପରି ଛିଡ଼ା ହୋଇଥାଏ । ସାଆନ୍ତେ- "ଆରେ ଗୋବିନ୍ଦା, ଥାଉ ଥାଉ, ସେ ଯାହା ଇଚ୍ଛା କରୁ- "ଏହା କହି ଆପଣା ଅରୁଆ ବିଲଆଡ଼କୁ ଦୁଇ ଭାର ତଳି ଧରି ବାହାରିଗଲେ ।

ପରିଚ୍ଛେଦ-୫

ମଙ୍ଗରାଜଙ୍କ କୁଟୁମ୍ବ

ରାମଚନ୍ଦ୍ର ମଙ୍ଗରାଜେ ଜଣେ ବହୁପୋଷୀ ଲୋକ । ଘରେ ଖାଇବାକୁ କୁଟୁମ୍ବ ଢେର୍ । ନିଜେ ସାଆନ୍ତ ସାଆନ୍ତାଣୀଙ୍କୁ ଛାଡ଼ି ତିନି ପୁଅ, ହିସାବରେ ତିନି ବୋହୂ, ପୋଇଲୀ, ପରିବାରୀ କୋଡ଼ିଏ କି ବାଇଶି- ଏହିପରି ତିରିଶ ଲଗାଲଗି । ପ୍ରତି ଜଣର କଥା ଲେଖିବାକୁ ଗଲେ ଢେର୍ ଲେଖିବାକୁ ହେବ । ମାତ୍ର ଆପଣ ତ ଆମ୍ଭମାନଙ୍କ ସ୍ୱଭାବ ଜାଣନ୍ତି; ମିଛ କଥା ଲେଖିବା, କଥା ବଢ଼େଇ ଲେଖିବା, ଅକାରଣ କଥା ଲେଖିବା ଆମ୍ଭମାନଙ୍କ ଧାତୁରେ ଚଳେ ନାହିଁ । ମଧ୍ୟ "ମା ଲିଖେତ୍ ସତ୍ୟମ ପ୍ରିୟଂ", ଅର୍ଥାତ୍ ସତ୍ୟ କଥାରୁ ମଧ୍ୟ ଅଧାଅଧି ଛାଡ଼ି ଦେବାକୁ ହୁଏ । ଉଆସ ମଧ୍ୟରେ ସ୍ତ୍ରୀ ସଂଖ୍ୟା ବେଶି- ରାମ ଭଣ୍ଡାରିକୁ ଛାଡ଼ି ପୁରୁଷତୁଣ୍ଡ ପ୍ରାୟ ଶୁଭେ ନାହିଁ । ସାଆନ୍ତେ ତ ଧନ୍ଦାରେ ଲାଗିଥାନ୍ତି । ତିନି ପୁଅ ଯୁଆଣ । ଚଉପଟ ଖେଳିବା, ଗୋବରାଚଢ଼େଇ ଧରିବା, ଲୋକଙ୍କ ସହିତ ଦଙ୍ଗାଫିସାଦ କରିବାରେ ସେମାନଙ୍କୁ ବେଳ ଅଣ୍ଟେନାହିଁ । ଗଞ୍ଜେଇ ପତ୍ର ଖାଇବାକୁ ମଧ୍ୟ କିଛି ବେଳ ଲୋଡ଼ା । ଗୋବିନ୍ଦପୁର ହାଟର ଗଞ୍ଜେଇ ଦୋକାନୀ ଜଣେ ଗହକି ଉପରେ ଖପା ହୋଇ କହିଲା, "ଆରେ ଯା ମ- ମାଲ ନ ନେ ! ଏକା, ସାଆନ୍ତ ଘର ବାବୁମାନଙ୍କ ପାଇଁ ମାଲ ନିଅଣ୍ଟ ।" ବାପ ପୁଅଙ୍କର ପ୍ରାୟ ଭେଟ ହୁଏ ନାହିଁ । ଜଣେ ମୁରବିଭଳିଆ ଲୋକ କହିଥିଲା, 'ଆହେ ମଙ୍ଗରାଜେ, ପୁଅ ମାନଙ୍କୁ କିଆଁ ପାଖ ପୂରାଅ ନାହିଁ ?" ମଙ୍ଗରାଜେ ଉତ୍ତର ଦେଲେ, "ଆହା, ତୁମ୍ଭେ କି ଶାସ୍ତ୍ର ଶୁଣି ନାହଁ-

ଲାଲୟେତ୍ ପଞ୍ଚବର୍ଷାଣି ଦଶବର୍ଷାଣି ତାଡୟେତ୍
ପ୍ରାପ୍ତେ ତୁ ଷୋଡଶ ବର୍ଷେ ପୁତ୍ରଂ ମିତ୍ରବଦାଚରେତ୍ । (୨)

ଅର୍ଥାତ୍, ପୁଅମାନଙ୍କ ପାଟିରୁ ପାଞ୍ଚବର୍ଷ ପର୍ଯ୍ୟନ୍ତ ଲାଳ ବହେ, ଦଶବର୍ଷ ପର୍ଯ୍ୟନ୍ତ ସେମାନଙ୍କୁ ତଡ଼ିବ, ଷୋଳବର୍ଷ ହେଲା ଉତ୍ତାରେ ସେମାନଙ୍କ ସହିତ ଆଉ ମିତ୍ରମାନଙ୍କ ସହିତ ବଦ୍ ଅର୍ଥାତ୍ ଖରାପ ଆଚରଣ କରିବ ନାହିଁ ।

ବାସ୍ତବରେ ଦେଖାଯାଉଅଛି, ସାଆନ୍ତେ କାହାରି କାହାରି ସହିତ ସଙ୍ଗାତ ମିତ୍ର ବସି ମାଲିମକଦ୍ଦମା କରି ସେମାନଙ୍କ ଜମିଜମା ଛଡାଇ ବଦଆଚରଣ କରନ୍ତି, ହେଲେ ସାଆନ୍ତେ ପୁତ୍ରମାନଙ୍କ ସମ୍ବନ୍ଧରେ ଯେଉଁ ଶାସ୍ତ୍ରୀୟ ପ୍ରମାଣ ପ୍ରୟୋଗ କଲେ, ତାହା ଠିକ୍ ବୋଧ ହେଉନାହିଁ । ଶୁଣାଯାଏ, ପୁଅମାନେ ନିଶାପାଣିରେ କିଛି ଉଡ଼ାଇଦେବାରୁ ବାପପୁଅଙ୍କର ଅପଡ଼ । ଉଆସ ମଧ୍ୟରେ ସାଆନ୍ତାଣୀ ଗୋଟାଏ କୋଠରିରେ ପଡ଼ିଥାନ୍ତି; କାହାରି ସହିତ କଥା ନାହିଁ । କେବଳ ଭାଟ, ଭିକାରି, ଭୋଖୀ, ଶୋଷୀ ଆସିଲେ ତାହାଙ୍କୁ ଖୋଜନ୍ତି । ବହୂମା'ଙ୍କ କଥା ଲେଖିବା ଅନୁଚିତ୍ ବଡ଼ଲୋକ ଘରର ବହୂ ଭୁଆସୁଣୀ କଥା ଦାଣ୍ଡରେ ପକାଇଲେ ଲୋକେ ଆମ୍ଭମାନଙ୍କୁ କ'ଣ କହିବେ ? ସେମାନେ ଯେପରି ଦିନ ପହରକରେ ବିଛଣାରୁ ଉଠି ଦୁଇତିନି ଘଣ୍ଟା ମଧ୍ୟରେ ଦାନ୍ତକାଠି ଘଷି, ମର୍ଦ୍ଦନ ସ୍ନାନ ସାରି, ଭୋଜନ କରି ଦିନବେଳେ ବେଳବୁଡ଼ଯାଏ ଶୋଇପଡ଼ନ୍ତି, ସେ କଥାଗୁଡ଼ିକ ଲେଖିଲେ କ'ଣ ହେବ ? ବେଳବୁଡ଼ ସରିକି ପୁଣି ଉଠି ପଖାଳ ଦିଶୁ ଦିଶୁ ସାରି ତାହା ବାଦ୍ ଗାଁକଥା ଶୁଣିବା, ପୋଇଲୀମାନଙ୍କ ମଧ୍ୟରେ କଳି ଲଗାଇଦେବା, କଳି ଭାଙ୍ଗିବା, ହସିବା, ବସିବାରେ ଅଧରାତି ହୋଇଯାଏ । ରୁକୁଣୀ, ମରୁଆ, ଚେମୀ, ନାକଫୋଡ଼ୀ, ଟେରୀ, ବିମଳୀ, ଶୁକୀ, ପାଟ, କୌଶଲୀଙ୍କୁ ଛାଡ଼ି ଆହୁରି କେତେଗୁଡ଼ିଏ ପୋଇଲୀ ଅଛନ୍ତି । ସେମାନଙ୍କ ନାମ ଆମ୍ଭମାନଙ୍କୁ ଅଜଣା । କେହି ବାଳ-ବିଧବା, କେହି ଯୁବତୀ-ବିଧବା, କେହି ଆଜନ୍ମ-ବିଧବା, କେହି ବା ସଧବା-ନାନା ପକ୍ଷୀ ଏକ ବୃକ୍ଷରେ ବାସ କଲାପରି ମଙ୍ଗରାଜ ଘରେ ଆଶ୍ରୟ ନେଇଛନ୍ତି, ମଧ୍ୟ କେତେକ ଆସୁଛନ୍ତି, କେତେ ଯାଉଛନ୍ତି ତାହାର ଠିକଣା ନାହିଁ । ଅନେକଗୁଡ଼ିଏ ନିଷ୍କର୍ମା ପୋଇଲୀ ରୁଣ୍ଡ ହେଲେ ପୃଥିବୀର କଳି ଜାତ ହୁଏ । ମଙ୍ଗରାଜ-ଉଆସ ଏହି ସନାତନ ବିଧିକୁ ଲଙ୍ଘି ନ ଥିଲା । ରାତି ଅଧଯାଏ ଉଆସ ମଧ୍ୟରେ ମାଛହାଟ ବସିଲା ପରି ଘୋ ଘୋ ଶବ୍ଦ ଶୁଭୁଥାଏ ।

ପରିଚ୍ଛେଦ-୬

ଚମ୍ପା

ଉଆସ ମଧ୍ୟରେ ଯେତେ ଲୋକ ଅଛନ୍ତି, ସେଥିମଧ୍ୟରୁ ଚମ୍ପା, ଓରେଫ ଚମ୍ପା ସାଆନ୍ତାଣୀ, ଓରେଫ୍ ହରକଳା ସହିତ ମଙ୍ଗରାଜବଂଶର କି ସମ୍ପର୍କ ଏ କଥା କାହାରିକୁ ଜଣାନାହିଁ । ତାହାର ଜାତି, କୁଳ, ପିତୃବଂଶ ସମ୍ବନ୍ଧରେ ମଧ୍ୟ ସମସ୍ତେ ଅନଭିଜ୍ଞ । ଚମ୍ପା ମଙ୍ଗରାଜ ଘରେ ଦାସୀ କି ସାଆନ୍ତାଣୀ, ବ୍ୟବହାର ଦ୍ୱାରା ବୁଝିବାର କାହାର ଶକ୍ତି ନାହିଁ । କେବଳ ଏତିକିମାତ୍ର କହିପାରୁ ଯେ, ମଙ୍ଗରାଜ ଉଆସ ମଧ୍ୟରେ ଚମ୍ପାର କ୍ଷମତା ସୀମାତୀତ । ଅଧିକ କ'ଣ, ସାଆନ୍ତାଣୀଙ୍କ କ୍ଷମତାଠାରୁ ଢେର୍ ବେଶୀ । ବାହାରର ହଳିଆ, ମୂଲିଆ, କଚେରି କରଣଯାଏ ତାହାଠାରେ ହାତ ଯୋଡ଼ିଥାନ୍ତି । ଚମ୍ପାର ଗୋଟିଏ ନାମ ହରକଳା- ସତକଥା କହିବାକୁ ଗଲେ ଏହି ନାମ ଧରି ତାହାକୁ ଡାକିବାର ଶୁଣିନାହୁଁ । ହରକଳା ଶବ୍ଦର ବ୍ୟୁତ୍ପତ୍ତି କଣ, ଏହି ନାମଟି ନିନ୍ଦ୍ୟ କି ପ୍ରଶଂସନୀୟ, ଏହା ବୋଲିବାକୁ ଆମ୍ଭେମାନେ ନିତାନ୍ତ ଅକ୍ଷମ । ମାତ୍ର ଚମ୍ପା କାନରେ ଦିନେ କିଏ ପକାଇଲା ଲୋକମାନେ ତାହାକୁ 'ହରକଳା' ବୋଲନ୍ତି । ସେ ଶୁଣି ଭାରି ଖପ୍ପା ହେଲା, କାନ୍ଦି କାନ୍ଦି ମଙ୍ଗରାଜଙ୍କଠାରେ ଗୁହାରି କଲା । ଖୁବ୍ ଧରପଗଡ଼ ହେଲା, ଦୁଇଦିନ ପର୍ଯ୍ୟନ୍ତ ଖୋଜ ତଲାସ ହେଲା; ମାତ୍ର ହରକଳା କେଉଁଠାରୁ ଉତ୍ପତ୍ତି, କେତେ ଦୂର ବିସ୍ତୃତି, କିଛି ଠିକଣା ମିଳିଲା ନାହିଁ । ଅବଶେଷରେ ସାଆନ୍ତେ କହିଲେ, "ହେଉ ହେଉ, ଦେଖାଯିବ । ଖବରଦାର୍ ! ଚମ୍ପାକୁ କେହି ହରକଳା କହିବ ନାହିଁ ।" ସେଦିନ ଗ୍ରାମର ଏ ମୁଣ୍ଡରୁ ସେ ମୁଣ୍ଡଯାଏ ଏବଂ ଆଖପାଖ ଦୁଇ ଗ୍ରାମରେ ସମସ୍ତଙ୍କୁ ସମସ୍ତେ ସାବଧାନ କରାଇଦେଲେ- "ଖବରଦାର ! ଚମ୍ପାକୁ କେହି ହରକଳା କହିବ ନାହିଁ ।" ମାସେ, ଦୁଇମାସ, ଚାରିମାସ, ଛ'ମାସ-ଟୋକୀଠାରୁ ବୁଢ଼ୀ, ଟୋକାଠାରୁ

ବୁଢ଼ାଯାଏ ସାଙ୍ଗ ମନମିଳାପି ଲୋକ ଦେଖିଲେ ଚାରିଆଡ଼କୁ ଅନାଇ ମୁରୁକି ମୁରୁକି ହସି ପରସ୍ପରକୁ ସାବଧାନ କରାଇଦିଅନ୍ତି, "ଖବରଦାର ! ଚମ୍ପାକୁ କେହି ହରକଲା କହିବ ନାହିଁ ।" କ୍ରମଶଃ ସେହି ସଂକ୍ଷିପ୍ତ ସାରରୂପ ଧାରଣ କଲା; ଯଥା- 'ଖବରଦାର କେହି ଚମ୍ପାକୁ'-'ଖବରଦାର କେହି'-'ଖବରଦାର'- ଇତ୍ୟାଦି । ପିଲାଗୁଡ଼ାକ ହାତତାଳି ଦେଇ ଦାଣ୍ଡରେ ନାଚନ୍ତି -

ଖବରଦାର,

ଗୋବରା ଜେନା ଚଉକିଦାର ।

ପିଲାଗୁଡ଼ାକ ସବୁବେଳେ ଜଞ୍ଜାଳିଆ; ସେମାନଙ୍କ କଥା କଣ ଧରିବେ ? ଯାଉ, ସେ ବାଜେ କଥାରୁ କଣ ହେବ ? ହେଲେ ସାଆନ୍ତଙ୍କ ଘର ସହିତ ଚମ୍ପାର ଖୁବ୍ ଘନିଷ୍ଠ ସମ୍ବନ୍ଧ ଥିବାରୁ ପାଠକମାନେ ତାହାର ନାମ ଅନେକ ଥର ଶୁଣିବାକୁ ପାଇବେ । ଏଥର ତାହାର ରୂପ ଗୁଣ ସମ୍ବନ୍ଧରେ ସମସ୍ତ କଥା ଫେଡ଼ି କହିବାର ଆମ୍ଭମାନଙ୍କ ପକ୍ଷରେ ନିତାନ୍ତ କର୍ତ୍ତବ୍ୟ ହେଉଅଛି । ଆଉ ଗ୍ରନ୍ଥସ୍ଥ ନାୟକ ନାୟିକାମାନଙ୍କ ରୂପ ଗୁଣ ବର୍ଣ୍ଣନା କରିବାକୁ ଲେଖକମାନେ ସାହିତ୍ୟ ଆଇନାନୁସାରେ ବାଧ୍ୟ । ସୁତରାଂ, ଏହି ସନାତନ ରୀତି ଲଙ୍ଘନ କରିବାକୁ ଆମ୍ଭମାନଙ୍କର ଆୟତ୍ତ ନାହିଁ । ପୁଣି ଗନ୍ଥକାର ମାନଙ୍କର ଖସଲତ ଅଛି । ଗୋଟିଏ ନାୟିକାକୁ ପାଇଲେ ଛେନାଗୁଡ଼ ପାଇଲା ପରି ସବୁକଥା ପାସୋରି ଯାଇ ତାହାର ରୂପ ବର୍ଣ୍ଣନା କରିବାକୁ ତରବର ହୋଇ ବସିଯାନ୍ତି । ଆମ୍ଭେମାନେ ଯେ ରୂପ ବର୍ଣ୍ଣନା କରିବା ବିଷୟରେ ଅକ୍ଷମ, ତାହା ନୁହେଁ । ଏହି ଦେଖ-କଦଳୀ, ପଣସ, ରମ୍ଭା, ଆମ୍ବ, ଡାଳିମ୍ବ, ଟଭା, ଏହିପରି ଯେ ସବୁ ଗଛ, ପତ୍ର, ଫଳ, ଫୁଲ ଅଛି- ଚମ୍ପାର ବିଶେଷ ବିଶେଷ ଅଙ୍ଗ ସହିତ ବିଶେଷ ବିଶେଷ ପଦାର୍ଥ ମିଳାଇଦେଲେ ତ ରୂପବର୍ଣ୍ଣନା ଛିଡ଼ିଲା । ମାତ୍ର ଆଜିକାଲି ସେପରି ମରହଟ୍ଟୀ ବର୍ଣ୍ଣନା ନାହିଁ । ଇଂରାଜୀ ପଢୁଆ ପାଠକମାନଙ୍କ ମନୋରଞ୍ଜନ ସକାଶେ ଇଂରାଜ ଧରଣର ରୂପବର୍ଣ୍ଣନା ଆବଶ୍ୟକ । ଭାରତର କବିମାନେ ସୁନ୍ଦରୀ ସ୍ତ୍ରୀକୁ କହନ୍ତି 'ଗଜେନ୍ଦ୍ର ଗାମିନୀ' । ଇଂରାଜି କହିବେ, 'ଛି ଛି ! ତାହା ତ ନୁହେଁ, ଘୋଡ଼ାପରି ସେ ଗେଲପ୍ ଚାଲିପାରେ, ସେହି ସିନା ପରମାସୁନ୍ଦରୀ !' ଆମ୍ଭେମାନେ ଦେଖୁଅଛୁଁ, ଆଜିକାଲି ପହିଲି ଆଷାଢ଼ର ମହାନଦୀ ବଢ଼ିପାଣି ପରି ଏ ଦେଶକୁ ଇଂରେଜ ସଭ୍ୟତା ଯେପରି ପେଲି ଆସୁଅଛି, ସେଥିରେ ଖୁବ୍ ସମ୍ଭବ ନବ୍ୟ ସଭ୍ୟ ଶିକ୍ଷିତ ବାବୁମାନେ ଆପଣା ଆପଣା ଅଙ୍କଲକ୍ଷ୍ମୀମାନଙ୍କୁ 'ଗେଲପ୍' ଚାଲି ଶିଖାଇବା ନିମନ୍ତେ ଚାବୁକ ସବାର ନିଯୁକ୍ତ କରିବାକୁ ପ୍ରସ୍ତାବ କରି ବସିବେ । ସେ କଥା ଯାହା ହେଉ, ଆମ୍ଭେମାନେ କହୁଁ, ସୁନ୍ଦରୀମାନଙ୍କ ଚାଲିର ଉପମେୟ ବସ୍ତୁ ପୁରୁଣା କୌଣସି କବି ଠିକ୍ କରିପାରିନାହାନ୍ତି ।

ବିଚାର କରନ୍ତୁ-ଘୋଡ଼ା ଆଉ ହାତୀମାନେ ଚାରି ଗୋଡ଼ରେ ଚାଲନ୍ତି; ମାତ୍ର ଆମ୍ଭମାନଙ୍କ ଚମ୍ପାର ଦୁଇଗୋଟି ଗୋଡ଼ରୁ ବେଶି ନାହିଁ । ସୁତରାଂ ତାହାକୁ ଗଜେନ୍ଦ୍ରଗାମିନୀ ବା ଅଶ୍ୱବରଗାମିନୀ ବୋଲିବା ନିତାନ୍ତ ଅସଙ୍ଗତ ଅଟେ । ତେବେ ଚମ୍ପା ହାମୁଡ଼ି ହାମୁଡ଼ି ଚାଲିଲେ କିପରି ଦିଶନ୍ତା, ସେ କଥା ଅନୁମାନ କରି କହିବାକୁ ଆମ୍ଭେମାନେ ସମ୍ପ୍ରତି ଅକ୍ଷମ । ପୁଣି ପଦସଂଖ୍ୟା ସମ୍ବନ୍ଧରେ ମରାଳ ସହିତ ସାମଞ୍ଜସ୍ୟ ଥିବାରୁ ତାହାକୁ ମରାଳଗାମିନୀ ବୋଲିବା ଅସଙ୍ଗତ ନୁହେଁ । ଅଳଙ୍କାରଶାସ୍ତ୍ରର ମର୍ଯ୍ୟାଦା ରକ୍ଷା ପାଇଁ ଉପମାନ ଉପମେୟ ଠିକ୍ ରଖି କହିବାକୁ ଗଲେ, ମରାଳ କେତେବେଳେ ଖାଲି ଗୋଡ଼ରେ, କେତେବେଳେ ଡେଣା ମେଲାଇ ଖଣ୍ଡି ଉଡ଼ା ଦେଲାପରି ଚାଲେ । ଆମ୍ଭମାନଙ୍କ ଚମ୍ପା ଗୋହିରି ମଝିରେ ମାଣିଆବନ୍ଦି ପଣତକାନି ଉଡ଼ାଇ, ଦୁଇଡ଼େଣା ଦୋହଲାଇ ଚାଲିବାବେଳେ ଠିକ୍ ତାହାକୁ ମରାଳଗାମିନୀ ବୋଲାଯାଇପାରେ । ଚମ୍ପାର ବୟସ ଆମ୍ଭେ ଅନୁମାନ କରୁଁ ତିରିଶ ଲଗାଲଗି । ମାତ୍ର ତାହାର ନିଜ ମୁହଁରୁ ଅନେକ ଥର ଶୁଣାଯାଇଅଛି, ସାଆନ୍ତାଣୀଙ୍କ ମଙ୍ଗଳକୃତ୍ୟ ଦିନ ତାହାର ଏକୋଇଶା ହୋଇଥିଲା । ଏହି ହିସାବରେ ଚମ୍ପାର ବୟସ୍ ଢେର୍ କମ୍ । ଏପରି ଯୁବତୀର ରୂପ ବର୍ଣ୍ଣନା କରିବାକୁ ହେଲେ ଖୁବ୍ ସାବଧାନତା, ଖୁବ୍ ବିଜ୍ଞତା, ଖୁବ୍ ବହୁଦର୍ଶିତା ଆବଶ୍ୟକ । ବିଲାତୀ ଜିନିସାତ୍ ସହିତ ରୁଚି ନାମଧେୟ ପଦାର୍ଥବିଶେଷ ଏ ଦେଶକୁ ନୂଆ ଆମଦାନି ହୋଇଅଛି । ତାହା ପ୍ରତି ନଜର ରଖି ନଚଳିଲେ ତୁମର ପାଠ ସରିଲା - ତୁମେ ମୂର୍ଖ, ଅସଭ୍ୟ ତଳେ ଗଲ । ସେଦିନ ଉପେନ୍ଦ୍ର ଭଞ୍ଜଙ୍କ ଦୁର୍ଦ୍ଦଶା ଦେଖି ଆମ୍ଭେମାନେ ଏହି ଶିକ୍ଷା ପାଇଅଛୁଁ । ବାପା ମା ପୁଣ୍ୟବଳରୁ ସେ ବିଚରା ଖସିଯାଇଅଛି; ନୋହିଲେ ଇସ୍ତକ ମହାପାତ୍ରଠାରୁ ମହାରାଜ ଯାଏ ଯେପରି ପିଛା ଧରିଥିଲେ ତାହା କପାଳରେ ଯେ କଣ ଘଟିଥାନ୍ତା, ଠାକୁରଙ୍କୁ ଜଣା । ଏପରି ମହାରଥୀର ତ ଏହି ଦଶା, ଆମ୍ଭେମାନେ ବା କେତେ କଡ଼ାରେ ଗଣ୍ଡାଏ ! 'ଗୁରୁ ବିପ୍ର ପ୍ରସାଦେନ' ଆମ୍ଭେମାନେ ସୁରୁଚି କବିତା କିଛି କିଛି ରଚନା କରବାକୁ କ୍ଷମ । ଆପଣ ମନେ କରିବେ ଏଇଟା ମିଛୁଆ, କିଛି ଜାଣେ ନାହିଁ । ଆଚ୍ଛା, ନମୁନା ଦେଖନ୍ତୁ -

"ଅର୍ଦ୍ଧ ବକ୍ଷ ଉଲ୍ଲଙ୍ଗିନୀ, ମୁରୁକିହାସିନୀ,
ବସ୍ତ୍ରଶୂନ୍ୟା, ରିକ୍ତହସ୍ତା, ତୁରଙ୍ଗଗାମିନୀ,
ମାର୍ଜାରନୟନା, ତାମ୍ରକେଶା, ଅଣ୍ଡାଭିଡ଼ା,
ସ୍ୱାଧୀନଭର୍ତ୍ତୃକା, ପାଞ୍ଚଜଣ ଆଗେ ଛିଡ଼ା,
ପରପୁରୁଷକୁ ଧରି ନର୍ତ୍ତକୀ ସୁନ୍ଦରୀ;
ଆହା ଆହା, ଅପରୂପ ସ୍ୱର୍ଗ ବିଦ୍ୟାଧରୀ ।

ଆଉ କୁରୁଚିପୂର୍ଣ୍ଣ ଉପେନ୍ଦ୍ର ଭଞ୍ଜ ଶୁଣିବେ ?

"ଓଲଟ କଦଳି ପ୍ରାୟ ଜାନୁ,
ନିତମ୍ବ ଯୁଗଳ ଜିଣି ସାନୁ ।"

ଆଉ ଲେଖିବାକୁ ସାହସ ଅଣ୍ଟିଲା ନାହିଁ । କେଜାଣି ବିଜୁଳି ପୁଣି ଚମକି ଉଠିବେ । ଆମ୍ଭେମାନେ ସୁରୁଚି କବିତା ଲେଖିବା ଜାଣୁ ସତ୍ୟ, ହେଲେ ଦିନ ଦୁଇ ପରେ ତୁଚ୍ଛା ମିଛ ଲେଖିବାକୁ ସାହସ ହେଉନାହିଁ । ଇସ୍ତକ ବାଲିପାଟଣା ବାଳିକା ବିଦ୍ୟାଳୟର ପଞ୍ଚମ ଶ୍ରେଣୀର ଛାତ୍ରୀ ଶ୍ରୀମତୀ ଚେମୀ ବେହେରାଠାରୁ ବେଥୁନ୍ ସ୍କୁଲର ଉଚ୍ଚତମ ଶ୍ରେଣୀର ଛାତ୍ରୀ ମିସ୍ ଏସ୍.ଏମ୍.ରେ ଓରେଫ୍ କୁମାରୀ ଶଶିମୁଖୀ ରାୟ ପର୍ଯ୍ୟନ୍ତ ଦେଖିଲୁ । କେହି ସୁରୁଚିସମ୍ପନ୍ନ ସୌନ୍ଦର୍ଯ୍ୟ ବଢ଼ାଇ ବିରାଡ଼ି ଆଖିପରି କରିପାରି ନାହାନ୍ତି । ଏଣେ ସତ ଲେଖିଲେ ଅସଭ୍ୟତଳେ ଯିବୁଁ, ମିଛ କଥା ତ କଲମରୁ ବାହାରିବ ନାହିଁ । ଉପାୟ କଣ ? କାଳିଦାସେ ରଘୁବଂଶ ଲେଖିଲାବେଳେ କଲମ ଅଚଳ ହେବାରୁ କହିବସିଲେ -

"ଅଥବା କୃତବାଗଦ୍ୱରେ ବଂଶେଽସ୍ମିନ୍‌ପୂର୍ବସୁରଭିଃ
ମଣୌ ବଜ୍ରସମୁତ୍‌କୀର୍ଣ୍ଣେ ସୂତ୍ରସ୍ୟେବସ୍ତି ମେ ଗତିଃ ।" (୧)

ଏବେ ତ ବାଟ ଦିଶିଗଲା; ନିଜେ କାଳିଦାସେ ଚମ୍ପା ରୂପ ବର୍ଣ୍ଣନାର ନମୁନା ରଖିଯାଇଛନ୍ତି । ଦାସେ ବୋଇଲେ -

"ତନ୍ୱୀ ଶ୍ୟାମା ଶିଖ ଦଶନା ପକ୍ୱବିମ୍ବାଧରୋଷ୍ଠୀ ।"

ଅସ୍ୟାର୍ଥ- ତନୁ ବୋଲନ୍ତେ ଶରୀର, ଚମ୍ପାର ତନୁ ଥିବାରୁ ସେ ତନ୍ୱୀ । ଶ୍ୟାମା ବୋଲନ୍ତେ କାଳିଆ ନୁହେଁ, ଗୋରା ନୁହେଁ, ଶ୍ୟାମଳବର୍ଣ୍ଣ, ଚମ୍ପା ଶ୍ୟାମଳବର୍ଣ୍ଣା । ଶିଖରୀଦଶନା-ଶିଖରୀ ବୋଲନ୍ତେ ପାହାଡ଼, ଦଶନ ବୋଲନ୍ତେ ଦାନ୍ତ । ଚମ୍ପାର ଛାମୁଦାନ୍ତ ଦୁଇଗୋଟି ବାହାଡ଼ା ହୋଇ ଗୋଟାକ ଉପରେ ଗୋଟିଏ ଚଢ଼ିଯାଇ ପର୍ବତ ଶୃଙ୍ଗ ପରି ଟେକି ରହିଥିବାରୁ ସେ ଶିଖରୀ ଦଶନା । ଆଉ ପକ୍ୱବିମ୍ବାଧରୋଷ୍ଠି ପକ୍ୱ ବୋଲନ୍ତେ ପାଚିଲା, ବିମ୍ବ ବୋଲନ୍ତେ କୁଆମଇତା ଅଧରଓଷ୍ଠ... ବୋଲନ୍ତେ ତଳଉପର ଓଠ; ଅର୍ଥାତ୍ ପାନବୋଳରେ ଚମ୍ପାର ଦୁଇ ଓଠ ଲାଲ ହୋଇଥିବାରୁ ସେ ପକ୍ୱବିମ୍ବାଧରୋଷ୍ଠୀ, ଇତ୍ୟାଦି ।

ପୁଣି ଦାସେ "ମଧ୍ୟେ କ୍ଷାମା ସ୍ତୋକ ନର୍ମା" ପ୍ରଭୃତି ଢେର୍ କଥା କହିଅଛନ୍ତି । ମାତ୍ର ଚମ୍ପାର ଯେ ସବୁ ଅଙ୍ଗ ବସ୍ତ୍ରାବୃତ, ଅର୍ଥାତ୍ ଆମ୍ଭେମାନେ ଯେ ସବୁ ଅଙ୍ଗ ଦେଖିନାହୁଁ, ସେ ସମସ୍ତ ଅଙ୍ଗ ବର୍ଣ୍ଣନା କରିବାକୁ ନିତାନ୍ତ ନାରାଜ । ଦାସେ ତ ଦାସେ, 'ଯାହା ନ ଦେଖିଛୁ ଦୁଇ ନୟନେ, ତାହା ନ ଲେଖିବୁ ଗୁରୁବଚନେ'-

ତେବେ ଦେଖାସ୍ଥାନ ଗୁଡ଼ିକ ବର୍ଣ୍ଣନା କରିବାକୁ ଛାଡ଼ିବା ପାତ୍ର ଆମ୍ଭେମାନେ ନୋହୁଁ; ଯଥା-

‘କଜ୍ଜଳପୂରିତ ଲୋଚନ ଭାଲେ
ଗୁଣ୍ଡିମିଶା ଖିଲ୍ଲୀ ଗୁଞ୍ଜିତ ଗାଲେ ।୧।
ତୈଳ ହରିଦ୍ରା ବୋଳିତ ଦେହେ
କୁକ୍‌କୁରୀବ ଶୀଘ୍ରଂ ଧାବତି ଗେହେ ।୨।
ଷୋଳହାତୀ ଶାଢ଼ି ବିସ୍ତୃତ କଚ୍ଛେ
ଥୋପଭିଡ଼ା ଜୁଡ଼ା ଶୋଭିତ ଉଚ୍ଛେ ।୩।
ଦୁମୁ ଦୁମୁ ଗୁମୁ ଗୁମୁ ଚଳନଂ ତସ୍ୟା
ଚଳତି ବା ଧାବତି ବିଷମ ସମସ୍ୟା ।୪।
କଙ୍କଣ ଚୁଡ଼ି ହସ୍ତେ ବିରାଜେ
ଝମ ଝମ ଝମ ଝୁଣ୍ଟିଆ ବାଜେ ।୫।
ସା ଯଦା ଗଚ୍ଛତି ଗୋହିରି ଦାଣ୍ଡେ
ହସ୍ତ ହଲାଇ ଚାଣ୍ଡେ ଚାଣ୍ଡେ ।୬।
ଦେଖି ଶଙ୍କି ଯାନ୍ତି ଗ୍ରାମ୍ୟ ଲୋକେ
ଡରି ମରି ପଳାଇଯାନ୍ତି ଥୋକେ ।୭।
ଇତି ରୂପବର୍ଣ୍ଣନଂ ପଜ୍‌ଝଟୀ ଛନ୍ଦେ
ଅତଃ ଗୁଣ ବର୍ଣ୍ଣ୍ୟତେ ବିବିଧ ପ୍ରବନ୍ଧେ ।୮।

ପରିଚ୍ଛେଦ-୭

ବୁଢ଼ୀମଙ୍ଗଳା

"ଯା ଦେବୀ ବୃକ୍ଷମୂଳେଷୁ ଶିଳାରୂପେଣ ସଂସ୍ଥିତା
ନମସ୍ତେସ୍ୟୈ, ନମସ୍ତେସ୍ୟୈ, ନମସ୍ତସ୍ୟୈ ନମୋନମଃ ।
ମୃତ୍ତିକାଶ୍ୱଗଜାରୂଢ଼ା ବନ୍ଧ୍ୟାୟୋଃ ପୁତ୍ରଦାୟିନୀ
ବାଡ଼ିସଂହାରିଣୀ ଦେବୀ, ନାରାୟଣୀ ନମୋସ୍ତୁତେ ।"

ଅସୁରଦୀଘିର ପଶ୍ଚିମ କୋଣ । ଗାଆଁ ଭିତରୁ ଦୀଘିକୁ ଯିବା ବାଟର ଡାହାଣ ହାତ ପାଖରେ ଗୋଟିଏ ଭାରୀ ବରଗଛ ଅଛି । ଗଛମୂଳର ଚିହ୍ନ ନାହିଁ, କୋଡ଼ିଏ ପଚିଶ ଗୋଟା ଓର ପଡ଼ି ଡାଳଗୁଡ଼ିକ ପରସ୍ପର ଛନ୍ଦାଛନ୍ଦି ହୋଇ ଗଛଟି ପ୍ରାୟ ବାର ତେର ଗୁଣ୍ଠ ଜମି ମାଡ଼ିବସିଛି । ସାନ ସାନ ଡାଳ ଓ ପତ୍ରଗୁଡ଼ିକ ଏପରି ନିଘଞ୍ଚ ହୋଇଛି ଯେ, ଝରାତେଜ ମୂଳକୁ ବାଜେ ନାହିଁ । ଗଛଟି ବହୁକାଳର । ପୁରୁଖା ପୁରୁଖା ଲୋକମାନେ କହନ୍ତି, ଏଇଟି ଠାକୁରାଣୀ ଗଛ । ସେମାନେ ପିଲାକାଳରୁ ଦେଖିଆସୁଛନ୍ତି, ଏହା ବଢ଼ିବାକୁ କି ଛିଡ଼ିବାକୁ ନାହିଁ । ଗଲା ସାତଅଙ୍କ ତୁଳାମାସ ଉଆଁସଦିନ ଭାରୀ ଗୋଟାଏ ତୋଫାନ ହୋଇଥିଲା । ଗାଆଁର ସମସ୍ତ ସଜନାଗଛ ଏବଂ କଦଳୀଗଛ ପ୍ରଭୃତି ଉପୁଡ଼ିଗଲା; ଏ ଗଛରୁ ଗୋଟିଏ ପତର ମଧ୍ୟ ଝଡ଼ିଲା ନାହିଁ । ଠାକୁରାଣୀ ମହିମା !

ମଝିରେ ଚାରିଗୋଟି ଓର ଗଛ ପରି ଛିଡ଼ାହୋଇଛି । ତାହା ମୂଳରେ ଗ୍ରାମଦେବତୀଙ୍କ ଆସ୍ଥାନ । ଠାକୁରାଣୀଙ୍କ ନାମ ବୁଢ଼ୀମଙ୍ଗଳା ମଙ୍ଗଳାଙ୍କର ଅଢ଼େଇ ମାଣ ଦେବୋତ୍ତର ଜମି ଅଛି । ବାର ଗୁଣ୍ଠ ଆଠ ବିଶ୍ୱା ବିଜେ ଆସ୍ଥାନ ତଳି, ବାକି ଦୁଇମାଣ ଜଳଜମି ଦେଉରୀ ଭୋଗ କରେ ଓ ଠାକୁରାଣୀଙ୍କ ପୂଜା କରେ । ଗ୍ରାମରେ,

ବିଶେଷରେ ମାଇକିନିଆମାନଙ୍କ ମଧ୍ୟରେ ଦେଉରୀର ଭାରୀ ମହିମା । ଠାକୁରାଣୀ ସ୍ୱପ୍ନରେ ଦେଉରୀକୁ ଦେଖାଦିଅନ୍ତି, ସବୁ କଥା କହନ୍ତି । କାହାରି ବାଡ଼ିରେ କଦଳୀଟାଏ, ବାଇଗଣଟାଏ, କଖାରୁଟାଏ ଫଳିଲେ ଆଗ ଫଳଟା ଠାକୁରାଣୀଙ୍କୁ ନ ଦେଲେ ସେ ଖାଏ ନାହିଁ ।

ମୁଣ୍ଡପଟି ପକ୍‌କାର ତୟାରି । ମଝିରେ ଠାକୁରାଣୀଙ୍କର ନିଜ ମୂର୍ତ୍ତି । ମୂର୍ତ୍ତିଟି ଖୁବ୍ ବଡ଼, ଓଜନରେ ଦଶ ପସୁରିରୁ ଊଣା ହେବ ନାହିଁ; ଦୁଇ ଚାରିଟା ହଳଦିବଟା ଶିଳ ମିଶିଲେ ଯେତେ ବଡ଼, ତହିଁରୁ ବଳିପଡ଼ିବ । ଗୋଟାକଯାକ ଚାରି ଆଙ୍ଗୁଳି ବହଳ ସିନ୍ଦୂରବୋଳା; ବଡ଼ ଠାକୁରାଣୀଙ୍କୁ ଛାଡ଼ି ଆଉ ଚାରିଗୋଟି ସାନ ମୂର୍ତ୍ତି ଅଛନ୍ତି । ମଣ୍ଡପ ଡାହାଣ ଭାଗର କିଛି ଦୂରରେ ଭଙ୍ଗା, ଦଦରା ମାଟିର ହାତୀ, ଘୋଡ଼ା ପଣେ କି ଦୁଇ ପଣ ଜମା ହୋଇଅଛି । ଠାକୁରାଣୀଙ୍କୁ ମାଟିର ହାତୀ ବା ଘୋଡ଼ା ଚଢ଼ିବାକୁ ଦେଲେ ପିଲାମାନଙ୍କର ପୀଡ଼ା ଛାଡ଼ିଯାଏ- ବଡ଼ ବଡ଼ ଲୋକଙ୍କର ପୀଡ଼ା ଛାଡ଼ିବାର ମଧ୍ୟ ଦେଖା ଓ ଶୁଣା ଅଛି । ସେଥିସକାଶେ ଠାକୁରାଣୀ ଜାଗା କେଭେ ଖାଲି ଥାଏ ନାହିଁ । ଦେବୀଙ୍କର ପୂଜା ପ୍ରତିଦିନ ହୁଏ ନାହିଁ । ଶୁଖିଲାପତ୍ର ଆଉ ଅଳିଆରେ ଢାଙ୍କି ହୋଇ ଥାଆନ୍ତି । ବିଭା, ପୁଆଣିଘର, କାହାରି ପୁଅ ଝିଅର ବେରାମ ଆରାମ ହେଲେ କିମ୍ବା କାହାରି ମାନସିକ ଥିଲେ ପୂଜା ହୁଏ । ଗାଆଁରେ ବାଡ଼ି ପଡ଼ିଲେ ପୂଜାର ଧୂମ୍ ଲାଗିଯାଏ । କିରାଣିମାନଙ୍କ ପରି ମାସକୁ ମାସ ଠାକୁରାଣୀଙ୍କ ଆୟ ନାହିଁ । ବିପଦ ପଡ଼ିଲେ ଡାକ୍ତର ଆଉ ଓକିଲଙ୍କ ଦୁଆରପରି ଠାକୁରାଣୀଙ୍କ ଆସ୍ଥାନ ଚମକିଉଠେ । ଗ୍ରାମର ଲୋକଙ୍କ ଭେଦା ପଇସାରେ ପୂଜା ଖର୍ଚ୍ଚ ଚଳେ । ଠାକୁରାଣୀ ଭାରୀ ପ୍ରତ୍ୟକ୍ଷ ଦେବତା; ଏହାଙ୍କ ଅନୁଗ୍ରହରୁ ଗ୍ରାମରେ ଆପଦ ବିପଦ ଘଟେ ନାହିଁ । କେବେ କେବେ ମାଉସୀବୁଢ଼ୀ ପ୍ରବଳ ହୋଇ ଗ୍ରାମରେ ପଶିଯାଏ । ମାତ୍ର ଭଲ କରି ପୂଜା ଦେଲେ ଶଏ ପଞ୍ଚାଶ ଜଣରୁ ବେଶି ନେଇପାରେନାହିଁ, ଛାଡ଼ି ପଳାଏ ।

ଆପଣ ସଭ୍ୟ ପାଠକ ଏ କଥା ଶୁଣି ହସିବେ । ବିଜ୍ଞାନଶାସ୍ତ୍ର ଯୋଖି ଦେଇ କହିବେ, ରୋଗ ହେଲେ ଔଷଧ ଖାଅ, ଠାକୁରାଣୀଙ୍କର ପୂଜା କଣ ? ଆଚ୍ଛା, ଆମ୍ଭେମାନେ ପଚାରୁଁ, ବଙ୍ଗଳା ଏପିଡେମିକ ଫିଭର୍ ଓ ବୋମ୍ବେ ବିଶେଷ ପୂଜା ପାଇବାର ଏହା ଗୋଟିଏ ବିଶେଷ କାରଣ ଅଟେ । କେଉଁ କେଉଁ ବା କେତେ ଜଣ ବନ୍ଧ୍ୟା ଦେବୀଙ୍କ ବରରୁ ପୁତ୍ରଲାଭ କରିଅଛନ୍ତି ସେଥିରେ ବିଶେଷ ଦାବ ଦେଇ ପାରିବୁଁ ନାହିଁ । ମାତ୍ର ଆମ୍ଭେମାନେ ନିର୍ମାଲ୍ୟ ଛୁଇଁ କହିପାରୁ, ଗ୍ରାମରେ ଯେଉଁ ସ୍ତ୍ରୀମାନେ ସନ୍ତାସବତୀ ହୋଇଅଛନ୍ତି, ପ୍ରଥମେ ବିବାହ ସମୟରେ ସେମାନେ ବନ୍ଧ୍ୟାଥିଲେ । ପୂର୍ବେ ବୋଲିଅଛୁ, ଦୀଘିକୁ ଯିବାପାଇଁ ଠାକୁରାଣୀଙ୍କ ଆଗରେ ଗୋଟିଏ ବାଟ ଅଛି । ଗ୍ରାମର

ମାଈକିନିଆମାନେ ସେହି ବାଟେ ଯିବା ଆସିବା କରନ୍ତି । ଗୋଟିଏ ସ୍ତ୍ରୀ, ବୟସ ଅନ୍ଦାଜ ତିରିଶ ହେବ, ପ୍ରତିଦିନ ସ୍ନାନକରି ଆସି କାଖରୁ ମାଠିଆଟି ଓହ୍ଲାଇ ଠାକୁରାଣୀଙ୍କ ଆଗରେ ଥୋଇଦିଏ, ପହଁରାରେ ଦେବୀଙ୍କ ଆଗଟି ପହଁରିଦେଇ ମାଠିଆରୁ ପୋଷେ ପାଣି ନେଇ ଠାକୁରାଣୀ ଗଛମୂଳରେ ଦିଏ ଓ ଭୂଇଁରେ ମୁଣ୍ଡିଆ ମାରି ତୁନି ତୁନି କଣ ଜଣାଏ ଏବଂ ପ୍ରତିଦିନ ସଞ୍ଜବେଳେ ଗୋଟିଏ ବଳିତା ଜାଳି ଆଣି ଠାକୁରାଣୀ ସ୍ଥାନରେ ସଞ୍ଜଦିଏ ଏବଂ କଣ ପ୍ରାର୍ଥନା କରେ । ଏହିପରି କରୁଥିବାର ଛ'ମାସ ହେଲା ଲୋକମାନେ ଦେଖିଆସୁଛନ୍ତି । ତାହା ମନର କଥା କେହି ଜାଣେ ନାହିଁ; କାରଣ ସେ ସ୍ତ୍ରୀଟି ବଡ଼ ଲାଜକୁଳୀ, ସବୁବେଳେ ଓଢ଼ଣା ପକାଇଥାଏ, କାହାରି ସହିତ ମିଶେ ନାହିଁ, କାହାରି ସହିତ କଥା କହେ ନାହିଁ ।

ଗ୍ରାମର ଗୋରୁଜଗା ପିଲାମାନେ ଖରାବେଳେ ପଡ଼ିଆରେ ଗୋରୁ ଛାଡ଼ିଦେଇ ଠାକୁରାଣୀଙ୍କ ନିକଟ ଗଛମୂଳରେ ଖେଳନ୍ତି । ହଠାତ୍ ଖେଳ ଛାଡ଼ି ପାଞ୍ଚଣ ଧରି ସମସ୍ତେ ଘେରି ଛଡ଼ା ହୋଇଗଲେ । ସେମାନଙ୍କ ଦେଖାଦେଖି ଗ୍ରାମର ୧୦/୧୫ଜଣ ଲୋକ ରୁଣ୍ଡ ହୋଇଗଲେଣି । କାଲି ତ ପୂଜା ହୋଇନାହିଁ, ଠାକୁରାଣୀଙ୍କଠାରେ ପୂଜା ସରଞ୍ଜାମ କାହୁଁ ପଡ଼ିଲା । ମନ୍ଦାର ଫୁଲ, ଶତବର୍ଗ ଫୁଲର ମାଳ, ଖଇ, ଉଖୁଡ଼ା, ଚାରିଆଡ଼େ ବୁଣି ପଡ଼ିଅଛି, ଠାକୁରାଣୀ ଦେହରେ ତଟକା ହଳଦି ଲାଗିଅଛି । ଠାକୁରାଣୀପୂଜା ଗ୍ରାମ ମଧ୍ୟରେ ଗୋଟିଏ ବିଶେଷ ଘଟଣା । ଭେଦାହୁଏ, ବାଇଦ ବାଜେ, ଗ୍ରାମର ସମସ୍ତେ ଦେଖିବାକୁ ଆସନ୍ତି । ପୂଜା ସନ୍ଧ୍ୟା ସମୟରେ ହୁଏ । ମାନସିକ ପୂଜା ମଧ୍ୟ ସେହିପରି ହୁଏ । କାହିଁ, କାଲି ତ ବାଇଦ ବାଜିନାହିଁ, ସଞ୍ଜବେଳେ ପୂଜା ହୋଇନାହିଁ, ଏସବୁ କାହୁଁ ଅଇଲା ? ଗୋଟାଏ ପିଲା ଡକାପାଡ଼ି କହିଲା, "ଏଟା କଣ, ଏଟା କଣ ?" ସମସ୍ତେ ଧାଇଁଯାଇଁ ଦେଖିଲେ, ଠାକୁରାଣୀ ପଛରେ ଭାରି ଗୋଟାଏ ବିଳ । ବିଳମୁହଁ ଠାକୁରାଣୀ ମଣ୍ଡପଠାରୁ ତିନି ହାତ ଦୂରରେ, ବାହାର ମୁହଁଟା ଖୁବ୍ ବଡ଼, ଜଣେ ମନୁଷ୍ୟ ଯାଇ ବସିପାରେ । ଗାଁଯାକ ଏ କଥା ମେଳିଗଲା । ଲୋକମାନେ ଦେଖିବାକୁ ଧାଇଁଲେ । ମଙ୍ଗରାଜେ ମଧ୍ୟ ଶୁଣିପାରି ଧାଇଁଅଇଲେ । ନାନା କଥା ହୋଇ ଶେଷରେ ସ୍ଥିର ହେଲା, କୌଣସି ଭକ୍ତର କଷ୍ଟ ଫେଡ଼ିବା ନିମନ୍ତେ ଠାକୁରାଣୀ କାଲି ନିଶାଭାଗ ରାତିରେ ବିଜେ ହୋଇଥିଲେ । ବିଳଟା ତାଙ୍କ ବାଘ ଖୋଳି ପକାଇଅଛି । ମଙ୍ଗରାଜେ କହିଲେ, "ଏହି ବିଳ ମଧ୍ୟରେ ବର୍ତ୍ତମାନ ବାଘ ଥିବାର ଜଣାଯାଉଅଛି ।" ବାଘ ନାମ ଶୁଣି ସମସ୍ତେ ପଳାଇଲେ । ଶେଷରେ ମଙ୍ଗରାଜେ ରାମା ମୁହଁକୁ ଚାହିଁ ଚାଲିଗଲେ । ବୋଧକରୁ, ଏହା କିଛି କାର୍ଯ୍ୟର ସାଙ୍କେତିକ ଚିହ୍ନ । ତହିଁ ଆରଦିନ ଆଉ କେହି ବିଳ ଦେଖିଲେ ନାହିଁ । ଏହି କଥାଟା ଗ୍ରାମ ମଧ୍ୟରେ ଅନେକ ଦିନ ପର୍ଯ୍ୟନ୍ତ ଆଲୋଚନା

ହେଲା । ଭୀମା ମା' ଭଣ୍ଡାରୁଣୀ କହିଲା, "ମୋର ବୟସ ସାତଗଣ୍ଡା କି ଦେଢ଼ପଣ କି ଚାରିପଣ ହେଲାଣି, ଗ୍ରାମରେ ଯେତେ ବୁଢ଼ା ଦେଖୁଛ, ମୁଁ ସମସ୍ତଙ୍କୁ ବିଭା କରାଇଅଛି । ସମସ୍ତେ ମୋ ଆଗରେ ପିଲା । ମୁଁ ନିଜ ଆଖିରେ ଠାକୁରାଣୀଙ୍କୁ ଏଥରକୁ ଲଗାଇ ଚାରିଥର ଦେଖିଲିଣି । କାଲି ନିଶାଭାଗ ରାତିରେ ବାହାରକୁ ଉଠିଥିଲି । ଗୋହିରି ମଝିରୁ ଝୁଣାଗନ୍ଧ ଆସିଲା । ଝମର ଝମର ଶୁଭିଲା । ଅନାଇଲି, ବାଘ ଉପରେ ବସି ଠାକୁରାଣୀ ବିଜେ ହେଉଛନ୍ତି । ବାପରେ ସେ ବାଘଟା କେଡ଼େ ! ମୁଁ କେତେ ବାଘ ଦେଖିଛି, ଏଡ଼େ ବଡ଼ ବାଘ କାହିଁ ଦେଖିବାର ନାହିଁ । ତାର ଲମ୍ବଟା ସାତ କି ଆଠ ହାତ ହେବ । ମୁଣ୍ଡଟା ବଡ଼ ପଣ୍ଡା ମୁଣ୍ଡପରି ତ୍ରିପଣ୍ଡ କଳା । ବାଘଟା ମୋ ଆଡ଼କୁ ତରାଟି ଚାହିଁଲା । ମୁଁ ତ ଡରରେ ତାଟି କିଳି ପକାଇଲି । ଅଧରାତି ବେଳେ ଦାଣ୍ଡରେ ବାଘ ଚାଲିବା ଶବ୍ଦ ଶୁଣିଥିବାର ଆହୁରି ମଧ୍ୟ ଚାରି ପାଞ୍ଚଜଣ ବୁଢ଼ା ମନୁଷ୍ୟ ସାକ୍ଷୀଦେଲେ । ସକାଳେ ବାଘଖୋଜ ରାମା ତନ୍ତୀ ଦେଖିଥିବାର ଦୃଢ଼ରୂପେ କହିଲା । ଠାକୁରାଣୀ ଆସିଥିବାର ନିଃସନ୍ଦେହରେ ସ୍ଥିର ହେଲା ।

ପରିଚ୍ଛେଦ-୮

ଜମିଦାର ସେଖ୍ ଦିଲ୍ ଦାର୍ ମିଆଁ

ସେଖ୍ କେରାମତ୍ ଅଲିଙ୍କ ଘର ପ୍ରଥମେ ଆରା ଜିଲ୍ଲାରେ ଥିଲା, ବର୍ତ୍ତମାନ ଜିଲ୍ଲା ମେଦିନୀପୁର । ସେକ୍ କେରାମତ୍ ଅଲିଙ୍କୁ ସମସ୍ତେ 'ଅଲିମିଆଁ' ବୋଲି ଡାକନ୍ତି, ଆମ୍ଭେମାନେ ସେହି ନାମ ଲେଖିବୁଁ । ଅଲିମିଆଁ ପ୍ରଥମେ ଘୋଡ଼ାର ସୌଦାଗର ଥିଲେ । ପଶ୍ଚିମ ହରିହର ଛତର ମେଳାରୁ ଘୋଡ଼ା କିଣିଆଣି ବଙ୍ଗଳା ଓ ଓଡ଼ିଶାରେ ବିକ୍ରି କରିବା ତାଙ୍କର ବ୍ୟବସାୟ ଥିଲା । ମେଦିନୀପୁର ଜିଲ୍ଲାର ବଡ଼ ସାହେବଙ୍କୁ ଗୋଟାଏ ଘୋଡ଼ା ବିକି ଥିଲେ । ସେ ଘୋଡ଼ାଟି ଭଲ ପଡ଼ିବାରୁ ସାହେବ ମଉସୁଫ୍ ଭାରି ଖୁସି ହେଇ ମିଆଁଙ୍କୁ ବ୍ୟବସାୟ ଓ ରୋଜଗାର ବିଷୟରେ ଅନେକ କଥା ମେହରବାନ କରି ପଚାରିଲେ ଏବଂ ସୌଦାଗିରିରୁ ବିଶେଷ ଲାଭ ନ ଥିବାର ଶୁଣି ତାଙ୍କୁ ଗୋଟିଏ ଚାକିରି ଦେବାକୁ ଇଚ୍ଛା କରି ସେ (ଅଲିମିଆଁ) ଲେଖାପଢ଼ା ଜାଣନ୍ତି କି ନାହିଁ ପଚାରିଲେ । ମିଆଁ କହିଲେ, "ହଜୁର, ମୁଁ ପାରସି ଜାଣେ । କାଗଜ କଲମ ଦେଉନ୍ତୁ, ମୋ ନାମ ପୂରା ଲେଖିଦେବି ।" ପୂର୍ବେ ପାର୍ସିବିଦ୍ୟାର ଭାରି ଆଦର ଥିଲା । ଅଦାଲତର ଚଳିତ ବିଦ୍ୟା ଥିଲା ପାର୍ସି । ଭାରତ ଭାଗ୍ୟରେ ବିଧାତା ଏପରି ଲେଖନ ମୁନ ମାରିଛନ୍ତି, କାଲି ଥିଲା ପାର୍ସି ଆଜି ହେଲା ଇଂରାଜୀ; ଏ ଉତ୍ତାରେ କଣ, ତାଙ୍କୁ ଜଣା । ମାତ୍ର ଏ କଥା ନିଶ୍ଚିତ, ଦେବନାଗରୀ-କପାଳ ପଥରତଳେ । ଇଂରାଜୀ ପଣ୍ଡିତମାନେ କହନ୍ତି; "ସଂସ୍କୃତ ମୃତଭାଷା ।" ଆମ୍ଭେମାନେ ସେ କଥା ଆଉ ଟିକିଏ ସଫାକରି ବୋଲୁଅଛୁଁ- ଏହା ଦରମଲା ଲୋକମାନଙ୍କ ଭାଷା । ସେ କଥା ଥାଉ, ସାହେବ ମଉସୁଫଙ୍କ ମେହେରବାନିରୁ ମିଆଁ ସାହେବ ଗୋଟିଏ ଚାକିରି ପାଇଲେ । ସେ ଚାକିରିର ନାମ ଥାନା ଦାରୋଗାଇ । ମିଆଁ ସାହେବ ନାନା ବିଘ୍ନରେ ଏବଂ ନିର୍ବିଘ୍ନରେ ତିରିଶ ବର୍ଷ

ପର୍ଯ୍ୟନ୍ତ ଚାକିରି କରି ଅନେକ ବିଷୟ ସମ୍ପତ୍ତି ଅର୍ଜନ କରି ଯାଇଥିଲେ । ଘର, ବାଗ୍‌ବଗିଚା, ଘର-ଆସବାବମାନ ଛାଡ଼ି ଜମିଦାରୀ ତାଲୁକ ଚାରିଗୋଟା । ପୂର୍ବେ ଓଡ଼ିଶା ଜମିଦାରୀ ସବୁ କଲିକତାରେ ନିଲାମ ହେଉଥିଲା । ମିଆଁ ଥରେ କଲିକତାକୁ ଗୋଟିଏ ଖୁଣି ମାମଲା ଚଲାଣ ଘେନି ଯାଇ ତାଲୁକେ ଫତେପୁର ସରଷଣ୍ଡ ନିଲାମରେ କିଣିଥିଲେ । ଆପଣଙ୍କ ମନରେ ଆମ୍ଭମାନଙ୍କ କଥା ପ୍ରତି ସନ୍ଦେହ ହୋଇପାରେ । ଥାନା ଦାରୋଗା ବର୍ତ୍ତମାନ ବେଙ୍ଗଲ ପୋଲିସ୍‌ରେ ଇନ୍‌ସପେକ୍‌ଟର ତ ! ଏତେ ଟଙ୍କା କାହୁଁ ଅର୍ଜିଲା ? ମାତ୍ର ଆପଣ ଆଖିବୁଜି ପଢ଼ିଯାଉନ୍ତୁ; ଆମ୍ଭମାନଙ୍କ କଥାରେ ପଦେ ମିଛ ନାହିଁ, ନିର୍ମଳ ସତ । ଏ କଥା ସମସ୍ତେ ଜାଣନ୍ତି, ଜଣେ ଦିପୋଟି, ଗୋବିନ୍ଦ ପଣ୍ଡା ବ୍ରାହ୍ମଣର ଗୋଟିଏ ମକଦ୍ଦମା ଡିଗ୍ରୀ କରିଦେବାରୁ ପଣ୍ଡେ କଲ୍ୟାଣ କରି କହିଥିଲେ, "ଦିପୋଟିବାବୁ, ତୁମେ ଦାରୋଗା ହୁଅ !" ଆପଣ କଥାଟାର ହାଲ୍ ବୁଝିଲେ ? ବୁଦ୍ଧି ମାନ ଲୋକେ ଠାରରୁ ସବୁ ବୁଝିଯାନ୍ତି । କଲିକତାର ପ୍ରସିଦ୍ଧ ଧନୀ ମୋତିଶୀଳ ପ୍ରଥମେ ଖାଲି ବୋତଲ ବିକୁଥିଲେ । ଜଣେ ଶୁଣ୍ଢୀ ବିଳାପ କରି କହିଥିଲା, "ମୋତିଶୀଳ ତୁଚ୍ଛା ବୋତଲ ବିକି କ୍ରୋଡପତି, ମୁଁ ପୂରା ବୋତଲ ବିକି କାଙ୍ଗାଳୀ ।" ଆମ୍ଭମାନଙ୍କର ଭୟ, କୌଣସି ବି.ଏ.,ଏମ୍.ଏ. ପାସିଆ ବାବୁ ଆଲିମିଆଁଙ୍କ କଥା ଶୁଣି ଶୁଣ୍ଢୀ ପରି ବିଳାପ କରିବେ, "ହାୟ ହାୟ, ମିଆଁ ଓଲଟା କଲମରେ ତୁଚ୍ଛା ନାମଟା ଲେଖି ଜମାଦାର, ଆମ୍ଭେ ସଳଖ କଲମରେ ଲମ୍ବା ଲମ୍ବା ଏସେ ଲେଖି ଖାଇବାକୁ ପାଉନାହୁଁ ।" କଥାଟା କଣ ବାବୁ ଜାଣନ୍ତି, "ଭାଗ୍ୟଂ ଫଳତି ସର୍ବତ୍ର ନ ବିଦ୍ୟା ନ ଚ ପୌରୁଷଂ ।"

ଅଲିମିଆଁଙ୍କର ଗୋଟିଏ ମାତ୍ର ପୁତ୍ର, ନାମ ସେଖ୍ ଦିଲ୍‌ଦାର ମିଆଁ, ଓରଫ ଛୋଟାମିଆଁ । ପୁଅକୁ ଲାଏକ୍ ଏବଂ ଇଲାମଦାର କରିବା ସକାଶେ ଦାରୋଗା ସାହେବଙ୍କର କିଛିମାତ୍ର ଗଫ୍‌ଲିୟତି ନ ଥିଲା । ପାରସି ପଢ଼ାଇବା ନିମନ୍ତେ ଅନେକ ଦିନ ପର୍ଯ୍ୟନ୍ତ ଘରେ ଆଖୁନ୍ ନିଯୁକ୍ତ ଥିଲେ । ଛୋଟ ମିଆଁ ପନ୍ଦର ବର୍ଷ ମଧ୍ୟରେ ପାରସ୍ୟ ଭାଷାର ବିଲ୍‌କୁଲ୍ ବର୍ଣ୍ଣମାଳା ଓ ବନାନ ଶିଖିପକାଇଥିଲେ । ଛୋଟ ମିଆଁଙ୍କର ବାଇଶ ବରଷ ପୂରିଗଲାଣି, ଏତେବେଳେ ଆଖୁନ୍‌ଜୀ ଆଗରେ ବସି ଝୁଲି ଝୁଲି କିତାପ ପଢ଼ିଲେ ଲୋକେ କଣ ବୋଲିବେ ? ପୁଣି ଦୋସ୍ତମାନେ ଆସି ଅକାରଣ ବସିରହନ୍ତି, ସେମାନଙ୍କର କଷ୍ଟ ଦେଖିବା ମିଆଁଙ୍କର ବରଦାସ୍ତ ହେଉ ନଥିଲା । ବିଶେଷରେ କରି ଆଖୁନ୍‌ଜୀ କେବେ କେବେ ବୋଲନ୍ତି, "ନିଶା ଖାନେସେ ଆଦିମ୍ ଜାନୁଆରୀ ହୋ ଯାତା ହୈ ।" ଏ କଥା ନିହାଏତ୍ ବେବରଦାସ୍ତ ।

ଦିନେ ଓପରଓଳି ଆଖୁନ୍‌ଜୀ ସାହେବ ଖାନା ଖାଇ ଚିତ୍ ହୋଇ ଶୋଇଥିଲେ ।

କେଉଟମାନେ ଯେପରି ତାଗ କାଟିବା ସକାଶେ ଛଣପଟ ବିଡ଼ା ମେଲାଇଦେଇଥାଆନ୍ତି, ସେହିପରି ବିଡ଼ାଏ ପାଚିଲା ଦାଢ଼ି ମିଆଁଙ୍କ ବେକ ଏବଂ ଛାତିକୁ ଘୋଡ଼ାଇପକାଇଥିଲା । ଗୋଟିଏ ଜଳନ୍ତା ଟିକିଆ ଦାଢ଼ି ମଝିରେ ପଡ଼ି ପଡ଼ପଡ଼ କରି ପୋଡ଼ି ଛାତିରେ ଲାଗିବାରୁ ଆଖୁନ୍‌ଜୀ ଧଡ଼ପଡ଼ ହୋଇ ଉଠିପଡ଼ି 'ତୋବା ତୋବା' କହି ଦାଢ଼ି ଝାଡ଼ିବାକୁ ଲାଗିଲେ । ଟିକିଆ ଖଣ୍ଡ ଭାଙ୍ଗି ନିଆଁ ଝୁଲସବୁ ଲୁଗାପଟାଯାକ ବୁଣିପଡ଼ିଲା । ପାଚଲା ଦାଢ଼ିଗୁଡ଼ାକ ଝରିବାଣ ପରି ଚାରିଆଡ଼େ ପଡୁଥାଏ । "ଆ ମେରି ତୋବାରେ, ଆ ମେରି ତୋବାରେ" କହି ମିଆଁ ଘରଯାକ ଡିଆଁ ମାରି ନିଆଁ ଲିଭାଉଥାନ୍ତି । ଲଙ୍କା ପୋଡ଼ିବାବେଳେ ହନୁମାନ ମୁହଁରେ ନିଆଁ ଲାଗିବାରୁ କିପରି ଦିଶୁଥିଲା, ମହର୍ଷି ବାଲ୍ମୀକି ସେ କଥା ଖୋଲସା କରି ଲେଖିଯାଇନାହାନ୍ତି, ତେଣୁ ଆମ୍ଭେମାନେ ଉପମା ଛଳରେ ସେ କଥାଟା ଉଲ୍ଲେଖ କରିବା ଯୁକ୍ତିସଙ୍ଗତ ନୁହେଁ ବୋଲି ବିବେଚନା କରୁଅଛୁଁ । "ସର୍ବନାଶ ସମୁତ୍ପନ୍ନେ ଅର୍ଦ୍ଧଂ ତ୍ୟଜତି ପଣ୍ଡିତଃ"- ଆଖୁନ୍‌ଜୀ ସାହେବ ଏହି ନୀତିଶାସ୍ତ୍ର ଅନୁସାରେ ଅଧାଅଧି ଦାଢ଼ି ଆୟଉପୂର୍ବକ 'ବିସ୍‌ମିଲ୍ଲା ବିସ୍‌ମିଲ୍ଲା' କହି ସେଦିନ ରାତିରେ କବାଟ କିଳି ରହିଲେ । ତହିଁ ଆରଦିନ ସକାଳ ଠାରୁ ତାଙ୍କୁ କେହି ମେଦିନୀପୁର ମଧରେ ଦେଖିନାହିଁ । ଅଲିମିଆଁଙ୍କ କାନରେ ଏ କଥା ପଡ଼ିବାରୁ ସେ କହିଲେ, "କୁଛ୍ ପରବାୟ ନେହିଁ । ମେରି ଦିଲୁ ତ ଇଲମ୍‌ହାସଲ କରିନେଇଛି ! ମୁଁ କେବଳ ମୋ ନାମ ଲେଖିଜାଣେ, ଏତେ ଦୌଲତ କମାଇଲି, ମେରି ଦିଲୁ ତ ବହୁତ ଶିଖିଲାଣି । ସେଦିନ ମୋ ଆଗରେ ଇମତାନ୍ ଦେଲା; ଆପଣା ନାମ ଲେଖିଲା, କଲିକତା, ମେଦିନୀପୁର, ହାତୀ ଘୋଡ଼ା, ବାଗବଗିଚା କେତେ କଥା ଲେଖିଗଲା । ବଡ଼ସାହେବ ଖବର ପାଇଲେ ଏଇଲାଗେ ତାକୁ ଦାରୋଗାଗିରି ଦେବେ; ମାତ୍ର ମୁଁ ଏ କଥା ଲୁଚାଇଛି । ମୁଁ ଦିଲୁକୁ ଚାକିରି କରିବାକୁ ଦେବିନାହିଁ । ସେ ପିଲାଲୋକ, ଏତେ ମେହେନତ ଉଠାଇ ପାରିବ ନାହିଁ ।" ତାହା ବାଦ୍ ଆଲିମିଆଁ ଲଡ଼୍‌କାକୁ ପାଖରେ ବସାଇ କର୍ମ ଚଳାଇବା ବିଷୟରେ ଅନେକ ଉପଦେଶ ଦେଲେ । ବିଶେଷରେ ଓଡ଼ିଶା ଜମିଦାରୀ ବିଷୟରେ ବହୁତ ହୁସିଆରି ସକାଶେ ଉପଦେଶ ଦେଇ କହିଲେ, "ଦେଖ, ସେ ଦେଶରେ ଯେଉଁ ମହାନ୍ତିମାନେ ଅଛନ୍ତି ସେମାନେ ବଡ଼ ଚୋର । ମୁଁ ହିସାବ କିତାବରେ ଖୁବ୍ ମଜବୁତ୍ ବୋଲି ମୋତେ ଠକାଇ ପାରନ୍ତି ନାହିଁ । ସେମାନଙ୍କ ଠକପଣିଆ ଶୁଣିବ ? ଏକ, ଦୁଇ, ତିନି, ଆଉ ଚାରି- ଏହି ଦୁନିଆର ହିସାବ । ମାତ୍ର ସେମାନଙ୍କ ହିସାବ କଣ ଜାଣ - ଏକକେ ଏକ, ଦୁଇକେ ଦୁଇ, ଦୁଇଦୁଣେ ଚାରି । ଦେଖ ଏକ, ଦୁଇ, ଚାରି ହେଲା, ବିଚ୍‌ମେ ତିନି କାହାଁ ଗେୟା ? ଏହି ତିନିରୂପେୟା ଚୋର"... ଇତ୍ୟାଦି ଇତ୍ୟାଦି ।

ଜମିଦାର ବଂଶର ପରିଚୟ ନିମନ୍ତେ ଏତେଗୁଡ଼ିଏ କଥା ଲେଖିବାକୁ ହେଲା; ମାତ୍ର ଏହା ସବୁ ପୁରୁଣା କଥା । ଆଜକୁ ପାଞ୍ଚ ବରଷ ହେଲା ସେଖ୍ କୋରାମତ ଅଲୀ ଫୌତ ହୋଇଗଲେଣି । ଛୋଟାମିଆଁ, ଓରଫ୍ ସେଖ୍ ଦିଲ୍‌ଦାର ବର୍ତ୍ତମାନ ଖୋଦ୍ ମାଲିକ । ରାତି ଅନ୍ଦାଜ ଘଡ଼ିକ ଭିତରେ ଜମିଦାର ଶେଖ୍ ଦିଲ୍‌ଦାର୍ ମିଆଁ କଚେରି ଘରେ ବସିଅଛନ୍ତି । ଘରଟା କୋଠା, ସେପରି ଛୋଟିଆ ମୋଟିଆ କୋଠରି ନୁହେଁ, ଖୁବ୍ ଲମ୍ବା ଚଉଡ଼ା କୋଠା । ଘର ତଳେ ଗୋଟାଏ ବଡ଼ ଶତରଞ୍ଜି ବିଛଣା ହୋଇଛି । ସେଟା ବୋଧହୁଏ ବଡ଼ ପୁରୁଣା, ଦଶ କି ବାର ଜାଗାରେ ତେଲଢଳା ଦାଗ, ଟିକିଆପୋଡ଼ା ଜାଗା ପନ୍ଦର କି କୋଡ଼ିଏ, ଧଡ଼ି ଚିରା । ସେହି ଶତରଞ୍ଜି ମଝିରେ କାନ୍ଥକୁ ଲଗାଇ ଏକ ବନାରସି ବିଛଣା, କାନ୍ଥକୁ ଭିଡ଼ି ବଡ଼ ଗୋଟାଏ ବନାରସୀ ତକିଆ, ଦୁଇ ପାଖରେ ଚକା ବୋଇତି କଖାରୁ ପରି ଦୁଇଗୋଟା ସାନ ବନାରସୀ ତକିଆ । ସେହି ବିଛଣାରେ ଖୋଦ୍ ଜମିଦାର ସେଖ୍ ଦିଲଦାର ମିଆଁ ବସିଅଛନ୍ତି । ପୋଷାକ କିନ୍‌ଖାପ ଢିଲା ପାଜାମା ସାଟିନ୍ ଚପକନ, ମୁଣ୍ଡରେ ବନାରସୀ ଟୋପି, କାନରେ ଅତର ତୁଳାକାଠି, ଆଗରେ ରୂପାର ଅତରଦାନ୍ ଗୋଲପଦାନ । ତାହା ପାଖରେ ବଡ଼ ଏକ ସାତହାତ ନଲଯୁକ୍ତ ଗୁଡ଼ଗୁଡ଼ି ହୁକା, ହୁକା ଉପରେ ସାନ ଆଟିକା ପରି ଚିଲମ, ତହିଁ ଉପରେ ସରପୋଷ । ସେଥିରୁ ଚାରିକେରା ରୂପା ଶିକୁଳି ଝୁଲି ଆସି ମାଟି ସ୍ପର୍ଶ କରିଅଛି । ମହାଦେବଙ୍କ ଠାରେ ରୋଗୀ ଧାରଣା ଦେଲା ପରି ନଳଟା ମିଆଁଙ୍କ ପାଦ ସ୍ପର୍ଶ କରି ପଡ଼ିଅଛି । ଆଜି ତାହାର ଆଦର ନାହିଁ । ଚକ୍ରନେମିକ୍ରମେଣ ମନୁଷ୍ୟମାନଙ୍କ ପରି ଅଚେତନ ପଦାର୍ଥମାନଙ୍କର ମଧ୍ୟ ଭାଗ୍ୟର ପରିବର୍ତ୍ତନ ଦେଖାଯାଏ । ଘରକୋଣ ଓ ଏଣେତେଣେ ଛିଣ୍ଡା ଛାଞ୍ଚୁଣୀ, ଜଳପୂର୍ଣ୍ଣ ବଦନା, ଦୁଇ ଚାରିଟା ମଦତି ହୁକା, ଗୁଡ଼ାଖୁ ଗୁଲ, ମଦତ ଓ ଗଞ୍ଜେଇ ପାଉଁଶ, ପିଆଜ ଚୋପା, ଛେଳି ଲଣ୍ଡି, ଅନାବଶ୍ୟକ ଓ ବର୍ଜିତ ପଦାର୍ଥମାନ ପଡ଼ିଅଛି । ସବୁଠାରୁ ବେଶି ଭାଗ ପାନପିକ, ପାନସିଠା । ଆମ୍ଭେମାନେ ସ୍ୱକୀୟ ବୁଦ୍ଧିର ପ୍ରାଚୁର୍ଯ୍ୟରେ ବୁଝିଅଛୁଁ, ଏ ଘର ମଧ୍ୟରେ କେବେ କେବେ ଛାଞ୍ଚୁଣୀ ବୁଲେ, ନୋହିଲେ କୋଣରେ ଏତେ ଅଲିଆ କାହୁଁ ଠୁଳ ହେଲା । ଘର ଉପର ଭଙ୍ଗା । କାର୍ଣ୍ଣିସମାନଙ୍କରେ ଓକିଲମାନେ ଯେପରି ଦର୍ପଣ ଆଲମାରିରେ ଆଇନ୍ ପୋଥି ସଜାଡ଼ି ଦେଇ ତକିଆକୁ ଆଉଜି ଓ ମକେଲ୍‌କୁ ଚାହିଁ ବସିଥାନ୍ତି, ବୁଢ଼ିଆଣୀମାନେ ସେହିପରି ଜାଲ ଟାଙ୍ଗି ମଶାଟିକୁ, ମାଛିଟିକୁ ଚାହିଁ ବସିଅଛନ୍ତି । କଡ଼ି ଫାଙ୍କମାନଙ୍କରେ ଘରଚଟିଆମାନଙ୍କର ମଜଲିସ୍ । ସେହି ମଜଲିସ୍‌ରୁ ବେଳେବେଳେ ଯାହା କୁଟା କେରାଏ, ଖାଡ଼ିକା ଖଣ୍ଡେ ଖସୁଅଛି । ତଳେ ମଜଲିସ୍ ଆଜି ନିସ୍ତବ୍ଧ । ମିଆଁ

ସାହେବ ଗାଲରେ ହାତଦେଇ ଗୁମ୍ ଖାଇ ବସିଛନ୍ତି । ଓୟାଟର୍ଲୁ ଯୁଦ୍ଧରେ ହାରି ନେପୋଲିୟନ ଏପରି ଭାବନାରେ ବସି ପାରି ନ ଥିଲେ; କାରଣ ସେଣ୍ଟ ହେଲେନା ପଠାଇବା ପାଇଁ ଇଂରେଜମାନେ ତାହାଙ୍କୁ ଧରପଗଡ଼ କରୁଥିଲେ । ଆଗରେ ସାତ ଜଣ ମୋସାହେବ ଭାବନାରେ ବସି ଢୋଳାଉଛନ୍ତି । ଓସ୍ତାଦ୍‌ଜୀ ବକା ଉଲା ଖାଁ ଦୁଇଗୋଡ଼ କୁଣ୍ଢାଇ ଦାଢ଼ିଟିକୁ ଆଣ୍ଠୁଉପରେ ଲଦିଦେଇ ବସିଅଛନ୍ତି। ପଠାଣଘର ତଲାକ୍‌ଦିଆ ମାଇକିନିଆଙ୍କ ପରି ତାନପୁରାଟା ଏବଂ ପଡ଼ିଆରେ ବାଇଜୀହାଣ୍ଡି ପରି ତବଲା ଦୁଇଟା ଗଡୁଅଛି । ଘରର ଗୋଟାଏ କୋଣରେ ଖିଜ୍‌ମତ୍‌ଦାର ଫତୁଆ ବାଁ ହାତରେ କଣ ଗୋଟାଏ ପଦାର୍ଥ ରଖି ଡାହାଣ ହାତ ବୁଢ଼ା ଆଙ୍ଗୁଳିରେ ଚିପୁଛି, ବେଳେବେଳେ ମଝିଆଙ୍ଗୁଳିରେ ବୁନ୍ଦା ବୁନ୍ଦା ପାଣି ପକାଉଛି ମୁନ୍‌ସି ଜାହେର ବକ୍‌ସ ଏକ ଖଣ୍ଡ କାଗଜରେ ଲେଖା ଡାକ ଧରି ଦିପୋଟି ଆଗରେ ଚୋର ଆସାମୀ ପରି ଛିଡ଼ା ହୋଇଅଛନ୍ତି । ମିଆଁ ସାହେବ ଆଖି ବୁଜି ଗୋଟାଏ ଦୀର୍ଘ ନିଶ୍ୱାସ ପକାଇ କହିଲେ, "ଏବେ ଉପାୟ କଣ କରାଯିବ ?"

ମୁନ୍‌ସି ସାହେବ କହିଲେ, "ବନ୍ଦେ ନଓ୍ୱାଜ, ମୁଁ ଦିନଯାକ ବୁଲିଲିଣି, କାହିଁ କିଛି ପଟିଲା ନାହିଁ । ମହାଜନ ରାମଦାସ କହିଲା, ତାହାର ତମସୁକ ବାବତ କୋଡ଼ିଏ ହଜାର ଓ ହାତ ଉଧାରି ବାବତ ଚାରି ହଜାର ଟଙ୍କା ବାକି ହେଲାଣି । ଆଉ କରଜ ଦେବାକୁ ନାରାଜ ହେଲା । ବଜାରର ମୁଦି ଦୋକାନୀମାନଙ୍କର ପାଉଣା ଚାରି ହଜାର; ସେମାନେ ସଉଦା କାଲି ଦେଲେ ନାହିଁ ।"

ମିଆଁ କହିଲେ, "ବେକୁବ୍ କମ୍‌ବକ୍ତ, ନାଲାଏକ୍‌ବାପାଙ୍କ ଅମଳରୁ ରାମ ସରକାର କୋଡ଼ିଏ ବର୍ଷ ଚାକର ଥିଲା । ତାକୁ ବାହାର କରି ତୁମେ ଦୋସ୍ତ ଓ ଲାଏକ ମନୁଷ୍ୟ ବୋଲି ବେବର୍ତ୍ତା କାମ ଦେଲି; ଗରଜ ଚଳାଇ ପାରୁନାହିଁ ?"

ମୁନ୍‌ସି ଜାହେର ବକସ୍ କହିଲେ, "ହଜୁର, ମୁଁ କିପରି ନାଲାଏକ୍ ହେଲି ? ରାମ ସରକାର କିଛି କରଜ କରି ପାରୁ ନଥିଲା; ମୁଁ ପାଞ୍ଚ ବରଷ ମଧ୍ୟରେ ପଚିଶ ହଜାର ଆଣିଦେଲି !"

ମିଆଁ କହିଲେ, "ସେକଥା ଯାଉ, ଏବେ ଇଜ୍ଜତ୍ କିପରି ରହେ ? ସମ୍ପତ୍ତି ଯାଉ, ମହତ ଥାଉ । ମହତ ଗଲେ ନ ମିଳେ ଆଉ ।"

ମୋସାହେବମାନେ ଢୋଳାଉଥିଲେ । ଏକଥା ଶୁଣି ପାଟିକରି ଏକାବେଳକେ କହିଲେ, "ଅଲବତ୍ ଅଲବତ୍, ଉଆଜିବ୍ ଉଆଜିବ୍ । ମିଆଁ କହିଲେ, "ଯାଓ, ଘର, ଆସବାବ ହେଉ ବା ଜମିଦାରି ହେଉ, ବନ୍ଧକ ଦେଇ ଆଜିକା ମଜଲିସ୍ ବନ୍ଦୋବସ୍ତ କର । ଦେଖ, ଜଲ୍‌ଦି, ରାତି ହୋଇଗଲା । ବେଶି ଟଙ୍କା ଦରକାର ନାହିଁ । ବାଇଜୀ

ରୋକଶତି ଶଏ ଟଙ୍କା ଓ ବାଈଜୀ ସାଙ୍ଗଲୋକ ଓ ଦୋସ୍ତମାନଙ୍କ ଖାନା ପିଲାଓ ସକାଶେ ଏକଶ ଟଙ୍କା ବହୁତ ହେବ ।"

ଦୋସ୍ତମାନେ କହିଲେ, "ଉଆଜିବ୍, ଉଆଜିବ୍, ବହୁତ ରୂପେୟାର ଦରକାର କଣ ?" ଦୋସ୍ତ ହନୁମିଆଁ କହିଲେ, "ହଜୁର, ଏହି ଯେ ଖେମଟାବାଲୀ ଖାତୁମ୍ ଉନ୍ନିସା ଆସିଅଛନ୍ତି ଏ ବହୁତ ଇଲମ୍‌ଦାର୍ । କାଶ୍ମୀରର ଅଉଲ ନମ୍ବର ବାଈ । ଏହାଙ୍କର ଇଲମ୍ ଓ ରାଗରାଗିଣୀର କସରତ୍ ହଦ୍‌ରେ ହଦ୍ । ସେ କି ଏ ଦେଶକୁ ପସନ୍ଦ କରନ୍ତି ? କେବଳ ମୁସାଫେରି ସକାଶେ ଆସିଅଛନ୍ତି । ମୁର୍ଶିଦାବାଦ ନବାବ, ଲକ୍ଷ୍ନୌ ନବାବ, ରୋମକା ବାଦଶା, ସୋମକା ବାଦଶାମାନେ ଏହାଙ୍କ ଗୀତ ଶୁଣିବାକୁ ଡାକିପଠାନ୍ତି, ମାତ୍ର ବିବିଙ୍କର ଖାତର ରଦାରଦ୍ । ହଜୁରଙ୍କ କେରାମତ ନେକନାମି ଦୁନିଆରେ ଜାହେର । ସେଥି ସକାଶେ ଆପେ ଆସି ଏଠାରେ ମଜଲିସ୍ କରିବାକୁ କହିଅଛି ।" ମଜଲିସ୍ ସାରା ଲୋକ ଏକାବେଳକେ କହିଲେ, "ହଜୁରଙ୍କୁ ଦୁନିଆରେ କିଏ ନ ଜାଣେ ? ହଜୁରଙ୍କ ଖାନା ପଲାଓ ଯେ ଦିନେ ଖାଇଛି, ଜିନଦିଗ୍ ଭରି ସେ ଇୟାଦ୍ କରୁଥିବ ।"

ପିଆଦା ସେଖ୍ ଫଜୁ ସଲାମ୍ କରି ଜଣାଇଲା, "ହଜୁର, ଓଡ଼ିଶା ଜମିଦାରିରୁ ଜଣେ ମହାଜନ ମୁଲାକାତ ସକାଶେ ଆସିଅଛି ।" ହୁକୁମ ହେଲା- ତାହାକୁ ହାଜର କରାଅ । ଆଗନ୍ତୁକ ଉପସ୍ଥିତ ହୋଇ ଆଗରେ ନଗଦ ପାଞ୍ଚ ଟଙ୍କା ନାଜରାଣା ଥୋଇ ଭୂମିରେ ହାତ ଲଗାଇ ତିନି ଥର ସଲାମ୍ କଲେ । ମଜଲିସ୍ ମଧ୍ୟରେ ଯେତେଜଣ ସଭ୍ୟ ବସିଥିଲେ, ସମସ୍ତଙ୍କୁ ଏକ ଏକ ସଲାମ୍ କଲେ- ଖିଜମ୍‌ଦଦାର ମଧ୍ୟ ଛାଡ଼ ଗଲା ନାହିଁ । ମିଆଁ ହୁକୁମ କଲେ, "ବହୁତ କଦରଦାନ ଆଦିମ୍ ।" ପାଲାବାଲା ପାଳିଆମାନେ ଏକ ସ୍ୱରରେ ଗୀତ ଧରିଲା ପରି ସମସ୍ତେ ପାଳି ଦେଲେ, "ବହୁତ କଦରଦାନ୍, ବହୁତ ହୁସିଆର୍ ଆଦିମ୍ ।"

ମିଆଁ ପଚାରିଲେ, "ତୁମର ନାମ କଣ ?"

"ରାମଚନ୍ଦ୍ର ମଙ୍ଗରାଜ ।"

"କ୍ୟା ? ରାମଚନ୍ଦର ମାମଲାବାଜ୍ ?"

"ନା ହଜୁର୍, ମଙ୍ଗରାଜ ।"

"ଆଚ୍ଛା ଓଇ ହୁଆ- ରାମଚନ୍ଦର ମଙ୍ଗୋରାଜ ।"

ମଙ୍ଗରାଜ ଜଣାଇଲେ, "ମୁଁ ନିହାତି ଅଳ୍ପ କିଛି ଜିନିଷ ନଜର ଆଣିଅଛି । ହୁକୁମ ହେଲେ ହାଜର କରିବି ।"

"ବହୁତ ଆଚ୍ଛା, ଘେନି ଆସ ।"

ଭେଟିର ଡାବ ତାଳପତ୍ର ଖଣ୍ଡିକରେ ଲେଖା ଥିଲା, ପଢ଼ାଗଲା- ପାଞ୍ଚଟା ଓଳିଆରେ ସରୁ ଅରୁଆ ଚାଉଳ ଭରଣେ ଆଠ ନଉତି, ମୁଗଜାଇ ଦୁଇ ଓଳିଆରେ ବତ୍ରିଶ ନଉତି, ହରଡଜାଇ ଏକ ଓଳିଆକୁ ଅଠର ନଉତି, ଘିଅ ଏକ ମାଠିଆକୁ ପଚିଶ ସେର, ବନ୍ତଳ କାଠିଆ କଦଳୀ ପାଞ୍ଚ କାନ୍ଦି, ପାଚିଲା କଦଳୀ ଦୁଇ କାନ୍ଦି, ଆଳୁ ଆଠ ବିଶା ।

ମିଆଁ ହୁକୁମ କଲେ, "ବହୁତ ଆଚ୍ଛା ଚାଉଳ, ପଲାଉର ଲାଏକ୍, ଘିଅ ମଧ୍ୟ ବହୁତ ଭଲ ।" ମଙ୍ଗରାଜେ କହିଲେ, "ହଜୁର, ଆମ ଦୁନିଆର ମାଲିକ । ହଜୁରଙ୍କ ଦାନା ପନ୍ଦର ପୁରୁଷ ହେଲା ଖାଇ ଆସୁଅଛୁ । ଏ ତ ସାମାନ୍ୟ ଜିନିଷ, ମେହେରବାନି ହେଲେ ପଲାଉ ଚାଉଳ, ଘିଅ, ଡାଲି ବରାବର ହାଜର କରିବି ।"

ମିଆଁ ଓ ମି-ଆଁ ଓ - ମିଆଁ ଓ ଉସ୍ତାଦ୍‌ଜୀ ଭାରି ଖୁସିଟା ହୋଇ ତାନପୁରା କାନ ବାଁ ହାତରେ ମୋଡ଼ି ସୁର ଦେଇ ବସିଲେ । ଗୁମ୍-ଗୁମ୍ ଗୁମ୍-ତାକ୍-ଧିନ୍-ଧିନ୍-ଧିନ୍ ତାକ୍ ଧିନ୍-ଧିନ୍-ଗୁମ୍ ତାବଲା ବାଜିଉଠିଲା । ମିଆଁ ହୁକୁମ ଦେଲେ, "ଜଲ୍‌ଦି ପଲାଉର ବନ୍ଦୋବସ୍ତ କର ।"

ଖ୍ରୀଷ୍ଟିୟାନ୍‌ମାନେ କହନ୍ତି, ପୃଥିବୀର ଶେଷ ଦିନରେ ସ୍ୱର୍ଗର ଦୂତ ବଂଶୀ ବଜାଇଲେ ସମସ୍ତ ମୃତଲୋକ କବରରୁ ଉଠି ବସିବେ । ମଜଲିସ୍ ଅବଶୋଷରେ ମରିପଡ଼ିଥିଲା; ମଙ୍ଗରାଜଙ୍କ ଟଙ୍କାର ଝଣ୍ ଝଣ୍ ଶବ୍ଦରେ ବଞ୍ଚିଉଠିଲା । ମିଆଁ ସାହେବ ନଳ ମୁହଁରେ ଦେଇ ଦୁଇ ଚାରି ଥର ଭଲକରି ଟାଣିଲେ । କଳା ପର୍ବତରେ କୁହୁଡ଼ି ବୁଲିଲା ପରି ଦାଢ଼ିସାରା ଧୂଆଁ ଖେଳିଗଲା । ସରକାର କେନାଲଦ୍ୱାରା ଯେପରି ପରଗନା ପରଗନା କରି ମହାନଦୀର ଜଳ ବାଣ୍ଟିଅଛନ୍ତି, ନଳଯୋଗରେ ହୁକା ଭିତରେ ଜମା ଥିବା ଧୂଆଁ ସମସ୍ତଙ୍କ ମୁହଁକୁ ବାଣ୍ଟିଗଲା । ମେଁ ଏଁ ଏଁ, ମେଁ ଏଁ ଏଁ - ପଲାଉ ସକାଶେ ଗୋଟାଏ ଖାସି ଅଣାଗଲା । ମଜଲିସ୍ ଆଗରେ ଦର ଛିଣ୍ଡିଲା- ଅଢ଼େଇ ଟଙ୍କା । ମଙ୍ଗରାଜେ ଚମକିପଡ଼ି କହିଲେ, "କଣ, ଏହି ଛେଳିଟାର ଦାମ୍ ଅଢ଼େଇ ଟଙ୍କା । ବାପ୍‌ରେ ! କେତେ ଦାମ୍ !"

ମିଆଁ ପଚାରିଲେ, "ତୁମ ଗ୍ରାମରେ ଦାମ୍ କେତେ ? ଡାକ୍ତର ମଲୁ ପରୀକ୍ଷା କଲାପରି ଛେଳିର ଅଗ୍ର ପଶ୍ଚାତ୍, ବାମ ଦକ୍ଷିଣ ଉତ୍ତମରୂପେ ନିରୀକ୍ଷଣପୂର୍ବକ ମଙ୍ଗରାଜେ କହିଲେ, "ଛେଳିଟାର ଦାମ୍ କଣ ? ଚାରି ପଇସା କି ଛ'ପଇସା ହେବ । ହୁକୁମ ହେଲେ ପଲାଉ ସକାଶେ ଦଶ ଗଣ୍ଡା କି ପନ୍ଦର ଗଣ୍ଡା ପଠାଇ ଦେଇପାରେ । ହଜୁର, ଲୋକ ଚିହ୍ନି ଜମିଦାରିରେ ଚାକର ରଖିନାହାନ୍ତି, ସେଥିସକାଶେ ଏତେ ଟଙ୍କା ବରବାଦ୍ । ଅଢ଼େଇ ଟଙ୍କା ଛେଳି ? ବାପ୍‌ରେ !"

ଏ କଥାଟା ଶୁଣି ମଜଲିସ୍‌ରେ ଯେ କିପରି ଆନନ୍ଦ କୋଳାହଳ ଉଠିଲା, ତାହା ବର୍ଣ୍ଣନାତୀତ । କ୍ଲାଇବ ସାହେବଙ୍କ ପଲାସି ଯୁଦ୍ଧଜୟ ସମ୍ବାଦ ଶୁଣି ବିଲାତରେ ଡାଇରେକ୍ଟର ସଭା ନିଶ୍ଚୟ ଏତେଦୂର ଆନନ୍ଦିତ ହୋଇ ନଥିଲେ । କାରଣ ତେତେବେଳେ ଦିଲ୍ଲୀ ଦରବାରର ଡର ସେମାନଙ୍କ ମନରୁ ଛାଡ଼ିନଥିଲା । ଓସ୍ତାଦ୍‌ଜୀ ପୁରିଆ ରାଗିଣୀର ଆଳାପ କରିବାକୁ ଲାଗିଲେ । ସମସ୍ତେ ଆନନ୍ଦରେ ଉନ୍ମତ୍ତ । ସମସ୍ତଙ୍କ ମୁହଁରୁ ହସ ଉଚ୍ଛୁଳି ପଡ଼ୁଅଛି; କେବଳ ମଙ୍ଗରାଜେ ହାତଯୋଡ଼ି ମୁହଁ ଶୁଖାଇ ବସିଛନ୍ତି । ଜାଲ ମଧ୍ୟରେ ବୁଣା ଚାଉଳ ଖାଇଲାବେଳେ ପକ୍ଷୀମାନଙ୍କ ଆନନ୍ଦ, ବ୍ୟାଧ ତୁନି ହୋଇ ଦେଖୁଥାଏ । ଆମ୍ଭେମାନେ ମଙ୍ଗରାଜଙ୍କ ମନର କଥା ଭଲରୂପେ ବୁଝିପାରୁଁ । ସେ ସମୟରେ ବୋଧହୁଏ ଭାଳୁଥିଲେ, "ଆ ବାପ ଚଢ଼େଇ ଆ, କାଣ୍ଡିଆ ପାଖକୁ ଆ ।"

ଜଣେ ଚାକର ଧାଇଁଆସି ବାଇଜୀଙ୍କ ଶୁଭାଗମନର ସମ୍ବାଦ ଦେଲା । ଯାଃ- ସର୍ବନାଶ ! ଏ କଥାଟା ଯେ କାହାରି ମନରେ ନାହିଁ । ଓସ୍ତାଦ୍‌ଜୀ ପୁରୁଣା ହୁସିଆର ଲୋକ; ସେହି କେବଳ ଏ କଥାଟା ମନେ କରାଇଦେଲେ । ବାଇଜୀଙ୍କୁ ଶଏ ଟଙ୍କା ନଜରାନା ଦେବାକୁ ହେବ । ପୁନର୍ବାର ଭାବନା, ପୁନର୍ବାର ଆନ୍ଦୋଳନ । ଭାରତବର୍ଷର ବ୍ୟୟସଙ୍କଳନ ନିମନ୍ତେ ପାର୍ଲିଆମେଣ୍ଟରେ ବୋଧହୁଏ ଏହାଠାରୁ ଅଧିକ ଆନ୍ଦୋଳନ ହୋଇନଥାଏ, କିଛି ସ୍ଥିର ହୋଇ ପାରିଲା ନାହିଁ । ବେଳ ନାହିଁ । ବେଳ ଉଣ୍ଡି ମଙ୍ଗରାଜେ ହାତଯୋଡ଼ି କହିଲେ, "ହଜୁର ! ଗୋଲାମ ହାଜର ଥାଉଁ ଥାଉଁ ଏତେ ଚିନ୍ତା କି ସକାଶେ ?" ପୁନର୍ବାର ପ୍ରଶଂସା, ଧନ୍ୟବାଦ ସମସ୍ତଙ୍କ ମୁହଁରୁ ବାହାରି ମଙ୍ଗରାଜଙ୍କ କାନରେ ଢାଳିପଡ଼ିଲା । ମିଆଁ ହୁକୁମ୍ ଦେଲେ, "ଆଚ୍ଛା ମଙ୍ଗରାଜେ, ତୁମେ ବର୍ତ୍ତମାନ ଯେ ଉପକାର କଲ, ସେଥିର ଇନାମ ଅଲାହିଦା ପାଇବ, ଏ ସିବାଏ ଟଙ୍କାକୁ ସୁଧ ଚାରିଅଣା ହିସାବରେ ପାଇବ ।" ମଙ୍ଗରାଜ କହିଲେ, "ରାମ, ରାମ, ରାମ ! ହଜୁର, ମୁଁ ପିଆଜ ଆଉ ବିଆଜ ଖାଏ ନାହିଁ ।" ଓସ୍ତାଦ୍‌ଜୀ କହିଲେ, "କଣ, ବିଆଜ ଖାଅ ନାହିଁ ? ବହୁତ ଇମାନ୍‌ଦାର ଲୋକ । କୋରାନ୍‌ରେ ଯେ ପଚିଶ ହାରାମ୍ ବୟାନ୍ ଅଛି, ବିଆଜ ସେଥିରୁ ଗୋଟାଏ ।"

ଇତିହାସ ଲେଖକ ବୋଲନ୍ତି, କ୍ଲାଇବ୍ ଦିଲ୍ଲୀ ବାଦଶାହଙ୍କ ପାଖରୁ ବଙ୍ଗଳାର ସୁବାଦାରୀ ନେବାବେଳେ ଏତେ ଅଳ୍ପ ସମୟ ଲାଗିଥିଲା ଯେ, ଗୋଟାଏ ଗଧ ବିକାକିଣାରେ ତାହାଠାରୁ ଅଧିକ ସମୟ ଦରକାର । ତେବେ ଫତେପୁର ସରଷଣ୍ଡର ସରବରାକାରୀ ଓ ସମସ୍ତ କ୍ଷମତା ପାଇବା ମଙ୍ଗରାଜଙ୍କ ପକ୍ଷରେ ବିଳମ୍ବ କଣ ?

ପରିଚ୍ଛେଦ-୯

ଗାଁ ହାଲଚ଼ାଲ

ତାଲୁକେ ଫତେପୁର ସରଷଣ୍ଢ ଗୋଟାଏ ଭାରୀ ବଡ଼ ତାଲୁକା । ସଦରଜମା ପାଞ୍ଚ ହଜାର ଦୁଇଶହ ଆଠଟଙ୍କା ଛ ଅଣା, ମଫସଲ ଅସୁଲ ଅଢ଼େଇ ପଟ । ଫାଉ ଫଉରାତ ଛାଡ଼ିଦିଅ । ଏଥିରେ ପାଞ୍ଚଗୋଟି ମୌଜା - ମୌଜେ ରାମନଗର, ବାଲିଆ, ହାଣ୍ଡିଖାଇ, ସଉତୁଣିଆ ଓ ଗୋବିନ୍ଦପୁର । ଗୋବିନ୍ଦପୁର ସବୁଠାରୁ ବଡ଼ । ଊଣା ଅଧିକେ ପାଞ୍ଚଶ ଘର ବସ୍ତି, ସବୁ ଜାତିର ଲୋକ ଅଛନ୍ତି, ଗୋଟାଏ ଦୋକାନ ଅଛି । ସେ ଦୋକାନରେ ସବୁ ଜିନିଷ ମିଳେ- ଡାଲି, ଚାଉଳ, ଧୂଆଁପତ୍ର, ଲୁଣ, ତେଲ, ଯାହା ଖୋଜ ପାଇବ । ଦୁଇ ଚାରି ପଇସାର ଘିଅ ଖୋଜିଲେ ମଧ୍ୟ ମିଳିପାରେ । ଦୋକାନୀରେ ତିନିପୁରୁଷରୁ ଦଶମୂଳ ସାଇତା ଅଛି । ଦୁଇ ତିନିକୋଣରୁ ବୈଦ୍ୟମାନଙ୍କର ଡାବ ଆସେ । ଗ୍ରାମଟି ଲମ୍ବାଲମ୍ବି କିନ୍ତୁ ସିଧାସଳଖ ନୁହେଁ, ଆଠବାଙ୍କିଆ । ଅସୁରଦୀଘିର ଉତ୍ତର ଆଉ ପଶ୍ଚିମ ଆଡ଼ିର ଅଧେ ମାଡ଼ିବସିଛି । ମଝିରେ ଗୋହିରି ଦୁଇ ସାହାଲା ଘର । ମଝି ଗୋହିରିଟା ଖୁବ୍ ଓସାରିଆ ହେଲେ ମଧ୍ୟ ଯିବାଆସିବା ବାଟ ଦଶ ବାର ହାତରୁ ବେଶୀ ନୁହେଁ । ବାଟ ଦୁଇପାଖ ସମସ୍ତଙ୍କ ଦୁଆର ଆଗରେ ଖତ ଗାଢ଼ । ଖଣ୍ଡେ ଖଣ୍ଡେ ଖାଲି ଯାଗା ଅଛି । ସକାଳେ ସେଠାରେ ଗାଈବଳଦ ବନ୍ଧା ହୁଅନ୍ତି । ସ୍ଥାନେ ସ୍ଥାନେ ଖଣ୍ଡେ ଖଣ୍ଡେ ଶଗଡ଼ ଥୁଆହୋଇଅଛି । ଗୋହିରିରୁ ସମସ୍ତଙ୍କ ଦୁଆରକୁ ଯିବାପାଇଁ ଅଲଗା ଅଲଗା ବାଟ । ଗ୍ରାମଟି ତିନିଭାଗରେ ବିଭକ୍ତ- ସାଆନ୍ତ ସାଇ, ତନ୍ତୀ ସାଇ, ବ୍ରାହ୍ମଣ ସାଇ ।

ସାଆନ୍ତ ସାଇରେ ଖୋଦ୍ ରାମଚନ୍ଦ୍ର ମଙ୍ଗରାଜ ଘର - ଏଥିପାଇଁ ଖୁବ୍ ଡାକ । ରାତି ଛ ଘଡ଼ି ପର୍ଯ୍ୟନ୍ତ କଚେରି ଜାରି । ଦୋକାନଟା ମଧ୍ୟ ଏଇ ସାଇରେ । ରାତି ପ୍ରହରକ ସରିକି ଆଉ ସବୁ ସାଇ ତୁନିତାନ ।

ବ୍ରାହ୍ମଣ ସାଇର ପ୍ରକୃତ ନାମ ଶାସନ । ଶାସନ ଭାଗ ପାଞ୍ଚଶ ଗୋଟା ପୁଅଭାୟା ବାସ୍ତରିଘର । ଶାସନ ଗୋହିରି ଦୁଇପାଖରେ ଦେଢ଼ଶ ଅନ୍ଦାଜ ନଡ଼ିଆଗଛ । ମୁଣ୍ଡରେ ବଡ଼ ପିଣ୍ଡି ବନ୍ଧାଅଛି; ସେଠାରେ ବଳଦେବ ପୂଜା ହୁଅନ୍ତି । ପିଣ୍ଡିଠାରୁ ଦଶ ପନ୍ଦର ହାତ ଛାଡ଼ି କେତେଗୁଡ଼ିଏ ଗଜାଭଳିଆ ନଡ଼ିଆ ଗଛ, ମୂଳ ସଫାସୁତୁରା । ସେଇଟା ଗୋସାଇଁମାନଙ୍କ ବୈଠକ ଜାଗା । ନାସ ଶୁଙ୍ଘା, ଭାଙ୍ଗ ଘୋଟା, ଯଜମାନ ଘରକଥା, ଅରଜନ କଥା ଇତ୍ୟାଦି ଇତ୍ୟାଦି କଥାମାନ ସେହିଠାରେ ସମାଧାନ ହୁଏ । ଦିନେ ଦିନେ ସେଠାରେ ବଡ଼ ଗୋଳମାଳ ହୁଏ । ସେଦିନ ଯଜମାନ ଘରୁ ମିଳିଥିବା ଶ୍ରାଦ୍ଧ ଚାଉଳ ବା ସଭାମାନ୍ୟ ଦକ୍ଷିଣା ବାଣ୍ଟହେଉଥିବାର ସହଜରେ ଜଣାପଡ଼ିଯାଏ । ସେ କଳି ଶୁଣି ଲୋକମାନେ କହନ୍ତି, ବ୍ରାହ୍ମଣଗୁଡ଼ାକ ଚାଉଳ ମୁଠାକ ସକାଶେ କୁକୁର ପରି କଳି କରୁଅଛନ୍ତି । ମାତ୍ର ଲୋକମାନଙ୍କର ଏପରି କଥାଟା ଆମ୍ଭମାନଙ୍କୁ କିଛି ସୁଖ ଲାଗେ ନାହିଁ । ତାହାର କାରଣ, ଏମାନେ ନିପଟ ମୂର୍ଖ, ଗତରକୁଡ଼ି, ବ୍ରାହ୍ମଣ କର୍ମହୀନ ହେଲେ ମଧ୍ୟ ଛତିଶ ବର୍ଣ୍ଣର ରଜା ତ ! ଏମାନଙ୍କୁ କୁକୁର ସଙ୍ଗେ ତୁଳିବା କେତେବେଳେ ହେଲେ ଉଚିତ ନୁହେଁ । ଉପମାଟା ମଧ୍ୟ ଭଲ ହେଲା ନାହିଁ । କାରଣ ପ୍ରେତ ଉଦ୍ଦେଶ୍ୟରେ ଉତ୍ସୃଷ୍ଟ ଓଦା ଚାଉଳ ସକାଶେ ବ୍ରାହ୍ମଣମାନଙ୍କର କଳି; ଆଉ କୁକୁରଙ୍କ କଳି ଅଇଁଠାଭାତ ସକାଶେ । ଦେଖନ୍ତୁ ପ୍ରେତ-ଉଚ୍ଛିଷ୍ଟ ଆଉ ମନୁଷ୍ୟଙ୍କ ଉଚ୍ଛିଷ୍ଟ ଓଦା ଚାଉଳ ଆଉ ସିଝା ଚାଉଳ କଥାଟା କେତେ ଛାଡ଼ିଲା । ଆଉ କୁକୁରମାନେ କାମୁଡ଼ାକାମୁଡ଼ି ଲାଗନ୍ତି । ବ୍ରାହ୍ମଣମାନେ ବାଡ଼ିଆବାଡ଼େଇ ହୁଅନ୍ତି ସିନା, ଗୋଟାଏ ବ୍ରାହ୍ମଣ ଆଉ ଗୋଟାକୁ କାମୁଡ଼ିବାର ବା ରାମ୍ପୁଡ଼ିବାର ତ ଦେଖାନାହିଁ । ଆକାଶରେ ଶାଗୁଣା ଉଡ଼ିଲେ କେଉଁଠାରେ ମଢ଼ ପଡ଼ିଥିବାର ଯେପରି ଜଣାଯାଏ, ସେହିପରି ଦିନ ପହରବେଳେ ଗୋସାଇଁମାନେ ଚିତାପଇତା ହୋଇ ପଲ ପଲ ବାହାରିଲେ କେଉଁ ଗାଁରେ ମନୁଷ୍ୟ ମରିଥିବାର ଲୋକେ ଅନୁମାନ କରନ୍ତି ।

ପାଣିଗ୍ରାହୀ ଭାଗ ବାଟିକ ମିଶି ଶାସନ ଭାଗ ଜମି ପାଞ୍ଚଶ ମାଣ । ତ୍ରିକାଳ ସନ୍ଧ୍ୟାରେ ଆଶୀର୍ବାଦ କରି ଜମି ଭୋଗ ଦଖଲ କରିବା ନିମନ୍ତେ ମରହଟ୍ଟା ସୁବାଦାର ତମ୍ବାପାତିଆ ସନନ୍ଦ ଦେଇଅଛନ୍ତି । ତ୍ରିକାଳ ବୋଇଲେ-ଭୂତ, ଭବିଷ୍ୟତ, ବର୍ତ୍ତମାନ । ଭୂତ କଥା ଭୂତଙ୍କୁ ଜଣା, ଭବିଷ୍ୟତ କଥା କୌଣସି ମଣିଷ ଜାଣନ୍ତି ନାହିଁ - ବର୍ତ୍ତମାନ କଥା ଆମ୍ଭେମାନେ ଜାଣୁ । ଗୋରୁଗାଈ ଖୋଜିଆଣି ବାନ୍ଧିବା, ଗୁହାଳରେ ଧୂଆଁଦେବା, ହଳିଆଙ୍କୁ ପଖାଳପାଣି ଦେବାରେ ସନ୍ଧ୍ୟାବେଳଟା ଗଡ଼ିଯାଏ-ଭୂମିଦାତାଙ୍କୁ ଆଶୀର୍ବାଦ କରିବେ କେତେବେଳେ ? କଥା ପଡ଼ିବାରୁ ଦିନେ ଭୋବନି ବାହିନୀପତି କହିବସିଲେ, "ଆମ୍ଭର ଭୂମି କାହିଁ ଯେ ସନ୍ଧ୍ୟାରେ ଆଶୀର୍ବାଦ କରିବୁଁ ?" କଥାଟା

ମଧ୍ୟ ନିହାତି ମିଛ ନୁହେଁ । ଶାସନ ଭାଗ ପାଞ୍ଚଶ ମାଣ ମଧ୍ୟରୁ ଦଶ ବର୍ଷ ମଧ୍ୟରେ ଚାରିଶ ମାଣ ବିକାଭଙ୍ଗା ସରିଲାଣି । ବାକି ଯେ ଜମି କେତେ ମାଣ - ମଙ୍ଗରାଜେ ସମ୍ଭାଳିଛନ୍ତି ବୋଲି ଅଛି । "ଗୋ ବ୍ରାହ୍ମଣ ହିତାୟ ଚ"- ମଙ୍ଗରାଜଙ୍କର ଭାରି ଯତ୍ନ । ବୁଲା-ଗୋରୁଗୁଡ଼ିକ ମଙ୍ଗରାଜେ ସାବଧାନ କରି ଆପଣା ଗୋଠରେ ରଖନ୍ତି । କେହି ପାଣ ଏପରି ନା-ଉଆରସୀ ଗୋରୁ ଆଣି ବକ୍ସିସ୍ ସ୍ୱରୂପ କିଛି କିଛି ନେବାର ସଚରାଚର ଦେଖାଯାଏ । ବଳଦ ଛାଡ଼ି କେବଳ ଗାଈସଂଖ୍ୟା ତିନିଶହରୁ ଟପିଗଲାଣି । ଗୋମାତା ବାର ଜାଗାରେ ବୁଲି କଷ୍ଟ ପାଇବେ, ସେଥିସକାଶେ ସମ୍ଭାଳିଛନ୍ତି; ନିହାତି ବଳିପଡ଼ିଲେ ବର୍ଷକୁ ବର୍ଷ ପଠାଣ ଗୋଆଲାଙ୍କୁ ଅଧାଅଧି ଦେବାକୁ ପଡ଼େ । ସେପରି ବ୍ରାହ୍ମଣମାନଙ୍କ ଜମିଗୁଡ଼ିକ କିଣିନେଇଛନ୍ତି, ସମ୍ଭାଳି ରଖିଛନ୍ତି । ଗୋସାଇଁମାନେ ଜମି ନ ବିକି କଣ କରିବେ ? ଏକେ ବ୍ରାହ୍ମଣିଆ ଚାଷ, ତାହା ବାଦ୍ ଚୋରଗୁଡ଼ାକ ବାଛି ବାଛି ବ୍ରାହ୍ମଣ ଜମିରୁ ଧାନ ଚୋରିକଲେ । ମଙ୍ଗରାଜଙ୍କୁ କିଛି ଜମି ବିକିଦେଲେ ଚୋରମାନେ ଡରରେ ପାଖ ପଶି ପାରନ୍ତି ନାହିଁ । ଆଉ ମଙ୍ଗରାଜେ ପାଞ୍ଚ ପାଞ୍ଚ ଟଙ୍କାରେ ପାଞ୍ଚମାଣ ଜମି କିଣିଲେ ବୋଲି କେହି କେହି କହନ୍ତି । ଏକଥାଟା ସେମାନଙ୍କର ବୁଝିବାର ଭୁଲ । ଆଚ୍ଛା, ତୁମ୍ଭେ ଭରଣେ ବୁଣିଲେ ପାଞ୍ଚ ଭରଣ କାଟ ତ ? ମଙ୍ଗରାଜଙ୍କ ଟଙ୍କା କି ବାଞ୍ଝା ! ସେଥିରେ କଣ କଳନ୍ତର ନାହିଁ ?

ଶାସନ ମଝିରେ ଶିବୁ ପଣ୍ଡିତଙ୍କ ଘର । ଏହାଙ୍କ ଜେଜେ ବିକି ଖାଡ଼ଙ୍ଗା ପୂରା ସାତପାଦ ବ୍ୟାକରଣ ମୁହେଁ ମୁହେଁ କହି ଯାଉଥିବାର ପଣ୍ଡିତଙ୍କଠାରୁ ଶୁଣାଯାଏ । ନୈଷଧାନ୍ତ ପାଠ ତାହାଙ୍କଠାରେ ଅଟକୁ ନ ଥିଲା । ପଣ୍ଡିତ ନାନା ବ୍ୟାକରଣ ଶବ୍ଦ ଓ ସନ୍ଧିଗୁଡ଼ାକ କୋଇଲି ଗୀତ ପରି ହାଙ୍କି ଯାଉଥିଲେ । ସେମାନଙ୍କ ପୋଥିସବୁ ଖଟୁଲିରେ ସାଇତା ଅଛି । ପଣ୍ଡିତେ ପ୍ରତିଦିନ ପୂଜା କରନ୍ତି । ଆପେ ପଣ୍ଡିତ ମଧ୍ୟ ଜଣେ ଟାଣ ପଣ୍ଡିତ । ପୋଥିରୁ ଡୋରି ନ ଫିଟାଇ ପାଞ୍ଚବର୍ଗ ଅଭିଧାନ କହିଯାଇପାରନ୍ତି । ପଣ୍ଡିତଙ୍କ ସାଆନ୍ତ ବାପାଙ୍କର ମଉଳାପୁଅ ଭାଇଙ୍କର ଭିଣୋଇର ମାଉସୀପୁଅ ଭାଇ ନବଦ୍ୱୀପ ଯାଇ ନ୍ୟାୟଶାସ୍ତ୍ର ପଢ଼ି ଆସିଥିଲେ । ସାର କଥା- ଖାଡ଼ଙ୍ଗାବଂଶ ସକାଶେ ଶାସନରେ ବିଦ୍ୟା କେତେବେଳେ ଛାଡ଼ ନାହିଁ । ଏହାଙ୍କ ଦାଣ୍ଡପିଣ୍ଡାରେ ଚୌପାଢ଼ୀ । ଶାସନ ପିଲାମାନେ ଦୁଇଓଳି ପଢ଼ନ୍ତି । ଏକଚାଳିଶ କର୍ମକର୍ମାଙ୍ଗ ଷୋଳ ପଣ ଏହିଠାରେ ପଢ଼ାହୁଏ । କେହି କେହି ପିଲା ବର୍ଗେ ଦୁଇବର୍ଗ ପର୍ଯ୍ୟନ୍ତ ଉଚ୍ଚ ଶିକ୍ଷା ଲାଭ କରନ୍ତି ।

ପଶ୍ଚିମ ସାହାଲା ତନ୍ତୀସାହିରେ ତନ୍ତୀ ଦେଢ଼ଶ ଘର । ଏହି ସାହିର ଗୋହିରଟା ସଫାସୁତୁରା; ଖତଗାଡ଼, ଗୋବରଗଦା କିଛି ନାହିଁ । ଆପଣ ମନେକଲେଣି, ଏଠାରେ ପାଞ୍ଚଆଇନ ଜାରୀ ଅଛି । ମିଉନିସିପାଲିଟିର ଶଗଡ଼ ଆସି ଅଳିଆ ସବୁ ଉଠାଇ

ନେଇଯାଏ । ଆପଣଙ୍କୁ ସାବଧାନ କରି ଦେଉଛୁ, ଆମ୍ଭମାନଙ୍କଠାରୁ ନଶୁଣି କୌଣସି କଥା ସିଦ୍ଧାନ୍ତ କରି ପକାଇବେ ନାହିଁ । ଅନେକ ଅନୁସନ୍ଧାନ, ଅନେକ ପ୍ରମାଣ ସଂଗ୍ରହ କରି ଆମ୍ଭମାନଙ୍କୁ ଲେଖିବାକୁ ହୁଏ । ଆପଣଙ୍କର ଏପରି ଭ୍ରମ ଅପନୋଦନ ନିମନ୍ତେ ଆମ୍ଭମାନଙ୍କର ଏତେ ପରିଶ୍ରମ, ନୋହିଲେ ପ୍ରୟୋଜନ କ'ଣ ? ପୁଣି ଏଣୁତେଣୁ ଗୁଡ଼ାଏ ଲେଖିପକାଇବା ଆମ୍ଭମାନଙ୍କ ଅଭ୍ୟାସର ବିପରୀତ । ଅକାଟ୍ୟ ପ୍ରମାଣ ନ ପାଇଲେ କିମ୍ବା ଯାହା ନ୍ୟାୟଶାସ୍ତ୍ରସଙ୍ଗତ ନୁହେଁ, ଏମନ୍ତ କଥାଗୁଡ଼ାକ ଆମ୍ଭେମାନେ ଶୁଣୁନାହୁଁ । ଯାହା ଲେଖିବୁ, ସେ କଥାଗୁଡ଼ାକ ନ୍ୟାୟଶାସ୍ତ୍ର ଅନୁସାରେ ପ୍ରମାଣ କରାଇଦେବୁଁ; ଆପଣଙ୍କର ପାଟି ଫିଟାଇବାର ବାଟ ନଥିବ । ଦେଖନ୍ତୁ, ପ୍ରମାଣ ପ୍ରୟୋଗ ନିମନ୍ତେ ନ୍ୟାୟଶାସ୍ତ୍ର କହନ୍ତି, "ପର୍ବତୋ ବହ୍ନିମାନ ଧୂମାତ୍", ଅର୍ଥାତ୍ ପର୍ବତରୁ ଧୂଆଁ ବାହାରୁଛି କିମ୍ୱା ? ନା - ଭିତରେ ନିଆଁ ଅଛି । ମହାନଦୀର ପାଣି ବଢ଼ି ଆସୁଅଛି ଦେଖିଲେ ଜାଣିବ, ଉପରେ ଭାରୀ ବର୍ଷା ହୋଇଗଲାଣି । କାର୍ଯ୍ୟ-କାରଣର ଗୋଟାଏ ଏମନ୍ତ ନିତ୍ୟ ସମ୍ବନ୍ଧ ଅଛି । "ନ କାର୍ଯ୍ୟମ୍ କାରଣଂ ବିନା"-କାରଣ ନ ଥିଲେ କାର୍ଯ୍ୟ ହୁଏ ନାହିଁ । ଏଠାର ନଦୀ ବୃଦ୍ଧିର କାରଣ ହେଲା ବୃଷ୍ଟି । ସେହିପରି ଆମ୍ଭେମାନେ ଅକାଟ୍ୟ ଯୁକ୍ତି ଦେଖାଇ ପ୍ରମାଣ କରାଇ ଦେଇପାରୁ - ଗୋବର ସହିତ ଗୋରୁର ନିତ୍ୟ ସମ୍ବନ୍ଧ ଅଛି । କାରଣର ଅଭାବ ହେଲେ କାର୍ଯ୍ୟର ଅଭାବ ହେବ, ଏ କଥା ଆପଣ ଅବଶ୍ୟ ସ୍ୱୀକାର କରିବେ । ସୁତରାଂ ତନ୍ତୀସାଇର ଗୋବରଗଦାର ଅଭାବର କାରଣ ଗୋରୁର ଅଭାବ; ଅର୍ଥାତ୍ ତନ୍ତୀସାଇରେ ଗୋରୁ ନାହିଁ; ସୁତରାଂ ଗୋବର ନାହିଁ । ଆପଣମାନଙ୍କ ମନରେ ଆଉ ଗୋଟାଏ ଭାରି ଖଟକା ଲାଗିପାରେ । ଗୋରୁଗୁଡ଼ାକ ବାଘ ଭାଲୁ ନୁହନ୍ତି ଯେ ବଣରେ ରହିବେ-ଏମାନେ ଗ୍ରାମ୍ୟପଶୁ, ଗ୍ରାମରେ ରହିବା ଏମାନଙ୍କର ସ୍ୱଭାବ । ଯେଉଁଠାରେ ପାଣି, ସେହିଠାରେ ମାଛ; ସେହିପରି ଗ୍ରାମରେ ଗ୍ରାମ୍ୟପଶୁ, ଏଟା ଧରାବନ୍ଧା କଥା । ତନ୍ତୀସାଇ ଗୋଟାଏ ଗ୍ରାମ- ତେବେ ଗ୍ରାମ୍ୟ ପଶୁ ନାହାନ୍ତି କି ସକାଶେ ? ଆମ୍ଭେମାନେ ପରମେଶ୍ୱରଙ୍କ ସୃଷ୍ଟି କୌଶଳରେ ଅନେକ ବ୍ୟଭିଚାର ଦେଖିବାକୁ ପାଉଁ - ହୁଏ ତାହାଙ୍କର କାର୍ଯ୍ୟରେ ଗଫଲତି, ନହୁଏ ଢିଲା । ଦେଖନ୍ତୁ, ପଶୁ କହ, ପକ୍ଷୀ କହ, କୀଟ ବୋଲ, ପତଙ୍ଗ ବୋଲ, ସବୁ ଜାତିରେ ଅଣ୍ଡିରା ମାଈ ଅଛନ୍ତି । ସେଥି ମଧ୍ୟରେ ତ ଗୋଟାଏ ଗୋଟାଏ ହିଞ୍ଜଳ ଦେଖାଯାଏ । ସେହିପରି ତନ୍ତୀସାହି ଗ୍ରାମ ହେଲେ ମଧ୍ୟ ଏଥିରେ ଗ୍ରାମ୍ୟପଶୁ ନାହିଁ । ପଶୁ ସମ୍ବନ୍ଧରେ ଏଟା ହିଞ୍ଜଳ ଅର୍ଥାତ୍ ଏଠାରେ ବନ୍ୟପଶୁ ବାଘ, ଭାଲୁ କିମ୍ବା ଗ୍ରାମ୍ୟପଶୁ ଗାଈଗୋରୁ କିଛି ନାହାନ୍ତି । ତାହାର ମଧ୍ୟ କାରଣ ଥାଇପାରେ । କାରଣ ବିନା କାର୍ଯ୍ୟ ନାହିଁ, ଏହା ନ୍ୟାୟଶାସ୍ତ୍ରର ସୂତ୍ର ଅଟେ । ବ୍ୟାକରଣ ରଚକମାନେ ସୂତ୍ର ଠିକ୍ କରି ନ ପାରିଲେ

ନିପାତନସିଦ୍ଧ ବୋଲି ଗୋଟିଏ କଥା କହି କାର୍ଯ୍ୟ ସାରିଦିଅନ୍ତି । ମାତ୍ର ଏହା ଏକପ୍ରକାର ଠକପଣିଆ । ତାହା ଆମ୍ଭମାନଙ୍କ ହାତରେ ହେବ ନାହିଁ । ସେ କଥା ଥାଉ । ତନ୍ତୀସାଇରେ ଗୋରୁ କାହିଁ ନାହିଁ, ତାହାର କାରଣ ବୁଝନ୍ତୁ । ବାଇବେଲରେ ଲେଖାଅଛି, 'ଜଣେ ସେବକ ଦୁଇଜଣ ସାଆନ୍ତର ସେବା କରିପାରେନାହିଁ ।' ସଚରାଚର ଦେଖାଯାଏ, ଶାସ୍ତ୍ରକାରମାନେ ଠିକେ ଠିକେ ଦୁଇକଥା କହି କାର୍ଯ୍ୟସାରି ବସନ୍ତି । ଟୀକାକାର ନଥିଲେ ମୂଳଗ୍ରନ୍ଥ ବୁଝିବା ନିତାନ୍ତ କଠିନ । ମଲ୍ଲୀନାଥ, ମଥୁରାନାଥ, ଶ୍ରୀଧର ବ୍ୟାଖ୍ୟା କରିଦେଇ ନ ଥିଲେ ରଘୁବଂଶ, ନ୍ୟାୟ, ଭାଗବତ ପରି ଗ୍ରନ୍ଥମାନ ଆଜିଯାଏ ଡୋରି ଭିଡ଼ାହୋଇ ପଡ଼ିଥାନ୍ତା । ସେହିପରି ଆମ୍ଭେମାନେ ବାଇବେଲର ବ୍ୟାଖ୍ୟା କରି ନଦେଲେ ବୁଝିବା ସହଜ ନୁହେଁ । ଆପଣ ନହୁଏ ଟାଣିଟୁଣି ଏକପ୍ରକାର ପାଠ ଲଗାଇଯିବେ; ମାତ୍ର ସମସ୍ତଙ୍କ ହାତରେ ତ ସବୁକଥା ହୁଏ ନାହିଁ । ବାଇବେଲ ସୂତ୍ରର ଅର୍ଥ ଏହି କି, ଜଣେ ମନୁଷ୍ୟ ଏକସମୟରେ ଦୁଇ କାର୍ଯ୍ୟ କରିପାରେ ନାହିଁ; ଅର୍ଥାତ୍ ଲୁଗା ବୁଣାରେ ତନ୍ତୀମାନଙ୍କର ଦିନ ଯାଏ, ଚାଷ କରିବାକୁ ବେଳ କାହିଁ ? ଚାଷ ଯଦି ନ କଲେ ବଳଦ ରଖିବାର ଦରକାର କ'ଣ ? ବଳଦ ନ ଥିଲେ ଗୋବର କାହୁଁ ଆସିବ ? ଗୋବର ଅଭାବରୁ ଖତଗଦା ନ ଥିବାରୁ ଦାଣ୍ଡ ସଫା ।

ଆଜିକାଲି ଊଣେଇଶ ଶହ ସମ୍ବତ୍ସରେ ବିଜ୍ଞାନଶାସ୍ତ୍ରର ଖୁବ୍ ମର୍ଯ୍ୟାଦା; କାରଣ ଏହି ଶାସ୍ତ୍ର ସବୁ ଉନ୍ନତିର ମୂଳ ଅଟେ । ଦେଖନ୍ତୁ, ଇଂରେଜମାନେ କେଡ଼େ ଗୋରା ଆଉ ଓଡ଼ିଆମାନଙ୍କ ଦେହ କାଳିଆ । ସେଥିର କାରଣ, ସେମାନେ ବିଜ୍ଞାନଶାସ୍ତ୍ର ପଢ଼ିଅଛନ୍ତି; ଓଡ଼ିଆମାନେ ଜାଣନ୍ତି ନାହିଁ । ଆମ୍ଭେମାନେ ହାଲ ବିଜ୍ଞାନର ଚର୍ଚ୍ଚା ଆରମ୍ଭ କରିଅଛୁଁ । ବର୍ତ୍ତମାନ ପ୍ରସଙ୍ଗଟା ଆମ୍ଭେମାନେ ସେହି ଶାସ୍ତ୍ର ଅନୁସାରେ ପ୍ରମାଣ କରିଦେଇପାରୁଁ । ଆପଣ ପାଠରେ ମନ ଦିଅନ୍ତୁ, ବିଜ୍ଞାନଶାସ୍ତ୍ର ଯେ କେତେ ଠିକ୍ ତାହା ବୁଝିପାରିବେ । ଉକ୍ତ ଶାସ୍ତ୍ରର ସୂତ୍ର ଏକ - ଏକ ସ୍ଥାନରେ ଦୁଇଗୋଟି ବସ୍ତୁ ରହି ନପାରେ । ଆପଣଙ୍କ ଦୁଧପିଆ ଗିନାରେ ପାଣି ରହେ ତ ? ଏ କଥା ବୋଲିବେ, ସେଥିପାଇଁ ଉକ୍ତ ସୂତ୍ର ବ୍ୟାଖ୍ୟା ଆବଶ୍ୟକ; ଅର୍ଥାତ୍ ଗୋଟିଏ ସ୍ଥାନରେ ଏକ ସମୟରେ ଦୁଇଗୋଟି ପଦାର୍ଥ ରହି ନ ପାରେ । ଗିନାରେ ଦୁଧ ପୂର୍ଣ୍ଣ ଥିଲେ ଆଉ ପାଣି ରହିପାରିବ ନାହିଁ । ଲୁଗାବୁଣା ସକାଶେ ବାହାର ଭିତର ଦୁଇ ଜାଗା ଦରକାର । ଘର ଭିତରେ ଲୁଗା ବୁଣାଯାଏ; ଲୁଣ୍ଡି କାଟିବା, ତାଗୀ କରିବା ଇତ୍ୟାଦି କର୍ମ ବାହାରେ ହୁଏ । ସୁତରାଂ ତାସଣ ଜାଗାରେ ଗୋବରଗଦା ରହିବା ନିତାନ୍ତ ଅସମ୍ଭବ । ଆଉ ସ୍ତ୍ରୀ ପୁରୁଷ ମିଳିତ ନହେଲେ ଲୁଗା ପ୍ରସ୍ତୁତ ହୋଇପାରେ ନାହିଁ । ସୂତାରେ ତୋରାଣି ଦେବା, ନଟେଇ ବା ଚରଖିରେ ଚଢ଼େଇବା, ନଳି ବଳିବା ଏଥିରୁ ତନ୍ତିଆଣୀମାନଙ୍କର କାର୍ଯ୍ୟ ।

ଗାଈ ବଳଦ ଦାଣ୍ଡରୁ ଖୋଜିଆଣି ବାନ୍ଧିବାକୁ ସେମାନଙ୍କର ବେଳ କାହିଁ- ଇତ୍ୟାଦି ଆହୁରି ମଧ୍ୟ ଅନେକ କାରଣ ଅଛି; ମାତ୍ର କଥା ବଢ଼େଇ ଲେଖିବା ଆମ୍ଭମାନଙ୍କ ଦେହରେ ଚଳେନାହିଁ, ସେଥିପାଇଁ ଠିକେ ଠିକେ ସବୁକଥା ଲେଖିପକାଉଁ ।

ପରିଚ୍ଛେଦ-୧୦

ଭଗିଆ ଆଉ ସାରିଆ

ତନ୍ତୀସାଇ ମୁଣ୍ଡରେ ଭାଗବତ ଘର ଆଉ ଦଧିବାମନ ମନ୍ଦିର । ତନ୍ତୀମାନଙ୍କ ଜାତିଆଣ ଟଙ୍କାରେ ମନ୍ଦିରଟି ତୟାର ହୋଇଅଛି । ଜାତିଆଣ ଟଙ୍କା କଣ ଜାଣନ୍ତି ? ଅବଶ୍ୟ ଏ କଥାଟା ଆପଣଙ୍କୁ ବୁଝାଇଦେବା ଦରକାର ନାହିଁ; ମାତ୍ର ଆଉ ନବ୍ୟ ବାବୁମାନଙ୍କୁ ବୁଝାଇଦେବା ଦରକାର । କାରଣ ସେମାନେ ବିଦ୍ୱାନ୍, ବଡ଼ ବଡ଼ କଥା ପଢ଼ିଅଛନ୍ତି, ବଡ଼ ବଡ଼ କଥା ଜାଣନ୍ତି । ଆପଣା ଜେଜେବାପାର ବାପ ନାମ ପଚାର, ଅଣ୍ଟାଳି ହେବେ; କିନ୍ତୁ ଇଂଲଣ୍ଡର ତୃତୀୟ ଚାର୍ଲସ୍‌ର ପଞ୍ଚଦଶ ପୁରୁଷଙ୍କ ନାମ ସେମାନଙ୍କର କଣ୍ଠସ୍ଥ । ଇଂରେଜ ସମାଜ ବା ଫରାସୀସମାଜର କଥାଗୁଡ଼ାକ ପଢ଼ିଲେ ଲୋକ ବିଦ୍ୱାନ୍ କହିବେ । ଆପଣାର ବା ପ୍ରତିବାସୀ ଜାତି ଓ ସମାଜର କଥା ଜାଣିବାର ଦରକାର କଣ ? ଯାଉ, ସେଥିରେ କଣ ଅଛି ? ବାବୁମାନେ ଏ କଥା ଶୁଣିଲେ ଖପା ହୋଇଯିବେ, ଆମ୍ଭମାନଙ୍କର କହିବା ଦରକାର କଣ ?

ଜାତିଆର ଟଙ୍କାର ଅର୍ଥ ଏହି ଯେ, ଜାତି ମଧ୍ୟରେ କେହି ଭଲ ମନ୍ଦ କଲେ ପଞ୍ଚମାନେ ତାହାକୁ ଜରିମାନା କରନ୍ତି କିମ୍ବା କେହି ଗରିବ ଜାତିଭାଇ ଦେଇ ନ ପାରିଲେ ପଞ୍ଚଗୋସାଇଁ ମାନ୍ୟ ନେଇ ତାହାକୁ ଉଠାଇନିଅନ୍ତି । ଟଙ୍କା ପରମାଣିକ ଜିମାରେ ଥାଏ । ସେହି ଟଙ୍କାରେ ମନ୍ଦିରଟି ତୟାର ହୋଇଅଛି । ଏହି ନିୟମ ସବୁ ହାଟୁଆ ଜାତିରେ ଚଳେ । ଆହା ! ଏହି ସୁନ୍ଦର ପ୍ରଥାଟି ଦିନକୁ ଦିନ ଲୋକ ପାଉଅଛି । ଆଜିକାଲି ଅଦାଲତ ଦୁଆର ମେଲା, ଲୋକମାନେ ଜ୍ଞାନୀ ଅର୍ଥାତ୍ ସଭ୍ୟ ହେଲେଣି, ପଞ୍ଚଶାସନ କିଏ ମାନୁଛି ? ଇଂରେଜୀ ଆଇନ୍ କହେ, 'ଦେଖ ବାବା ସାବଧାନ । ତୁମ୍ଭେ ଯେବେ କିଛି ଅପରାଧ କର ଆଉ ସେଥିରେ ଯଦି ଆଇନ୍‌ସଙ୍ଗତ ପ୍ରମାଣ ପାଉଁ, ଦଣ୍ଡ ଦେବୁ' ।

ଚଲାକ୍ ଲୋକ କହିଲା, 'ଆଜ୍ଞା ଆପଣ ଯେମନ୍ତ ପ୍ରମାଣ ନ ପାଇବେ, ସେଥିରେ ଫିକର ମୋତେ ଜଣା ।' ଆଉ ଓକିଲ ତାହା ପିଠି ଥାପୁଡ଼ାଇ କହିଲେ, 'କୁଛ ପରବା ନେହି, ଟଙ୍କା ଆଣ, ମୁଁ କଳାକୁ ଧଳା ଧଳାକୁ କଳା କରିଦେବି ।' ଏଥିରେ ଏହି ଫଳ ହେଉଅଛି ଯେ, ଅନେକ ଚଲାକ୍ ଓ ଧନବାନ୍ ଲୋକ ଶତ ଅପରାଧ କରି ମଧ୍ୟ ଦେହ ଝାଡ଼ି ଚାଲିଯାଉଅଛନ୍ତି, ନିରୀହ ନିର୍ଦ୍ଧନ ଲୋକଙ୍କୁ ହରବରରେ ପଡ଼ିବାକୁ ହେଉଅଛି । ଆଉ ଦୁଇ ପକ୍ଷ ମକଦ୍ଦମାରେ ଟଙ୍କା ବାଣ୍ଟି କଙ୍ଗାଳ । ସେହି ଟଙ୍କା ବାର ଭୂତ ଗୋଟାଇ ଖାଉଅଛନ୍ତି । ଆଉ ପଞ୍ଚୁ ଆତଙ୍କ ଆଖିରେ ଧୂଳି ପାଇବାର ବାଟ ନାହିଁ । ପୁଣି ପ୍ରକୃତ ଅପରାଧୀ ଠାରୁ ଜରିମାନା ଅସୁଲ ଟଙ୍କା ସତ୍‌କାର୍ଯ୍ୟରେ ଲାଗୁଥିଲା ।

ନିର୍ବୁଦ୍ଧିତ୍ୱର ସହିତ ତନ୍ତୀଜାତିର ଗୋଟାଏ ସମ୍ବନ୍ଧ ଥିବାର ସମସ୍ତେ ବୋଲନ୍ତି । କାହାରି ବୁଦ୍ଧିର ତ୍ରୁଟି ଦେଖିଲେ ଲୋକେ ବୋଲନ୍ତି "ଆରେ ତୁଟା ତନ୍ତୀ ନା କଣ ରେ ?" ଅର୍ଥାତ୍ ତୁ ତନ୍ତୀ ପରି ହୁଣ୍ଡା । ଆପଣ ସଭ୍ୟତା ଶିଖିଥିଲେ ତନ୍ତୀମାନଙ୍କର ଦଧିବାମନ ମନ୍ଦିର ତୟାର କଥା ଶୁଣି ସେହି ପ୍ରବାଦକୁ ଅକାଟ୍ୟ ସତ୍ୟ ବୋଲି ବିଶ୍ୱାସ କରିବେ । ଆପଣ କହିବେ, ସାଧାରଣ ଟଙ୍କାଗୁଡ଼ାକ ଏପରି ଅପବ୍ୟୟ କିମ୍ପା ? କିଲଟର ସାହେବଙ୍କ ନାମରେ ସ୍କଲାର୍ସିପ୍ ବାନ୍ଧ, ନୋହିଲେ ଲାଟ ସାହେବଙ୍କ ନାମରେ ହାସ୍‌ପାତାଳ ବସାଅ, ମନ୍ଦିରଟା, କ'ଣ ?

ଆପଣଙ୍କ ମନ ଯୋଗାଇ କଥା କହିବା ଆମ୍ଭମାନଙ୍କର କାର୍ଯ୍ୟ; ମାତ୍ର ଆପଣଙ୍କ କଥାଟା ଆମ୍ଭମାନଙ୍କ ମନକୁ କିପରି ଲାଗୁଅଛି । ଆପଣଙ୍କୁ କୁହାଯାଉନାହିଁ ଏକଥା ଠିକ୍; କିନ୍ତୁ ତନ୍ତୀ ବୁଦ୍ଧି ଅର୍ଥ କଣ ଜାଣନ୍ତି- ଏହା ଗୋଟାଏ ଯୋଗାରୂଢ଼ ଶବ୍ଦ । ଯେମନ୍ତ ପଙ୍କଜ ବୋଇଲେ ପଦ୍ମ, ତେବେ ପଙ୍କରୁ ଯେ ଜାତ ହେବ ଅର୍ଥାତ୍ ଘୋଡ଼ାଦଳ, ଶିଉଳି, ଶାମୁକା, ଗେଣ୍ଡା ସମସ୍ତେ କି ପଦ୍ମ ? ତାହା ନୁହେଁ । ସେହିପରି ତନ୍ତୀ ଅର୍ଥ ନିର୍ବୁଦ୍ଧିଆ, ନିର୍ବୁଦ୍ଧିଆ ଅର୍ଥ ତନ୍ତୀ ନୁହେଁ । ସେଦିନ ମାଞ୍ଚେଷ୍ଟରର ତନ୍ତୀମାନେ ଯେ ପାର୍ଲିଆମେଣ୍ଟ କମ୍ପାଇଦେଲେ, ତାହା କି ଜାଣନ୍ତି ନାହିଁ ? ଆପଣ ଯେ ବାବୁ ସାଜି ଅଛନ୍ତି, ତାହା ତ କେବଳ ତନ୍ତୀ ପ୍ରସାଦାତ୍ । ଏ ପ୍ରକାର ତନ୍ତୀଙ୍କ ବୁଦ୍ଧି ପ୍ରତି ଦୋଷାରୋପ କରିବା ଏକପ୍ରକାର ବେମାନି । ହିସାବ ଧରିଲେ ଆମ୍ଭମାନଙ୍କ ପୂର୍ବପୁରୁଷ ସମସ୍ତେ ତନ୍ତୀ ଥିଲେ । ଏଥିରେ ପ୍ରମାଣ ସଂଗ୍ରହ ନିମନ୍ତେ ପ୍ରତ୍ନତତ୍ତ୍ୱବିଦ୍ୟାର ଅନୁଶୀଳନ କରିବାର ଦରକାର ନାହିଁ । ଗ୍ରାମ ଗ୍ରାମକେ ଠାକୁର ମନ୍ଦିରଗୁଡ଼ାକ ସେଥିର ପ୍ରତ୍ୟକ୍ଷ ସାକ୍ଷୀ ।

କୌଣସି ବିଷୟରେ ଦୁଇପଟ ନ ଦେଖି ହଠାତ୍ ସିଦ୍ଧାନ୍ତରେ ଉପନୀତ ହେବା

ତନ୍ତୀତ୍ୱର ଚିହ୍ନବୋଲି ଆମ୍ଭେମାନେ ବିଶ୍ୱାସ କରୁଁ । ଦେଖାଯାଉ ଠାକୁରମନ୍ଦିରଗୁଡ଼ାକ ବାସ୍ତବିକ ତନ୍ତୀଙ୍କ କାର୍ଯ୍ୟ କି ନୁହେଁ । ଘୋର ମଫସଲିଆ ଲୋକମାନଙ୍କ କଥା ଆପଣଙ୍କୁ ଜଣାଥିବ । ସେମାନେ ଦିନଯାକ ଦୁଃଖ-ଧନ୍ଦାରେ ଲାଗିଥାନ୍ତି, ସଞ୍ଜହେଲେ ମୁଠାଏ ମୁଠାଏ ଖାଇ ଶୋଇପଡ଼ନ୍ତି । ଗ୍ରାମରେ ଧର୍ମପ୍ରଚାରକ ନାହାନ୍ତି, ଲାଇବ୍ରେରୀ ନାହିଁ, ଧର୍ମକଥା କାହୁଁ ଶୁଣିବେ ? ଠାକୁରମନ୍ଦିରରେ ସଞ୍ଜ ସକାଳେ ଶଙ୍ଖ ଘଣ୍ଟା ବାଜେ । ପିଲାଠାରୁ ବୁଢ଼ାପର୍ଯ୍ୟନ୍ତ ସମସ୍ତଙ୍କୁ ଏହି ଶବ୍ଦ ଜଣାଇଦିଏ 'ଜଗତରେ ପ୍ରଭୁ ଅଛନ୍ତି' । ସେଠାରେ ଭାଗବତଗାଦି ଅଛି, ରାଧାଷ୍ଟମୀ, ଜନ୍ମାଷ୍ଟମୀ କାର୍ତ୍ତିକ ମାସ ପ୍ରଭୃତି ପର୍ବଦିନ ମନ୍ଦିରରେ ଭାଗବତ ପାଠହୁଏ, ଲୋକମାନେ ଯାଇ ଶୁଣନ୍ତି । ମନ୍ଦିର ନ ଥିଲେ ପ୍ରଭୁର ନାମ ବା ଧର୍ମଗ୍ରନ୍ଥ ଶୁଣିବାର ଉପାୟ ନ ଥିଲା । ବିଦେଶୀ ଲୋକ କିମ୍ବା ଗ୍ରାମରେ କାହାରି ଖଞ୍ଜ ଅଖଞ୍ଜରେ ଭାତ ରନ୍ଧା ହୋଇ ନ ପାରିଲେ, ପୂଜାହାରୀ ପାଖରେ ଯୋଡ଼ାଏ ପଇସା ପକାଇଦେଲେ ପେଟେ ପ୍ରସାଦ ଖାଇବାକୁ ମିଳେ । ପଞ୍ଚୁଆତ, ଗ୍ରାମଲୋକଙ୍କ ଦୋଷାଦୋଷର ବିଚାର ଠାକୁରମନ୍ଦିରରେ ହୁଏ । ଆମ୍ଭେମାନେ ସଂକ୍ଷେପରେ ଇଂରାଜୀ ତର୍ଜମା କରିଦେଲେ ଆପଣ ସହଜରେ ବୁଝିପାରିବେ । ଠାକୁରମନ୍ଦିରଗୁଡ଼ିକରେ ଗ୍ରାମ ମଧ୍ୟରେ ଚର୍ଚ୍ଚ (ଭଜନାଳୟ), ପବ୍‌ଲୀକ୍ ଲାଇବ୍ରେରୀ (ସାଧାରଣ ପୁସ୍ତକାଳୟ), ହୋଟେଲ୍ (ଭୋଜନାଳୟ), ଟାଉନହଲ (ଭାଗବତ ଘର) ଏହି ଚାରି କାର୍ଯ୍ୟ ଚଳେ । ସେ କଥା ଯାଉ, ଆମ୍ଭମାନଙ୍କୁ ଆଉ ଆଉ କଥା ଲେଖିବାକୁ ହେବ ।

ଆଉ ଆଉ ହାଟୁଆ ଜାତିଙ୍କ ପରି ତନ୍ତୀମାନଙ୍କର ମଧ୍ୟ ଜଣେ ପରମାଣିକ ଅଛି । ସେ ଜାତି ମଧ୍ୟରେ ପ୍ରଧାନ । ପରମାଣିକକୁ ନ ଧରିଲେ ଜାତିଆଣ କର୍ମ କିଛି ଚଳେ ନାହିଁ । ବାହା, ପୁଆଣି ହେଲେ ପରମାଣିକ ଜାତିରେ ଗୁଆ ଦିଏ । ସେଥି ସକାଶେ ମୂର୍ତ୍ତିଏ ଲୁଗା ଆଉ ଗୋଟିଏ ଗୁଆ ମାନ୍ୟାପାଏ । ଜାତିର ହାରି-ଗୁହାରି ପରମାଣିକଠାରେ ହେଲେ ସେ ଗୁଆ ଦେଇ ପଞ୍ଚୁଆତ ସଙ୍ଖୁଳି ଆଣେ । ସଭାରେ ଫୁଲ ଚନ୍ଦନ ଆଗରେ ପରମାଣିକକୁ ଦିଆଯାଏ । ଜାତିଭାତରେ ପରମାଣିକ ଆଗେ କୃଷ୍ଣ ନ କଲେ କାହାରି ହାତ ଚଳେନାହିଁ । ଏହି ପରମାଣିକ ପଦଟା ପୁରୁଷାନୁକ୍ରମିକ; ଅର୍ଥାତ୍ ପରମାଣିକ ପୁଅ ପରମାଣିକ ହେବ କିମ୍ବା ତାହା ବଂଶରୁ କେହି ଜଣେ ହେବ, ଯେ ସେ ଲୋକ ହୋଇ ପାରିବ ନାହିଁ ।

ବର୍ତ୍ତମାନ ପରମାଣିକର ନାମ ଭଗିଆ ଚନ୍ଦ । ଭଗିଆ ବିଚ୍ୱାରା ବଡ଼ ସାଦାସିଧା ଲୋକ, ଛନ୍ଦ କପଟ ତା ମନକୁ ଛୁଇଁନାହିଁ । ତାକୁ ଶାଗ କହ- ହଁ, ମୁଗ କହ- ହଁ । ଗାଁ ଲୋକ ଭଗିଆକୁ ହୁଣ୍ଡା-ତନ୍ତୀ ବୋଲି ଡାକନ୍ତି । ଆପଣଙ୍କୁ କହିବାକୁ ଏତେବେଳେ

ସଲଖ ଦାଣ୍ଡ ପଡ଼ିଗଲା । ଆମ୍ଭେମାନେ ଇସାରାରେ ସବୁ ବୁଝିପାରୁ । ଆପଣଙ୍କ ମୁହଁ ଆକାରରୁ ସବୁ କଥା ଜଣାପଡ଼ିଗଲାଣି । ଆପଣ କହୁଛନ୍ତି ବା କହିବେ କିମ୍ବା କହିବାକୁ ମନେ କରିଅଛନ୍ତି ବା କରିବେ- ଏଗୁଡ଼ାକ ନିପଟ ତନ୍ତୀ ନୁହନ୍ତି ତ ଆଉ କଣ ? ବାପ ପରମାଣିକ ଥିଲା ବୋଲି ହୁଣ୍ଡାଟାକୁ ସରଦାର କରି ସବୁ ତନ୍ତୀଗୁଡ଼ାକ ତାକୁ ଜୁହାରୁଛନ୍ତି । ଆରେ ବାବୁ, ଯେବେ ଜଣେ ସରଦାର କରିବାର ଦରକାର ହେଲା, ପାର୍ଲିଆମେଣ୍ଟର ମେମ୍ବର ବା ଇଉନାଇଟେଡ୍ ଷ୍ଟେଟ୍ର ପ୍ରେସିଡ଼େଣ୍ଟ ବାଛିଲାପରି ପାଞ୍ଚଜଣ ଭୋଟ (ମତ) ନେଇ ଜଣେ ସିଆଣ ଭଲିଆ ଲୋକକୁ ପରମାଣିକ କର । ତାହା ନ କରି ବାପ ପରମାଣିକ ଥିଲା ବୋଲି ଅଯୋଗ୍ୟ ଲୋକଟାକୁ ପରମାଣିକ କରି ବସିଅଛ ? କଥାଟା ଏକା ସତ । ମନ ମାନିଗଲା ପରା ! ହକ୍ କଥାରେ ଉଁ ଚୁଁ କରିବାକୁ କି ବାଟ ଥାଏ ? ଆମ୍ଭେମାନେ ବରାବର ତନ୍ତୀମାନଙ୍କ ପଟ ଧରି ଚାଲିଥିଲୁଁ, ଏଣିକି ଆଉ ବାଟ କାହିଁ ? ଆମ୍ଭେମାନେ ପ୍ରତିଜ୍ଞା କରିଅଛୁଁ ବା କରିବୁଁ, ତନ୍ତୀକଥାରେ ଆଉ ପାଖ ପଶିବୁଁ ନାହିଁ । ହେଲେ ତନ୍ତୀମାନଙ୍କୁ ଚିହ୍ନି ରଖିବାର ଉଚିତ୍ । ହେ ପାଠକ ଅବଧାନେ, ଆମ୍ଭମାନଙ୍କର ଜ୍ଞାନ ଅତି ଅଳ୍ପ, ସୁତରାଂ ତନ୍ତୀ ଚିହ୍ନିବାକୁ ନିତାନ୍ତ ଅକ୍ଷମ । ଅନୁଗ୍ରହ କରି ଆମ୍ଭମାନଙ୍କୁ ତନ୍ତୀ ଚିହ୍ନାଇ ଦେଅନ୍ତୁ ।

ହିନ୍ଦୁ ହୋଇଥିଲେ, ବେଦ, ବେଦାନ୍ତ, ହିନ୍ଦୁଶାସ୍ତ୍ର ଅବଶ୍ୟ ମାନ୍ୟ କରିବେ । ଶାସ୍ତ୍ରରେ ଅଛି, 'ଶମେ ଦମସ୍ତପଃଶୌଚଂ ସନ୍ତୋଷଂ କ୍ଷାନ୍ତି ରାର୍ଜବଂ ମଦ୍‌ଭକ୍ତିଶ୍ଚ ଦୟା ସତ୍ୟଂ ବ୍ରହ୍ମପକୃତୟସ୍ତ୍ୱିମାଃ'- ଏହି ସମସ୍ତ ବ୍ରହ୍ମତ୍ୱର ଲକ୍ଷଣ । ସେହି ବ୍ରାହ୍ମଣ ପୂଜନୀୟ, ବରଣୀୟ, ଭକ୍ତିର ଯୋଗ୍ୟ, ଏପରି ବ୍ରାହ୍ମଣଙ୍କ ପଦଧୂଳି ଆମ୍ଭେମାନେ ମସ୍ତକରେ ଧାରଣ କରିବାକୁ ଶଏବାର ପ୍ରସ୍ତୁତ । ମାତ୍ର -

ଶୁଣ ପରୀକ୍ଷ ନରନାଥ । ତାମ୍ପଡ଼ା ଶୁଖୁଆ ପଖାଳଭାତ ।
ସି-ଅକ୍ଷର ବିବର୍ଜିତ । ଚିତା ପଇତାଦି ଶୋଭିତ ।
ବିଲ ବାଛିବାକୁ ଆଗ । ଦହି-ଚୁଡ଼ାକୁ ବାଘ ।
ସନ୍ଧ୍ୟା-ଗାୟତ୍ରୀହୀନ । ବିଲରୁ ଚପନ୍ତି ମୀନ ।
ପୋଥିରୁ ନ ଫିଟେ ଡୋରି । ଯଜମାନ ଚାଉଳ-ଚୋରି ।
ସଭାରେ ନ ଫିଟେ ପାଟି । ନାମଟି ସୁନ୍ଦର ତ୍ରିପାଠୀ ।

ସୁନ୍ଦର ତିହାଡ଼ିଙ୍କୁ ଓଳଗି ହୁଏ, କାରଣ ସେ ବ୍ରାହ୍ମଣ ଔରସରୁ ଜାତ । ସୁନ୍ଦର ତିହାଡ଼ି ଆପଣଙ୍କ କୁଳପୁରୋହିତ, ଯେହେତୁ ତାହାଙ୍କ ବାପ ପୁରୋହିତ ଥିଲେ । ଆପଣଙ୍କୁ ବୋଲିବାକୁ ସାହାସ ଅଣ୍ଟୁ ନାହିଁ; କିନ୍ତୁ ଆମ୍ଭେମାନେ ପାଞ୍ଜିରେ ନାମ ଲେଖି ରଖିଲୁଁ । ପୁଣି ଶାସ୍ତ୍ରରେ ଲେଖାଅଛି -

"ଅଜ୍ଞାନତିମିରାନ୍ଧସ୍ୟ ଜ୍ଞାନାଞ୍ଜନଶଳାକୟା ।
ଚକ୍ଷୁ ରୁନ୍ମୀଳିତଂ ଯେନ ତସ୍ମୈ ଶ୍ରୀ ଗୁରବେ ନମଃ ।"

ଅଜ୍ଞାନରୂପ ନେତ୍ରରୋଗରେ ଅନ୍ଧ ବ୍ୟକ୍ତିର ଚକ୍ଷୁ ଜ୍ଞାନରୂପ ଅଞ୍ଜନ ଶଳକା ଦ୍ୱାରା ଯେ ନେତ୍ର ଉନ୍ମୀଳିତ କରନ୍ତି ସେହି ଗୁରୁଙ୍କୁ ନମସ୍କାର କର ।

ସତ୍ୟ ବୋଲନ୍ତୁ, ଏପରି ଲୋକକୁ ଗୁରୁ କରନ୍ତି କି ଗୁରୁର ପୁତ୍ର ଆପଣଙ୍କ ଗୁରୁ ? ଯାଉ ସେ କଥାଗୁଡ଼ାକ - କହିଲେ କଣ ହେବ ? ମାତ୍ର ତନ୍ତୀ ଚିହ୍ନାପଡ଼ିଗଲେ । ଗୋଦରୀ ଲୋ ଆପଣା ଗୋଡ଼କୁ ଅନା । ଖୋଜି ବସିଲେ ହରଦର 'କୁହୁଡ଼ିପହଁରା' ଢେର୍ ପାଇବ । ଧାନକୁଟୁଣୀ ଭାଗବତ ପଢ଼ିଲାପରି ଆମ୍ଭେମାନେ ଗାଁ-କଥା ଲେଖୁଁ ଲେଖୁଁ ଆପଣଙ୍କ ଭଳିଆ ଲୋକଙ୍କ କଥା କହିବସିଅଛୁଁ । ତେବେ କଣ ଜାଣନ୍ତି, ବିଷୟଟା ପଡ଼ିଲେ ଖାଲରେ ପଡୁ, ଢିପରେ ପଡୁ, ସମସ୍ତେ ଦି କଥା ମାରିଦିଅନ୍ତି । ସଂକୀର୍ତ୍ତନରେ ହାଉଡ଼ାଟା ମଧ୍ୟ ଆଁ କରିଦିଏ ।

ସେ ସବୁ କଥା ଥାଉ, ଏବେ ଗାଁ-କଥା ଶୁଣନ୍ତୁ । ଆଟିକା ମାପକୁ ପଲମ । ଭଗିଆ ଯେପରି ହୁଣ୍ଡା, ତା ଭାର୍ଯ୍ୟାଟି ମଧ୍ୟ ସେହିପରି ହୁଣ୍ଡୀ, ନାମ ସାରିଆ । ବୟସ ଅନ୍ଦାଜ ପଚିଶ ହେବ । ସାରିଆର ଗୁଣ ତ ଶୁଣିଲେ, ରୂପ କଥା ଶୁଣିବେ କି ? ଦେଖନ୍ତୁ, ପରପ୍ରତ୍ୟାଶୀ ହେବା ଗୋଟାଏ ଭାରି ଖରାପ କଥା । ଆପଣା ବୁଦ୍ଧିବଳରେ ଅନୁମାନଦ୍ୱାରା କିଛି କିଛି ବୁଝିବାକୁ ଚେଷ୍ଟା କରନ୍ତୁ । କେବଳ ଆମ୍ଭମାନଙ୍କ ହାତକୁ ଚାହିଁରହିବେ ନାହିଁ । ଅନୁମାନ ଦ୍ୱାରା କିପରି ବୁଝିବାକୁ ହୁଏ, ସେଥିରେ ମୂଳ ସୂତ୍ର ଶୁଣିଲେ ଆପଣଙ୍କ ବାଟ ଫିଟି ଯିବ । ଯେବେ ଶୁଣିବେ ଯୁବତୀ ରାଜକନ୍ୟା, ତକ୍ଷଣେ ବୁଝିଯିବେ ସେ କନ୍ୟାଟି ଭାରି ସୁନ୍ଦରୀ, ଭାରି ଗୁଣବତୀ; - "ନାହିଁ ନ ଥିବ ପଟାନ୍ତର, ରମା ଉମା ସଙ୍ଗେ ତାକୁ ଧର ।" ହେଉ ପଛେ ଉଆଉଗାଲୀ, ପେଚ଼ାନାକୀ, ସେ କଥା ଧରିବେ ନାହିଁ । ଯେବେ ଶୁଣିବେ, ଫଲଣା ଜମିଦାର, ହାତରେ ଢେର ଟଙ୍କା ଅଛି, ତକ୍ଷଣେ ବୁଝିଯିବେ, ସେ ରୂପବାନ୍, ଗୁଣବାନ୍, ଦାତା, ଦୟାଳୁ ଇତ୍ୟାଦି ଇତ୍ୟାଦି । ଆମ୍ଭମାନଙ୍କ ସାରିଆ ଗାଁର ତନ୍ତିଆଣୀଟିଏ । ଏବେ ସକଳ କଥା ବୁଝିନିଅନ୍ତୁ ।

ଭଗିଚନ୍ଦ ଆଉ ସାରିଆ ଘରକୁ ଦୁଇ ପରାଣୀ । ମାଇକିନିଆମାନେ କହନ୍ତି, "ଦୁଇ ପରାଣିଆ ଭଲ, ବାନ୍ଧି କତରା ଚଲ ।" ଆମ୍ଭମାନଙ୍କ ହୁଣ୍ଡା ହୁଣ୍ଡୀ କଥା ସେହିପରି । ନକଡ଼ ଛକଡ଼ ନାହିଁ । ଦୁଇଜଣଙ୍କର ନିମିଷେ ଛାଡ଼ବାଡ଼ ଥାଏ ନାହିଁ । ଦୁହେଁ ମିଳିମିଶି ଘରକାମ କରନ୍ତି । ଭଗିଆ ତନ୍ତ ବୁଣିବାବେଳେ ସାରିଆ ନଳୀ ବଳେ, ନୁଣ୍ଡି ବଳେ, ଚରଖିରେ ସୂତା ଦିଏ । ସାରିଆ ଭାତ ରାନ୍ଧିବାବେଳେ ଭଗିଆ ଚୁଲି

ଫୁଙ୍କେ, ପାଣି ଆଣିଦିଏ । ଗାଁର ମସ୍କରା ନିନ୍ଦୁକ ଲୋକମାନେ ସେମାନଙ୍କୁ ଦେଖି ଢଗ ମେଲନ୍ତି- "ସାରି ଭଗିଆକୁ ଦେଖ, ବଗଲା ବଗୁଲୀ ଲେଖ ।" ଆହା ! କି ଅପୂର୍ବ କବିତା ହେଲା । ମାତ୍ର ଆମ୍ଭେମାନେ ବୋଲୁଁ, ଏପରି ନିନ୍ଦା ଯେଉଁମାନଙ୍କ ନାମରେ ରଟେ, ସେହିମାନେ ଏକା ଜଗତରେ ପ୍ରକୃତ ଭାଗ୍ୟବାନ୍ । ସ୍ୱର୍ଗର କାଳ୍ପନିକ ସୁଖକୁ ସେହିମାନେ ଏକା ପ୍ରାଣରେ ଅନୁଭବ କରନ୍ତି । କୌଣସି ଇଂରାଜୀ କବି କହିଅଛନ୍ତି, "ଯେଉଁମାନେ ବିଶୁଦ୍ଧ ଦାମ୍ପତ୍ୟପ୍ରେମ ଅନୁଭବ କରନ୍ତି, ସେମାନେ ସ୍ୱର୍ଗୀୟ ଜୀବ । ସେହି ପ୍ରେମରେ ଯାହାର କଳଙ୍କ, ସେ ନରକର ଯନ୍ତ୍ରଣା ଭୋଗକରେ ।"

ଓହୋ ! ଆମ୍ଭେମାନେ ଗୋଟାଏ ଉତ୍କଟ ଭୁଲ କରିପକାଇଅଛୁ । 'ମୁନୀନାଞ୍ଚ ମତିଭ୍ରମଃ' ମୁନିମାନେ ଲେଖାପଢ଼ା କରିବାବେଳେ ବଡ଼ ଭୁଲ କରିପକାନ୍ତି, ଅର୍ଥାତ୍ ଯେଉଁମାନେ ଲେଖିବାବେଳେ ଭୁଲନ୍ତି ସେମାନେ ମୁନି । ସୁତରାଂ, ଆଜିଠାରୁ ଲୋକମାନେ ଯେ ଆମ୍ଭମାନଙ୍କୁ ମୁନି କିମ୍ବା ଋଷି ବୋଲି ଡାକିବେ, ସେ ବିଷୟରେ କିଛି ମାତ୍ର ସନ୍ଦେହ ନାହିଁ । ଓହୋ, କି ଭାଗ୍ୟ ! ବରଷସାରା ସାହେବଙ୍କ ଦୁଆରେ ନେଉଳ ପରି ଲୁଙ୍ଗ୍ ଲୁଙ୍ଗ୍ ହେବାକୁ ନାହିଁ, କରଜ ଦାମ୍ କରି ହଜାର ହଜାର ଟଙ୍କା ଖରଚରେ ଡାକ୍ତରଖାନା ବସାଇବାକୁ ନାହିଁ କିମ୍ବା ନିହାତି ସହଜ କଥା ବକ୍ସିସ୍ ଦେଇ ଫରାସୀମାନଙ୍କ ଗୋଡ଼ହାତ ଧରିବାକୁ ନାହିଁ; ମାହାଳିଆଟାରେ କେଡ଼େ ନାମଟାଏ ପାଇଗଲୁ । ମାତ୍ର ସତ୍ୟର ମର୍ଯ୍ୟାଦା ରକ୍ଷା ନିମନ୍ତେ ସ୍ୱାର୍ଥତ୍ୟାଗ କରିବାକୁ ଆମ୍ଭେମାନେ କେବେହେଁ କାତର ନୋହୁଁ । "ନ ମିଥ୍ୟା ପାତକଂ ପରଂ" ଅସ୍ୟାର୍ଥ-ମିଥ୍ୟା ଆଉ ପାତକ ପର ନିକଟକୁ ଯାଏ ନାହିଁ ଆପଣା ପାଖେ ଥାଏ । ଏଥି ସକାଶେ ଆମ୍ଭମାନଙ୍କୁ ସତ୍ୟ କଥା ଲେଖିବାକୁ ହେଉଅଛି ।

ଭଗି ସାରି ଦୁଇ ପ୍ରାଣୀ ନୁହନ୍ତି । ଗୋଟିଏ ଗାଈ ଅଛି, ନାମ ନେତ-ତାକୁ ଲଗାଇ ତିନିପ୍ରାଣୀ । ଗାଈଟାକୁ ଆମ୍ଭେମାନେ ମନୁଷ୍ୟ ସଙ୍ଗରେ ଗଣିଲୁଁ, ସେଥିରେ କଥାଅଛି । ନେତକୁ ସାରିଆ ଝିଅପରି ପୋଷିଥାଏ, ଝିଅପରି ଗେହ୍ଲା କରେ । ପରମେଶ୍ୱର ମନୁଷ୍ୟ ମନରେ ଏକ ଆଶ୍ଚର୍ଯ୍ୟ ଅପତ୍ୟ ସ୍ନେହ ଦେଇଅଛନ୍ତି । ଭୋକବେଳେ ଭାତ ନ ପାଇଲେ ଲୋକେ ତାଳପତ୍ର ଚୋବାଇବା ପରି ଯାହାର ପିଲାଝିଲା କିଛି ନାହିଁ, ସେ କୁକୁର ପିଲାଟିଏ, ବିରାଡ଼ି ପିଲାଟିଏ କିମ୍ବା ଛଡ଼ାଟିଏ ପୋଷି ତାକୁ ଭଲପାଏ । ସାରିଆ ଦିନରାତି ନେତ ସଙ୍ଗରେ ଲାଗିଥାଏ । ପଘାରୁ ଫିଟି ମଧ ନେତ କାହିଁ ଯାଏ ନାହିଁ, ସାରିଆ ପାଖେ ପାଖେ ଥାଏ । ଟିକିଏ ଦାଣ୍ଡକୁ ଚାଲିଗଲେ ସାରିଆ ଡାକେ - ନେତ ଲୋ ! ନେତ କହେ, ହଁ ମାଁ । ଧାଇଁଆସି ସାରିଆକୁ ଚାଟେ, ସାରିଆ ତା ଦେହରେ ହାତ ବୁଲାଇଦେଇ ଢେର୍ ଆଦର କରେ,

ଢେର୍ ଦୁଃଖ ସୁଖ କଥା କହେ । ପଖାଳ ବେଳାରେ ନେଇ ମୁହଁ ବୁଡ଼ାଇ ଦେଲେ ସାରିଆ ତାକୁ ଗୋଟିଏ ସାନ ପ୍ରେମଚାପଡ଼ା ମାରି 'ଡାଙ୍କୁଣୀଟା' ବୋଲି ଗାଳିଦିଏ । ଆମ୍ଭେମାନେ ଜାଣୁ ସେହି ଗାଳିଭିତରେ ସାରିଆର ଆନନ୍ଦ ଓ ପ୍ରେମ ପୂର୍ଣ୍ଣ ଥାଏ ।

ଭଗିଆ, ସାରିଆ, ନେତ ତିନିପ୍ରାଣୀ ଗୋଟିଏ ଘରେ ଶୁଅନ୍ତି । ସାରିଆ ନେତ ପଛରେ ତଷୁ ଓ ଘସିଗୁଣ୍ଡାରେ ଗୋଟାଏ ଧୂଆଁ ଦିଏ । ନେତଟି ବଡ଼ ସୁଲକ୍ଷଣୀ, ହାଲକୁ ପ୍ରଥମେ ପଛରେ ଛଡ଼ାଟିଏ ଲାଗିଛି । ନେତର ସର୍ବାଙ୍ଗ କଳା, ମୁଣ୍ଡରେ ଚାନ୍ଦ । "କାଳିଗାଈ ମୁଣ୍ଡରେ ଚାନ୍ଦ, ତାକୁ ଆଣି ଶ୍ରୀଘରେ ବାନ୍ଧ ।" ଶିଙ୍ଗ ପାତଳ ଆଉ ଝାମ୍ପରା, ଲାଞ୍ଜ ସବୁ ଖୁବ୍ ଲମ୍ବା । ଲାଞ୍ଜ ଆଗରେ ଚଅଁରପରି ପେଣ୍ଡା ବାଳ ଭୂଇଁରେ ଲୋଟି ଯାଉଛି । ପିଠିଟି ନୁଆଣ, ମୁଠୁଣିକରୁ କିଛି ଊଣା ଚୌଡ଼ା, ପିଚ୍ଛାଟି ଚୌଡ଼ା, ହାକୁଡ଼ାଟିଏ ସାନ ପାଣିକଖାରୁ ପରି ପିଠିଆଡ଼କୁ ନଇଁ ପଡ଼ିଛି । ବେକ ଥଳୀଟା ଆଉ ଗାଈଠାରୁ କିଛି ବେଶି ଝୁଲୁଛି । ଦୁଧ ନାଡ଼ଟା ଗୋଟାଏ ପାଳଦଉଡ଼ା ପରି ମୋଟ, ପହ୍ନା କଥା କଣ କହିବୁ ? "ପୟୋଧରୀଭୂତ ଚତୁଃସମୁଦ୍ରାଃ ।" ନେତ କଳିଙ୍ଗଗାଈ ପରି ଖୁବ୍ ଯେ ଗୋଟାଏ ଉଞ୍ଚା, ତାହା ନୁହେଁ; ମଧ୍ୟ ଭଳି । ଡାକ ଋଷିବଚନ ଅଛି –

ପେଟେ ଉଞ୍ଚ ଗାଈ ।   ପଟେ କୁଣ୍ଡା ଖାଇ ।
ଘାସ ଦେଖି ବାଇ ।   ତାଠୁଁ ଦୁଧ ପାଇ ।

କଥା କଣ କି, ଗାଈ ମୁହଁରେ ଦୁଧ । ତେବେ ଆପଣ କି ଠେକି ଧରି ଗାଈ ଥୋମଣିଟା ଦୁହିଁ ବସିବେ ? କଥା ସେପରି ନୁହେଁ, ଗାଈ ଗୋଟିଏ କାଗଜ କଳପରି । କଳ ମୁହଁରେ ଛିଣ୍ଡାକନା, ଛିଣ୍ଡା ଦଉଡ଼ି, ପଚ୍ଚା ପନାସି ପଚ୍ଚା ତୁଳାଗୁଡ଼ାଏ ପୂରାଇଦେଲେ ପଛବାଟେ ସଫା, ଧଳା, ସୁନ୍ଦର, ଚିକ୍କଣ କାଗଜ ବାହାରିପଡ଼େ । ସେହିପରି ଗାଈମୁହଁରେ କୁଣ୍ଡା, ପେଜ, ଘାସ ଗୁଡ଼ାଏ ପୂରାଇ ଦିଅ, ପହ୍ନାବାଟେ ଦୁଧ ବୋହିପଡ଼ିବ । ନେତର ଦୁଧର ପରିମାଣଟା ଆମ୍ଭମାନଙ୍କୁ ଜଣାନାହିଁ । ସେଦିନ ମଙ୍ଗରାଜଙ୍କ ଦରବାରରେ ନେତ କଥା ପଡ଼ିଥିଲା । ସମସ୍ତେ ଅନୁମାନ କଲେ, ଦୁଇଓଳି ପାଞ୍ଚସେରରୁ ଊଣା ନୁହେଁ । ମଙ୍ଗରାଜ ଗୋଟାଏ ନିଶ୍ୱାସ ପକାଇ କହିଲେ, "ଏଁ ! ତନ୍ତୀ ବାପୁଡ଼ାର ଏମନ୍ତ ଗାଈ ?"

ଲୋକେ କହନ୍ତି, "ପିତା ଗୁଣରେ ପୁତା", ମାତ୍ର ଏ କଥା ମଧ୍ୟ ସତ୍ୟ, "ବଂଶନାଶ ବେଳକୁ ପୋଡ଼ାମୁହାଁ ପୁଅର ଜନ୍ମ ।" ଭଗିର ବାପ ଗୋବିନ୍ଦ ଚନ୍ଦ ଗାଁରେ ଜଣେ ସେରନ୍ତା ଲୋକ ଥିଲା । ନିଜ ଗାଁ ଛାଡ଼ି ଆଖପାଖ ଦୁଇଚାରିଖଣ୍ଡ ଗାଁରେ ପଞ୍ଚୁଆତ ବସିଲା, ଗୋବିନ୍ଦ ଚନ୍ଦ୍‌କୁ ଡାକ । ଭାରୀ ଭାରୀ ମାମଲା ଝୁଙ୍କିଲେ ଗୋବିନ୍ଦଙ୍କୁ ଖୋଜାପଡ଼େ, ଅର୍ଥାତ୍ ପିଆଦା ସମନ ଆଣିଲେ କିମ୍ବା ଡାକରେ ବେରିଙ୍ଗ୍

ଭାଷା ଆସିଲେ, ଗୋବିନ୍ଦ ନ ଯିବା ପର୍ଯ୍ୟନ୍ତ ଲୋକମାନେ ଘରୁ ବାହାରୁ ନ ଥିଲେ । ଗୋବିନ୍ଦ ନିଜେ ତନ୍ତ ବୁଣୁ ନଥିଲା; ତନ୍ତୀମାନଙ୍କ ବୁଣା ଲୁଗା କିଣିନେଇ ହାଟରେ ବିକେ, କିମ୍ବା ଉପୁରି ମହାଜନ ଆସିଲେ ମାଲ ପଟାଇ ଦିଏ । ଏଥିରେ ତାହାର ଭଲ ପାଞ୍ଚପଇସା ହାତକୁ ଚଢୁଥିଲା । ଗୋବିନ୍ଦ ହାତରେ ହଜାର ହଜାର ଥିବାର ଲୋକେ ଅନୁମାନ ବିଦ୍ୟାରେ ଗଣିପକାଇଥିଲେ । ଲୋକମାନେ ଆପଣା ପରମାୟୁ ଓ ପରଧନକୁ ବେଶି ଦେଖନ୍ତି । ଯାହାହେଉ, ଗୋବିନ୍ଦ ଯେ ଦଶଟଙ୍କା ଅରଜିଥିଲା, ଏ କଥା ସତ ।

ଜମିଦାର ବାଘ ସିଂହ ବଂଶ ପଡ଼ି ଆସିବା ବେଳେ ଖଣ୍ଡେ ଖଣ୍ଡେ ଜମି ବିକ୍ରି ହେଲା । ଗୋବିନ୍ଦପୁର ଗାଁ ତଳେ ଚକେ ଗହୀର ଜମି ଛ'ମାଣ ଆଠଗୁଣ୍ଠ ବାହିଡ଼ି ନିଷ୍କର, ତାକୁ ଗୋବିନ୍ଦ କିଣି ନେଇଥିଲା । "ଗାଁ ଧୋଉରାପାଣି ଯେଉଁଠି ପଶେ, ପଧାନ ହଳ ସେଇଠି ଚଷେ ।" ଅସ୍ୟାର୍ଥ-ପଧାନ ଗ୍ରାମର ସର୍ବୋତ୍କୃଷ୍ଟ ଜମିଖଣ୍ଡ ଚାଷକରେ । ଜମି ଖଣ୍ଡରେ ଗାଁ-ଧୋଉରାପାଣି ପଶେ । ଭାରୀ କଳିନ୍ଦ, ପାଣି ବହୁଳ ହେତୁରୁ ରାବଣା ଧାନ ହୁଏ ।

"ଜମି ପାଇଲେ ସିଆଣା; ଧାନ ବୁଣିବ ରାବଣା
ହାତେ ଲମ୍ବ କାଢ଼ିବ ସୀଂସା, ଝୁରି ମରିବେ ସାଇପଡ଼ିଶା ।"

ଧୋଇ ନାହିଁ, ମରୁଡ଼ି ନାହିଁ, ମାଣକୁ ଆଠ ଭରଣ ତ ଆଗେ ଥୋଇଦିଅ । ଭଗିଆ ତନ୍ତୀଲୋକ, ଚାଷ କରିବ କ'ଣ ? ବଖରା ଦେଇ ମାଣକୁ ପାଞ୍ଚଭରଣ ପଞ୍ଚାଶ ନଉତି ଧାନ ପାଏ । ଭଗି ହୁଣ୍ଡା ହେଲେ କଣ ହେବ, ତାହାର ଢେର୍ ସଦ୍‌ଗୁଣ ଥିଲା । ଶ୍ରାଦ୍ଧ, ମଙ୍ଗଳା, ନବାନ୍ନରେ ଜାତିଭାଇଙ୍କ ମୁହଁ ଧୁଆଏ । ଭାଟ ଭିକାରି ଦୁଆରୁ ଫେରନ୍ତି ନାହିଁ । "ହାଉଡ଼ାର ଦୁଷ୍ମନ୍ ନାହିଁ ।" ହୁଣ୍ଡା ହୁଣ୍ଡି କଥା କହି ଜାଣନ୍ତି ନାହିଁ; ଗାଁରେ କଳି ହେଲେ କବାଟ କିଳି ଦିଅନ୍ତି । ଗାଁର ସମସ୍ତେ ଏମାନଙ୍କୁ ଭଲପାଆନ୍ତି । ଅଭାବ ସମସ୍ତ ଦୁଃଖର ମୂଳ । ଧନ, ବିଦ୍ୟା, ଖ୍ୟାତି, ସ୍ୱାସ୍ଥ୍ୟ ପ୍ରଭୃତି କୌଣସି ବାଞ୍ଛନୀୟ, ଲୋଭନୀୟ ଏବଂ ଅତ୍ୟାବଶ୍ୟକ ପଦାର୍ଥର ଅଭାବ ହେଲେ ଲୋକେ କଷ୍ଟ ଅନୁଭବ କରନ୍ତି । ଆମ୍ଭମାନଙ୍କ ତନ୍ତୁବାୟ-ଦମ୍ପତିର କୌଣସି ପଦାର୍ଥର ଅଭାବ ନଥିଲା । ପବିତ୍ର ଦାମ୍ପତ୍ୟ ସ୍ନେହ, ବିଶୁଦ୍ଧ ପ୍ରେମ, ଅଖଣ୍ଡ ସନ୍ତୋଷ, ନିରବଚ୍ଛିନ୍ନ ସ୍ୱାସ୍ଥ୍ୟ, ସରଳ ଧର୍ମଭାବ ପ୍ରଭୃତି ସ୍ୱର୍ଗୀୟ ଭାବମାନ ଯଦି ଆପଣ ଏକ ସ୍ଥାନରେ ସମାବେଶ ଦେଖିବାକୁ ଇଚ୍ଛା କରନ୍ତି, ତେବେ ଆମ୍ଭେମାନେ ଏହି ଗ୍ରାମ୍ୟ ତନ୍ତୁବାୟ ପରିବାରର ନାମ ଉଲ୍ଲେଖ କରିପାରୁଁ । ଆମ୍ଭେମାନେ ଆଜନ୍ମକାଳ ଦେଖି, ଶୁଣି, ପଢ଼ି ବୁଝିଅଛୁ ନିରବଚ୍ଛିନ୍ନ ସୁଖ, ବିଧି ମନୁଷ୍ୟ ଲଲାଟରେ ଲେଖିନାହାନ୍ତି । ତନ୍ତୁବାୟ ପରିବାର କି ଏହି ନୈସର୍ଗିକ ନିୟମର ବହିର୍ଭୂତ ? ମହାକବି କାଳିଦାସ ଲେଖିଅଛନ୍ତି, "ପ୍ରାୟେଣ

ସାମଗ୍ର୍ୟବିଧୌ ଗୁଣାନାଂ ପରାଙ୍‌ମୁଖୀ ବିଶ୍ୱସୃଜଃ ପ୍ରବୃତ୍ତିଃ ।" ଏହି ମହାବଚନକୁ ବା କିପରି ଅମର୍ଯ୍ୟାଦା କରିବୁ ।

ତେବେ ଏମାନେ କି ପୂର୍ଣ୍ଣ ସୁଖୀ ନୁହନ୍ତି ? କିଏ କହିବ, କିପରି ବା କହିପାରିବ ? ଶାଳଗ୍ରାମର ବସିବା ଶୋଇବା ସମାନ । ମନୁଷ୍ୟ ହୃଦୟଭାବ ହାସ୍ୟ-କ୍ରନ୍ଦନ-ସ୍ରୋତ ଧରି ବାହାରି ପଡ଼େ । ଏମାନେ ହସିବାର କେହି ଦେଖିନାହିଁ, କାନ୍ଦିବାର କେହି ଶୁଣିନାହିଁ । କଥାରୁ ଧରାଯା'ନ୍ତା, କାହାରି ସଙ୍ଗରେ ତ କଥା କହିବେ ନାହିଁ । ଆମ୍ଭମାନଙ୍କ ପାଖରେ କିନ୍ତୁ କାହାରି କଥା ଲୁଚିବାର ବାଟ ନାହିଁ । ବାଣୁଆମାନେ ଖୋଜର ମଡ଼ା ଧରି ଧରି ଯାଇ ଜନ୍ତୁ ଭେଟନ୍ତି । ସେହିପରି ଆମ୍ଭେମାନେ ଲୋକମାନଙ୍କ କାର୍ଯ୍ୟ ସବୁର ପିଛା ଧରି ଧରି ସେମାନଙ୍କ ମନର ଭାବ ଧରିପକାଉଁ । ସେ ଦିନ ରାତିରେ ରୁକୁଣୀମା-ବୋହୂର ଷଠୀଘରକୁ ସାରିଆ ଯାଇଥିଲା, ପିଲାଟିକୁ ଚାହିଁଦେଇ ଚାଲିଆସିଲା, ଚକୁଳି ବାଣ୍ଟଯାଏ ରହିଲା ନାହିଁ । ଘରକୁ ଆସି ପେଟ ଟାଣୁଛି ବୋଲି କହି ଉପାସ ଶୋଇ ରହିଲା । ଆମ୍ଭେମାନେ ଏହା ମଧ୍ୟ ଜାଣୁ; ଅନେକ ରାତି ପର୍ଯ୍ୟନ୍ତ ନ ଶୋଇ ଏକଡ଼ ସେକଡ଼ ହେଉଥିଲା । ଭଗିଆ ଥରେ କହିଲା, "ଦଇବ ତ ଦେଇନାହିଁ, ଦୁଃଖ କଲେ କଣ ହେବ ?" କଣ ଦେଇନାହିଁ କିଛି ତ ବୁଝାଗଲା ନାହିଁ ?

ବାର ବରତରେ ସାରିଆର ଆଜିକାଲି ଭାରି ମନ । ବୁଢ଼ୀ ମଙ୍ଗଳାଙ୍କଠାରେ ବେଶୀ ବେଶୀ ଭକ୍ତି ଦେଖାଯାଉଅଛି । ଡାକ୍ତର ଆଉ ଓକିଲଙ୍କ ଦୁଆରେ କାହାକୁ ଦେଖିଲେ ବୁଝିନେବ, ସେହି ଲୋକଟା ଉପରେ କିଛି ବିପଦ ପଡ଼ିଛି । ଆମ୍ଭମାନଙ୍କ ବୁଢ଼ୀମଙ୍ଗଳାଙ୍କ ଦ୍ୱାରା ଡାକ୍ତର ଆଉ ଓକିଲ ଦୁଇ କାର୍ଯ୍ୟ ହୁଏ । ଗାଁରେ କାହାରି କିଛି ପୀଡ଼ା ହେଲେ କିମ୍ବା ମାଲିମାମଲା ପଡ଼ିଲେ ମଙ୍ଗଳାଙ୍କର କିଛି ଲାଭ ହୁଏ । ମଙ୍ଗଳାଙ୍କଠାରେ ସାରିଆର ଭକ୍ତି ଦେଖି ବୁଝୁଅଛୁ ତାହା ମନରେ କିଛି କଷ୍ଟ ଜାତ ହୋଇଅଛି । ସାରିଆ ପିଣ୍ଡାରେ ବସି ନଟି ବୁଲାଉଥିବାବେଳେ ଦାଣ୍ଡରେ କୌଣସି ସାନ ପିଲା ଖେଳୁଥିବାର ଦେଖିଲେ ତାହା ହାତ ନଟେଇଟା ବୁଲେ ନାହିଁ । ଉଆଁସ ପୁନେଇରେ ଘରେ ପିଠାଟିଏ, ଛେନା ଟିକିଏ ହେଲେ ସାରିଆ ନିଶ୍ୱାସ ପକାଏ । ଭଗି ରାଣ ନିୟମ ପକାଇ ନ ଖୁଆଇଲେ ଖାଏ ନାହିଁ । ସେଦିନ ସାନ କସ୍ତା ଯୋଡ଼ିଟିଏ ଜଣେ ଫରମାସ ଦେଇ ଭଗି ପାଖରୁ ବୁଣାଇ ନେଲା । ଯୋଡ଼ିଟି ବୁଣାଗଲା ବାଦ୍ ସାରିଆ ତାକୁ ଓଲିଏ ଯାଏ ଚଉତିବା ବେଳେ ତା ଆଖିରେ ପାଣି ଢଳ ଢଳ ହେଉଥିବାର ଭଗି ଦେଖି ଗୋଟାଏ ଲମ୍ବା ନିଶ୍ୱାସ ପକାଇଲା ।

ପରିଚ୍ଛେଦ-୧୧

ଗୋବରା ଜେନା

ତନ୍ତୀସାହିକୁ ଚାରିଶ ପାଞ୍ଚଶ କଦମ ଦୂର ବିଲ ମଝିରେ ଡମସାଇ । ଏଟା ଅଲଗା ମୌଜା ନୁହେଁ, ଗୋବିନ୍ଦପୁର ସାମିଲ । ସେଠାରେ ଦଶଘର ଡମ ଆଉ ଗୋବରା ଜେନା ଚୌକିଆର ଘର । ଗୋବରା ଜେନା ନିଜ ମୌଜାରେ ଚୌକିଦାର । ତାର ଦେଢ଼ମାଣ ଚୌକିଆ ଜାୟଗିରି ଅଛି, ଏ ସିବାଏ ଫି ଘରୁ ଧାନକଟା ସମୟରେ ଗୋଟାଏ ଲେଖାଏଁ ହଳା ପାଏ । ଜେନା-ମଜକୁର ଆପଣା କାମରେ ଖୁବ୍ ହୁସିଆର୍ । ତାହା ଯୋଗେ ଗ୍ରାମରେ ଚୋରି-ଚପାଟି ହୁଏନାହିଁ । ଫି ବରଷ ଗ୍ରାମ ମଧ୍ୟରେ ଚାରି ପାଞ୍ଚ ନମ୍ବର ସିନ୍ଧି ହୁଏ ସତ୍ୟ; କିନ୍ତୁ ଜେନାମଜକୁରର କିଛି ଦୋଷ ନାହିଁ । କାରଣ ସେହିସବୁ ଚୋରି ରାତିରେ ଜେନା ପୁଅ ଜାତିଆଣ କାମରେ ଚାରି ପାଞ୍ଚ କୋଶ ଦୂରବର୍ତ୍ତୀ ଗ୍ରାମକୁ ଯାଇଥାଏ ।

ଚୌକିଦାର ସାରା ରାତି ଗ୍ରାମରେ ପହରା ଦିଏ; ମାତ୍ର ସେ ଏପରି ହୁସିଆରରେ ପହରା ଦିଏ ଯେ, ସେ କଥା କେହି କେତେବେଳେ ଜାଣି ପାରନ୍ତି ନାହିଁ । ପାଟିକରି ପହରା ଦେଲେ ତୁଣ୍ଡ ଶୁଣି ଚୋର ଯେ ପଳାଇ ଯିବେ ! ପୁରୁଣା ପୋଲିସ ଭାରି ଲାଞ୍ଚଖିଆ ଥିଲେ, ଏପରି ଗୋଟାଏ ପ୍ରବାଦ ଅଛି । ସତ ମିଛ ଜଗନ୍ନାଥ ଜାଣନ୍ତି । ଲୋକମାନଙ୍କ ପାଟିରେ କିଏ ହାତ ଦେବ ? ବାଘ ମଣିଷ ଖାନ୍ତି-ସବୁ ବାଘଗୁଡ଼ାକ ମଣିଷଖିଆ ? ସାଧୁ ସଚ୍ଚରିତ୍ର ବାଘ କି ଦୁନିଆରେ ନାହାନ୍ତି ? ଆମ୍ଭମାନଙ୍କ ଜେନାପୁଅ ସେହିପରି ଜଣେ ସାଧୁ ସଚ୍ଚରିତ୍ର ଲୋକ । ଆପଣାର ହକ୍ ଅର୍ଥାତ୍ ବାର୍ଷିକ ହଳା, ବାହା ପୁଆଣିରେ ଖଦି ମୂର୍ତ୍ତିଏ, ଉପରି ବରଠାରୁ ଚୌକିଆ ରୋସମ ଟଙ୍କାଟିଏ ଆଉ ମଲା ମରୁଡ଼ିରେ ଭାତିଆ ବାବଦକୁ କିଛି ଖର୍ଚ୍ଚା ଏବଂ ପିଢ଼ାରୁ ଲାଉ କଖାରୁଟା ଛଡ଼ା

କାହାରିଠାରୁ କିଛି ଲାଞ୍ଚ ରିସ୍‌ପତ୍ ଛୁଏଁ ନାହିଁ । ଆଉ ଚୋରି, ସାପକାମୁଡ଼ା, ଜଳବୁଡ଼ି ମାମଲା ପଡ଼ିଲେ ପୋଲିସ୍‌ରେ ଏତଲା ଖର୍ଚ୍ଚା ଟଙ୍କାଟିଏ; ସେ ତ ଆଇନରେ ଅଛି, ସେଥିରେ ଚୌକିଆର କଣ ଇଲାକା ?

ବରଞ୍ଚ ଗୋବର୍ଦ୍ଧନ ଭାରି ଦୟାଳୁ ଲୋକ । କେହି ଗରିବ ଉପରେ ମାମଲା ପଡ଼ିଲେ କଂସାଖଣ୍ଡି ଡାଲଟି ନେଇ କାମ ତୁଲାଇନିଏ । ମାସକୁ ଥରେ ପୋଲିସ୍‌ରେ ରିପୋର୍ଟ ଦେବାକୁ ଯିବାବେଳେ ଗ୍ରାମରୁ କଦଳୀ କାନ୍ଦିଟା, ଲାଉ, କଖାରୁ ପୁଞ୍ଜିଏ ମୁନ୍ସି, ଜମାଦାର, ବରକନ୍ଦାଜ ସକାଶେ ନେବାର ତ ସୁବାମତି କଥା । କାମ ଝଞ୍ଜଟ ହେତୁରୁ ଜେନାପୁଅ ରାତିଓଳିଟା ଘରୁ ଭାତ ଖାଇପାରେ ନାହିଁ; ପାଳିକରି ଗାଁ ଲୋକଙ୍କ ଘରୁ ଖାଏ । ଯାହାଘରୁ ଯେଉଁଦିନ ଖାଇବାର, ବେଳ ଥାଉଁ ଥାଉଁ ମୁଠାଏ ଚାଉଳ ପକାଇବା ସକାଶେ କହିଯାଏ । ଖଞ୍ଜା-ଅଖଞ୍ଜାରେ ଭାତ ହୋଇ ନ ପାରିଲେ ଜେନାପୁଅ ସେଦିନ ରାତିରେ ତାହା ଘର ପହରା କାମରେ ଢିଲା କରିଦିଏ । ଚୋରମାନେ ତକ୍ଷଣେ ଏକଥା ଜାଣିପାରି ସେହିଦିନ ରାତିରେ ତାହା ପିଢ଼ା ଓ ବାଡ଼ିରୁ ଫଳ କଦଳୀଟା କିମ୍ବା ବିଲରୁ ଧାନ ଚୋରିକରି ଘେନିଯାନ୍ତି କିମ୍ବା କିଛି ନ ପାଇଲେ ତାହା ଦାଣ୍ଡଦୁଆର ଖୁମ୍ବଟା ଭାଙ୍ଗିଦେଇ ଯାନ୍ତି । ଗୋବର୍ଦ୍ଧନ ଗାଁରେ ଭାତ ଖାଇସାରି ଆପଣା ଘର ପର୍ଯ୍ୟନ୍ତ, "ଗାଁ ଲୋକେ ହୁସିଆର, ଘରବାଲେ ଖବରଦାର" ପାଟିକରି ଡାକ ଦିଏ । ଚେଇଁଥିବା ପିଲାମାନେ ସେ ଡାକ ଶୁଣି ଶୋଇପଡ଼ନ୍ତି । ତାହା ବାଦ୍ ସେ ଗାଁରେ ସାରା ରାତି ପହରା ଦିଏ, ଏ କଥା କାହାକୁ ଜଣାପଡ଼େ ନାହିଁ ।

ଗୋବରା ଜେନାକୁ ଗୋଟାଏ ପାଣ ମଧ୍ୟରେ ଗଣିବ ନାହିଁ । ହଜାରେ ପାଞ୍ଚଶ ଗଣିଦେବାର ଲୋକ । ଧାନ ପାଞ୍ଚ ସାତ ଭରଣ ମଧ୍ୟ ଘରେ ସାଇତା ଅଛି । ଯେ ଯେଡ଼େ ହୁସିଆର ହେବ, ଆପଦ ବିପଦ କାହାରିକୁ ଛାଡ଼ ନାହିଁ । ଥରେ ଗୋଟାଏ ଚୋରି ମାମଲା ତାହା ଉପରେ ଝୁଙ୍କିଥିଲା । ଶୁଣିବାରେ ଅଢ଼େଇଶ ଟଙ୍କା ମୁନ୍ସିକୁ ପେଲିଦେଇ ଖଲାସ ପାଇଲା । ସେ ମାମଲାର ହାଲ ଏହି କି, ମାଖନପୁର ମୌଜାର ଭୁବନି ସା ତେଲୀ ମହାଜନଘର ଡକାଇତି ମକଦ୍ଦମାରେ ଆଠଜଣ ଡକାଇତ ଗ୍ରେପ୍ତାର ହୋଇଥିଲେ । ଗୋବରା ଜେନା ସହ୍ଲାରେ ସେହି ଡକାୟତି ହୋଇଥିବାର ଏବଂ ଆହୁରି ଦଶ ପନ୍ଦର ନମ୍ବର ଚୋରିରେ ତାହାର ସଲା ଥିବାର ଏବଂ ଚୋରାମାଲ ସବୁ ତାହାଦ୍ୱାରା ବିକ୍ରି ହେଉଥିବାର ଆସାମୀମାନଙ୍କ ମଧ୍ୟରୁ ଦିକଡ଼ିଆ ପାଣ ପ୍ରକାଶ କଲା । ମାତ୍ର ଆଉ ଆଉ ଆସାମୀମାନେ ଏ କଥା ଅସ୍ୱୀକାର କରିବାରୁ ଗୋବରା ଦେହକୁ ଆଞ୍ଚ ଲାଗିଲା ନାହିଁ ।

ଗୋବରା ଜେନାର ଯୋଗ୍ୟତାରେ ମଙ୍ଗରାଜେ ତାହା ଉପରେ ଭାରି ଖୁସି ।

ସେ ସକାଳ ସଞ୍ଜବେଳେ ମଙ୍ଗରାଜଙ୍କ କଚେରିରେ ହାଜର ଥାଏ । ଅଧରାତିବେଳେ ଗୋବରା ଓ ମଙ୍ଗରାଜ ନିରୋଳାରେ ବସିଥିବାର ଲୋକେ ଦେଖିଛନ୍ତି । ଫତେପୁର ସରଷଣ୍ଡ ତାଲୁକାରେ ଅନେକ ପାଣଙ୍କ ଘର ଅଛି । ସେମାନେ ଚୋରି, ଡକାୟତି, ରାହାଜାନୀ ବ୍ୟବସାୟୀ ଥିବାର ଲୋକେ ସନ୍ଦେହ କରନ୍ତି । ପୋଲିସ୍ ଏବଂ ଜେଲଖାନା ସହିତ ଘନିଷ୍ଠ ସମ୍ବନ୍ଧ ଏହି ସନ୍ଦେହର କାରଣ ଅଟେ । ଗୋବର୍ଦ୍ଧନର ଗୋଟିଏ ମହତ୍ ଗୁଣ, କୌଣସି ପାଣ ଜେଲ ଗଲେ ତାହାର ଅସହାୟ ପିଲା ବାଳକଙ୍କୁ ଚଳାଏ ଏବଂ ମଙ୍ଗରାଜଙ୍କ ଖମାରରୁ ଦାନ ଦିଆଇଦିଏ । ମାତ୍ର ନିନ୍ଦୁକ ଲୋକର ନିନ୍ଦାକଥା କାହିଁ ଛାଡ଼ ନାହିଁ । ଲୋକମାନେ ଗୋବର୍ଦ୍ଧନର ଏହି ସଦ୍‌ଗୁଣର ଅନ୍ୟପ୍ରକାର ଅର୍ଥ କରନ୍ତି । ସେଥି ସଙ୍ଗେ ସଙ୍ଗେ ମଙ୍ଗରାଜଙ୍କ ଦାତବ୍ୟତା ଉଲ୍ଲେଖ କରିବା ମଧ୍ୟ ଗୋଟାଏ ଭାରି ଖରାପ କଥା ଅଟେ ।

ପରିଚ୍ଛେଦ-୧୨

ଅସୁରଦୀଘି

ଗୋବିନ୍ଦପୁର ମୌଜାରେ ଗୋଟିଏ ମାତ୍ର ପୋଖରୀ; ଗ୍ରାମର ସମସ୍ତ ଲୋକ ଏଥିରେ ଜଳ କାରବାର କରନ୍ତି । ପୁଷ୍କରିଣୀଟା ଖୁବ୍ ବଡ଼, ଆଡ଼ ଦୀର୍ଘ ନଳିଦେଲେ ଦଶବାର ବାଟିରୁ ଊଣା ପଡ଼ିବ ନାହିଁ । ନାମ ଅସୁର ଦୀଘି । ଏଥିରେ ପୂର୍ବେ ଷୋଳଟା ଦୀପଦଣ୍ଡି ଥିଲା । ଦେବତା ବଳିଆରରୁ ସବୁ ଡୁବିଯାଇଅଛି । ଚାରିପାଖ ଆଡ଼ି ବଗଚରାଠାରୁ ଦଶବାର ହାତ ଉଚ୍ଚ । ଏ ପୋଖରୀଟି କେତେ କାତର, କିଏ ଖୋଳାଇଛି, ଏଥିର ସଠିକ୍ ବୃତ୍ତାନ୍ତ ଆମ୍ଭେମାନେ କହିବାକୁ ଅକ୍ଷମ । ଶୁଣିବାରେ ଅସୁରମାନେ ଖୋଳିଛନ୍ତି । ଅସମ୍ଭବ ନୁହେଁ । ଏଡ଼େବଡ଼ ଜଳକୀର୍ତ୍ତି ଯେ କରିପାରେ ସେ କି ଆମ୍ଭମାନଙ୍କ ପରି ମନୁଷ୍ୟ ?

ଗ୍ରାମର ପଞ୍ଚାନବେ ବର୍ଷର ବୁଢ଼ା ଏକାଦୁଶିଆ ତନ୍ତୀ ମୁହଁରୁ ପୁଷ୍କରିଣୀ ସମ୍ବନ୍ଧରେ ଯେଉଁ ଇତିହାସ ସାରସଂଗ୍ରହ କରିଅଛୁ, ତାହାର ସଂକ୍ଷିପ୍ତ ବୃତ୍ତାନ୍ତ ଏହି–ବାଣାସୁର ଏହି ପୋଖରୀ ଖୋଳାଇଅଛି । ସେ ଆପଣା ହାତରେ କୋଡ଼ି, ଗାଣ୍ଡୁଆ ଧରି ଖୋଳି ନାହିଁ । ତାହା ହୁକୁମରେ ଅସୁରମାନେ ଆସି ରାତି ମଧ୍ୟରେ ଖୋଳିପକାଇଲେ । ଖୋଳୁ ଖୋଳୁ ରାତି ପାହିଗଲା । ଦକ୍ଷିଣ ଅଡ଼ିଆ କୋଣରେ ବାର ଚଉଦ ହାତ ଓସାର ଗୋଟାଏ ମୁହାଣ ଅଛି । ସେଠାରେ ମାଟି ପଡ଼ିପାରିଲା ନାହିଁ । ଦାଣ୍ଡରେ ଲୋକ ଚାଲବୁଲ ହେଲେଣି, ଅସୁରମାନେ ଏବେ ଯାଆନ୍ତି କୁଆଡ଼େ ? ପୋଖରୀ ମଧ୍ୟରେ ବିଲ ଖୋଳି ଗଙ୍ଗାକୂଳରେ ବାହାରି ପଡ଼ିଲେ । ସେଠାରେ ଗଙ୍ଗାସ୍ନାନ କରି ପଳାଇଗଲେ । ଆଗେ ଗଙ୍ଗାସାଗରରେ ବାରୁଣୀ ପଡ଼ିଲେ ଅସୁରଦୀଘିକୁ ପାଣି ତେଣ୍ଡି ଆସୁଥିଲା; ଗ୍ରାମରେ ବହୁତ ଅନାଚ଼ାର ହେବାରୁ ଏଣିକି ଆଉ ପାଣି ଆସୁନାହିଁ ।

ଇଂରେଜୀ ପଢୁଆ ବାବୁମାନେ ସାବଧାନ । ଆମ୍ଭମାନଙ୍କ ଏକାଦଶୀଚନ୍ଦ୍ରଙ୍କ ଇତିହାସ ଶୁଣି ହସିବେ ନାହିଁ, ତାହାହେଲେ ମାର୍ଶମାନ୍ ଆଉ ଟଡ୍‌ଙ୍କ ଲେଖାରୁ ଆଠପଣି କାହିଁ ଉଡ଼ିଯିବ ।

ଦୀଘିରେ ମାଛ ଅଛନ୍ତି । ଆପଣ କହିବେ, ଯହିଁ ପାଣି ତହିଁ ମାଛ, ଏ କଥା ଲେଖିବାର ଦରକାର କ'ଣ ? ମାତ୍ର ଆପଣଙ୍କ କଥାଟା ଯୁକ୍ତ ସଙ୍ଗତ ହେଲାନାହିଁ । ଆଖୁ ସହିତ ଗୁଡ଼ର, ଦେହ ସହିତ ହାଡ଼ର ଯେମନ୍ତ ନିତ୍ୟ ସମ୍ବନ୍ଧ, ପାଣି ସହିତ ମାଛର ସେପରି କିଛି ନୁହେଁ । ତାହାହେଲେ ଆପଣଙ୍କ ଘର ପାଣି-ମାଠିଆରୁ ତ ମାଛ ବାହାରୁଥାନ୍ତେ ? ଅନୁମାନ ବା ଅଯୌକ୍ତିକ କଥା ଲେଖିବା ଆମ୍ଭମାନଙ୍କର ଅଭ୍ୟାସ ନୁହେଁ । ଅସୁରଦୀଘିରେ ଯେ ମାଛ ଅଛନ୍ତି, ଆମ୍ଭେମାନେ ସେଥିର ଅକାଟ୍ୟ ପ୍ରମାଣ ଦେବୁଁ । ଏହି ଦେଖନ୍ତୁ, ଦକ୍ଷିଣ ଅଡ଼ିଆରେ ପାଣିକୁ ପାଞ୍ଚହାତ ଛାଡ଼ି ଆଁ କରି ସାନ ବଡ଼ ତିନିଗୋଟା ଅଣ୍ଠିଆକୁମ୍ଭୀର ପଡ଼ିଅଛନ୍ତି । ସବୁଦିନେ ପଡ଼ନ୍ତି । ଏମାନେ କି ସକାଶେ ଦୀଘିରେ ଅଛନ୍ତି ? କଣ ଖାଇ ବଞ୍ଚନ୍ତି ? ସେମାନେ କି ଗୋରୁଗାଈ ପରି ପଡ଼ିଆରେ ଘାସ ଚରିବାର କେହି ଦେଖିଅଛନ୍ତି, ନା ଜୈନମାନଙ୍କର ପରି ଅହିଂସା ପରମ ଧର୍ମ ଜାଣନ୍ତି ? ଅବଶ୍ୟ ଦୀଘିରୁ କୌଣସି ପଦାର୍ଥ ଖାଇ ବଞ୍ଚିଅଛନ୍ତି । ସେ କି ପଦାର୍ଥ ? ଅଣ୍ଠିଆ କୁମ୍ଭୀରମାନଙ୍କର ଆଉ ଗୋଟିଏ ନାମ ମାଛୁଆ କୁମ୍ଭୀର; ଅର୍ଥାତ୍ ଏମାନେ ମାଛ ଖାଆନ୍ତି । କେହି କହିବେ ଏମାନେ ମାଛ ଖାଆନ୍ତି ସତ୍ୟ, ଆଉ ସ୍ଥାନରୁ ମାଛ ଆଣିଖାନ୍ତି । ହାଟରେ ମାଛ ଶୁଖୁଆ ମିଳେ ସତ୍ୟ, ମାତ୍ର ଏମାନେ ପଇସା ନେଇ ହାଟକୁ ମାଛ କିଣିବାକୁ ଯିବାର ତ କେଭେ ଦେଖାନାହିଁ । ଆଉ ଗାଆଁକୁ କେଉଟୁଣୀମାନେ ମାଛବିକିବାକୁ ଆସିଲେ ଗାଁ ମାଇକିନିଆଁମାନେ ଧାନ ଚାଉଳ ଦେଇ ମାଛ ବଦଳାନ୍ତି । ଆମ୍ଭେମାନେ ଶପଥ କରି କହିପାରୁଁ, କୁମ୍ଭୀରମାନେ ତ ସେପରି ଧାନ ଚାଉଳ ଦେଇ ମାଛ କିଣିବାର କେଭେ ଦେଖିନାହୁଁ । ସୁତରାଂ ପ୍ରମାଣ ହେଲା, ଦୀଘିରେ ମାଛ ଅଛନ୍ତି ।

ଏତିକି ଯେ ଯଥେଷ୍ଟ ପ୍ରମାଣ ତାହା ନୁହେଁ; ଆହୁରି ମଧ୍ୟ ଅନେକ ଅକାଟ୍ୟ ପ୍ରମାଣ ଅଛି । ଏହି ଦେଖନ୍ତୁ, ଚାରିଟା କାଦୁଅଖୁମ୍ପି ଗୋଟିପୁଅ ପିଲାଙ୍କ ପରି ନାଚି କୁଦି ବୁଲୁଅଛନ୍ତି । ତୋଡ଼ି ପିଲାଟିର, ଦଣ୍ଡେଇ ପିଲାଟିର ବେକ ଚିପୁଛନ୍ତି ବୋଲି ସିନା ଏତେ ନାଚ କୁଦ କେହି କହିବେ, କାଦୁଅଖୁମ୍ପି ଗୁଡ଼ାକ କି ନିଷ୍ଠୁର, କି ଦୁଷ୍ଟ; ପରର ବେକ ଚିପି ଏତେ ଆନନ୍ଦ ! ଭାଇ, କଣ କହିବୁଁ, ବିଚାରୀ କାଦୁଅଖୁମ୍ପିକୁ ନିଷ୍ଠୁର ବୋଲ, ଦୁଷ୍ଟ ବୋଲ, ସୟତାନ ବୋଲ, ଯାହା ବୋଲ, ସେ କିଛି ତୁମ ନାମରେ ହୁରମତ ବାହାରର ନାଲିସ ରୁଜୁ କରିବ ନାହିଁ । କିନ୍ତୁ ଜାଣିବ, ତୁମ ମନୁଷ୍ୟ ଜାତିଭାଇ

ମଧ୍ୟରେ ଯେ ଯେତେ ବେକ ଚିପିପାରେ, ସେ ଯେ ତେଡ଼େ ବାହାଦୁର । ସେହି ମାନ୍ୟ, ସେହି ଗଣ୍ୟ, 'ସ ଚ ଦର୍ଶନୀୟ' ଏ କଥା କି ଜାଣନ୍ତି ନାହିଁ ?

ଚାରି ପାଞ୍ଚଗଣ୍ଡା ଧଳା ବଗ, ଚାରି ପାଞ୍ଚ ଗୋଟି କାଣ୍ଡିବଗ ନୀଚ ଲୋକ ମୂଲିଆଙ୍କ ପରି ସକାଳୁ ସନ୍ଧ୍ୟାବେଳ ଯାଏଁ କାଦୁଅ ଚକଟୁଛନ୍ତି । ଦୀଘିରେ ମାଛ ଥିବାର ଏହା ତୃତୀୟ ପ୍ରମାଣ । ଯୋଡ଼ାଏ ପାଣିକାଉ କେଉଁ ଦେଶରୁ ଉଡିଆସି ଦୀଘି ମଧ୍ୟରେ ଦୁଇ ଚାରି ବୁଡ଼ ମାରି ପେଟ ପୂରାଇ ଫର୍ କରି ଉଡିଗଲେ । ଗୋଟାଏ ପାଣିକାଉ ମେମ୍‌ସାହେବଙ୍କ ଗାଉନ୍ ପରି କୂଳରେ ବସି ଡେଣା ଶୁଖାଉଅଛି । ହେ ହିନ୍ଦୁଧର୍ମୀ ବଗମାନେ ! ଇଂରେଜ ପାଣିକାଉଙ୍କୁ ଦେଖ । କେଉଁ ଦେଶରୁ ଖାଲି ପକେଟରେ ଉଡିଆସି ଚେଙ୍ଗ ବେଙ୍ଗ ଗଡ଼ିଶାରେ ପେଟ ପୂରାଇ ଚାଲିଗଲେ । ଦୀଘିକୂଳର ବରଗଛରେ ତୁମ୍ଭମାନଙ୍କର ବସା, ଦିନଯାକ ପାଣି ଚକଟି ଦଣ୍ଡେଇପିଲା କେରାଣି ପିଲାରୁ ଅଧିକ କିଛି ପାଉ ନାହଁ । ଜୀବନସଂଗ୍ରାମ କାଳ ଉପସ୍ଥିତ, ଏଣିକି ଆହୁରି ପଲପଲ ପାଣିକାଉ ଆସି ଚେଙ୍ଗ ବେଙ୍ଗ ସବୁ ବହିନେଇଯିବେ । ତୁମ୍ଭେମାନେ ବିଦେଶକୁ ଯାଇ ସମୁଦ୍ର ପହଁରି ନ ଶିଖିଲେ ଆଉ ରକ୍ଷା ନାହିଁ ।

ଚିଲ ଖୁବ୍ ସିଆଣ, ଭାରୀ ହୁସିଆର, ଗୁରୁଗୋସାଇଁଙ୍କ ପରି ଡାଳରେ ତୁନି ହୋଇ ବସିଅଛି । ଥରେ ପାଣିକି ଝାମ୍ପିପଡ଼ି ଯାହା ଉଠାଇନିଏ, ସେଥିରେ ତାହାର ଦିନକ କଟିଯାଏ । ଗୋସାଇଁମାନେ ବରଷକଯାକ ପିଣ୍ଡାରୁ ଓହ୍ଲାନ୍ତି ନାହିଁ, ବରଷକୁ ଥରେ ଶିଷ୍ୟ ଦୁଆରକୁ ଝାମ୍ପ ମାରନ୍ତି ।

ବଗଚରାଠାରୁ ଚାଳିଶ ପଞ୍ଚାଶ ହାତ ଦୂର ପାଣିଯାଏ ବଉଳାମାଳା ଦଳ ଶିଙ୍ଗଡ଼ାପୂର୍ଣ୍ଣ । ସେହି ଦଳ ମଧ୍ୟରେ ହିନ୍ଦୁ ଘର ଭୁଆସୁଣୀଙ୍କ ପରି କଇଁଗୁଡ଼ିକ ରାତିରେ ତୁନି ତୁନି ଫୁଟନ୍ତି, ଦିନବେଳେ ଢାଙ୍କିହୁଙ୍କି ରହନ୍ତି । ସେଥିମଧ୍ୟରେ ପାଣିଶିମୁଳି ଫୁଲଗୁଡ଼ିକ ଅଭିଆଡି ଝିଅଙ୍କ ପରି ଲାଜ ନାହିଁ, ସରମ ନାହିଁ, ଦିନରାତି ପବନରେ ଫଙ୍କ୍ ଫଙ୍କ୍ ଡେଇଁଛନ୍ତି । ପାଣି ଭିତରକୁ ରତାକଇଁ । ଏମାନେ ଶିକ୍ଷିତା ଖ୍ରୀଷ୍ଟାନ୍ ଲେଡ଼ି । କଇଁଦଳରୁ ବାହାରିଗଲେଣି, ପଦ୍ମଦଳରେ ମିଶି ପାରିନାହାନ୍ତି । ଦୀଘି ମଝିରେ ଦଳ ନାହିଁ । ରାତିରେ ବୁଢ଼ୀମଙ୍ଗଳା ଠାକୁରାଣୀ ବୁଲନ୍ତି । ସେଥି ସକାଶେ ଦଳ ହୋଇପାରେ ନାହିଁ– ଭାରତ କବିଙ୍କର ସର୍ବସ୍ୱଧନ, ଲକ୍ଷ୍ମୀଙ୍କର ନିବାସ, ସରସ୍ୱତୀଙ୍କର ଆସନ, ବ୍ରହ୍ମାଙ୍କର ଜନ୍ମସ୍ଥାନ ପଦ୍ମବନରେ ପୂର୍ଣ୍ଣ । ଫୁଲଗୁଡ଼ିକରେ ଠାକୁରାଣୀଙ୍କର ଷୋଳପଣି ଅଧିକାର । ଜଣେ ଲୋକ ଥରେ ଗୋଟାଏ ଫୁଲ ଆଣିବାକୁ ପହଁରି ଯାଇଥିଲା । ଠାକୁରାଣୀ ତାହା ଗୋଡ଼ରେ ଶିକୁଳି ଲଗାଇ ପାଣି ଭିତରକୁ ଭିଡ଼ିନେଲେ । ସେହି ଦିନଠାରୁ ଆଉ କେହି ଫୁଲକୁ ଅନାଏ ନାହିଁ ।

ଅସୁରଦୀଘିରେ ଚାରିଟା ତୁଠ, ଧରିବାକୁ ଗଲେ ତିନିଟା । ଦକ୍ଷିଣ ତୁଠଟାକୁ କେହି ଯାନ୍ତି ନାହିଁ । ଗ୍ରାମରେ କେହି ମରିଗଲେ ସେହି ତୁଠରେ ଦଶାହକ୍ରିୟା ହୁଏ । ଏହି ତୁଠଟା ବଡ଼ ଭୟଙ୍କର ସ୍ଥାନ, ରାତି ତ ରାତି, ଦିନବେଳେ ମଧ୍ୟ ସେଠାକୁ କେହି ଯିବାର ଦେଖାନାହିଁ । ଏହି ତୁଠ ଉପରକୁ ଭାରୀ ବଡ଼ ଗୋଟିଏ ଅଶ୍ୱତ୍ଥ ଗଛ ଅଛି । ସେଥିରେ ସର୍ବଦା ଯୋଡ଼ିଏ ବ୍ରହ୍ମଦୈତ୍ୟ ଥିବାର ସମସ୍ତଙ୍କୁ ଜଣା । ଅଧରାତିରେ ଦୈତ୍ୟମାନେ ଗଛ ଅଗରେ ବସି ଦୀଘି ମଝିକୁ ଗୋଡ଼ ଲମ୍ବାଇ ଦେଇଥିବାର ଅନେକ ଲୋକ ଦେଖିଛନ୍ତି । କିଏ କିଏ ଦେଖିଛନ୍ତି ନାମ ଜଣାନାହିଁ, କିନ୍ତୁ ଦେଖିବାର ସତ । ଆହୁରି ମଧ୍ୟ ଏହି ଆଡ଼ିଆରେ ଅନେକ ପିତାଶୁଣୀ ଡାଙ୍କୁଣୀ ସବୁଦିନେ ଘର କରି ରହି ଅନ୍ଧାର ରାତିରେ ଆଲୁଅ ଜାଳି ମାଛ ଧରୁଥିବାର, ବିଶେଷରେ ବର୍ଷାର ଅନ୍ଧାର ରାତିରେ ପଲପଲ ହୋଇ ବୁଲୁଥିବାର ପ୍ରତ୍ୟକ୍ଷ ପ୍ରମାଣ ଯଥେଷ୍ଟ ଅଛି ।

ପୂର୍ବ ତରଫରେ ଧୋବାତୁଠ । ଦୁଇଜଣ ଧୋବା ଇସ୍ ଇସ୍, ରାମ ରାମ କହି ପଥର ଉପରେ ଲୁଗା ବାଡ଼ଉଛନ୍ତି । 'ଗାଁ ପରିଗୁଣ ଧୋବାତୁଠରୁ ଜଣା' । ଅଖାପାଲ ପରି ମୋଟା ମୋଟା ଶଗଡ଼େ ମଇଳା ଲୁଗା ଗଦା ହୋଇଛି । ଲୁଗା ସିଝାଇବା, ଶୁଖାଇବା କାମରେ ଚାରି ଜଣ ଧୋବଣୀ ଲାଗିଛନ୍ତି । ଉତ୍ତର-ପଶ୍ଚିମ କୋଣରେ ତନ୍ତୀତୁଠ । ଗାଁ ମଝାଲରେ ଥିବାରୁ ସେଠାରେ ସକାଳେ ମାଇକିନିଆମାନଙ୍କର ହାଟ ବସେ । ହାଟ ନାମ ଶୁଣି ଆପଣ ମନେ କରିବେ ନାହିଁ ଯେ ଏଠାରେ ମାଇକିନିଆ କିଣାବିକା ହୁଅନ୍ତି । ପାଟି ଆଉ ଜନତା ସଙ୍ଗରେ ସମାନ ଥିବାରୁ ହାଟ କହିଲୁଁ । ରାନ୍ଧୁଣୀ-ଗାଧୁଆ ବେଳେ ଭାରୀ ଭିଡ଼ ହୁଏ । ଗ୍ରାମରେ ଡେଲି ନିଉଜ୍ ଖବରକାଗଜ ଛପା ହେଉଥିଲେ, ସମ୍ପାଦକଙ୍କ ସମ୍ବାଦ ସଂଗ୍ରହ ନିମନ୍ତେ ଅଧିକ ପରିଶ୍ରମ କରିବାକୁ ହୁଅନ୍ତା ନାହିଁ; ଖଣ୍ଡେ ପେନ୍‌ସିଲ କାଗଜ ଘେନି ଏହିଠାରେ ବସିଲେ ସମସ୍ତ ସଂଗ୍ରହ କରିପାରନ୍ତେ । ଗଲା ରାତିରେ କାହା ଘରେ କଣ ରନ୍ଧା ହୋଇଥିଲା, ଆଜି ରାନ୍ଧଣାର କି ବ୍ୟବସ୍ଥା, କିଏ କେତେବେଳେ ଶୋଇଲା, କାହାକୁ କେତେ ମଶା କାମୁଡ଼ିଲା, କାହା ଘରେ ଲୁଣ ନ ଥିଲା, କିଏ ତେଲ ଟିକିଏ କାଳି ଆଣିଛି । ରାମ-ମା ଘର ନୂଆ ବୋହୂଟା ବଡ଼ କଳିହୁଡ଼ୀ । କାଲି ଆସିଲା, ଆଜି ଶାଶୂକୁ ଜବାବ ଦେଲାଣି । କମଳୀ କେବେ ଶାଶୂଘରକୁ ଯିବ । ସରସ୍ୱତୀ ଝିଅଟି ବଡ଼ ଭଲ, ରାନ୍ଧେ ଯେପରି ଲାଜସରମ ସେହିପରି ।

ପଦୀ ପାଣିରେ ବସି ଦାନ୍ତ ଘଷୁ ଘଷୁ ଗୋଟିଏ କ୍ଷୁଦ୍ର ବକ୍ତୃତା ଆରମ୍ଭ କରିଅଛି । ସାରମର୍ମ- ତା ପରି ରାନ୍ଧୁଣୀ ଗ୍ରାମରେ ନାହାନ୍ତି, ଇତ୍ୟାଦି ଇତ୍ୟାଦି ଦରକାରୀ ବେଦରକାରୀ କଥାମାନ ଅବିଶ୍ରାନ୍ତ ଚଳୁଅଛି । କେତେଜଣ ସୁନ୍ଦରୀ ମୁଖର ସୌନ୍ଦର୍ଯ୍ୟ ଆହୁରି ବଢ଼ାଇବା

ନିମନ୍ତେ ପଣନ୍ତକାନିରେ ମୁହଁ ରଗଡୁଛନ୍ତି । ଲକ୍ଷ୍ମୀ ରଗଡ଼ି ରଗଡ଼ି ବସଣିର ଉପର ନାକ ଦୁଇପୁଡ଼ା ରଙ୍ଗା କରିପକାଇଲାଣି । ବିମଳୀ ପାଣି ପାଖରେ ବସି ଆପଣା ହାତର ବାଇଶିପଲିଆ ପିତ୍ତଳ ବାହିବଳା ଅଧବୋଝେ ବାଲି ପକାଇ ସବଳେ ମର୍ଦ୍ଦନ କରୁ କରୁ କୌଣସି ଅଜ୍ଞାତନାମା ଲୋକ ଉଦ୍ଦେଶ୍ୟରେ ଅଭିଧାନବହିର୍ଭୂତ ଶବ୍ଦମାନ ପ୍ରୟୋଗପୂର୍ବକ ଏକ ଦୀର୍ଘ ବକ୍ତୃତା ଆରମ୍ଭ କରିଅଛି । ଗଲା ରାତିରେ ତାହାର କଖାରୁଗଛ କାହାର ଗୋରୁ ଖାଇଯାଇଥିବା ବକ୍ତୃତାର ବିଷୟ ଅଟେ । ବିମଳୀ କ୍ରମଶଃ ଗୋ-ସ୍ୱାମୀର ଉର୍ଦ୍ଧ୍ୱତନ ତିନିପୁରୁଷ ପ୍ରତି କୁତ୍ସିତ ପଦାର୍ଥବିଶେଷରେ ଖାଦ୍ୟର ବ୍ୟବସ୍ଥା କରି ଗୋରୁର ଅତ୍ୟାଚାରିତା, ଆପଣା ବାଡ଼ିର ଉର୍ବରତ୍ୱ ଏବଂ କୁଷ୍ମାଣ୍ଡ ବୃକ୍ଷର ତେଜସ୍ୱୀତା ଓ ଭବିଷ୍ୟତ୍ ଫଳବତ୍ତା ଏବଂ ଅତିଶୀଘ୍ର ଗୋ-ସ୍ୱାମୀ ଉପରେ ଭାରି ବିପଦ ପଡ଼ିଲେ ଗୋରୁଟିକୁ ଯେ ବ୍ରାହ୍ମଣକୁ ଦାନସ୍ୱରୂପେ ଦିଆଯିବ, ସେ ସମ୍ବନ୍ଧରେ ବିବିଧ ପ୍ରମାଣମାନ ପ୍ରୟୋଗ କରୁଅଛି । ଆମ୍ଭେମାନେ ଘାଟରୁ ଆହୁରି ମଧ୍ୟ ଅନେକ ସମ୍ବାଦ ସଂଗ୍ରହ କରିଥାନ୍ତୁ, ମାତ୍ର ହଠାତ୍ ମାରକଣ୍ଡିଆ ମା ଆଉ ଯଶୋଦା ମଧ୍ୟରେ ଭୟଙ୍କର କଳି ଉପସ୍ଥିତ ହେବାରୁ ସମସ୍ତ କଥା ବନ୍ଦ ହୋଇଗଲା ।

ଯଶୋଦା ପାଣି ମଧ୍ୟରେ ପେଟ ବୁଡାଇ ଦାନ୍ତ ଘଷୁଥିଲା । ପାଞ୍ଚ ବରଷିଆ ପିଲା ମାରକଣ୍ଡିଆ କୁଦିନାଚି ପାଣି ଗୋଳିଆ କଲା ଏବଂ ଉପରେ ପାଣିଛିଟା ପକାଇବାରୁ ଯଶୋଦା ପାଣିରୁ ଉଠିପଡ଼ି ଚିତ୍କାର କରି କୁତ୍ସିତ ଭାଷାରେ ପିଲାଟାକୁ ଗାଳି ଦେବାକୁ ଲାଗିଲା ଏବଂ ତାହାର ପରମାୟୁର ଅଳ୍ପତା କାମନା କରିବାରୁ ମାରକଣିଆ- ମା' ଧାଇଁ ଆସି ସମାନ ସ୍ୱରରେ ଉପଯୁକ୍ତ ଉତ୍ତର ଦେବାକୁ ଲାଗିଲା । ଅବଶେଷରେ ମାରକଣ୍ଡିଆ- ମା ପରାସ୍ତ ହୋଇ ପିଲାକୁ ଚାପୁଡାଏ ମାରି, ପାଣିକଳସୀକାଖରେ ବରବର ହୋଇ ମାରକଣ୍ଡିଆର ହସ୍ତଧାରଣପୂର୍ବକ ଗୃହାଭିମୁଖେ ଗମନ, ଭେଁ ଭେଁ କରି ଦାନ୍ତ ନିସିଡ଼ି ମାରକଣ୍ଡିଆର କ୍ରନ୍ଦନ, ଇତି ଯୁଦ୍ଧକାଣ୍ଡ ।

ବଜ୍ର ପଡ଼ିଯାଏ; କିନ୍ତୁ ଘଡ଼ିଘଡ଼ି ଶବ୍ଦଟା ଆକାଶରେ ଢେର୍ ବେଳ ଯାଏ ରହେ । କଳି ଭାଙ୍ଗିଲାଣି; କିନ୍ତୁ ସମାଲୋଚନା ଅନେକ ବେଳଯାଏ ଚଳିଲା । ଦରବୁଢ଼ୀ ଓ ବୁଢ଼ୀ ମାଇକିନିଆମାନେ ଦୁଇ ଦଳ ହୋଇ କେହି ମାରକଣ୍ଡିଆର, କେହି ଯଶୋଦାର ପକ୍ଷ ସମର୍ଥନ କରିବାକୁ ଲାଗିଲେ । ଆମ୍ଭେମାନେ କିନ୍ତୁ ସମ୍ପୂର୍ଣ୍ଣ ରୂପେ ଯଶୋଦାର ପକ୍ଷପାତୀ । ବିଶେଷ ବିବେଚନା ଏବଂ ସୂକ୍ଷ୍ମବିଚାରଦ୍ୱାରା ବୁଝିଅଛୁଁ, ଉପସ୍ଥିତ ଉତ୍ପାତର ମୂଳ କାରଣ ମାରକଣ୍ଡିଆ । ସେ ସଂପୂର୍ଣ୍ଣରୂପେ ଦୋଷୀ; ତାହାର ଅପରାଧ ଅମାର୍ଜନୀୟ । ତାହାକୁ ଆହୁରି ଗାଳିଦିଅ, ମାର କି ଯାହା କର, ଆମ୍ଭେମାନେ ସେଥିସକାଶେ ଜବାବଦେହୀ କରିବାକୁ ପ୍ରସ୍ତୁତ ଅଛୁଁ । ଦେଖନ୍ତୁ, ଜଳ ଲୋକମାନଙ୍କର ଜୀବନ,

ପୁଣି ତନ୍ତୀତୁଠ ଜଳ ସମସ୍ତେ ପିଅନ୍ତି । ସେ ଜଳକୁ ଗୋଳିଆ କରିବା କି ସାମାନ୍ୟ ଅପରାଧ ? ଦେଖ ତ, ପଣେ କି ଛକୋଡ଼ି ମାଇକିନିଆ ଗାଧୋଇବାକୁ ଆସିଲେ । ପ୍ରାୟ ସମସ୍ତେ ପେଟ ବୁଡ଼ାଇ ପାଣିରେ ବସି ଦାନ୍ତ ଘଷିଲେ । ନବଫେନ ଖଣ୍ଡବତ୍ ଶୁକ୍ଳବର୍ଣ୍ଣ ଛେପ ଖଙ୍କାର ସେମାନଙ୍କ ମୁଖରୁ ବାହାରି ଚାରିଆଡ଼େ ଭାସୁଅଛି । ଈଷତ୍ ଲୋହିତ ପାଟଳାଭ ଜିଭଚଞ୍ଚା ମଳି ମଧ୍ୟ ମେଞ୍ଚା ମେଞ୍ଚା ଭାସୁଅଛି । ସେଥି ସହିତ ଆଉ କ'ଣ ଭାସୁଛି କି ନାହିଁ ବୋଲାଯାଇ ନ ପାରେ; କାରଣ ସମସ୍ତ ସ୍ତ୍ରୀଲୋକ ପଡ଼ିଆରୁ ଆସି ଜଳଶୌଚ କରିଅଛନ୍ତି । ଆଉ ଲୋକ କଥା ଛାଡ଼, ନିଜେ ଯଶୋଦା ସେହିପରି କରୁଥିବାର ତାକୁ ପଚାରିଲେ ସେ ଅସ୍ୱୀକାର କରିବ ନାହିଁ । ଏହା ତ ସନାତନ ପ୍ରଚଳିତ ପ୍ରଥା, ଅପରାଧର କଥା ଯେ ଲୁଚାଇବୁ ? ଜଣେ ମସ୍କରା ଲୋକ କହୁଥିଲା, ମାଇକିନିଆମାନେ ପୋଖରୀରୁ ମାଠିଆରେ ଯେତେ ଜଳ ନିଅନ୍ତି, ତାହାର ପା ଭାଗ ଜଳ ଛାଡ଼ିଯାଆନ୍ତି । ଏ କଥା ଠିକ୍ ସତ୍ୟ ହେଲେ ମଧ୍ୟ ଆମ୍ଭମାନଙ୍କ ଚକ୍ଷୁର ଅଗୋଚର । କେତେ ଜଣ ଶୋଇବା ହେଁସ କାଟି ନେଇଗଲେ । ସାନ ସାନ ପିଲାଙ୍କର ଶେଯ ଅକ୍ଷତା କାମନା କରିବାରୁ ମାରକଣ୍ଡିଆ- ମା' ଧାଇଁଆସି ସମାନ ସ୍ୱରରେ କନ୍ଦୁା, ଆହୁରି ନାନାପ୍ରକାର କନାକତରା କଚା ହେବାର ଦେଖାଗଲା । ସେ ଯାହାହେଉ, ସ୍ତ୍ରୀଲୋକମାନେ ଘାଟରେ ଏତେ କାର୍ଯ୍ୟ କଲେ ହେଁ ମାରକଣ୍ଡିଆ ପରି ନାଚି କୁଦି କେହି କିଛି କାର୍ଯ୍ୟ କରିନାହିଁ । ନାଚକୁଦ ନ କଲେ କି ପାଣି ଗୋଳିଆ ହୁଏ ? ଏଥି ସକାଶେ ଆମ୍ଭେମାନେ ବୋଲୁଅଛୁଁ, ମାରକଣ୍ଡିଆର ଅପରାଧ ନିତାନ୍ତ ଉତ୍କଟ ଅଟେ ।

ତନ୍ତୀତୁଠକୁ ତିନିଶ କଦମ ଛାଡ଼ି ସାଆନ୍ତତୁଠ । ସକାଳ ଓଳି ଏ ତୁଠକୁ କେହି ସ୍ତ୍ରୀଲୋକ ଯାଆନ୍ତି ନାହିଁ; ସମ୍ପୂର୍ଣ୍ଣରୂପେ ପୁରୁଷମାନଙ୍କର ଦଖଲି । ବୈଶାଖମାସିଆ ଦିନ, ବେଳ ଛ ଘଡ଼ି ନୋହୁଣୁ ଆକାଶରୁ ନିଆଁ ଛିଣ୍ଡି ତାତି ପବନଟା ଦେହରେ ଝାଁ ଝାଁ ବାଜୁଅଛି । ଚାଷ ବିଲରୁ ଧୂଳି ଉଡି ମାଟିରେ ନିଆଁ ଲାଗି ଧୂଆଁ ଉଡିଲା ପରି ଜଣାଯାଉଅଛି । ଘାଟରେ ଲୋକ ପୂରିଗଲେଣି । ଅନ୍ଧାରପକ୍ଷ ପିଛିଲା ଜହ୍ନରାତି ତିନି ପହରବେଳେ ଚଷାମାନେ ହଳ ଯୋଚିଦେଇଥିଲେ; ସମସ୍ତଙ୍କର ହଳ ଫିଟିଲାଣି । କେହି ଘରକାନ୍ଥରେ ଲଙ୍ଗଳ ଆଉଜାଇ ଦେଇ ତେଲ ଟିକିଏ ମୁଣ୍ଡରେ ପାଞ୍ଚଆଙ୍ଗୁଳିଆ କରି ଦେହରେ ବୋଳିହୋଇ ଆସିଅଛି; କାହା କାନ୍ଧରେ ଅର୍ଦ୍ଧଅଙ୍ଗୁଳି ମୋଟା ତୋରାଣିପକା ଗାମୁଛା; କେହି ନିର୍ଗାମୁଛା, କେତେ ଜଣ ବାହାରେ ବାହାରେ ବିଲରୁ ଆସି ଘାଟରେ ବଳଦ କାନ୍ଧରୁ ଯୁଆଳି ବାହାର କରି ରଖି ପାଣିରେ ପଶିଗଲେ ।

କେତେ ହଳ ବଳଦ ପେଟେ ପେଟେ ପାଣି ପିଇ କୂଳରେ ଚରୁଛନ୍ତି । କେତେ ଜଣ ଶୁଖିଲା ଦାନ୍ତକାଠି ଚୋବାଇ ଚୋବାଇ ଆସି ପାଣିରେ ପଶି ଜିଭ ଛେଲି କୂଳକୁ

ଦାନ୍ତକାଠି ଫୋପାଡ଼ିଦେଲେ । ତୁଠ ଦୁଇ ପାଖରେ ଅଧଶଗଡ଼େ ଶୁଖିଲା ଦାନ୍ତକାଠି ଜମା ହୋଇଅଛି । ପୁରୁଷ ଲୋକମାନେ ଯେ ତୁନି ତୁନି ଗାଧୁଅନ୍ତି ତାହା ନୁହେଁ; ମାଇକିନିଆମାନଙ୍କ ପରି ଢେର୍ କଥା କହନ୍ତି; ମାତ୍ର ସେହି ଏକରକମ କଥା, ସେହି ପୁରୁଣା କଥା; ସେଗୁଡ଼ାକ ଲେଖିଲେ କଣ ହେବ ? କିଆ ଗହୀରରେ କେତେ ପଣି ବୁଣାସରିଲାଣି; ବରଚକ ଆଜି ଦୋହଡ଼ା ସରିଲା; ରାମା ବଡ଼ ଗହୀରରେ ଅଖିମୁଠି ପକାଇଲା; ଭୀମା ବଳଦ ଚଞ୍ଚଳିଆ, ସାଆନ୍ତଘର ଧଳା ବଳଦ ଯୋଡ଼ାକ ବଳଦ ନୁହନ୍ତି ତ, ଯୋଡ଼ାଏ ହାତୀପିଲା; ମୁଁ କସରା ବଳଦଟା କିଣି ମୁଠାଏ ଟଙ୍କା ପାଣିରେ ପକାଇଦେଇଛି; ସାଆନ୍ତ ଘର କରଜ ଅମାର ଏହି ମାସରେ ଫିଟିବ; ଏହି ମାସ ପନ୍ଦର ଦିନରେ ଶ୍ରବଣା ପଶିବ; ନାହାକ କହିଛି ଲଗାଣ ହେବ । ଏସବୁ କଥା ସମସ୍ତଙ୍କୁ ଜଣା, ଅଧିକ କରି କଣ ଲେଖିବୁ ?

ପରିଚ୍ଛେଦ-୧୩

ହିତୋପଦେଶ

ପ୍ରଥମା- ଭାରି ତ ଫୁସ୍‌ଫୁସ୍ ?

ଦ୍ୱିତୀୟା- ଉଠିବ ପରା ବାସ ।

ପ୍ରଥମା- ଚାଷ କି ବାସ ?

ଦ୍ୱିତୀୟା- ସର୍ବନାଶ ।

ଏ କିଏରେ ବାପା ! ତନ୍ତୀ ତୁଠରେ କବିତା । ରାନ୍ଧୁଣୀ ଗାଧୁଆ ବେଳ ଗଡ଼ିଗଲାଣି, ତନ୍ତୀତୁଠରେ ଦିଓଟି ଦରବୁଢ଼ୀ ଦଶ ଦଶ ହାତ ଛାଡ଼ି ବସି ଦାନ୍ତ ଘଷୁ ଘଷୁ ଏ କଥାଗୁଡ଼ିକ କହି ପରସ୍ପର ମୁହଁକୁ ଚାହାଁ ଚାହିଁ ହେଲେ, ମୁରୁକି ମୁରୁକି ହସି ପୁଣି ଡରିଗଲା ପରି ତୁନିହେଲେ ।

ତୁମ୍ଭେ ପାଟିକରି କଥା କହ, ସେଥିରେ କେହି ମନ ଦେବେ ନାହିଁ; ନିହାତି ପାଖଲୋକ ମଧ୍ୟ ନ ଶୁଣିଲାପରି ରହିବେ । କିନ୍ତୁ ଦୁଇଜଣ ଫୁସ୍‌ଫୁସ୍ ହେଉନ୍ତୁ, ଲୋକଙ୍କ ମନ ଦେଖ ସେହିଠାରେ; କଥାଟା ଶୁଣିବାପାଇଁ ସମସ୍ତଙ୍କ ମନ ଗୁଡ଼େଇ-ପୁଡ଼େଇ ହେଉଥାଏ । ବାସ୍ତବିକ ସାନ ମଞ୍ଜି ଭିତରେ ବଡ଼ ଗଛ ଲୁଚିରହିଲା ପରି ତୁନି କଥା ମଧ୍ୟରେ କେବେ କେବେ ଭାରୀ କାରଖାନା ଥାଏ । ତୁଠରେ ତ ଆଉ କେହି ନାହିଁ, ଦରବୁଢ଼ୀ ଦିଓଟି କି ସକାଶେ ତୁନି ତୁନି ଇସାରାରେ ଏପରି କଥା କହିଲେ, ପୁଣି ଡରିଯାଇ ତୁନିହେଲେ ?

ତନ୍ତୀତୁଠରେ ପାଣି-ଗଡ଼ନ୍ତି ଡାହାଣ ହାତି ଅଧାଅଧି ବାଟକୁ କୋଡ଼ିଏ ହାତ ଅନ୍ଦାଜ ଛାଡ଼ି ଜାଉଁଳି ବର-ଅଶ୍ୱତ୍ଥ ଗଛ ଲଗାଲଗି ହୋଇ ରହିଅଛି । ଗଛଦିଓଟି ଅଧାଭଳିଆ ଥାକୁଲଥୁକୁଲ, ପୁଣି ସେଥିରେ କଅଁଳପତ୍ର ଲଦି ହୋଇଅଛି । ଘାଟପାଖ

ବାଟ ପାଖରେ ବର-ଅଶ୍ୱତ୍ଥ ବିଭା କରାଇ ଦେଲେ କନ୍ୟାଦାନର ଫଳ ମିଳେ । ହିନ୍ଦୁମାନଙ୍କର ଏହି ସଂସ୍କାରର ଚିହ୍ନ ଅନେକ ସ୍ଥାନରେ ଦେଖାଯାଏ । ମାଇକିନିଆ ଦିଓଟି କଥା କହୁ କହୁ ସେହି ଗଛମୂଳକୁ ଦୁଇ ତିନିଥର ଅନାଇଥିଲେ । ଏବେ କଥା କାହିଁ ଯାଏ ? ଚୋର ତ ଅନ୍ଧାର ରାତିରେ ଖୁବ୍ ହୁସିଆରିରେ ଚୋରି କରେ; ଜେଲଖାନାକୁ ଏତେ କଏଦୀ କାହୁଁ ଅଇଲେ ? ବୁଦ୍ଧିମାନ ହୁସିଆର ଗୋଏନ୍ଦା ଆଖିରେ ଧୂଳି ପକାଇବା ସହଜ କଥା ନୁହେଁ । ଅବଶ୍ୟ ଗଛମୂଳର ପଦାର୍ଥବିଶେଷ ସହିତ ଏମାନଙ୍କ କଥାରେ ଘନିଷ୍ଠ ସମ୍ବନ୍ଧ ଅଛି । ଠିକ୍ ! ଆମ୍ଭମାନଙ୍କ ଅନୁମାନ ସମ୍ପୂର୍ଣ୍ଣ ଠିକ୍ । ଖିଅମୁଣ୍ଡଟି ହାତରେ ପଡ଼ିଲେ ବୁଦ୍ଧିମାନ ତନ୍ତୀ ଯେମନ୍ତ ବିଡ଼ାଏ ସୂତା ସଳଖେ ସଳଖେ ଟାଣିଆଣେ, ଆମ୍ଭମାନଙ୍କୁ ସେହିପରି ବୁଦ୍ଧିମାନ ଜାଣିବ । ଟିକିଏ ସଙ୍କୁନ ଦେଇ ସବୁକଥା ଆମ୍ଭମାନଙ୍କଠାରୁ ଶୁଣିଯାଅ ।

ଯାଉଁଳିଗଛ ଉହାଡ଼ରେ ଦିଓଟି ସ୍ତ୍ରୀ ବସି କଣ କୁହାକୁହି ହେଉଛନ୍ତି । ମଲା ଯା ! ଏମାନଙ୍କୁ ଯେ ଆମ୍ଭେମାନେ ଭଲକରି ଚିହ୍ନୁ । ଅସମୟରେ, ଅସ୍ଥାନରେ ଏମାନେ ବସି କଣ କହୁଛନ୍ତି ? ମିଳନଟା ମଧ୍ୟ ଭାରି ଚମତ୍କାର ରକମର । ଗୋଟିଏ ଧୂର୍ତ୍ତା ନଷ୍ଟପ୍ରକୃତି ଶୃଗାଳୀ, ଆଉ ଗୋଟିଏ ଠିକ୍ ବିପରୀତ-ନିତାନ୍ତ ନିରୀହ ମେଣ୍ଢୀ । ଦୁହିଁଙ୍କ ମଧ୍ୟରୁ ଜଣେ ନାକବସଣି ଟେକି ସାପୁଣୀ ଫଣା ଟେକି ସାବଧାନତା ସହିତ ଅନାଇଲାପରି ଚାରିଆଡ଼କୁ ଅନାଇ ଅନର୍ଗଳ ବକ୍ତୃତା ଉଜାଡ଼ି ପକାଉଅଛି । ଦ୍ୱିତୀୟାର ପାଖରେ ପାଣିମାଠିଆଟି ଥୁଆ, ଡାହାଣ ହାତରେ ଦାନ୍ତକାଠି ଖଣ୍ଡିଏ ମୁଠା, କପାଳଯାଏଁ ଓଢ଼ଣାଟଣା । ଗୋଟାଏ ଉତ୍କଟ ଶବ୍ଦ ଶୁଣିଲେ ମେଣ୍ଢୀ ଯେପରି ସେହି ଦିଗକୁ ତାଟକା ହୋଇ ଚାହିଁ ରହିଥାଏ, ସେହିପରି ସେହି ସ୍ତ୍ରୀଟି 'ସ୍ଥିର ମନ, ଧୀର ବୁଦ୍ଧି, ପଞ୍ଚଭୂତ ଆତ୍ମା ଦୋରସ୍ତ, ନିର୍ମଳ ହୃଦକମଳ'ରେ ଶୁକଦେବଙ୍କ ମୁଖରୁ ପରୀକ୍ଷିତ ପୁରାଣ ଶୁଣିଲା ପରି ବାକ୍ୟାବଳୀ ଶ୍ରବଣ କରୁଅଛି । ମାତ୍ର ସେଗୁଡ଼ିକ ତାହା ମସ୍ତକଭଣ୍ଡାରରେ ସଞ୍ଚିତ ହେଉଅଛି କି ଆଉ କାନବାଟେ ସଳଖେ ବାହାରି ଯାଉଅଛି, ତାହାର ସ୍ଥିରତା ବୋଲିବାକୁ ଆମ୍ଭେମାନେ ନିତାନ୍ତ ଅକ୍ଷମ ।

ଆପଣ ଅବଶ୍ୟ ସେମାନଙ୍କ କଥା ଶୁଣିବାକୁ ଇଚ୍ଛା କରିବେ, ସନ୍ଦେହ ନାସ୍ତି । ଜଣେ ମତୁଆଲା କହିଥିଲା –

"ସଂସାର ବିଷବୃକ୍ଷସ୍ୟ ମଦ୍ୟମାଂସାମୃତ ଫଳଂ ।"

ଅର୍ଥାତ୍ ସଂସାରରୂପ ବିଷବୃକ୍ଷରେ ମଦ୍ୟ, ମାଂସ ଏହି ଦିଓଟି ଅମୃତ ଫଳ ଫଳିଅଛି । ଏ କଥା ଶୁଣି ବୃଦ୍ଧ ମନୁ ବୋଇଲେ –

"ନ ମାଂସଭକ୍ଷଣେ ଦୋଷ ନ ମଦ୍ୟେ....
ପ୍ରବୃତ୍ତି ରକ୍ଷା ଭୂତାନାଂ....."

ଅର୍ଥାତ୍ ଭୂତମାନେ ବା ଭୂତପରି ଲୋକମାନେ ଏପରି କଥା କହନ୍ତି । ଠିକ୍ କଥା- 'ବୃଦ୍ଧସ୍ୟ ବଚନଂ ଗ୍ରାହ୍ୟଂ' ମାତ୍ର ସଂସାରରୂପ ବିଷବୃକ୍ଷରେ ସେ ଦୁଇଗୋଟି ଅମୃତଫଳ ଫଳିଅଛି, ଏକଥା ଠିକ୍ ସତ୍ୟ । ଚିହ୍ନରା କିଏ ? କେବଳ ଆମ୍ଭମାନଙ୍କୁ ସେ ଫଳ ଦିଓଟି ଜଣା 'ପରୋପକାରଂ ସ୍ୱର୍ଗୀୟ' । ପରର ଉପକାର କରିବା ହେଉଛି ଆମ୍ଭମାନଙ୍କର ବ୍ରତ । ଆପଣମାନଙ୍କର ଉପକାର ସାଧନ ନିମନ୍ତେ ସେହି ଫଳ ଦିଓଟିର ନାମ ପ୍ରକାଶ କରୁଅଛୁ । ଗୋଟିଏ ଫଳର ନାମ ତୁନିକଥା ଶୁଣିବାକୁ ଇଚ୍ଛା, ଆଉ ଗୋଟିକର ନାମ ପରନିନ୍ଦା । ତୁମ୍ଭେ କାହାରି ଘରର ଗୁପ୍ତ ଛିଦ୍ରକଥା କହ, କି କହାରି ନିନ୍ଦା କର, ଦେଖିବ ଲୋକମାନେ ଭାରି ଆନନ୍ଦରେ ମନଦେଇ ଶୁଣିବେ । ବୁଝିବା ହେଲେଟି କି ? ଫଳର ମାହାତ୍ମ୍ୟ ନ ଥିଲେ କି ତାହାର ଏଡ଼େ ଆନନ୍ଦ ହୁଅନ୍ତା ?

ଆମ୍ଭେମାନେ କଣ ଲେଖିବାକୁ ଯାଇ କଣ ଲେଖିପକାଉଛୁ । ଯେତେ ବେଗରେ ଆହୁଲା ଭିଡ଼, ପାଣିସୁଅଟା ନାଆକୁ ଲକ୍ଷ୍ୟ ସ୍ଥାନରୁ ଦୂରକୁ ଟାଣିନିଏ; ମାତ୍ର ଟାଣୁଆ ନାଉରି ମଙ୍ଗ ଛାଡ଼େ ନାହିଁ । ଆମ୍ଭମାନଙ୍କ କଲମ ଏଣେତେଣେ ଯାଉଅଛି ସତ୍ୟ; ମାତ୍ର ମୂଳକଥାଟା ହଲଚଲ ହୋଇ ପାରିବ ନାହିଁ, କଥାଟା ଦାଣ୍ଡେ ଦାଣ୍ଡେ ଚାଲିଥିବ ।

ସେ କଥା ଯାଉ, ଆପଣଙ୍କୁ ଆଉ ସନ୍ଦେହରେ ପକାଇ ରଖିବା ଉଚିତ୍ ନୁହେଁ । ଏ ଦିଓଟି ସ୍ତ୍ରୀଲୋକ କିଏ, କି କି କଥା କହୁଅଛନ୍ତି, ସବୁ ଖୋଲାସା କରି କହିଦେବା ଉଚିତ । କୌଣସି କୌଣସି ଲୋକ ଗୋଟିଏ କଥା କହିବା ଆଗରୁ ଅନେକ ମୁଖବନ୍ଧ, ଅନେକ ବକ୍ତୃତା କରି ବସନ୍ତି । ମାତ୍ର ଆମ୍ଭମାନଙ୍କର ସ୍ୱଭାବ ଏହାର ସମ୍ପୂର୍ଣ୍ଣ ବିପରୀତ । ଯାହା ବୋଲିବାର ପରିଷ୍କାର କରି ଝଟପଟ କହିପକାଉ । ଆଉ ଅନେକ ଲୋକ ଭୟରେ ଅନେକ କଥା ଲୁଚାନ୍ତି କିମ୍ବା କହୁ କହୁ କଣ କହିପକାନ୍ତି । ଏହି ଦେଖନ୍ତୁ ନା, ଦରବୁଢ଼ୀ ମାଇକିନିଆ ଦିଓଟି ଇସାରାରେ କଣ କହୁ କହୁ ତୁନି ହୋଇଗଲେ । ମାତ୍ର ତନ୍ତିଆଣୀ ମାଇକିନିଆମାଙ୍କଠାରୁ ଆମ୍ଭମାନଙ୍କର ସାହସ ଖୁବ୍ ବେଶି; ବୀରପରି ସବୁକଥା କହିଯିବୁ । ଆଉ ଗୋଟିଏ କଥା କଣ ଜାଣନ୍ତି ? ଆମ୍ଭଭଳିଆ ଲୋକ ଡକାପାଡ଼ିଲେ ମଧ୍ୟ କେହି ଶୁଣିବାକୁ ନାହିଁ; କିନ୍ତୁ କେହି ପ୍ରଧାନ ଲୋକ ଆଁ କରିଦେଲେ ଦେଖିବେ ଦୁଇଶହ ଲୋକ ତାଙ୍କ ପାଟିକି ଅନାଇ ରହିବେ । ବିଲାତର ଲୋକେ ପ୍ରଧାନ ପ୍ରଧାନ ଲୋକଙ୍କ କଥା ଶୁଣିବାପାଇଁ ଅଣ୍ଟାରେ ପଇସା ଖୋସି ଦଉଡ଼ନ୍ତି । ଗଛମୂଳିଆ ସ୍ତ୍ରୀଲୋକ ଦିଓଟି ଗ୍ରାମରେ ସୁବିଖ୍ୟାତ । ଆପଣ ମଧ୍ୟ ସେମାନଙ୍କୁ ଭଲକରି ଚିହ୍ନନ୍ତି । ମନୁଷ୍ୟମାନେ ରୂପରେ ନୁହେଁ; ଗୁଣରେ ସିନା ଚିହ୍ନାଯାନ୍ତି । ଭଲ ହେଉ ବା ମନ୍ଦ ହେଉ ସାଧାରଣର କଣ୍ଠରୁ ଯାହାର ଗୁଣ ବେଶୀ, ସେ ତେତେ ବିଖ୍ୟାତ । ଗୋବିନ୍ଦପୁର ଗ୍ରାମରେ ଊଣା ଅଧିକ କାହାଣେ ମାଇକିନିଆ ଅଛନ୍ତି, ସେମାନଙ୍କ ମଧ୍ୟରେ

ଏ ଦିଓଟି ବଛା । ଗୋଟିଏ ଚତୁରତା ଓ ଧୂର୍ତ୍ତତାରେ, ଆଉ ଗୋଟିଏ ସରଳତା ଓ ନିର୍ବୋଧତାରେ । ଦିଓଟି ବିଖ୍ୟାତ ସ୍ତ୍ରୀଲୋକ, ପୁଣି ଗୁପ୍ତକଥା, ଆପଣ କି ନ ଶୁଣି ଛାଡ଼ିବେ ? ସେଥିସକାଶେ ସିନା ଲେଖିବାକୁ ବସିଅଛୁ ।

ଆମ୍ଭେମାନେ ବହୁ ପରିଶ୍ରମ ବହୁ ଯତ୍ନ କରି ସେମାନଙ୍କର କଥା ସଂଗ୍ରହ କରିଅଛୁଁ । ଗୋଟିଏ ସ୍ତ୍ରୀ ଭାରୀ ଏକ ଲମ୍ବା ବକ୍ତୃତା କରିଥିଲା । ଆପଣ କେତେଗୁଡ଼ାଏ କଥା ଶୁଣିବାକୁ ଅସୁଖ ପାଇବେ, ଲମ୍ବା କଥା ଲେଖିବାରେ ଆମ୍ଭେମାନେ ମଧ୍ୟ ଅନଭ୍ୟସ୍ତ । ତାହାର ସାରମର୍ମ ଲେଖୁଅଛୁଁ ।

"ଦେଖ, ସାରିଆ- ବୁଢ଼ୀମଙ୍ଗଳା ସବୁର ମୂଳ, ତାଙ୍କ ଆଜ୍ଞାରେ ପୃଥ୍ୱୀ ଚଳୁଚି, ସଂସାର ଆତଯାତ ହେଉଚି, ତାଙ୍କ ଆଜ୍ଞା କି ଅନାସ୍ତ ହବ ? କେତେ ବାରବରତ କରି ଦେବୀଙ୍କ ଆଜ୍ଞା ପାଇଚ; ତୁମର ଖୁବ୍ ଭାଗ୍ୟ । ଏଡ଼େ ଭାଗ୍ୟ କାହିଁ ଦେଖିବାର ନାହିଁ ପରା । ଏକା ସାଆନ୍ତଙ୍କ ଘର ଉପରେ ଦୟା ଥିଲା; ଏବେ ତମ ଉପରେ ହେଲା । ତମେ ମଙ୍ଗଳାଙ୍କ ମନ୍ଦିରାଟା ବନାଇ ଦିଅ ତ, ଦେଖିବ ତମ ଘର ଲକ୍ଷ୍ମୀଭଣ୍ଡାର ହୋଇଯିବ । ପଣ ପଣ, କାହାଣ କାହାଣ ଟଙ୍କା କାହୁଁ ଆସି ଘରେ ପଶିବ; ଧାଡ଼ି ଧାଡ଼ି ଧାନମରେଇ ବସିଯିବ । ଭଗବାନ କି ଆଉ ତନ୍ତ ବୁଣିବ ? ତମ ପଛରେ ଦଶଜଣ ପୋଇଲୀ ଗୋଡ଼ାଇବେ । ତମେ ମଙ୍ଗଳାଙ୍କ ଆଜ୍ଞା ମାନ, ଯେପରି ହେଉ ମନ୍ଦିରଟା ବନାଇଦିଅ । ଟଙ୍କା ସକାଶେ ଭାବନା କଣ ଅଛି ? ମଙ୍ଗଳାଙ୍କ ନାଁ ଶୁଣିଲେ ଟଙ୍କା କିଏ ନଦେବ ? ଆଉ କୁଆଡ଼େ କ୍ୟାଁ ଖୋଜିବ ? ମଙ୍ଗରାଜଙ୍କ କାନରେ ପଡ଼ିଲେ ରାତିଅଧରେ ଟଙ୍କା ଗଣିଦେବେ, ସେ କଥାରେ ମୁଁ ଲଗାହେଲି, ମୁଁ ଟଙ୍କା ଆଣିଦେବି, ତୁମକୁ କିଛି କରିବାକୁ ହେବ ନାହିଁ । ବେଶୀ ଟଙ୍କା ଲୋଡ଼ା ନାହିଁ, ଦେଢ଼ଶ ଟଙ୍କା ହେଲେ ଖୁବ୍ ଗୋଟାଏ ବଡ଼ ମନ୍ଦିର ହୋଇଯିବ । କେନ୍ଦରାପଡ଼ାରେ ଯେ ବଳଦେବଙ୍କ ମନ୍ଦିର ଅଛି, ଠିକ୍ ତେତିକି ଉଞ୍ଚା, ତେତିକି ଚଉଡ଼ା ହେବ । ତମ ଛ'ମାଣ ଆଠଗୁଣ୍ଠ ଜମି କଣ୍ଟ ଲେଖିଦେବ, ମୁଁ ଟଙ୍କା ଆଣିଦେବି । ତୁମ ଜମି ତ କେହି ଘେନିଯିବ ନାହିଁ, ଯେଉଁଠା ଜମି ସେହିଠାରେ ରହିବ; କେବଳ ଗୁଜାରେ ଲେଖାଯିବ । ମନ୍ଦିର ବନା ସରିଲେ ତ ତମେ କେତେ ଲୋକଙ୍କୁ ଟଙ୍କା ଦବ । ମା'ମଙ୍ଗଳା କିଛି ସଙ୍କୁନ ଦେଇଥିବେ; ନିଶ୍ଚେ ଦେଇଥିବେ । ସେ ପ୍ରଥମେ ସଙ୍କୁନପରି ଗୋଟିଏ ସୁନା ଟଙ୍କା ଦିଅନ୍ତି; ସେ କି ରୂପା ଟଙ୍କା ଦେବେ ?"

ବକ୍ତୃତାକାରିଣୀର କଥା ଯେ ସାରିଆ ହୃଦୟଙ୍ଗମ କରିପାରିଲା, ଏହା ଆମ୍ଭେମାନେ ବିଶ୍ୱାସ କରିପାରୁନାହୁଁ । ସେ ବଲବଲ କରି ଚାହିଁ ରହିଥାଏ । ପଣ ପଣ ଟଙ୍କା, ଦେଢ଼ଶହ ଟଙ୍କା । ଦେଢ଼ଶ ଟଙ୍କାର ଅର୍ଥ ବୁଝିବା ତାହା ପକ୍ଷରେ କି

ସହଜ କଥା ? ଟଙ୍କାକର ପଇସା ଗଣିବାକୁ ହେଲେ ସାରିଆ ଗାଁକୁ ବାହାରେ ନାହିଁ, ଭଗିଆ ଆଉ ସେ ଦୁଇ ଜଣ କବାଟ କିଳିଦେଇ ଦୁଇ ତିନିଘଣ୍ଟା ମଧ୍ୟରେ ଗଣିକରି ଠିକ୍ କରନ୍ତି । ଯେଉଁଦିନ ପାଞ୍ଚସୁନା କି ଅଠରଅଣାର ଲୁଗା ବିକ୍ରି ହୁଏ, ସେଦିନ ତାହା ଭାଇ ଲୋକନାଥିଆ ପାଖରୁ ଗଣାଇ ଆଣେ । ଆଉ ତାହା ଘରେ ପାଞ୍ଚ ଛ'ଜଣ ପୋଇଲୀ ପଶିବେ, ଏହା ବିପଦ କି ସମ୍ପଦ ! ମହା ମୁସ୍କିଲ ! ଭଗିଆ ପାଖରେ ନାହିଁ, କରେ କଣ ? ପଳାଇପାରିଲେ ରକ୍ଷା । ସାରିଆ ଗୋଟାଏ ଦୀର୍ଘନିଶ୍ୱାସ ପକାଇ ଥରେ ପାଣିମାଠିଆକୁ ଅନାଇ- "ଚମ୍ପା ସାଆନ୍ତାଣୀ" - ଏତିକି କହି ତୁନିହେଲା, ଆଉ କିଛି କହିପାରିଲା ନାହିଁ । ମାତ୍ର ଧୂର୍ତ୍ତା ଚତୁରା ଚମ୍ପାର କିଛି ବୁଝିବାକୁ ବାକି ରହିଲା ନାହିଁ । ତାହାର ମନ୍ତ୍ର ଯେ କିଛି କାଟ କଲା ନାହିଁ ତାହା ସେ ବେଶ୍ ବୁଝିନେଲା । ପୁଣି ଶିକାର ହାତରୁ ପଳାଇବା ସକାଶେ ଛଟପଟ ହେଲାଣି । ଢେର୍ ଦିନ ଖୋଜି ଖୋଜି ବିରାଡ଼ି ଇଲିଶି ଧରିଅଛି, ତାହା ଦାଢ଼ରୁ କି ସହଜେ ପଳାଇବ ? ମନ୍ତ୍ର ବଦଳାଇବା ଦରକାର ।

ଚମ୍ପା- "ଦେଖ ସାରିଆ, ଟଙ୍କାରେ କଣ ଅଛି, ସୁନାରେ କଣ ଅଛି ? ଟଙ୍କା-ସୁନାରେ କେହି ସ୍ୱର୍ଗକୁ ଯାଏ ନାହିଁ । ମୂଳକଥା ପିଲାଝିଲା । ଯେଉଁ ଘରେ ପିଲା ନାହିଁ, ସେ ଘର ତ ଦିନ ଦିପହରେ ଅନ୍ଧାର । ବାଞ୍ଝ ବରଡ଼ ହେବା କି ଊଣା ପାପ ? ସାଆନ୍ତଙ୍କ ଘରେ ରୋଜ ପୁରାଣ ହୁଏ, ମୁଁ ଶୁଣେ । ସେଦିନ ଗୋସାଇଁ ପୋଥିରେ ଗାଇଲେ -

"ଯାହାର ପିଲାଝିଲା ନାହିଁ,
ସକାଳୁ ତା ମୁହଁ ଚାହିଁବ ନାହିଁ ।
ତିନିପୁଆତୀ ସୁଲକ୍ଷଣୀ
ବାଞ୍ଝ ବରଡ଼ୀ ଗାଁ ନିଉଛୁଣୀ ।
ଯାହାର ଘରେ ପୁଅଝିଅ ନଥାଏ,
ସେ ମାଇକିନିଆ ବଡ଼ ଦୁଃଖ ପାଏ ।"

ଭାଗବତ ପାଠ କ'ଣ ମିଛ ? ମାହାଲିଆକୁ ସମସ୍ତେ ଗାଦିକୁ ମୁଣ୍ଡିଆ ମାରୁଛନ୍ତି ? ଆଉ ତମେ ଦେଖିବଟି, ବଡ଼ି ସକାଳୁ ତମ ଦୁଆରବାଟେ କେହି ଲୋକ ଚାଲନ୍ତି ନାହିଁ । କ୍ୟାଁ ଚାଲନ୍ତି ନାହିଁ ? ତମ ମୁହଁ ଦେଖିବେ ନାହିଁ ବୋଲି । ତମେ ଶୁଣିଥିବ, ଆମ ସାଆନ୍ତାଣୀ ପ୍ରଥମେ ବାଞ୍ଝ ଥିଲେ । ଦିନ ଘଡ଼ିଏଯାଏ ଆମ୍ଭେମାନେ ତାଙ୍କ ମୁହଁ ଚାହୁଁ ନ ଥିଲୁ ପରା । ସାଆନ୍ତାଣୀ କାନ୍ଦି କାନ୍ଦି ମଙ୍ଗଳାଙ୍କୁ ପୂଜା ଦେଲେ । ଦେବୀଙ୍କର ତମ ଉପରେ ଯେପରି ଦୟା ହେଲା, ସେହିପରି ତାଙ୍କୁ ଦୟା ହେଲା । ଏବେ ଦେଖ, ନାତି-ନାତୁଣୀ ଦେଖିବାକୁ ବସିଲେଣି ।"

ସାରିଆ ଚାହିଁ ସ୍ୱପ୍ନ ଦେଖୁଅଛି । କଥା ସବୁ ଶୁଣି ତା କାନ ଭାଁ ଭାଁ ଡାକିଲାଣି । ପଳାଇବାକୁ ଇଚ୍ଛା, ବାଟ କାହିଁ ? ବିରାଡ଼ି ମୂଷା ବେକ ମାଡ଼ି ବସିଅଛି । ଦୁଇ ଆଖିରେ ପାଣି ଢଳଢଳ କରୁଅଛି । କଥା କହିବାକୁ ଇଚ୍ଛା, ପାଟି ଫିଟୁ ନାହିଁ । ବହୁତ କଷ୍ଟରେ ପାଟି ଫିଟିଲା ।

ସାରିଆ- "ମୁଁ କଣ କରିବି ? ଲୋକେ କହୁଛନ୍ତି, ସାଆନ୍ତେ ଜମି କଣ୍ଟ ନେଖିନେଲେ ଫେରାଇ ଦିଅନ୍ତି ନାହିଁ ।"

ଚମ୍ପା- "ରାମ ! ରାମ ! ରାମ ! ଏ କି କଥା କହିଲ ? ମଙ୍ଗଳକାମକୁ ଟଙ୍କା ଦେବେ, ତମ ଜମି ନେବେ ? ସେ ଗାଁଲୋକଙ୍କ କଥା ଶୁଣୁଛ କାଁ୍ୟା ? ଏ ଗୋବିନ୍ଦପୁର ଗାଁଟା ପୃଥୀର ନିଉଛଣା । ଏ ଗାଁ ମାଇକିନିଆଏ ଦିନ ଦିପହରେ ବୁଡ଼ାଇ ମାରିବେ ପରା ! ତମ ସୁଖ ଦେଖି ସେମାନେ ହାଇଁ ପାଇଁ ହେଉଛନ୍ତି । ଏ ଗାଁରେ ଶାଗଖିଆକୁ ପେଜଖିଆ ଦେଖିପାରେ ନାହିଁ । ତମେ କାହାରି ପାଖରେ କିଛି କହିବ ନାହିଁ । ଆହୁରି ଦେଖ, ଠାକୁରାଣୀଙ୍କ ଆଜ୍ଞା ନ ମାନିଲେ ଆଖି ଫୁଟିଯାଏ, କାନକୁ ଶୁଭେ ନାହିଁ, ଲୋକେ ମରିଯାନ୍ତି । ଗୋପୀନାଥପୁରର ତିନିଜଣ ମାଇକିନିଆ ଠାକୁରାଣୀଙ୍କ କଥା ନ ମାନିବାରୁ ଏକାବେଳେକେ ରାଣ୍ଡ ହୋଇଗଲେ, ତମେ କଣ ଏକଥା ଶୁଣିନାହଁ ?"

ସାରିଆ ନିଶ୍ଚଳ କାଠପିତୁଳାଟି ପରି ବସି ସବୁ କଥା ଶୁଣୁଥିଲା । ଶେଷ କଥାଟା ଶୁଣି ଆଉ ସମ୍ଭାଳି ପାରିଲା ନାହିଁ, କାନ୍ଦି ପକାଇଲା । କଇଁକଇଁ ହୋଇ କହିଲା, "ମୁଁ କଣ କରିବି ? ଚମ୍ପା ସାଆନ୍ତାଣୀ, ମୁଁ କଣ କରିବି ?"

ଚତୁରା ଚମ୍ପା ଏତେବେଳେ ସାରିଆର ମନକଥା ବେଶ୍ ବୁଝିନେଲା । ମନ୍ତ୍ର କାଟ କରିଥିବାର ଜାଣି ମନ ମଧ୍ୟରେ ଖୁବ୍ ଖୁସିଟାଏ ହୋଇ କହିଲା, "ଦେଖ ସାରିଆ, ତମର କିଛି ଡର ନାହିଁ । ତମକୁ କିଛି କରିବାକୁ ହବ ନାହିଁ, ମୁଁ ସବୁ କରିଦେବି ।"

ସାରିଆ- "ନାହିଁ ନାହିଁ, ମୋର କିଛି ଲୋଡ଼ା ନାହିଁ, ସେ ଭଲ ଥାଆନ୍ତୁ ।"

ଚମ୍ପା- "କିଛି ଡର ନାହିଁ, ଭଗବାନ ଗୋଡ଼ରେ କଣ୍ଟା ବାଜିବ ନାହିଁ ।" ଚମ୍ପା ଦଧିବାମନ ଧଣ୍ଡା ଓ ମୂର୍ତ୍ତିଏ ରସକୋରା ମହାରଦ ସାରିଆ ହାତରେ ଦେଇ କହିଲା, "ଦେଖ ସାରିଆ ! ଏହି ଧଣ୍ଡା; ଏହି ମହାରଦ ସାକ୍ଷୀ ରହିଲେ, ମୁଁ ତମର ସବୁ ଭଲ କରିଦେବି, ତମର ତିନି ପୁଅ ହେବ, ଆଉ ଭଗବାନର କୋଟିଏ ଆୟୁଷ ହେବ, କିଛି ଚିନ୍ତା ନାହିଁ ।"

ସାରିଆ- "ମୁଁ କଣ କରିବି ? ଚମ୍ପାସାଆନ୍ତାଣୀ, ମୁଁ କଣ କରିବି ।"

ଚମ୍ପା- "ତୁମକୁ କିଛି କରିବାକୁ ହେବନାହିଁ । ଆଜି ସନ୍ଧ୍ୟାବେଳେ ଭଗବାନ

ଓ ତମେ ଦୁଇଜଣ ଏଠିକି ଆସିବ; ଯାହା କରିବାକୁ ହେବ ମୁଁ କରିଦେବି । ଆଉ ମଙ୍ଗଳାବରତ ଧଇଲେ ଯେତେବେଳଯାଏ ମଙ୍ଗଳାଙ୍କ କାମ ନ ହୋଇଚି, ଦୁଇଜଣ ସିନାନ କରି ଓପାସ ରହିଥିବ; ଖାଲି ଅଳ୍ପ ଅଳ୍ପ ଚୁଡ଼ା ଖାଇବ । ତମେମାନେ ବରତ କଥା ଜାଣନାହିଁ, ସେଥିପାଇଁ ସବୁ କହୁଚି ।"

ତାହାବାଦ୍ ସାରିଆ ଧୀରେ ଧୀରେ ଦୀଘି ମଧ୍ୟକୁ ଗାଧୋଇବାକୁ ଗଲା । ଚମ୍ପା କେତେବେଳଯାଏ ଗଛମୂଳରେ ଠିଆହୋଇ ଚାରିଆଡ଼କୁ ଅନାଇ ସନ୍ତୁଷ୍ଟ ଚିତ୍ତରେ ସାଆନ୍ତଙ୍କ ଉଆସ ଆଡ଼କୁ ଚାଲିଗଲା ।

ଆମ୍ଭେମାନେ ଗୁପ୍ତଭାବରେ ଅନୁସନ୍ଧାନ କରି ସମ୍ବାଦ ପାଇଅଛୁ, ସେଦିନ ଅଧରାତିଯାଏ ସାରିଆ ଉଆସ ମଧ୍ୟରେ ଥିଲା, ଭଗବାନ କଚେରିରେ ଥିଲା । ତହିଁ ଆରଦିନଠାରୁ ଚାରିଦିନଯାଏ ଭଗବାନକୁ ଗାଁ ମଧ୍ୟରେ କେହି ଦେଖିନାହିଁ । ତାହାକୁ କଟକବାଟରେ ଲୋକେ ଦେଖିବାର କେହି କେହି କହନ୍ତି ।

ପରିଚ୍ଛେଦ-୧୪

ମନ୍ତ୍ରଣା

ହୁକେ-ହୁକେ-ହୋ; ହୁକେ-ହୁକେ-ହୋ; ହୁକେ-ହୁକେ-ହୋ- ବିଲୁଆ ଡାକିଲେ ଠିକ୍ ଅଧରାତି । ମଫସଲ ଗାଁରେ ଘଡ଼ି-ଘଣ୍ଟା ନାହିଁ, ବିଲୁଆ ଡାକ ଶୁଣି ରାତି ଠିକ୍ କଲୁଁ । ଏହି ପ୍ରାଣୀଗୁଡ଼ିକ ଗ୍ରାମର ଭାରୀ ଉପାକାରୀ । କ୍ଷୁଦ୍ର ଗ୍ରାମରେ ମିଉନିସିପାଲିଟି କମିଶନର ନାହାନ୍ତି । ଗ୍ରାମରୁ ମଲା କୁକୁରଟି, ମଲା ମୂଷାଟି, ମଲା ବିରାଡ଼ିଟି, ଆଉ ଆଉ ମଇଳା ଦ୍ରବ୍ୟ ଉଠାଇବା କାର୍ଯ୍ୟ ଏମାନଙ୍କ ଜିମା । ଅଧରାତି, ଗୋବିନ୍ଦପୁର ଗ୍ରାମ ନିସ୍ତବ୍ଧ, ଚେଁ-ଭେଁ ଶବ୍ଦଟି ନାହିଁ । ତେଲିସାହିରେ ଗୋଟିଏ ଶେଯପିଲା କୁଆଁ-କୁଉଁଆ-କୁଆଁ କରି କାନ୍ଦୁଥିଲା । ତାହାର ମା ନିଦଅଳସରେ ପିଲାକୁ ଥାପୁଡ଼ାଥାପୁଡ଼ି କରି ଭାରୀ ଭାରୀ ମୂଲ୍ୟବାନ ଏବଂ ଦୁଷ୍ପ୍ରାପ୍ୟ ଜିନିଷମାନ ଯାଚି ଏବଂ ଚୋର, ଚୌକିଆ, ବାଘ ପ୍ରଭୃତି ଭୟଙ୍କର ପ୍ରାଣୀମାନେ ଆସୁଥିବାର ଭୟ ଦେଖାଇ ଏବଂ ପିଲାଟି ଯେ ଖୁବ୍ ଭଲ, ସେ କାନ୍ଦିବ ନାହିଁ, ତୁନି ହୋଇ ଶୋଇପଡ଼ିବ ଇତ୍ୟାଦି ପ୍ରଶଂସାବାଦ କରି ଶୁଆଇ ପକାଇଲାଣି ।

ମଙ୍ଗରାଜଙ୍କ କଚେରି ଅଗଣାରେ ଆମ୍ଭମାନଙ୍କ ଗୋବରା ଜେନା ଆଉ ସଉତୁଣିଆ ମୌଜାର ଚୌକିଆ ଦାସ ଜେନା, ଦୁଇଜଣ ଚିତାଏ ଲେଖାଁଏ ଲମ୍ବ ବାଉଁଶବାଡ଼ି ଦୁଇଖଣ୍ଡ ବିଏଁ ବିଏଁ ଲମ୍ବ ଦୁଇଟା ନିଆଁ ବରିଆ ପାଖରେ ପକାଇ ନିଶ୍ଚିନ୍ତ ଭାବରେ ଶୋଇଛନ୍ତି । ବାହାରର ଲୋକେ ମନରେ କରିବେ, ମଙ୍ଗରାଜଙ୍କ କଚେରିରେ ଦୁଇଟା ଘୁଷୁରି ଚରୁଛନ୍ତି ଅବା । ଆମ୍ଭେମାନେ ସର୍ବଦା ସବୁ ବିଷୟରେ ସାବଧାନ ଥାଉ,ସବୁ ବିଷୟ ଅନୁସନ୍ଧାନ କରି ବୁଝୁଁ । ତଥାପି ପ୍ରଥମେ ଆମ୍ଭମାନଙ୍କର ମଧ୍ୟ ଭ୍ରମ

ହୋଇଥିଲା । ମାତ୍ର ଭଲକରି କାନଡେ଼ରି ଶୁଣିବାରୁ ଶୁଣାଗଲା, ଚୌକିଦାର ଦୁଇଜଣଙ୍କ ନାକର ଘୁଙ୍ଘୁଡ଼ିଡ଼ାକ ଭ୍ରମପ୍ରମାଦର କାରଣ ଅଟେ । କଚେରି ବାହାରପିଣ୍ଡାରେ ତିନିଜଣ ପ୍ରଜା ପଟାପଟ୍ ପଟାପଟ୍ ଚାପୁଡ଼ା ବାଡେ଼ଇ ହୋଇ ଗଡୁଥାନ୍ତି । କ୍ଷୁଧା, ଚିନ୍ତା, ମଶା ଏମାନଙ୍କ ସହିତ ନିଦ୍ରାର ସଉତୁଣୀ ସମ୍ବନ୍ଧ ଥିଲାପରି ଜଣାଯାଏ । ପ୍ରଜା ତିନିଜଣ କରଜା ଧାନ ସକାଶେ ଅଟକ ଅଛନ୍ତି । ଦିନଯାକ ଦକ୍ଷିଣ ହସ୍ତର କାର୍ଯ୍ୟ ସଙ୍ଗେ ସମ୍ପର୍କ ନାହିଁ, ତାହା ଉପରେ ମଶା, ଏ ଉତ୍ତାରେ ଚିନ୍ତା; ଆଉ ନିଦ କଥା କିଆଁ ପଚାର ?

କଚେରିପ୍ରସ୍ଥ ଟପି ଭିତରକୁ ଯିବାର ପ୍ରଥମ ପ୍ରସ୍ଥରେ ମଙ୍ଗରାଜଙ୍କ ପହଡ଼ ଘର । ପ୍ରୟୋଜନବେଳେ ଲୋକେ ତାହାକୁ ଗନ୍ତାଘର ବୋଲି ମଧ୍ୟ କହନ୍ତି । ଉଆସର ସବୁ ଘରଠାରୁ ଏ ଘରଟି ଶ୍ରେଷ୍ଠ ହେବାର ଉଚିତ; ମଧ୍ୟ ସେ ବିଷୟରେ ତ୍ରୁଟି ହୋଇନାହିଁ । ଘରଟି ଆଟୁ, ପାଞ୍ଚଶେଣିଆ, ପୂର୍ବଦୁଆରୀ, ସମ୍ମୁଖରେ ଚଉଡ଼ା ପିଣ୍ଡା । ଦୁଆରେ ପଣସକାଠର ଯାଉଁଳି କବାଟ ଲାଗିଅଛି । କବାଟରେ ଚାରିକୋଣିଆ ଛକ ପଡ଼ି ବତା, ଛକରେ ଛତିବାଲା ଲୁହା ମେଖ ବାଡ଼ିଆ । ବାହାରକୁ କଡ଼ା ଆଉ ଶିକୁଳି ଦୁଇ ଲାଗିଅଛି । ଦୁଇଟା ବଡ଼ ବଡ଼ ନଳୀ କୋଳପ ପଡେ଼ । ଘର ପଶ୍ଚିମପଟ କାନ୍ଥର ପେଟେ ଉଞ୍ଚରେ ଦେଢ ଚାଖଣ୍ଡେ ଓସାର ଗୋଟାଏ ଗଜଲଗା ଝରକା ଲାଗିଅଛି । ମଗୁଶିର ମାସ ଗୁରୁବାରକୁ ଘର ଲିପାପୋଛା ହେଲେ କଦାଚିତ୍ ସେ ଝରକା ଫିଟେ । ଘର ଚାରିକୋଣ ଘିଟିଘିଟିଆ ଅନ୍ଧାର, ତୁମ୍ଭ ଆମ୍ଭ ପକ୍ଷରେ ଦିନବେଳେ ଆଲୁଅ ଲୋଡ଼ା । ଘରକୋଣମାନଙ୍କରେ ଅସରପା ବୋଲେ- ମୁହିଁ, ମୂଷା ବୋଲେ- ମୁହିଁ । ବର୍ଣ୍ଣସାଦୃଶ୍ୟ ହେତୁରୁ ହେଉ ବା ନାମ-ସାମଞ୍ଜସ୍ୟ ହେତୁରୁ ହେଉ, ଚମ୍ପା କହେ ଅସରପା ଲକ୍ଷ୍ମୀ; ଘରେ ଅସରପା ଥିଲେ ଅସର୍ପି ଆସେ; ସୁତରାଂ ଅସରପାବଂଶ କାହାରି ବିନା ବାଧା ବଳକ୍ରାରରେ ପୁତ୍ର-ପୌତ୍ରାଦିକ୍ରମେ ଘରକୋଣମାନ ଅଧିକାର କରି ରହିଅଛନ୍ତି ।

ଘର ଉତ୍ତରପଟ କାନ୍ଥକୁ ଲଗାଇ ଗୋଟାଏ ଲମ୍ବା ବାଉଁଶ ଘୁଡୁଞ୍ଚି ଉପରେ ତିନିଟା ବଡ଼ ବଡ଼ ପୁରୁଣା ବେତ ଆଡ଼ଖୁର ଥୁଆ । ଘୁଡୁଞ୍ଚି ତଳେ ତକ୍ତପୋଷ, ତଳେ ଘରକୋଣରେ ଗୁଡ଼ମାଠିଆ, ଆମ୍ବୁଲ ହାଣ୍ଡି, କରଞ୍ଜତେଲ ଡିବା ପୁଞ୍ଜା ତିନି କି ଚାରି । ଆଉ ମୌଜାମାନଙ୍କରେ ଥିବା ତୋଟାରୁ କରଞ୍ଜସବୁ ବାଡ଼ିଆ ହୋଇ ଆସେ । ତେଲୀ ବେଠିରେ ପେଡ଼ିଦିଏ; ସେହି ତେଲ ସବୁ ଗନ୍ତାଘରେ ସାଇତାଥାଏ । ବରଷକ ତେଲକିଣାରୁ ଖଲାସ- ବରଞ୍ଚ ବଳିପଡେ଼ । ଦକ୍ଷିଣପଟ କାନ୍ଥ ପାଖକୁ ଦୁଇଟା ବଡ଼ ବଡ଼ ଆମ୍ବକାଠର ସିନ୍ଦୁକ; ଆଉ ତାକୁ ଲଗାଇ ଗୋଟାଏ ଶାଳକାଠର ସିନ୍ଦୁକ । ଏଟା ଲକ୍ଷ୍ମୀ-ସିନ୍ଦୁକ; ପ୍ରତିଦିନ ଚମ୍ପା ସଞ୍ଜଦିଏ, ଗୁରୁବାରକୁ ଗୁରୁବାର ସିନ୍ଦୂର ଚନ୍ଦନ ଦେଇ ପୂଜା ହୁଏ, ଅରୁଆ ଚାଉଳ ଗୁଡ଼ ଭୋଗ ଲାଗେ । ଓରାରେ ତିନି ଚାରିଟା ଶିକାରେ

ଘିଅମାଠିଆ ଝୁଲୁଅଛି । ଗୋଠରୁ କାଟଘିଅ ଆସି ସେଥିରେ ଜମା ହୁଏ । ଶିକା ଆଉ ଓରାମାନଙ୍କରେ କଳା କଳା ପାଲିକି-ଥୁପନା ପରି ବୁଢ଼ିଆଣୀ ବସା ମେଞ୍ଚା ମେଞ୍ଚା ହୋଇ ଝୁଲୁଅଛି । ପଶ୍ଚିମପଟ କାନ୍ଥ ପାଖକୁ ଉତ୍ତର-ଦକ୍ଷିଣ ହୋଇ ମଙ୍ଗରାଜଙ୍କ ବଡ଼ ତକ୍ତପୋଷ । ଦକ୍ଷିଣଦିଗ ମୁଣ୍ଡ ପାଖକୁ ଭାରୀ ଗୋଟାଏ ବଡ଼ ମାଣ୍ଡି, ହେଁସ ଉପରେ ମୋଟା ଦଶିଆ ଲୁଗାର ଦୋହର ବିଛଣା । ଚାଦରକୁ ଦେଖିଲେ ହଠାତ୍ ବୁଟାଦାର ଛିଟଲୁଗା ବୋଲି ଭ୍ରମ ଜନ୍ମିପାରେ । ମାତ୍ର ଆମ୍ଭେମାନେ ଭଲକରି ଦେଖିଅଛୁଁ, ରକ୍ତ କୃଷ୍ଣଭ ଚିହ୍ନଗୁଡ଼ିକ ମୃତ ଓଡ଼ଶର ଶରୀରନିଃସୃତ ଶୁଷ୍କ ଶୋଣିତ ବିନ୍ଦୁ ଅଟେ ।

ଆଜି ଏହି ଅଧରାତି ସମୟରେ ସେହି ତକ୍ତପୋଷ ଉପରେ ଗୋଟିଏ ପୁରୁଷ ଏବଂ ତଳେ ଗୋଟିଏ ସ୍ତ୍ରୀ ବସି ଭାରୀ କଥାବାର୍ତ୍ତାରେ ଲାଗିଯାଇଛନ୍ତି । ପାଠକମାନଙ୍କୁ ଚିହ୍ନାଇ ଦେବାକୁ ହେବନାହିଁ । ଏହି ସ୍ତ୍ରୀ-ପୁରୁଷ ଦୁଇଜଣ ଆମ୍ଭମାନଙ୍କର ଚମ୍ପା ଆଉ ଖୋଦ୍ ରାମଚନ୍ଦ୍ର ମଙ୍ଗରାଜ । ଚମ୍ପା ତକ୍ତପୋଷ ଉପରେ ଦୁଇହାତ ପକାଇ ଭିଡ଼ି ବସିଅଛି, ମଙ୍ଗରାଜେ ତାହା ଆଡ଼କୁ ଈଷତ୍ ଝୁଙ୍କିପଡ଼ିଅଛନ୍ତି । ତକ୍ତପୋଷଠାରୁ ତିନିହାତ ଦୂରରେ ପିତ୍ତଳର ଗୋଟିଏ ଦୀପରୁଖା ଥୁଆ । ତାହା ଉପରେ ମାଟି ବଇଠାଟିଏ ମିଞ୍ଜି ମିଞ୍ଜି ହୋଇ ଜଳୁଅଛି । ଦୀପରୁଖାଟି ସର୍ବାଙ୍ଗ ତେଲକାଣ୍ଟିରେ ଲିପ୍ତ । ରୁଖାତଳ-ଥାଳିଆରେ ବଳିତା ଗୁଲମିଶା ନୀଳିଆ ତେଲ ପଳେ ହେବ ଜମା ଅଛି ।

ଚମ୍ପା ଆଉ ମଙ୍ଗରାଜେ ଅନେକ ରାତ୍ରି ପର୍ଯ୍ୟନ୍ତ କି କଥାବାର୍ତ୍ତା କି ମନ୍ତ୍ରଣା କଲେ, ସବୁ କଥାଗୁଡ଼ିକ ଶୁଣିବାକୁ ଆପଣ ସୁଖ ପାଇବେ ନାହିଁ । ଆମ୍ଭମାନଙ୍କର ମଧ୍ୟ ଅଧିକ ଲେଖିବା ଅଭ୍ୟାସର ବିରୁଦ୍ଧ; ଅଥଚ ଏହି କଥାଗୁଡ଼ିକ ସତ୍ୟ ଘଟଣା ବୋଲ, ଗାଲ୍ପଗଳ୍ପ ବୋଲ, ଉପନ୍ୟାସ ବୋଲ, ରୂପନ୍ୟାସ ବୋଲ, ଏଥିର ପ୍ରଧାନ ନାୟକ-ନାୟିକାମାନଙ୍କର କଥା ଛାଡ଼ିଲେ କର୍ମ ଅଚଳ । ସୁତରାଂ ଚାରିଆଡ଼କୁ ଚାହିଁ ପାଠଲଗାଇବା ସକାଶେ 'ଘଡ଼ିରୁ ତେଲ ନ ସରୁ, ପୁଅମୁଣ୍ଡ ନୁଖୁରା ନ ରହୁ' ଭଳିଆ କରିଦେବାକୁ ହେଲା ।

ଚମ୍ପା କହିଲା, "ବାପର ଠିକ୍ ନାହିଁ, ମା'ର ଠିକ୍ ନାହିଁ, ଦଗାବାଜୀ କରି ପଠାଣ ଟୋକାଠାରୁ ଜମିଦାରୀ ଆଣି ଗାଁରେ ବୋଲାଉଛି କି ନା ଜମିଦାର । ହେଲୁ ହେଲୁ ଜମିଦାର, ତୋ ଘରକୁ । ଗୋରୁ ଛାଡ଼ିଦେଇ ଫନ୍ଦା ଉଜାଡ଼; ଫେର୍ କି ନା - କହିଲେ ଗାଳି ? ପଳାଇଯାଇ ମାଇକିନିଆ ଭିତରେ ଲୁଚିଲା । ପଡ଼ିଥାଆନ୍ତା ତା ହାତରେ ! ସାଆନ୍ତେ, ଜଣେ ନୁହେଁ, ଦୁଇଜଣ ନୁହେଁ, ଗାଁ ଲୋକଗୁଡ଼ାକ ଜମା ହୋଇଥାଆନ୍ତି । ଦୋକାନ ପିଣ୍ଡାରେ ବସି ପାଟିକରି ଗାଳିଦେଉଥାଏ । ମୁଁ ପାନ କିଣିବି କ'ଣ, ଦୋକାନ ଦୁଆର ପାଖରୁ ପଳାଇ ଆସିଲି । ଅଳପାଇସିଆ ଖଣ୍ଡିଆ

ନଈଶୁଆ ! ସାଆନ୍ତେ, ମୁଁ କି ଛାଡ଼ିବା ଲୋକ ? ଆଉ କେହି ହୋଇଥିଲେ ତା ନାକ କାମୁଡ଼ି ପକାଇଥାଆନ୍ତି ପରା ? ମାତ୍ର ମଣିଷଟା ଅସୁରପରି ଭେଣ୍ଡିଆ । ତା ବାଉଁଶ ଠେଙ୍ଗା ଦେଖି ମୋ ପିଳେହି ପାଣି ହୋଇଗଲା । ତୁମ୍ଭେ ଏହାର ବାଟ କର, ନୋହିଲେ ମୁଣ୍ଡ ଫଟେଇ ଦେବି, ବିଷ ଖାଇ ମରିବି, ପାଣିରେ ବୁଡି ମରିବି ।" ଚମ୍ପା ଏହା କହି ଧକେଇ ଧକେଇ କାନ୍ଦିବାକୁ ଲାଗିଲା ।

ମଙ୍ଗରାଜେ- ତୁନି ହଁ ଚମ୍ପା, ତୁନି ହ । ସେହି ଠେଙ୍ଗାକୁ ତ ମୋର ଡର । ଚାରିଟାକୁ ଚାରିଟା ଅସୁର ପରି ନିହାତି ମୂର୍ଖ । କଥାପଦକେ ଠେଙ୍ଗା କାଢ଼ି ବସିବେ ଆଉ ସେ କଥା ତ କେତେଦିନୁ କରାଇଦେଇ ସାରନ୍ତିଣି । ଆମର ଗୋଟିଏ ବିଲେଇପିଲା ସେ ଗାଁକୁ ଗଲେ ପଛକୁ ଚାହିଁଥିବେ । ଗୋବରା ଏତେ ଚଲାକ, ଏଡ଼େ ହୁସିଆର, ତା ହାତରେ ତ କିଛି ହେଲା ନାହିଁ । ସେ କ'ଣ କରିବ ? ଦିନରାତି ଲୋକ ଜଗୁଆଳି ।

ଚମ୍ପା-ନା ନା ସାଆନ୍ତେ, ସେ କଥା ହେବ ନାହିଁ । ତୁମେ ଏହାର ବାଟ କର, ନୋହିଲେ ମୁଁ ତ ଗାଁ ମାଇକିନିଆଙ୍କ ଆଗରେ ମୁହଁ ଦେଖାଇ ପାରିବ ନାହିଁ । ସେମାନେ କି ଏଡ଼େ ପାରୁଆ ହେଲେ, ତୁମକୁ କିଣିଲେ ?

ମଙ୍ଗରାଜେ- ଦେଖ ଚମ୍ପା ! ଶାସ୍ତ୍ରରେ ଅଛି, "ଛଳେ ବଳେ କଉଶଳେ, ଶତ୍ରୁକୁ ସାଧିବ ହେଳେ ।" ମୁଁ ତ ପାରିଲି ନାହିଁ, ତୁ ଏଥିର କିଛି ଫିକର କାଢ଼, ତୁ ବିଚାରିଲେ ସବୁ ହେବ । ଦେଖ, ମୁଁ ତିନି ବରଷକାଳ ଲାଗି ଲାଗି ସେ ତନ୍ତୀକୁ ପାରି ନ ଥିଲି; ତୁ ଯେପରି ହାତ ଦେଲୁ କାମ ଫତେ ।

ଚମ୍ପା ବଇଠା ତେଜିଦେଇ ଖୁବ୍ ଗୋଟାଏ ହସିଲା । କହିଲା- "ଦେଖ ସାଆନ୍ତେ, ପ୍ରଥମେ ମନରେ କରିଥିଲି ପାରିବ ନାହିଁ, ବୁଦ୍ଧି ଖରଚ କଲେ କଣ ନ ହୁଏ ? ସେ ଛ ମାଣ ଆଠଗୁଣ୍ଠ ଚକକୁ କାଲି ହଳ ଯିବ ତ ?"

ମଙ୍ଗରାଜେ- ମୁଁ ହଳିଆମାନଙ୍କୁ କହିଦେଇଛି, କାଲି ସକାଳେ ହଳ ନେବେ, କଡ଼ାଣ ଦୋହଡ଼ ସବୁ ସରିବ । ମୁଁ ମଧ୍ୟ ବିଲକୁ ଯିବି ।

ଚମ୍ପା- ସେମାନଙ୍କ ଘର ଭାଙ୍ଗିଦେଇ ଭଲ କଲ । ଘର ଥିଲେ କେତେବେଳେ ଜମି ସକାଶେ ଲଗାନ୍ତେ ।

ମଙ୍ଗରାଜେ- ଜମି ଛ ମାସ ମିଆଦରେ କଣ୍ଟବନ୍ଧକ ଥିଲା, ମିଆଦ ଗଲାରୁ ଜମି ପାଇଲୁ । ମକଦ୍ଦମା ଖର୍ଚ୍ଚ ସକାଶେ ଘର ନିଲାମ ହେଲା, ମୁଁ କିଣିନେଇ ଭାଙ୍ଗି ଦେଇଅଛି ।

ଚମ୍ପା- ଜମି ହେଉ, ଘର ହେଉ, ଯାହା ହେଉ, ସେହି ଗାଈଟି ଲାଗି ମୁଁ ଏତେ

କଥା କଲି । ଗାଈ ତ ନୁହେଁ, ଗୋଟିଏ ଗୁଣ୍ଡୁଣୀ ହାତୀ । ଆଜି କଟେରି ପିଣ୍ଡାରେ ବାନ୍ଧି ବସିଅଛି, କାଲିଠାରୁ ଭଆସ ଭିତରେ ବାନ୍ଧିବି । ସେ ଦୁଇଟା କୁଆଡ଼େ ଗଲେ ?

ମଙ୍ଗରାଜେ- କେଉଁ ଦୁଇଟା ? ଭଗିଆ, ସାରିଆ ? ବାବନାଭୂତ ପରି ଯା ଓଳି ତା ଓଳିରେ ପଶୁଛନ୍ତି ।

ଚମ୍ପା- ସେଦିନ ସକାଳେ ସାରିଆ ମଙ୍ଗଳା ପାଖରେ କାନ୍ଦି କାନ୍ଦି ମୁଣ୍ଡ କୋଡ଼ି ହେଉଥାଏ । ମତେ ଦେଖି ଆହୁରି କାନ୍ଦିଲା, କଣ କହିବ ବୋଲି ମୋ ପାଖକୁ ଆସୁଥିଲା । ମୁଁ ମୁହଁ ବୁଲାଇଦେଇ ଚାଲିଆସିଲି ।

ତାହା ବାଦ୍ ଚମ୍ପା ଓ ମଙ୍ଗରାଜଙ୍କ ମଧ୍ୟରେ ଅନେକ ରାତି ପର୍ଯ୍ୟନ୍ତ କଥାବାର୍ତ୍ତା ହେଲା । ଶେଷରେ ଏମନ୍ତ ସାବଧାନ, ଏମନ୍ତ ଗୁପ୍ତଭାବରେ ବାସି ମନ୍ତ୍ରଣା କଲେ ଯେ ଆମ୍ଭେମାନେ କୌଣସିକ୍ରମେ ସେଥିର ସନ୍ଧାନ ପାଇପାରିଲୁ ନାହିଁ । ପରସ୍ପର ମୁହଁକୁ ଚାହିଁ ବସିଛନ୍ତି । ଦୁହେଁ କଥାରେ ମଗ୍ନ । ଏମନ୍ତ ସମୟରେ ସେହି ଦୁହିଁଙ୍କ ମଧ୍ୟରେ ଗୋଟିଏ ସ୍ତ୍ରୀମୂର୍ତ୍ତିର ଛାୟା ପଡ଼ିଲା । ଦୁହେଁ ଚମକି ପଡ଼ିଲାପରି ସେହି ମୂର୍ତ୍ତିକୁ ଅନାଇ ରହିଲେ । ହଠାତ୍ କଥାବାର୍ତ୍ତା ବନ୍ଦ । ଆଗନ୍ତୁକା ଫଁ କରି ଗୋଟିଏ ନିଶ୍ୱାସ ପକାଇଲେ । ମନରେ ଦାରୁଣ କଷ୍ଟ ଜାତ ହେଲେ ଯେଉଁ ନିଶ୍ୱାସ ପଡ଼େ, ଏହା ସେହିପରି ତତଲା ନିଶ୍ୱାସ । ସମସ୍ତେ ନୀରବ ନିଶ୍ଚଳ, କାଷ୍ଠପ୍ରତିମା ପରି ସ୍ପନ୍ଦହୀନ, ଘର ନିସ୍ତବ୍ଧ ।

କିଛିକ୍ଷଣ ଉତ୍ତାରେ ମଙ୍ଗରାଜେ ସେହି ସ୍ତ୍ରୀ ମୂର୍ତ୍ତିଟିକୁ ଅନାଇ ପଚାରିଲେ, "କଣ ?"

ସମସ୍ତେ ନିରୁତ୍ତର ।

ପୁନର୍ବାର ମଙ୍ଗରାଜେ ପଚାରିଲେ- "କ'ଣ ?"

କିଛି ଉତ୍ତର ନାଇଁ, ପୁନର୍ବାର ପୂର୍ବବତ୍ ଦୀର୍ଘନିଶ୍ୱାସ ।

ମଙ୍ଗରାଜେ କିଞ୍ଚିତ୍ ବିରକ୍ତ ହୋଇ ପୂର୍ବଠାରୁ ଉଚ୍ଚ ସ୍ୱରରେ ପଚାରିଲେ, "କଣ ? କିଛି କହୁ ନାହଁ କିଆଁ ?"

ସାଆନ୍ତାଣୀ (ଆଗନ୍ତୁକା, ମଙ୍ଗରାଜଙ୍କ ଭାର୍ଯ୍ୟା) ଅତି ଧୀରେ ଅତି ବିନୟରେ କହିଲେ, "ମୁଁ କହୁଚି ରାତି ହେଲାଣି, ଶୋଇପଡ଼, ଆଉ ସେ କଥାଗୁଡ଼ାକ ପାଞ୍ଚ ନାହିଁ ।

ଚମ୍ପା ଅବଜ୍ଞା କରି ଗମ୍ଭୀର ସ୍ୱରରେ କହିଲା, 'ହୁଁ' ।

ମଙ୍ଗରାଜେ- ଆଚ୍ଛା ମୁଁ ଯାଉଛି, ତୁମ୍ଭେ ବାହାରକୁ ଯାଅ ।

ଚମ୍ପାର ଅବଜ୍ଞାସୂଚକ 'ହୁଁ' ଶବ୍ଦ ସାଆନ୍ତାଣୀଙ୍କ କଳିଜାରେ ବର୍ଚ୍ଛାପରି

ବାଜିଥିଲା । ତାହା ବାଦ୍ 'ଆଚ୍ଛା, ତୁମ୍ଭେ ବାହାରକୁ ଯାଅ' କଥାଟା ତାଲୁରେ ସହସ୍ର ବିଛା କାମୁଡ଼ିଲା ପରି ଜଣାଗଲା । ଚମ୍ପା ରହିବ ଭିତରେ, ମୁଁ ଯିବି ବାହାରକୁ ? ଯେସବୁ ଘଟନାରେ ପୁରୁଷଙ୍କ କଠିନ ମନ ଭାଙ୍ଗିପଡ଼େ, କୋମଳମନା ସ୍ତ୍ରୀ ସହଜରେ ସହିଯାଆନ୍ତି । ସହିଷ୍ଣୁତା ଗୁଣ ସ୍ତ୍ରୀମାନଙ୍କର ପୁରୁଷମାନଙ୍କ ଠାରୁ ଢେର୍ ବେଶୀ । ସେମାନେ ଢେର୍ ସହିପାରନ୍ତି; ମାତ୍ର ସ୍ୱାମୀର ଅନାଦର ଏବଂ ଅବିଶ୍ୱାସ ସତୀ ସ୍ତ୍ରୀମାନଙ୍କ ପକ୍ଷରେ ଅସହ୍ୟ । ପୁଣି ସ୍ୱାମୀ ସାକ୍ଷାତରେ ଦାସୀକୃତ ଅବଜ୍ଞା ମରଣାଧିକ କଷ୍ଟକର । ତେବେ ଉପସ୍ଥିତ ଘଟଣା ନୂତନ ନୁହେଁ, ଚିରକାଳ ସହି ସହି ଅଭ୍ୟାସରେ ପଡ଼ିଯାଇଅଛି । ତଥାପି ସାଆନ୍ତାଣୀଙ୍କ କଣ୍ଠରୋଧ ହୋଇଗଲା, ମୁଣ୍ଡ ବୁଲାଇଲା, ସମସ୍ତ ଅଙ୍ଗ ଅବଶପ୍ରାୟ ହୋଇଗଲା । କୌଣସିରୂପେ ସମ୍ଭାଳିହୋଇ ଧୀରେ ଧୀରେ ଘରୁ ବାହାରିଆସି ପିଣ୍ଡାରେ ବାଡ଼କୁ ଆଉଜି ଲଥ୍‌କରି ବସିଗଲେ । ଆମ୍ଭେମାନେ ସମ୍ବାଦ ପାଇଅଛୁ, ସେହି ରାତ୍ରିଠାରୁ ସାଆନ୍ତାଣୀଙ୍କ ମୁଖରୁ କେହି କିଛି କଥା ଶୁଣିନାହିଁ; ମଧ୍ୟ ସେ ଲୁଚାଇବାକୁ ବିଶେଷ ଚେଷ୍ଟା କରୁଥିଲେ ସୁଦ୍ଧା ସର୍ବଦା ତାହାଙ୍କ ଆଖିରୁ ପାଣି ବହୁଥିବାର ଦେଖାଯାଉଅଛି ।

ଚମ୍ପା ଧଡ଼୍ କରି କବାଟଟା ଆଉଜାଇଦେଇ ଆପଣା ସ୍ଥାନରେ ବସି କହିଲା, "ମୋତେ କେହି ଗାଳି ଦେଇ ଛାଞ୍ଚୁଣୀ ମାରୁ ପଛକେ କାଟିବ ନାହିଁ ମାତ୍ର ତୁମକୁ ପଦେ କେହି କହିଲେ ମୋ ହୃଦୟ ହାଣିହୋଇଯାଏ । ସାଆନ୍ତାଣୀଙ୍କ କଥା ଶୁଣିଲ ତ ? ଆଉ କେହି ହେଲେ ମୁହଁ ଚାହାନ୍ତା ନାହିଁ ପରା ! ସାରିଆ କଥାବେଳେ ତ ସବୁ ବୁଝିନେଇଅଛ । ତୁମକୁ ଫେର୍ କିଏ ବୁଝାଇଦେବ ? ବରଷକ ସାରା ଲାଗିଲା, ମୁଠା ମୁଠା ଟଙ୍କା ଘରୁ ବାହାରିଗଲା, କଟକ ମାମଲା ଲାଗିଲା, ବଗିଚାର ଦଶ ଶଗଡ଼ କି କୋଡ଼ିଏ ଶଗଡ଼ ପଥର ମଙ୍ଗଳା ପାଖକୁ ବୋହିଦେଲ । ଶେଷରେ ସାଆନ୍ତାଣୀ କହନ୍ତି କି ନା, ସାରିଆର ଛ ମାଣ ଆଠଗୁଣ୍ଠ ଜମି ଛାଡ଼ିଦିଅ, କି ନା ତାହା ଘର ଭାଙ୍ଗ ନାହିଁ ।" ଏହା କହି ଚମ୍ପା ଠୋ ଠୋ କରି ହସିଲା ।

ଘୋର ନୈଶ-ନିସ୍ତବ୍ଧତା ଭେଦକରି ସେହି ପୈଶାଚିକ ବିକଟ ହାସ୍ୟ ସାଆନ୍ତାଣୀଙ୍କ କର୍ଣ୍ଣପଟହ ଭେଦ କରିଥିବ; ମାତ୍ର ସେତେବେଳେ ତାହାଙ୍କର ସେଥିର ଦାରୁଣତ୍ୱ ଅନୁଭବ କରିବାର ଶକ୍ତି ନ ଥିଲା ।

ମଙ୍ଗରାଜ ଚମ୍ପା ମଧ୍ୟରେ ଯେଉଁ କଥା ଚଳିଲା ଅନ୍ୟକୁ ଅଗୋଚର । କେବଳ ଚମ୍ପା ମୁଖର କଥା ଏତିକି ଶୁଣାଅଛି, "ତୁମେ ତ ମୋତେ ଖଣ୍ଡେ ଡୋଲି, ଚାରିଟା ଭାର ସଜାଡ଼ି ଦିଅ, ଦେଖିବ ମୁଁ ଯଦି ନ କରିପାରେ ନାକ କାଟିଦେବ ।"

ପରିଚ୍ଛେଦ-୧୫

ବାଘସିଂହ ବଂଶ

ପ୍ରସିଦ୍ଧ ଆଇନ୍-ଆକବରୀ ଲେଖକ ଆବୁଲଫାଜଲ ବୋଲନ୍ତି ଓଡ଼ିଶାରେ ପ୍ରକୃତ ଭୂମ୍ୟାଧିକାରୀ ଖଣ୍ଡାଏତମାନେ ଥିଲେ । ପ୍ରକୃତରେ ଗଜପତି ଦରବାରରେ ଖଣ୍ଡାମୁଠିଠାରୁ ଲେଖନମୁନ ପର୍ଯ୍ୟନ୍ତ ସମସ୍ତ ରାଜକାର୍ଯ୍ୟ ସେମାନଙ୍କ ହସ୍ତଗତ ଥିଲା । ବେତନ ନିମନ୍ତେ ଗନ୍ତାଘରୁ ନଗଦ ଟଙ୍କା ପାଉ ନ ଥିଲେ । ଓଡ଼ିଶାର ଅଧିକାଂଶ ଭୂମିଖଣ୍ଡ ଜାୟଗିରି ସ୍ୱରୂପେ ପୁରୁଷାନୁକ୍ରମେ ବାଣ୍ଟି ଖାଉଥିଲେ । ଖଣ୍ଡାଏତମାନଙ୍କ ବାହୁବଳରେ ଓଡ଼ିଶା ବହୁକାଳ ପର୍ଯ୍ୟନ୍ତ ସ୍ୱାଧୀନତା ରକ୍ଷା କରିବାକୁ ସକ୍ଷମ ହୋଇଥିଲା । ପଠାଣମାନେ ତିନି ବର୍ଷରୁ ଅଧିକ କାଳ ବଙ୍ଗଳାଦେଶରୁ ଡୁଙ୍ଗି ଡୁଙ୍ଗି ମଧ୍ୟ ସୁବର୍ଣ୍ଣରେଖା ପାର ହୋଇ ପାରି ନ ଥିଲେ । ପାଇକମାନେ ସର୍ବଦା ରାଜଦରବାରରେ ଉପସ୍ଥିତ ନ ଥାନ୍ତି । ଦଳପତିମାନେ ଆପଣା ଆପଣା ଅଧୀନସ୍ଥ ପାଇକମାନଙ୍କୁ ଘେନି ଗୋଟିଏ ଗୋଟିଏ ଚକ୍ରରେ ବାସ କରୁଥିଲେ । ଦଳପତିମାନଙ୍କ ବୈଠକସ୍ଥାନର ନାମ ଚୌପାଢ଼ୀ । ସେ ସ୍ଥାନରେ ମାଲ ବିନ୍ଧାଣ, ଫରିଖେଳ, କାଣ୍ଡବିନ୍ଧା ଏବଂ ଗୁଳିମାରିବା ଏହି ଚାରି ପ୍ରକାର ବିଦ୍ୟାର ଆଲୋଚନା ହେଉଥିବା ଯୋଗୁଁ ତାହା ଚୌପାଢ଼ୀ ନାମରେ କଥିତ ହେଉଥିଲା । ଗଜପତିବଂଶର ପତନ ଉତ୍ତାରେ ଟୋଡ଼ରମଲ୍ଲ ବଡ଼ ବଡ଼ ଚୌପାଢ଼ୀକୁ କିଲ୍ଲା ନାମରେ ବନ୍ଦୋବସ୍ତ କରିଅଛନ୍ତି । ଓଡ଼ିଶାର ଅନେକ ସ୍ଥାନରେ ଆଜିପର୍ଯ୍ୟନ୍ତ ନାମମାତ୍ର କ୍ଷୁଦ୍ର କ୍ଷୁଦ୍ର ଚୌପାଢ଼ୀ ବିଦ୍ୟାମାନ ଥିବାର ଦେଖାଯାଏ ଏବଂ ପ୍ରାଚୀନ ଦଳପତିମାନଙ୍କର ଅଯୋଗ୍ୟ ବଂଶଧରର ମଧ୍ୟ ଅଭାବ ନାହିଁ ।

ଆମ୍ଭମାନଙ୍କର ବାଘସିଂହ ବଂଶ ପୂର୍ବୋକ୍ତ ଦଳପତିମାନଙ୍କର ଜଣେ ବଂଶଧର ଅଟନ୍ତି । ଏମାନଙ୍କର ସଂଜ୍ଞା ମଲ୍ଲ । ଜ୍ୟେଷ୍ଠପୁତ୍ରର ଉପାଧି ବାଘ ସିଂହ; ଜ୍ୟେଷ୍ଠପୁତ୍ର

ଜାୟଗିରିର ଉତ୍ତରାଧିକାରୀ । ଅନ୍ୟ ପୁତ୍ରମାନେ ଭାତିଆ ପାଆନ୍ତି । 'ପଦା ଭୂଇଁରେ ଗବ ଦାରୁ' । ବାଘସିଂହ ବଂଶ କ୍ଷୁଦ୍ର ଜାୟଗିରିଦାର ଥିଲେ ମଧ୍ୟ ମଫସଲରେ ନାମ-ଡାକ ଥିଲା । ରତନପୁର ମୌଜାରେ ଚୌପାଢ଼ୀ, ସେଟା ନିଷ୍କର ଖଣ୍ଡାଏତି ମାହାଲ । ତାକୁ ଛାଡ଼ି ତାଲୁକେ ଫତେପୁର ସରଖଣ୍ଡ ଏବଂ କେତେକ ଖଣ୍ଡ ବାଜେ ରିପୋର୍ଟ ଜମିଦାରୀ ଥିଲା । ନଟବର ଘନଶ୍ୟାମ ବାଘସିଂହ ଜମିଦାରୀ ସବୁ ଉଡ଼ାଇଦେଲେ ଯାଇଛନ୍ତି । ଲୋକଟା ବଡ଼ ସାହାଖର୍ଚ୍ଚୀ ଥିଲେ । ଖର୍ଚ୍ଚବେଳେ ଆଗପଛ ବିଚାର ଥାଏ ନାହିଁ । ଆଜି ପାଞ୍ଚ ବୋଇଲେ ନାହିଁ, ସାତ ବୋଇଲେ ନାହିଁ, ହାତରେ ପଡ଼ିଲା ଦେ ଖରଚ । ମୁହଁ ହରାଇ ଜିନିଷଟାଏ ମାଗିଦେଲେ ନା ପଦ ଶୁଣିବ ନାହିଁ । ଭାଟ, ଭିକାରି ପାଇଁ ଦ୍ୱାର ମେଲା । ଭାତହାଣ୍ଡି ବସାଇ ଟୋକାଇ ଘେନି ତାଙ୍କ ଆଗରେ ଛିଡ଼ାହେବାକୁ ଲୋକମାନଙ୍କର ଭରସା ଖଟୁଥିଲା । ଖାଇବା ଖୁଆଇବାକୁ କ୍ଷଣଟାଏ । ଗାଁ ଲୋକେ କହନ୍ତି ବାଘସିଂହ ଆଗରେ ବସି ଯାହାକୁ ଥରେ ସରୁଚକୁଲି, ନଡ଼ିଆପୁର ମଣ୍ଡା ପାଲୁଅ କ୍ଷୀରୀ ଖୁଆଇଛନ୍ତି, ବଞ୍ଚିଥିବା ଯାଏ ତାହା ମନରୁ ଯିବ ନାହିଁ ।

ନଟବର ଘନଶ୍ୟାମଙ୍କ ଦେହକରେ ଋଣ ଥିଲା । ତାଙ୍କ ପଛେ ପଛେ ଜମିଦାରୀ ସବୁ ଯାଇଅଛି, ଥିବା ମଧ୍ୟରେ ଖଣ୍ଡାଏତି ମାହାଲ । ନଟବର ଘନଶ୍ୟାମ ବାଘସିଂହଙ୍କର ଚାରିପୁଅ । ଜ୍ୟେଷ୍ଠ ଭୀମସେନ ବାଘସିଂହ, ଅନ୍ୟ ତିନି ପୁତ୍ର ପ୍ରହ୍ଲାଦ ମଲ୍ଲ, କୁଚୁଳି ମଲ୍ଲ ଓ ବଳରାମ ମଲ୍ଲ । ପୁଅମାନେ ବାପପରି ଉଡ଼ାବାଜ ନୁହନ୍ତି, ଚାରିଆଡ଼କୁ ନଜର ରଖି ଚାଲନ୍ତି । ପୂର୍ବ ସମ୍ପତ୍ତି ନାହିଁ, ଏକରକମ ଦୁଃଖେ ରାମ, ସୁଖେ ରାମ ଚଳିଯାଏ । ପାଟ ଚିରିଲେ ପାଟକନା, ପୁରୁଣା ଘର ବୋଲି ଲୋକେ ମାନନ୍ତି, ଭୟ-ଭକ୍ତି କରନ୍ତି । ରତନପୁର ମୌଜାରେ ବାଘସିଂହ ଘର ଛାଡ଼ି ଗଉଡ଼, ଭଣ୍ଡାରି, ରାଢ଼ୀ, ଗୁଡ଼ିଆ ପୁଅଭାୟା ଅଠର ଘର । ଏମାନେ ବାଘସିଂହ ପୂର୍ବବଂଶଦିଆକ ଜାୟଗିରି ପୁରୁଷାନୁକ୍ରମେ ଭୋଗ କରି ଆସୁଅଛନ୍ତି । ଦରକାରବେଳେ ବାଘସିଂହ ଘରେ ବେଠି କରନ୍ତି । ପୁରୋହିତ ଘର ମଧ୍ୟ ଏହି ଗ୍ରାମରେ । ଏମାନଙ୍କୁ ଛାଡ଼ି ଡମ ଆଠ ଘର, ପର୍ବପର୍ବାଣିରେ ବାଜା ବଜାଇବା ସକାଶେ ଏମାନଙ୍କର ଜାୟଗିରି ଅଛି । ବାଘସିଂହ ଘରେ ପହରାଦେବା ଏମାନଙ୍କର ଆଉ ଗୋଟିଏ କାର୍ଯ୍ୟ ।

ଆଜକୁ ତିନିବରଷ ହେଲା ନାନା କାରଣରୁ ମଙ୍ଗରାଜଙ୍କ ସହିତ ବାଘସିଂହ ବଂଶର ଭାରୀ କଳି ଲାଗିଅଛି । ମଙ୍ଗରାଜେ ଖୁବ୍ ବୁଦ୍ଧିମାନ, ମାଲିମାମଲାରେ ଖୁବ୍ ଜାହାଁବାଜ; କିନ୍ତୁ ଠେଙ୍ଗା ନାମ ଶୁଣିଲେ ଘରୁ ବାହାରନ୍ତି ନାହିଁ । ଏଣେ ବାଘସିଂହ ବଂଶ ବୋଲନ୍ତି, 'ଠେଙ୍ଗା ସର୍ବାର୍ଥ ସାଧିକା ।" ବିଶେଷରେ ଡମମାନଙ୍କ ଭୟରେ ମଙ୍ଗରାଜଙ୍କ ଲୋକେ ରତନପୁର ପାଖ ପଶିପାରନ୍ତି ନାହିଁ; କିନ୍ତୁ ଡମମାନେ ବାଡ଼ି

ମଧ୍ୟରେ ଚୋରା ମାଲ ପୋତି ରଖିଥିବା ଅପରାଧରେ ଜେଲ ଯାଇଅଛନ୍ତି । ଲୋକେ ବୋଲନ୍ତି, ତମମାନେ କୌଣସି ପୁରୁଷରେ ଚୋରିବିଦ୍ୟା ଜାଣନ୍ତି ନାହିଁ, ମଙ୍ଗରାଜଙ୍କର ଏଥିରେ ଦୁଇ ଥଳୀ ଟଙ୍କା ଖରଚ । ମଙ୍ଗରାଜଙ୍କର ଉଦୁଆଁ ଗୋରୁ ରତନପୁର ମୌଜାରେ ଫନ୍ଦା ଉଜାଡ଼ କରିବାରୁ ସେଦିନ ବଳରାମ ମଲ୍ଲ ଗୋବିନ୍ଦପୁର ମୌଜା ଦୋକାନପିଣ୍ଡାରେ ବସି ମଙ୍ଗରାଜଙ୍କୁ ଆଚ୍ଛା ଦୁଇପଦ ଶୋଧି ଦେଲେ । ମଙ୍ଗରାଜେ ପାଟି ଫିଟାଇ ପାରିଲେ ନାହିଁ । ଗୋବିନ୍ଦପୁରଠାରୁ ରତନପୁର ଦୁଇକୋଶ ଛଡ଼ା; ମାତ୍ର ଦୁଇ ମୌଜାର ବିଲ ଲଗାଲଗି । ମଙ୍ଗରାଜଙ୍କ ଗୋରୁ ସର୍ବଦା ରତନପୁର ମୌଜା ଉଜାଡ଼ କରୁଥିବା ଶୁଣାଯାଏ ।

ପରିଚ୍ଛେଦ-୧୬

ଟାଙ୍ଗୀ ମାଉସୀ

ଆଜି ସ୍ନାନପୂର୍ଣ୍ଣିମା, ଜ୍ୟେଷ୍ଠମାସିଆ ଦିନ, ଭାରି ଖରା, ମହାପ୍ରଭୁ ଅଣସରକୁ ଯାଉଛନ୍ତି, ଭାରି ଗୁଳୁଗୁଳି । ଆଜକୁ ଅଢ଼େଇ ମାସ ହେଲା ଟୋପାଏ ପାଣି ଦେଖିବାକୁ ନାହିଁ । ପବନ ଗୁମ୍‌ସୁମ୍ କରି ରହିଅଛି, ଖୁଣ୍ଟା ଗଛଗୁଡ଼ାକ ଜଗନ୍ନାଥ ମହାପ୍ରଭୁଙ୍କ ଆଗରେ ଗରୁଡ଼ଖୁମ୍ବ ପରି ଛିଡ଼ା ହୋଇଅଛନ୍ତି । ଆଉ ଗଛ ଥାଉ, ଅଶ୍ୱତ୍‌ଥପତ୍ର ଗୋଟିଏ ମଧ୍ୟ ଖସ୍ କରିବାକୁ ନାହିଁ । ଦାଣ୍ଡ-ବାଲିଗୁଡ଼ାକରେ ମୁଠାଏ ଧାନ ପକାଇଦେଲେ ଚଡ଼ଚଡ଼ କରି ଖଇ ଫୁଟିଯିବ । ଗାଆଁର ବୁଲାକୁତୀ କାଳୀତିଳକୀ କୁତୀଟା ପୋଖରୀ ପଙ୍କରେ ପଡ଼ି ଲଟପଟ ହେଉଅଛି, ଆଉ ଡେମ୍ଫେ ଜିଭଟା କାଢ଼ି ପକାଇ ଧକାଉଅଛି, ପାଣିକି ଯାଉନାହିଁ । ପାଣିଗୁଡ଼ାକ ତାତିଯାଇଛି ନା କଣ ? ପଡ଼ିଆରେ ଗୋଟାଏ ମଧ୍ୟ ଗୋରୁ-ବାଛୁରୀ ନାହାନ୍ତି; ଗଛମୂଳରେ ଶୋଇପଡ଼ି ବୈଷ୍ଣବମାନେ ମାଳ ଝୁଲି ଧରି ହରିନାମ ଭଜିଲା ପରି ଆଖି ବୁଜି ପାକୁଳି କରୁଅଛନ୍ତି । ଆକାଶରେ ଗୋଟିଏ କାଉ କୋଇଲି ଉଡ଼ିବାକୁ ନାହିଁ । ପତ୍ରମଧ୍ୟରେ ଲୁଚି ଆଁ କରି ବସିଅଛନ୍ତି । ମୁଣ୍ଡଫଟା ଖରା, ଦିନ ତିନିପ୍ରହର ଗଡ଼ିଗଲାଣି, ତଥାପି ଆକାଶରୁ ନିଆଁ ଛିଡ଼ୁଛି ।

ହୁଁ ମେରା ଭାଇରେ ହୁଂ ହୁଁ,
ଖବରଦାରିରେ ହୁଂ ହୁଁ,
ଜୋରକରି ରେ ହୁଂ ହୁଁ,
ଡାହାଣେ ଧର ରେ ହୁଂ ହୁଁ,
ବାଁକୁ ଛାଡ଼ରେ ହୁଂ ହୁଁ,
ଖଡ଼ପା ଖଡ଼ପା ଖଡ଼ପା –

ରତନପୁର ମୌଜା ଗୋହିରିରେ ଗଡଡ଼ ଡାକ ଶୁଭିଲା । ଆଗରେ ଗୋଟାଏ ଡୋଲି, ପଛଲାଗି ପାଞ୍ଚଟା ଭାର ଚାଲିଅଛି । ଡୋଲିଟା ଦଶିଆ ଲୁଗାରେ ସମ୍ପୂର୍ଣ୍ଣ ଢଙ୍କା । ଗ୍ରାମରେ ପୁରୁଷ ଲୋକ ପ୍ରାୟ କେହି ନାହାନ୍ତି । ବିଲବାଡ଼ି କାମ ନ ଥିବାରୁ ବାଘସିଂହ ଭାଇମାନଙ୍କ ସହିତ କେନ୍ଦ୍ରାପଡ଼ା ବଳଦେବଙ୍କ ସ୍ନାନଯାତ୍ରା ଦେଖିବାକୁ ଯାଇଅଛନ୍ତି । ଗାଁ ଏମୁଣ୍ଡ ସେମୁଣ୍ଡ ଚହଳ ପଡ଼ିଗଲା-ସୁଆରି ଅଇଲା, ସୁଆରି ଅଇଲା । ବୁଢ଼ୀ ଦରବୁଢ଼ୀ ମାଇକିନିଆମାନେ ଧଡ଼କରି କବାଟ ମେଲାଇ ଦେଇ ଗୋହିରିକୁ ବାହାରି ପଡ଼ିଲେ । ବୋହୂଗୁଡ଼ାକ କବାଟ ଦରଆଉଜା କରି ଫାଙ୍କବାଟେ ମୁହଁ ଗଳାଇ ନାକବସଣି କାଢ଼ିଦେଲେ । ଗାଁ ମାଇକିନିଆଙ୍କ ମଧ୍ୟରେ ଡୋଲ୍ୟାରୋହୀ ସମ୍ବନ୍ଧରେ ନାନା ତର୍କ ଉପସ୍ଥିତ ହେଲା । ପ୍ରଥମେ ଲିଙ୍ଗ ବିଚାର, ପରେ ବ୍ୟକ୍ତି ବିନିମୟ । କେହି କହିଲା ନୂଆବୋହୂ, କେହି କହିଲା ଜମାଦାର, କେହି କହିଲା ସାହାବ । ଜେମା ମା' ଅକାଟ୍ୟ ଯୁକ୍ତି ଦେଖାଇ କହିଲା, "ଆଜି ସ୍ନାନପୂର୍ଣ୍ଣମୀ, ଜମାଦାର ସାହାବ ଘରକୁ ପରିବା ଭାର ନେଇ ଯାଉଛନ୍ତି ।" ଡୋଲି ବାଘସିଂହ ଚଉରା ପାଖରେ ମୁହଁ ବୁଲାଇ ନ ଥିଲେ ଜେମା ମା' ଅନୁମାନ ସିଦ୍ଧାନ୍ତରେ ପରିଣତ ହେବାର ଖୁବ୍ ସମ୍ଭାବନା ଥିଲା ।

ବେହେରାମାନେ ବାଘସିଂହ ଦୁଆରେ ଡୋଲିଟା ଦୁମ୍ କରି ଥୋଇଦେଇ ଗାମୁଛାରେ ମୁହଁ ବିଞ୍ଚିହେଲେ; ଗମ୍ ଗମ୍ କରି ଦେହରୁ ଝାଳ ବହିଯାଉଛି, ବାଁ ହାତପାପୁଲିରେ ମୁହଁରୁ ପୋଷ ପୋଷ ପୋଛି ପକାଉଛନ୍ତି । ଭିତରକୁ ଖବର ଗଲା ନୂଆବୋହୂ-ମାଉସୀ ଆସିଅଛନ୍ତି । ଗଲା ମକର ମାସରେ ବାଘସିଂହଙ୍କ ପୁଅ ଚନ୍ଦ୍ରମଣି ଡାଳିଯୋଡ଼ା ଫତେସିଂହଙ୍କ ଝିଅକୁ ବିଭା ହୋଇଅଛନ୍ତି । ଏହି ଡୋଲି ଯେ ସଳଖେ ସଳଖେ ଡାଳିଯୋଡ଼ାରୁ ଅଇଲା, ବିନା ବ୍ୟାଖ୍ୟାରେ ବୁଝିବାକୁ ଗ୍ରାମର ବୁଦ୍ଧିମତୀ ସ୍ତ୍ରୀମାନଙ୍କ ପକ୍ଷରେ ଅଖଞ୍ଜି ହେଲାନାହିଁ । ମାଣିକ ଭଣ୍ଡାରୁଣୀ ସାଆନ୍ତାଣୀମାନଙ୍କୁ ଖବର ଦେବା ସକାଶେ ଭିତରକୁ ଧାଇଁଲା ।

ଆମ୍ଭମାନଙ୍କ ମାଣିକର ନାମ ଶୁଣିଥିବେ, ନଚେତ୍ ଶୁଣିବା ଆବଶ୍ୟକ । ଏହାକୁ ତୁଚ୍ଛା ଭଣ୍ଡାରୁଣୀଟିଏ ବୋଲି ଜାଣିବେ ନାହିଁ । ଏ ବୁଦ୍ଧିରେ, ମାମଲତରେ, ଗୁଣରେ ଅନେକ ପୁରୁଷର କାନ କାଟି ଛଡ଼ି ଦେଇପାରେ । ଗ୍ରାମର ସମସ୍ତ ଲୋକ ଏହାକୁ ଡରିଥାଆନ୍ତି । ବୁଢ଼ୀ, ଦରବୁଢ଼ୀ ପର୍ଯ୍ୟନ୍ତ ଭାରୀ ଭାରୀ କଥାରେ ଏହାଠାରୁ ପରାମର୍ଶ ନେଇ କାର୍ଯ୍ୟ କରନ୍ତି । ଗୁଣିବିଦ୍ୟାରେ ଏହା ଆଗରେ କେହି ଛିଡ଼ା ହୋଇପାରିବ ନାହିଁ । ଗାଁର କଅଁଳା ପିଲାଙ୍କୁ ଦୃଷ୍ଟି ହେଲେ ଫୁଙ୍କି ଉଡ଼ାଇଦିଏ । ଡାଇପଣରେ ଖୁବ୍ ଟାଣ- ବୋହୂଝିଅ ଦେହକୁ ଲାଗିଲେ ଉଠିଆରି ପର୍ଯ୍ୟନ୍ତ ପୁଆଡି ପାଖଛଡ଼ା ହୁଏନାହିଁ ।

ମୂଳ-ମୂଳିକା ମଧ୍ୟ ଢେର୍ ଜଣା । ପର ଉପକାର କରିବାକୁ ଯେପରି ହୁମ୍‌ଯୁମ୍, ଉପରେପଡ଼ି କଜିଆ କରିବାକୁ ସେହିପରି ମଜ୍‌ବୁତ୍ । କଜିଆରେ ଲାଗିଅଛି ତ ସେଦିନ ଗାଧୁଆ ନ ହେଲା । କାହାରି ଦେହପା'କୁ ଲାଗିଲେ ତାହାକୁ ଯଦି ଦି'ପଦ କଅଁଳେଇ କହିଦେଇଅଛ, ନଖାଇ ନଶୋଇ ରାତିସାରା ବସି ଦେହରେ ହାତ ବୁଲାଉଥିବ । ବାହା-ପୁଆଣିରେ ଡାକ ନଡ଼ାକ ମାଣିକ ଉପସ୍ଥିତ, କହ ନକହ ସବୁକାମ କରିପକାଇବ । ମାଣିକ ନଜାଣେ ଏମନ୍ତ କଥା ନାହିଁ । କଟକ କଥା, ସାହେବଘର କଥା, ପୁରୀ ଜଗନ୍ନାଥ ମନ୍ଦିର କଥା ଇତ୍ୟାଦି କଥାମାନ ଗ୍ରାମର ସ୍ତ୍ରୀଲୋକମାନେ ମାଣିକ ମୁହଁରୁ କେବଳ ଶୁଣିବାକୁ ପାଆନ୍ତି । ମାଛବିନା ପୋଖରୀ ଥାଇପାରେ, ମାତ୍ର ନିନ୍ଦୁକ ଛଡ଼ା, ଗାଁ ନାହିଁ । କେହି କେହି କହନ୍ତି, ମାଣିକଟା ଡବଡ଼ବୀ, ମିଛୋଇ, ଆଗତକହୀ, ଏହାର ତିନିପୁରୁଷରେ କେହି ଗାଁ ଡେଇଁ ନାହାନ୍ତି, କଟକ କଥା, ସାହେବଘର କଥା କାହୁଁ ଜାଣିଲା ।

ବାଘସିଂହ ଉଆସରେ ମାଣିକର ଭାରି ଖାତର । ସହସ୍ରଥର କଥିତ ଶଏଥର ଶ୍ରୁତ ରଜାପୁଅ, ମନ୍ତ୍ରୀପୁଅ, ସାଧବପୁଅ, କଟୁଆଳପୁଅ ଚାରିଜଣ ମିଳି ବିଦେଶ ଯିବା କଥା, କଲରେଇଦେଇ କଥା, ନଈ ସେପାରି ମଙ୍ଗଳା ତଥା ଇତ୍ୟାଦି କାହାଣୀମାନ ଶୁଣିବା ସକାଶେ ପ୍ରତିଦିନ ସନ୍ଧ୍ୟାବେଳେ ସାଆନ୍ତାଣୀମାନଙ୍କର ଡାକରା ଆସେ । ରାମ-ରାବଣ ଯୁଦ୍ଧକଥା ମାଣିକ ମୁହେଁ ମୁହେଁ କହିଯାଏ । ଯେ କଥା ପଚାର ସେଥିର ଜବାବ ନିଶ୍ଚୟ ପାଇବ । ମାତ୍ର ଗୋଟିଏ କଥା, ସେ ଯାହା କହିବ, ତୁମ୍ଭେ ସେଥିରେ ହୁଁ ଦେଇଯାଉଥିବ । ଯଦି ବୋଲ ନୁହେଁ ପରା, ଆଉ ଯାଅ କାହିଁ ! ସେକଥା ଯାଉ, "ସ୍ୱନାମା ରମଣୀ ଧନ୍ୟା ।" ମାଣିକକୁ ଗ୍ରାମରେ ସମସ୍ତେ ଭଲ ଜାଣନ୍ତି, ଆମ୍ଭମାନଙ୍କର ଚିହ୍ନାଇଦେବା ଅନାବଶ୍ୟକ ।

ଡୋଲି ମଝିଦାଣ୍ଡରେ ଯାଉଥିବାବେଳେ ମାଣିକ ପଛରେ ଥିବା ଭଣ୍ଡାରି ସାଙ୍ଗରେ କଥାବାର୍ତ୍ତା କରି ହାଲଟା ବୁଝିଗଲା । ତାହା ବାଦ୍ ବାଘସିଂହଙ୍କ ଦାଣ୍ଡଦୁଆରୁ ପାଟିକରି ଉଆସ ଭିତରକୁ ଧାଇଁଲା । "ବଡ଼ ସାଆନ୍ତାଣୀଏ, ସାନ ସାଆନ୍ତାଣୀଏ, ମଝିଆଁ ସାଆନ୍ତାଣୀଏ, ଧାଇଁ ଆସନ୍ତୁ, କେଉଁଠାରେ ଅଛନ୍ତି ? ଡାଳିଯୋଡ଼ାରୁ ସମୁଦୁଣୀଙ୍କ ସୁଆରି ଆସି ଓଳିଏ ହେଲା ଦାଣ୍ଡଦୁଆରେ ବସିଲାଣି । ସମୁଦୁଣୀଙ୍କ ଆସିବା କଥା ମୁଁ ଚାରିଦିନ ହେଲା ଶୁଣିଲିଣି, ଆପଣମାନଙ୍କୁ କହିବାକୁ ଭୁଲିଯାଇଅଛି । ସେ କାଲିଠାରୁ ଡାଳିଯୋଡ଼ାରୁ ବାହାରିଲେଣି । ମୁଁ କହୁଛି, କହ, ଏତେ ଡେରି କାହିଁ ହେଲା ଡାଳିଯୋଡ଼ାରୁ ଆସିବା ବାଟ ପାଖରେ ଯେ ବଡ଼ ପୋଖରୀଟାଏ ଅଛି, ସେହିଠାରେ ଗାଧୁଆ-ପାଧୁଆ କରିବାରେ ବିଳମ୍ବ ହୋଇଗଲା ।" ବାଘସିଂହ ଘର ଚାରି ଯାଆ

ଏକ ଜାଗା ହୋଇ ପରସ୍ପର ମୁହଁ ଚୁହାଁଚୁହିଁ ହେଲେ । ସେଥିରେ ଅର୍ଥ ଅଭ୍ୟାଗତା, ଅନାହୂତା ସମୁଦୁଣୀ ସମ୍ବନ୍ଧରେ କର୍ତ୍ତବ୍ୟ ନିରୂପଣ । ମାତ୍ର ମାଣିକ ଏକାବେଳେ ମୀମାଂସା କରିଦେଲା, "ଶୀଘ୍ର ଯାଇ ସମୁଦୁଣୀଙ୍କୁ ପାଛୋଟି ଆଣନ୍ତୁ ।"

ବାଘସିଂହଙ୍କ ଦାଣ୍ଡ ଦୁଆର କବାଟ ଫାଟରୁ ଫୁଲଗୁଣା ବସଣି ସହିତ ଦୁଇ ତିନିଗୋଟି ନାସିକା ଦୃଷ୍ଟ ହେଲା । ମାଉସୀ ଡୋଲିରୁ ଓହ୍ଲାଇପଡ଼ି ଗୁମୁଗୁମୁ କରି ଭିତରକୁ ପଶିଗଲେ । 'ସମୁଦୁଣୀ ସମୁଦୁଣୀ' କହି ପୂର୍ବୋକ୍ତ ନାସିକାଧାରିଣୀମାନଙ୍କୁ ପରସ୍ତେ କୁଣ୍ଢାଇଗଲେ । ଗୃହାଧିଷ୍ଠାତ୍ରୀ ସାଆନ୍ତାଣୀମାନେ ନୀରବରେ ହସି ହସି ସମୁଦୁଣୀ ହାତ ଧରି ଭିତରକୁ ଘେନିଗଲେ । ସମୁଦୁଣୀଙ୍କ ଅଭ୍ୟର୍ଥନା ବିଷୟରେ ମାଣିକର ଉଦ୍‌ଯୋଗ ଅନୁଷ୍ଠାନ ବେଶୀ । ସେ ଆଗେ ଆଗେ ଚଞ୍ଚଳ ଧାଇଁଯାଇ ବାଘସିଂହ ପହୁଡ଼ଘର ଆଗ ମେଲାରେ ଗୋଟାଏ ଚାରିହାତ ଲମ୍ବା ପୁରୁଣା ଖରଡ଼ ପକାଇଦେଲା । ମାଉସୀ ସେଥିରେ ବସିପଡ଼ି ଚାରି ସମୁଦୁଣୀଙ୍କ ହାତ ଧରି ପାଖରେ ବସାଇଲେ । ପାଞ୍ଚଟା ଭାର ମଝି ଅଗଣାରେ ଥୁଆଗଲା । ଭାରର ଡାବପାଚିଲା ଆମ୍ବ ଏକ ଭାର, ବଡ଼ ବଡ଼ ଯୋଡ଼ାଏ ଖଜା ପଣସ ଏକ ଭାର, ପାଚିଲା କଞ୍ଚା କଦଳୀ ଦୁଇ କାନ୍ଦି ଦୁଇ ପୁଞ୍ଜା ସହିତ ଏକ ଭାର, ପିଠଉପାଣିରେ ଧଳା, କଦଳୀପତ୍ରରେ ମୁହଁ ବନ୍ଧା ବଡ଼ ବଡ଼ ଚାରି ହାଣ୍ଡିକୁ ଦୁଇ ଭାର-ଗାଏ । ଗାଁ ମାଇକିନିଆମାନେ ଦେଖିବାକୁ ଧାଇଁଲେ । ରେବତୀ, ଶୁକୁରୀ, ଶଂକ୍ରୀ, ମାଳିଆ, ଜେମାମା, ଭୀମା ମାଉସୀ, ହଗୁରାମା, ସୋଦରୀ, ମେଙ୍କୀ, କନକ, ନେତଜେଜୀ, ସାବୀ, କମଳୀ, ପଦିଅପା, ଶାମାବୋହୂ, ନଳିତା, ବିଷ୍ଣା, ସୁମିତ୍ରା ଗଉଡ଼ଘର କନିଆ ବୋହୂ; କେହି ପିଲା କାଖେଇ, କେହି ପିଲା ହାତ ଧରି ଚଲାଇ, କେହି ଜଣକ ପଛରେ, କେହି ଏକାକିନୀ ଧାଇଁଅଛନ୍ତି । ଶୁକ୍ରାମା ଘର ଲିପୁଥିଲା, ଛୁଞ୍ଚ ପାଣି ହାତ ଧୋଇବାକୁ ବେଳ ନାହିଁ; ସାପଫେଣ ପରି ହାତଟି ଟେକିଅଛି ।

ବାଘସିଂହଙ୍କ ଅଗଣା ପୂରିଗଲା । ଦେବୀପ୍ରତିମା ଦେଖିଲାପରି ମାଇକିନିଆମାନେ ଏକ ଧ୍ୟାନରେ ମାଉସୀଙ୍କ ରୂପମାଧୁରୀ ଅନୁଭବ କରୁଅଛନ୍ତି; କିନ୍ତୁ ବନିଆ, ବାଙ୍କିଆ, କାଳିଆ, ବନମାଳିଆ, ଗୋପାଳିଆ, ରାମିଆ, ଉମେଷିଆ, କାଶୀ ଦୈତ୍ୟାରି ପ୍ରଭୃତି ଗ୍ରାମର ଦୁଷ୍ଟ ପିଲାଗୁଡ଼ାକ ମାଉସୀଙ୍କ ସୌନ୍ଦର୍ଯ୍ୟ ଦର୍ଶନ ବିଷୟରେ ମନୋଯୋଗ ନ କରି ବିରାଡ଼ି ଶୁଖୁଆ ଖାଳେଇକୁ ଅନାଇଲା ପରି ବାହାରେ ଥୁଆହୋଇଥିବା ପାଚିଲା କଦଳୀ, ପାଚିଲା ଆମ୍ବକୁ ଅନାଇ ରହିଛନ୍ତି । ଏହା ଯେ ଅସଭ୍ୟତା ଏବଂ ନୀତିଶାସ୍ତ୍ର ବିରୁଦ୍ଧ କାର୍ଯ୍ୟ, ସେଥିରେ ସନ୍ଦେହ ନାହିଁ । ଆଉ ସେମାନଙ୍କର ବୃତ୍ତରେଖା କ୍ରମଗତିରେ ଯେପରି ସଙ୍କୋଚଭାବ ଧାରଣ କରିଆସୁଥିଲା, ବୁଦ୍ଧିମତୀ ମାଣିକ ସେଥିରେ ପ୍ରଚ୍ଛନ୍ନ ଅସଦାଭିପ୍ରାୟ ହୃଦୟଙ୍ଗମ କରି ଈଷତ୍ ତର୍ଜନପୂର୍ବକ ଡାହାଣ ହାତ ହଲାଇ ସେମାନଙ୍କୁ

ଅପସାରିତ କରିଦେଇ ନ ଥିଲେ ଗୋଟାଏ ଲୁଟତରାଜ ମାମଲା ଉକୁ ହେବାର ଖୁବ୍ ସମ୍ଭାବନା ଥିଲା ।

ବୋହୂ-ମାଉସୀ ମୁଣ୍ଡରେ ମା ମଙ୍ଗଳା ପରି ମୁଣ୍ଡାଏ ସିନ୍ଦୂର, ଆଖିରେ କଜ୍ଜଳ, ନାକରେ ଗୁଣା, ତା ଉପରେ ନାଟ ମୟୂର, ବାଁପୁଡ଼ାରେ ବସଣି, ଦୁଇ କାନରେ ବଡ଼ ବଡ଼ ଦୁଇଟା କାପ, ବେକରେ ଚାପସରି, ତା ତଳେ ପାଟସୂତାରେ ଗୁନ୍ଥା ମାଳେ କୁରୁଜାତକ, ବାହୁରେ ବିଦ, ହାତରେ ପଇଞ୍ଚ, ତାହା ଉପରେ କଟା, ତାହା ଉପରେ ଚୁଡ଼ି, ହାତ ପାଞ୍ଚଆଙ୍ଗୁଳିରେ ରୂପା ଛାପ ମୁଦି ସାତଗୋଟା; ଗୋଡ଼ରେ ଚବିଶପଲ ଓଜନର ଦୁଇଟା କଂସାବାଙ୍କ, ଗୋଡ଼ ଦଶ ଅଙ୍ଗୁଳିରେ ଝୁଣ୍ଟିଆ, ମୁଣ୍ଡରେ ଦଶ ବାର କେରା ପାଟଥୋପରେ ବିଶାଳ ଜୁଡ଼ା, ତାହା ଉପରେ ତିନିଟା ବେଙ୍ଗପାଟିଆରେ ତିନିକେରା ଶିକୁଳଲଗା ଗୋଜିକାଠି ଖୋସା । କୁମ୍ଭକର୍ଣ୍ଣଧାଡ଼ି ଷୋଳହାତି ବରମପୁରୀ ପାଟଶାଢ଼ି ପିନ୍ଧା, ଗାଲରେ ଗାଲେ ପାନ । ଡାଳିଯୋଡ଼ା ଫତେସିଂହ ଘର ବେଶ୍ ଚଳ । ପୂର୍ବରୁ କାନରେ ଶୁଣାଥିଲା, ବର୍ତ୍ତମାନ ଆଖିରେ ଅଳଙ୍କାର ବିଭବ ଦେଖି ଗାଁ ମାଇକିନିଆମାନେ ବୁଝିଗଲେ- ହଁ, ଘରପରି ଘରଟାଏ ।

ମାଉସୀ ବସିପଡ଼ି କହିଲେ, "ମୋ ଝିଆରୀ କାହିଁ ? ମୋ ଝିଆରୀ କାହିଁ ? ମୋ ଝିଆରୀକୁ ଦେଖିବି । ଆହା ! ମା'ଛେଉଣ୍ଡୀଟି ଶୁଖିଯିବଣି ।" ସାନ ଖୁଡ଼ୀଶାଶୂ ନୂଆବୋହୂଟିକୁ ଘେନିଆସିଲେ । ବୋହୂଟି ଦେଢ଼ହାତ ଓଢ଼ଣା ପକାଇ ଅଙ୍କ ନଇଁ ନଇଁ ଆସି ମାଉସୀ ଗୋଡ଼ତଳେ ଲଠକରି ମୁଣ୍ଡିଆଟିଏ ମାଇଲା । ମାଉସୀ ଝିଆରୀକୁ କୁଣ୍ଢାଇପକାଇ ବାହୁନି ବସିଲେ । "ଆରେ ମୋ ଝିଅରେ, ତୋତେ ନ ଦେଖି ଅନ୍ଧ ହୋଇଯାଇଥିଲି । ଆରେ ମୋ ଚନ୍ଦ୍ର ଉଦିଆରେ, ମୋ ଘର ଅନ୍ଧାର କରି ଆସିଛୁ, ଆରେ ମୋ କଳାମାଣିକରେ ।" ମାଉସୀ ବାହୁନି ବାହୁନି ଅଥୟ ହୋଇଗଲେଣି, ଦୁଇଆଖିରୁ ଝରଝର କରି ପାଣି ବୋହିପଡୁଛି । ବଡ଼ ସମୁଦୁଣୀ କୁଣ୍ଢାଇପକାଇ ଆପଣା ପଣତକାନିରେ ଆଖି ପୋଛିଦେଲେ ଏବଂ ଅନେକ ପ୍ରକାର ବୁଝାଇ ସମଝାଇ ତୁନି କରାଇଲେ । ମାଉସୀ କହିଲେ, "କଣ କହୁଛ ସମୁଦୁଣୀ, ଝିଅ ଆସିଲା ଦିନୁ ଅନ୍ନଜଳ ପିତା କରିଦେଲିଣି । ଖାଲି ଦାଣ୍ଡକୁ ଚାହିଁ ବସିଥାଏ; ଏଣୁ ଲୋକଟିଏ ଗଲେ ପଚାରେ, ବାଟଟିଏ ଗଲେ ପଚାରେ ।"

ଝିଆରୀ ତ ନୂଆ ପାଟି ଶୁଣି ଏବଂ ବାହୁନା ଦେଖି ତାଟଙ୍କା ହୋଇଗଲାଣି । ମାଉସୀ ମୁହଁ ଦେଖିବାପାଇଁ ଟିକିଏ ଓଢ଼ଣା ଟେକୁଥିଲା । ଚତୁରା ମାଉସୀ ଝିଆରୀର ଅଭିପ୍ରାୟ ସହଜରେ ବୁଝିପାରି ଓଢ଼ଣା ଟାଣିଦେଇ କହିଲେ, "ଆରେ ମୋ ଲାଜକୁଳୀବଦନରେ, ଆରେ ମୋ ଲାଜକୁଳୀଲତାରେ, ତୋତେ କିଏ ଲାଜ

ଶିଖାଇବରେ । ସମୁଦୁଣୀ କଣ କହିବି, ଏହା ମାଆର ଏହିପରି ଲାଜ ଥିଲା । ବୁଢ଼ୀ ହୋଇ ମଲା, ଶାଶୂମାନଙ୍କ ଆଗରେ ଆଖି ଫିଟାଇ ଚାହିଁ ନାହିଁ, ଓଢ଼ଣା ଟେକି ନାହିଁ । ଶାଶୂ ସାଙ୍ଗରେ ଭଟ ଭଟ ଲଗାଇବ ପଛକେ, ଖୁଡ଼ୀଶାଶୂମାନଙ୍କୁ ଗାଳି ଦେବ ପଛକେ, ସେହି ଓଢ଼ଣା ଭିତରୁ । ଧାନ ପେଟରୁ କଣ ବାଲୁଙ୍ଗା ବାହାରିବ ? ତୁଳସୀମଞ୍ଜିରୁ କଣ ବିଛୁଆତି ହେବ ? ତିରିଲାଝିଅ ହୋଇ ଯେବେ ଲାଜ ନ ହେଲା, ଧିକ୍ ତୋ ଜୀବନ; ଛାଡ଼ ତା କଥା ।" ଝିଆରୀ ତ ମାଉସୀ କଥା ଶୁଣି ଆହୁରି ଢାଙ୍କି ଢୁଙ୍କି ହୋଇ ବେଙ୍ଗୁଲି ପରି ବସିଲା । ଟାଙ୍ଗୀରେ ତାହାର ଗୋଟିଏ ମାଉସୀ ଘର ଥିବାର ସେ ଥରେ ଶୁଣିଥିଲା । ସେ ତା ମାଆର ଖୁଡ଼ୁତା ଝିଅ ଭଉଣୀ । ମନରେ ବୁଝିଲା, ଏ ସେହି ମାଉସୀ ।

ତାହା ବାଦ୍ ବୋହୂ-ମାଉସୀ ହସି ହସି ସମୁଦୁଣୀମାନଙ୍କ ସହିତ କଥାବାର୍ତ୍ତା କଲେ । ସମୁଦୁଣୀ ସମୁଦୁଣୀ କଥା, ହସକୌତୁକ କଥା, ଟାପରାଟାପୁରି କଥା ଢେର୍ ହେଲା । ଆପଣଙ୍କର ସେ ସମସ୍ତ କଥା ଶୁଣିବାକୁ ଇଚ୍ଛା ଥାଇପାରେ; ମାତ୍ର ଭଲଲୋକ ଘର ବୋହୂ-ଭୁଆସୁଣୀ କଥା ପ୍ରକାଶ କରିବାକୁ ଆମ୍ଭେମାନେ ନିତାନ୍ତ ନାରାଜ । ତେବେ ଆପଣ ଯଦି ଶୁଣିବାକୁ ନିତାନ୍ତ ଇଚ୍ଛା କରନ୍ତି, ଆଉ ଯାହା କହିଲେ କୌଣସି ଦୋଷ ନାହିଁ, ସେତିକି କଥା କହିପାରୁ । ବୋହୂ-ମାଉସୀ କହିଲେ -

"ଏ ବରଷ ଭାରୀ ଯୋଗ ପଡ଼ିଛି, ସମସ୍ତେ ବଳଦେବ ଯାତ ଦେଖିବାକୁ ଧାଇଁଛନ୍ତି, ଆମ ଗାଁ ତ ଶୂନଶାନ । ମୁଁ କହିଲି ଆଚ୍ଛା ବେଳ ପଡ଼ିଲା, ଦିଅଁ ଦେଖା, ସମୁଦୁଣୀ ଭେଟ ଏକ ସାଙ୍ଗରେ ହୋଇଯିବ । ଝିଆରୀଟି କେମନ୍ତେ ଅଛି ଦେଖିବି । ସମସ୍ତଙ୍କୁ ହେଣ୍ଟରେଇ ହେଣ୍ଟରେଇ ଘରୁ କାଢ଼ିଲି । ଆମର ସେମାନେ, ଆଉ ଭିଣୋଇ ସାଆନ୍ତ ଗୋଟାଏ ଗୋଟାଏ ଘୋଡ଼ାରେ ଚଢ଼ି ଦାଣ୍ଡେ ଦାଣ୍ଡେ ଆଗରେ ଯାଇ ତୋଟାରେ ବସିଛନ୍ତି । ଭଣ୍ଡାରି ଗଉଡ଼ ସମସ୍ତେ ସେମାନଙ୍କ ସାଙ୍ଗରେ । ମୁଁ କହିଲି ଝିଅଟିକୁ ନ ଦେଖି ଯିବି ନାହିଁ । ଏକା ବାହାରି ଆସିଲି । କାଲି ଦର୍ଶନ ସାରି ସମସ୍ତେ ଏହିବାଟେ ବାହୁଡ଼ିବା । ବାଟରେ ଶୁଣିଲି, ସମୁଦିମାନେ ଯାତ ଦେଖି ଯାଇଛନ୍ତି । ଭଲ ହେଲା, ସମସ୍ତେ ସାଙ୍ଗହୋଇ ଆସିବା । ଦେଖ ସମୁଦୁଣୀ, ତୁମ୍ଭମାନଙ୍କ ସଙ୍ଗରେ ଦୁଃଖ ସୁଖ କଥା, ହସକୌତୁକ କଥା କିଛି ହୋଇପାରିଲା ନାହିଁ । ଫେରିବାବେଳେ ଏହିଠାରେ ଚାରିଦିନ ରହିଯିବି । ଭିଣୋଇ ସାଆନ୍ତେ କହୁଥିଲେ, କେବଳ ଦିନେ ରହିବେ । ଦେଖିବଟି ଭଲା, କିପରି ଚାରିଦିନ ନ ରହିବେ; ଅଣ୍ଟାରେ ହାତ ପୂରେଇ ଦେବି ପରା ! ଝିଆରୀ ମୁଣ୍ଡରେ ହାତ ବୁଲେଇ କହିଲେ, "ମାରେ, ଝିଅରେ, ଆହା ! ପିଲାଲୋକ କେଜାଣି ଚିହ୍ନି ପାରିବୁ ନାହିଁ, ଢେର୍ ଦିନ ହେଲା ଦେଖିନାହୁଁ। ମୁଁ

ଫେରିଆସେ, ନିରୋଳାରେ ବସି ଢେର୍ କଥା କହିବି ।" କାନରେ ତୁନି ତୁନି କହିଲେ, "ତୋ ଲାଗି ଯାତ୍ରାରୁ ଢେର୍ ଜିନିଷ ଆଣିବି ।"

ବୋହୂ-ମାଉସୀ ବାଡ଼ିଆଡ଼କୁ ଯିବାକୁ ଇଚ୍ଛା କରି ଠିଆ ହୋଇ କହିଲେ, "ଦେଖ ସମୁଦୁଣୀ ମୁଁ ପଦାଆଡ଼େ ଗଲେ ସ୍ନାନ କରେ, ଚାରିଥର ଯିବି ପଛେ ଚାରିଥର ସ୍ନାନ । ଘର ପଛକୁ ଗଲେ ଲୋଟାଏ ପାଣି । 'ଆଚ଼ାରେ ଲକ୍ଷ୍ମୀ ବିଚ଼ାରେ ପଣ୍ଡିତ ।' ଏହା କହି ଦାଣ୍ଡଦୁଆର ଡୋଲି ପାଖକୁ ଗୁମ୍‌ଗୁମ୍ କରି ବାହାରିଗଲେ । ସାଙ୍ଗ ଭଣ୍ଡାରି ପୂର୍ବରୁ ଢାଳଟିଏ ଧରି ଛିଡ଼ା ହୋଇଥିଲା । ବୋହୂ-ମାଉସୀ ପାଣି ପଡ଼ିଯିବା ଭୟରେ ଲୋଟା ମୁହଁରେ ହାତ ଘୋଡ଼ାଇ ବାଡ଼ି ଦୁଆରକୁ ବାହାରିଗଲେ । ବାଘସିଂହ ଘର ପୋଇଲୀ ମୁତୁରୀମା ଓଳିତଳ ଦେଖାଇ ଦେଇ ବାଡ଼ି ଦୁଆରେ ଛିଡ଼ାହେଲା । ବୋହୂ-ମାଉସୀ ତାକୁ ଅନାଇ କହିଲେ, "ଦେଖ, ସକାଳୁ ମୋତେ ପୀଡ଼ା ହେଲାଣି, କଣ କରିବି, ଚାରିଆଡ଼େ ଲୋକ, ପୁରୁଷ ହେଉ ସ୍ତ୍ରୀ ହେଉ, କେହି ଅନାଇଲେ ମୁଁ ବସିପାରେ ନାହିଁ ।" ମୁତୁରୀମା କହିଲା, "ନାହିଁ ନାହିଁ, ଏଠାରେ କେହି ନାହାନ୍ତି, ଆପଣ ଯାଆନ୍ତୁ, ଆପଣ ଯାଆନ୍ତୁ ।" ଏହା କହି ଘର ମଧ୍ୟକୁ ଆସି ବାଡ଼ିଦୁଆର ଆଉଜାଇ ଦେଲା ।

ଅନ୍ଧାର ହୋଇ ଆସିଲାଣି । ବୋହୂ-ମାଉସୀ କହିଲେ, "ମୁଁ ଆଉ ରହିପାରିବି ନାହିଁ, ସେମାନେ ବାଟ ଚାହିଁ ବସିଥିବେ ।" ସମୁଦୁଣୀମାନେ କିଛି ଖାଇବାକୁ କହିଲେ । ବୋହୂ-ମାଉସୀ ଜିଭ କାମୁଡ଼ିପକାଇ କହିଲେ, "ରାମ-ରାମ-ରାମ । କଣ କହିଲ ସମୁଦୁଣୀ, କଣ କହିଲ ? ଏ ଘରେ ଝିଅ ଦେଇଛି, ପାଣି ଛୁଇଁବି ?" ବିଦାବେଳେ ବୋହୂ-ମାଉସୀ ସମୁଦୁଣୀମାନଙ୍କୁ କୁଣ୍ଢାଇ ପକାଇ କହିଲେ -

"ଦେଉନ୍ତୁ ମେଲାଣି ଯାଉଛି ସଙ୍ଗାତ
ମନଟି ରଖିଲ ବାନ୍ଧି,
ଦିନରାତି ସିନା ସରିବ ନାହିଁଟି
ସକେଇ ସକେଇ କାନ୍ଦି ।"

ଡୋଲି ଗାଁରୁ ବାହାରି ବିଲବାଟ ଅନ୍ଧାରରେ ମିଶିଗଲା । ଏଣେ ସାହାନ୍ତମାନଙ୍କୁ ଦେଖିବା ସକାଶେ ଭାର ସବୁ ରଖାଇ ଦିଆଗଲା । ବୋହୂ-ମାଉସୀ ବିଦାୟ ହୋଇଗଲା ବାଦ୍ ତାଙ୍କ ରୂପ ଗୁଣ ବିଷୟରେ ଢେର୍ ସମାଲୋଚନା ହେଲା । ସମସ୍ତେ ପ୍ରଶଂସା କଲେ-କେହି ରୂପର, କେହି ଗୁଣର, କେହି ଅଳଙ୍କାରର, କେହି ପାଚିଲା କଦଳୀର । ମାତ୍ର ମାଣିକ କହିଲା, "ହେଲା ହଁ; ବଡ଼ଲୋକ ଘର; ରୂପଟା ଏକା, ସେ ରୂପ ନୁହେଁ, ଛାମୁଦାନ୍ତ ଦୁଇଟା ବାହାଡ଼ା, ଗାଲ ଦୁଇଟା ଉଆଉଫଡ଼ାପରି ।" ହଗୁରା ମା କହିଲା, "କଥାଟାରେ ଏକା ମିଠା ନାହିଁ, ଠୋସଠୋସ୍ ।" ମୁତୁରୀମା କହିଲା,

“ଚାଲିଟା ଧସ୍‌ଧସ୍ ।” ଶଂକ୍ରି କହିଲା, “ହଁ ହଁ, ହସଟା ଫସ୍‌ଫସ୍ ।” ଶୁକ୍ରୀ କହିଲା, “ଚାହାଣୀଟା କସ୍‌ମସ୍ ।” ମୁହୂର୍ତ୍ତ ମଧ୍ୟରେ ‘ଏକୋହି ଗୁଣରେ ଦୋଷ ସନ୍ନିପାତ’ ହୋଇଗଲା । ନୂଆବୋହୂକୁ ମାଉସୀ ସମ୍ବନ୍ଧରେ ଅନେକ ପ୍ରଶ୍ନ କରାଗଲା; ମାତ୍ର ସେ ଏତିକି କହିଲା- “ଟାଙ୍ଗୀ-ମାଉସୀ ।”

ପରିଚ୍ଛେଦ-୧୭

କିପରି ଘର ପୋଡ଼ିଲା

ଆଜି ଅନନ୍ତପୁର ଗ୍ରାମରେ ହାହାକାର ପଡ଼ିଅଛି । ଗଲା ଅଧରାତିରୁ ବାଘସିଂହ ଘରେ ନିଆଁ ଲାଗି ସମସ୍ତ ଘର ଧାନଅମାର ପୋଡ଼ି ଛାରଖାର ହୋଇଗଲାଣି । ନିଆଁ ପାଉଁଶ ବୋଲିହୋଇ କାଳିଆ କାଳିଆ କାନ୍ଥଗୁଡ଼ାକ ଛିଡ଼ା ହୋଇଅଛି । ଏ ପର୍ଯ୍ୟନ୍ତ ନିଆଁ ଲିଭି ନାହିଁ । ଘର ଭିତରେ ଚାଳ ବସିଯାଇ ଧୂ ଧୂ ହୋଇ ଜଳୁଅଛି । ମୂଳି ବାଉଁଶଗୁଡ଼ାକ ଫଟ୍ ଫଟ୍ କରି ଫୁଟୁଅଛି । କେଉଁଠାରେ କାନ୍ଥ ଉପରେ ବାଉଁଶ ଯୋଡ଼ାଏ, କେଉଁଠାରେ ନଡ଼ା ମେଞ୍ଚାଏ ଲାଗି ଜଳୁଅଛି । ମୋଟା ମୋଟା ଖୁମ୍ବଗୁଡ଼ାକ ଅଗ୍ନିସ୍ତମ୍ଭ ପରି ଦିଶୁଅଛି । କବାଟରେ ନିଆଁ, ଚୌକାଠରେ ନିଆଁ, ଚାରିଆଡ଼େ ନିଆଁ । ଧାନଘର ଭିତରେ ନିଆଁ ପଶି ଭାରି ଧୂଆଁ ବାହାରୁଛି । ଜ୍ୟେଷ୍ଠମାସିଆ ଦିନ, ଚାଳବାଡ଼ ଶୁଖି ଝୁଣାହୋଇ ରହିଥିଲା । ପାଖ ମୁହିଁବାକୁ ସାଧ କାହାର ? ପବନ ଏତିକିବେଳେ କାହିଁ ଥିଲା । କେବଳ ଆଟୁ ଭିତରକୁ ନିଆଁ ଯାଇପାରିନାହିଁ, କବାଟ ଧରିଲାଣି । ହଳିଆମାନେ ମାଠିଆ ମାଠିଆ ପାଣି ପକାଇ ଆଟୁ କବାଟ ପାଖକୁ ଯିବାକୁ ଚେଷ୍ଟା କରୁଛନ୍ତି ।

ଯାତ୍ରାକାଳିମାନେ ବାହୁଡ଼ି ଅଇଲେଣି । ଦିନ ଛ ଘଡ଼ି-ତଳେ ନିଆଁ, ଉପରେ ନିଆଁ । ଘରୁ କୁଟା କେରାଏ ବାହାରି ନାହିଁ । ଅଧରାତିରେ ନିଆଁ ଲାଗିଲା, ମାଇକିନିଆମାନେ ନିଦବାଉଳାରେ ହାଉଳିଖାଇ ଦେହଲୁଗା ଘେନି ବାହାର ତୋଟା ମଧ୍ୟରେ ଗଛମୂଳରେ ବସିଅଛନ୍ତି । ବଣବିରାଡ଼ିପରି ଘରନିଆଁକୁ ଅନାଇ ଡକା ପାଡୁଛନ୍ତି । ହଳିଆମାନେ ଗାଈ ବଳଦ ଫିଟାଇ ଦେଇ ଆଗରୁ ପଳାଇ ଯାଇଥିଲେ । ସେମାନେ ଚେଷ୍ଟା କରିଥିଲେ କେତେକ ଜିନିଷ ବଞ୍ଚାଇପାରିଥାନ୍ତେ; ମାତ୍ର ପରପାଇଁ କେତେଜଣ ନିଆଁରେ ପଶନ୍ତି ? ଦିନ ବୁଡ଼ିଆସିଲାଣି । ବାଘସିଂହ ଘରେ ପିଲାଠାରୁ ବୁଢ଼ାଯାଏ

କାହାରି ଦାନ୍ତରେ ଦାନ୍ତକାଠି ବାଜିନାହିଁ । ପିଲାଗୁଡ଼ିଙ୍କୁ ଆଉ ବୋହୂଗୁଡ଼ାଙ୍କୁ ଝୋଲାମାରିଗଲାଣି । ବୁଢ଼ା ପୁରୋହିତ କେଲୁ ରଥେ ଅନେକ ବୁଝାଇ ସମଝାଇ ସମସ୍ତଙ୍କୁ ଦାନ୍ତ ଘଷାଇଲେ । ଘରୁ ଗୁଡ଼ ଚୁଡ଼ା, କଂସା କଂସା ତୋରାଣୀ ଆଣି ସମସ୍ତଙ୍କୁ ମୁନ୍ଦାଏ ମୁନ୍ଦାଏ ପିଆଇ ସାଷ୍ଟମ କରାଇଲେ । ମାଇକିନିଆ ମଧ୍ୟରେ କେହି ଖାଇଲା ବା କେହି ନ ଖାଇଲା । ବାଘସିଂହ ଘରଆଡ଼େ ଚାହିଁ ଢକ ଢକ କରି ଢାଳେ ପାଣି ପିଇଦେଇ ପଡ଼ିଗଲେ ।

ଧାନ ଘର ଛାଡ଼ି ଆଉ ଆଉ ଘରେ ନିଆଁ ଲିଭିଲାଣି, କୌଣସି କୌଣସି ଘରୁ ଅଳପ ଅଳପ ଧୂଆଁ ବାହାରୁଅଛି । ରାତି ଅନ୍ଦାଜ ଦୁଇଘଡ଼ି । ଭାଇମାନଙ୍କ ସହିତ ବାଘସିଂହ ଆଉ ଗାଁଲୋକ ସମସ୍ତେ ଗୋଟାଏ ଗଛ ମୂଳରେ ବସିଛନ୍ତି । ବାଘସିଂହ ପଚାରିଲେ, "ନିଆଁ କିପରି ଲାଗିଲା ?" ସମସ୍ତଙ୍କର ପ୍ରଶ୍ନ ନିଆଁ କିପରି ଲାଗିଲା; ଉତ୍ତର ଦେଉଛି କିଏ ? କେଲୁ ରଥେ କହିଲେ, "ନିଆଁ ଲଗାଇବ କିଏ, ବାଘ ଦୁଆରକୁ କିଏ ଆସିବ ? ହିଙ୍ଗୁଳା ଠାକୁରାଣୀଙ୍କର କର୍ମ ।" ସମସ୍ତେ ତାହାଙ୍କ ମୁହଁକୁ ଚାହିଁ କହିଲେ, "ଠିକ୍, ଏହିକଥା ଠିକ୍ ।" ଗୋବିନ୍ଦ ରଥେ କହିଲେ, "ନାହିଁ ହୋ, ତାହା ନୁହେଁ, ବୁଢ଼ୀ ମଙ୍ଗଳାଙ୍କ କୋପ । ଦେଖୁନାହାନ୍ତି, ମଙ୍ଗରାଜେ ବରଷକ ସାରା ପୂଜା ଲଗାଉଛନ୍ତି । ମୁଁ କେତେଥର କହିଲି, ପୂଜା ପଠାଅ, ଶୁଣିଲେ ନାହିଁ, ଏବେ ଦେଖିଲ ତ ? ମୁଁ ନବୁଝି ନସୁଝି କିଛି କଥା କହେ ନାହିଁ । ଠାକୁରାଣୀ କୂଟ ନ ହେଲେ ଓଳିପରୁ ପାଳଦଉଡ଼ି ଗଦାରୁ ନିଆଁ କାହୁଁ ଅଇଲା ?

ମାଣିକ କହିଲା, "ସେ ସବୁ କଥା ଯାହା ହେଉ, ନୂଆବୋହୂ ପହରାଟା ଏକା ବଡ଼ ଖରାପ । ସେ ଏ ଘରେ ପାଦ ଦେବା ଦିନୁ ନାନା ଅମଙ୍ଗଳ ଗୋଡ଼ାଇଛି ।" ଶାମାମା କହିଲା, "ଏ କଥାଟା ଏକା ସତ, ଠିକ୍ ସତ । ଡରରେ ସିନା କହିପାରୁ ନ ଥିଲି । ଦେଖିଲ ନା, ଚୈତ୍ରମାସରେ କିଛି କାହିନାହିଁ, ଗାଈଟାକୁ ସାପ ଦଂଶିଦେଲା । ସାପ କି ଏ ଗାଁରେ ନଥିଲେ ? ଗାଈ କାମୁଡ଼ୁ ଥିଲେ କେଉଁଦିନ ? ମୋହର ତ ବାରପୁଞ୍ଜା ବୟସ ହେଲା, ବାଘସିଂହ ଘର ଗାଈକୁ ସାପ କାମୁଡ଼ିଛି, ଏ କଥା ଶୁଣିନାହିଁ । ମକରା ହଳିଆ କହିଲା, "ନୁହେଁ ତ କଣ ? ଦୁଇ ବରଷ ତଳେ ମୋହର ହାତୀପରି ଦୁଇଟା ବଳଦ ଗୁମ୍‌ଗୁମ୍ କରି ବସିଗଲେ ।" ଅର୍ଜ୍ଜୁନା ହଳିଆ କହିଲା, "ଏହି ଆମ୍ବ ତୋଟାରେ ଗୋରୁ ଚରୁଥିଲେ, ଏ ବରଷ ଗୋଟାଏ ଦେଖିବାକୁ ସପନ ।" ହଳିଆ ହଳିଆଣୀ, ଭଣ୍ଡାରି ଭଣ୍ଡାରୁଣୀ ସମସ୍ତଙ୍କ ଅନୁମାନ, ଯୁକ୍ତି ଏବଂ ପ୍ରମାଣ ପ୍ରୟୋଗଦ୍ୱାରା ସ୍ଥିର ହେଲା, ବୋହୂ ପହରା ଘରପୋଡ଼ିର କାରଣ ଅଟେ । ଏହି ସିଦ୍ଧାନ୍ତର ପୋଷକତା

ନିମନ୍ତେ ମାଣିକ ପୁନଶ୍ଚ କହିଲା, "ଦେଖୁନାହଁ, ବୋହୂ-ମାଉସୀ ଯେପରି ପାଦଦେଇଛି ତିନିଦିନ ଯାଇ ନାହିଁ, ତିନି ପକ୍ଷ ଯାଇ ନାହିଁ, ଅମଙ୍ଗଳ ସାଙ୍ଗେ ସାଙ୍ଗେ ।"

ବାଘସିଂହ ପଚ଼ାରିଲେ, "ବୋହୂ-ମାଉସୀ କିଏ ? ବୋହୂ-ମାଉସୀ କିଏ ?" ଡୋଲି ଚଢ଼ି ବୋହୂ-ମାଉସୀର ଆଗମନ, ଅଶ୍ୱାରୋହଣପୂର୍ବକ ଡାଳିଯୋଡ଼ା ଫତେସିଂହଙ୍କର ଦେବଦର୍ଶନକୁ ଯାତ୍ରା ଇତ୍ୟାଦି ଯଥା ଦୃଷ୍ଟ, ଯଥା ଶ୍ରୁତ ସାଲଙ୍କାରେ ପୂର୍ବକଥିତ ମାଣିକ ବର୍ଣ୍ଣନା କଲା ଏବଂ ସଙ୍ଗେ ସଙ୍ଗେ ମାଉସୀ ଆଣିଥିବା ଭାରର ସଂଖ୍ୟା, ଭାରସ୍ଥିତ ପଦାର୍ଥମାନଙ୍କ ବିଷୟ ବର୍ଣ୍ଣନ କରିବାକୁ ବିସ୍ମୃତ ହେଲା ନାହିଁ । ସାବିମା କେଉଟୁଣୀ କହିଲା "ସେ ଗୋବିନ୍ଦପୁରକୁ କେତେଥର ଚୁଡ଼ା ବିକିବାକୁ ଯାଇ ଦେଖିଆସିଛି, ବୋହୂ-ମାଉସୀ ରୂପ ଠିକ୍ ରାମଚନ୍ଦ୍ର ମଙ୍ଗରାଜଙ୍କ ଘରର ଚମ୍ପାପରି ।" ଶଙ୍କରା ହଳିଆ କହିଲା, "ଯେଉଁ ଲୋକଟା ପଣସ ଭାର ଆଣିଥିଲା ସେଟା ମଙ୍ଗରାଜଙ୍କ ହଳିଆ ।" ବାଘସିଂହ ଭାଇମାନେ ମୁହଁ ଚାହାଁଚୁହିଁ ହୋଇ କହିଲେ, "କାହିଁ ଆମ୍ଭେମାନେ ତ ଦାଣ୍ଡେ ଦାଣ୍ଡେ କେନ୍ଦ୍ରପଡ଼ାରୁ ଆସୁଅଛୁଁ, ଡୋଲି କିମ୍ବା ଘୋଡ଼ା ତ ଦେଖିଲୁ ନାହିଁ ? କେନ୍ଦ୍ରାପଡ଼ା ଦାଣ୍ଡ ଏବଂ ଡାଳିଯୋଡ଼ା ଫତେସିଂହଙ୍କ ଘରଠାକୁ ରାତାରାତି ଲୋକ ଗଲେ । ସେମାନେ ବାହୁଡ଼ି ଆସି ଯେଉଁ ସମ୍ବାଦ ଦେଲେ, ସେଥିରୁ ଜଣାଗଲା, ସର୍ବୈବମିଥ୍ୟା, ମାଉସୀର ଅସ୍ତିତ୍ୱ ଅସ୍ୱିକାର । ଏହି ଘଟନା ଘେନି ଗ୍ରାମ ମଧ୍ୟରେ ଅନେକଦିନ ପର୍ଯ୍ୟନ୍ତ ଆଲୋଚନା ହେଲା । ଆଖପାଖ ଗ୍ରାମରେ ମଧ୍ୟ କଥା ପଡ଼ିଲା । ସମସ୍ତେ ଅନୁମାନ କଲେ ଏହା ମଙ୍ଗଳାର ମାୟା । ଆମ୍ଭେମାନେ କହୁଁ, ପିଶାଚୀର କାର୍ଯ୍ୟ ହୋଇପାରେ । ଡାଳିଯୋଡ଼ା ଫତେସିଂହ ସଙ୍ଖୁଳି ଆସି ଝିଅକୁ ଘେନିଗଲେ । ଲୋକେ କହନ୍ତି, "ପିଲାଟି ଯେପରି ଅନ୍ନଜଳ ଛାଡ଼ି ବସିଥିଲା, ବାପ ଘେନିଯାଇ ନଥିଲେ ପ୍ରାଣ ପାଇବା କଠିନ ହୋଇଥାନ୍ତା ।"

ପରିଚ୍ଛେଦ-୧୮

ସାଆନ୍ତାଣୀ

"ସର୍ବେ ଚଳିବେ କାଳବଳେ, କଥା ରହିବ ମହୀତଳେ ।"

ଶ୍ରାବଣ ମାସ, ରାଧାଷ୍ଟମୀ ଦିନ, ଖୁବ୍ ଭୋର, ଅଳ୍ପ ଅଳ୍ପ ଅନ୍ଧାର ଅଛି, ଲୋକମାନେ ବିଛଣା ଛାଡ଼ିନାହାଁନ୍ତି । ଅବଶ୍ୟ ଅନେକ ଲୋକଙ୍କ ନିଦ ଭାଙ୍ଗିଲାଣି; ମାତ୍ର ଖୁବ୍ ଦରକାର ନ ଥିଲେ ବର୍ଷା ଆଉ ଶୀତ ଋତୁର ପାହାନ୍ତି-ବିଛଣା ଲୋକମାନଙ୍କୁ ଟିକିଏ ଟାଣିଧରେ । ମଙ୍ଗରାଜ ଘର ପୋଇଲୀ ମରୁଆ ଢାଳଟିଏ ଡେବିରି ହାତରେ ଧରି ଖାଇବା ହାତରେ କବାଟ ଫିଟାଇ ଘରୁ ବାହାରିପଡ଼ିଲା । ହଠାତ୍ ତାହାର ଦୃଷ୍ଟି ଚଉରା ଉପରେ ପଡ଼ିଗଲା । ସେ ଥକ୍କା ହୋଇ ଠିଆହୋଇଗଲା । ଧଳାଟାଏ କଣ ? ତୁଳସୀ ଚଉରାଟା ମଙ୍ଗରାଜଙ୍କ ମଝିଅଗଣା ମଧ୍ୟରେ । ସାଆନ୍ତାଣୀଙ୍କ ନିଜସ୍ୱ ମଧ୍ୟରେ ଚଉରାଟି । ବୃନ୍ଦାବତୀପୂଜା ତାହାଙ୍କ ଜୀବନର ବ୍ରତ । ତୋଟା ମଧ୍ୟରୁ ପୁଆଟିଏ ଆଣି ନିଜେ ରୋଇଛନ୍ତି । ସକାଳୁ ଉଠି ଚଉରା ଚାରିପାଖ ଖରକିବା, ଗୋବର ପାଣିରେ ଛୁଞ୍ଚଦେବା, ଗାଧୋଇ ଆସି ମୂଳରେ ପାଣିଦେବା, ଅରୁଆ ଚାଉଳ ପୁଞ୍ଜାଏ ଭୋଗ ଦେବା, ସଞ୍ଜଦେବା, ଏହି ସବୁ କାର୍ଯ୍ୟ କରୁ କରୁ ଦିନ ଅଣ୍ଟେ ନାହିଁ । ସଞ୍ଜ ଦେଇସାରି ବେକରେ ପଣନ୍ତକାନି ପକାଇ ପୂରା ଅଧଘଡ଼ିଏ ଜୁହାର ହୁଅନ୍ତି । ତୁନି ତୁନି କଣ କହନ୍ତି ବୃନ୍ଦାବତୀଙ୍କୁ ଜଣା ।

ମରୁଆ ଧୀରେ ଧୀରେ ଚଉରା ପାଖକୁ ଯାଇ ଭଲକରି ଅନାଇଲା । ଏଁ-ଏ କଣ ? ସାଆନ୍ତାଣୀଏଁ-ସାଆନ୍ତାଣୀଏଁ-ସାଆନ୍ତାଣୀଏଁ- ଉତ୍ତର ନାହିଁ । ମରୁଆ ଢାଳଟି ତଳେ ଥୋଇଦେଇ ଦେହରେ ହାତ ଦେଇ ହଲାଇଲା । ରାତିରେ ଅସ୍ରାଏ ପାଣି ବର୍ଷିଯାଇଛି । ଲୁଗାପଟା ଓଦା, କାଦୁଅ ଲଟପଟ, ଦେହଟା କାଠପରି ହୋଇଯାଇଛି,

କୁଆପଥର ପରି ଶୀତଳ । ମରୁଆ ଗୋଟାଏ ଭୟଙ୍କର ରଡ଼ି ଛାଡ଼ି ବାହୁନି ବସିଲା- "ମୋ ସାଆନ୍ତାଣୀ ଗୋ, ମୋ ସାଆନ୍ତାଣୀ । କାହିଁ ଛାଡ଼ିଗଲ, ମୋ ସାଆନ୍ତାଣୀ ଗୋ ମୋ ସାଆନ୍ତାଣୀ ! ପିମ୍ପୁଡ଼ି ପେଟବଥା କଥା କିଏ ଜାଣିବ, ମୋ ସାଆନ୍ତାଣୀ ଗୋ ! ମୋତେ ଜର ହେଲେ କିଏ ପଥି ରାନ୍ଧି ଖୁଆଇବ, ମୋ ସାଆନ୍ତାଣୀ ଗୋ !" ମରୁଆ ପାଟି ଶୁଣି ଉଆସର ସମସ୍ତେ ଧାଇଁଆସିଲେ, ଅଗଣା ପୂରିଗଲା । ସମସ୍ତେ ବାହୁନି ବସିଲେ । ବୋହୂମାନଙ୍କ ମୁଣ୍ଡରେ ଲୁଗା ନାହିଁ, କାନ୍ଦି ଲୋଟିଯାଉଛନ୍ତି । ସମସ୍ତଙ୍କଠାରୁ ବେଶି ବାହୁନିଲା ଚମ୍ପା । ସେ ବାଡ଼ିଦୁଆରଠାରୁ ଦାଣ୍ଡଦୁଆର ପର୍ଯ୍ୟନ୍ତ ଧାଁ ଦଉଡ଼ କରି ଡାକଛାଡ଼ିଥାଏ । ସମସ୍ତେ କାନ୍ଦି ବସିଛନ୍ତି, କିଏ କାହାକୁ ତୁନି କରାଉଛି ?

ମୁହୂର୍ତ୍ତ ମଧ୍ୟରେ ଗାଁ ଏମୁଣ୍ଡ ସେମୁଣ୍ଡ ବିଦ୍ୟୁତ୍ ଗତିରେ ଖବର ହୋଇଗଲା । ସ୍ତ୍ରୀଲୋକମାନେ ବାସିପାଇଟି ଛାଡ଼ି, ପୁରୁଷମାନେ ଦୁଃଖ ଧନ୍ଦା ଛାଡ଼ି ସାଆନ୍ତାଣୀଙ୍କ ଗୁଣ ଗାଇବସିଲେ । ନିତାନ୍ତ ନିଃସମ୍ପର୍କୀୟା ସ୍ତ୍ରୀମାନେ ମଧ୍ୟ କାନ୍ଦିପକାଇଲେ । କେହି କହିଲା- ଆଜି ମହାଷ୍ଟମୀ, ପୁଣ୍ୟ ଦିନରେ ଗାଁରୁ ଲକ୍ଷ୍ମୀ ଚାଲିଗଲେ । କେହି କହିଲା- ମଙ୍ଗରାଜଙ୍କ ଘର ବଢ଼ନ୍ତି ଏତିକି, ଆଜିଠାରୁ ଶିରୀ ଛାଡ଼ିଲା । ଗାଁ ସ୍ତ୍ରୀମାନଙ୍କ ମଧ୍ୟରେ ସ୍ୱାମୀସେବା କଥା ପଡ଼ିଲେ, ସାଆନ୍ତାଣୀଙ୍କୁ ପଟାନ୍ତର ଦେଉଥିଲେ । ତାହାଙ୍କ ଚରିତ୍ର ଯେମନ୍ତ ନିର୍ମଳ, ଧର୍ମରେ ସେହିପରି ମତି । ସ୍ତ୍ରୀମାନଙ୍କ ସର୍ବସ୍ୱ ଧନ 'ପତିସୋହାଗ' ବିଧାତା ତାହାଙ୍କ କପାଳରୁ ପୋଛି ଦେଇଥିଲା; ମାତ୍ର ସେଥିକି ତାଙ୍କର ଶୋଚନା ନ ଥାଏ । ସେ ମନରେ ଭଲକରି ବୁଝିଥିଲେ, ପତିସେବା ସ୍ତ୍ରୀମାନଙ୍କର ଧର୍ମ, ପତିସେବାରେ ସ୍ତ୍ରୀମାନଙ୍କ ସୁଖ । କେବଳ ପତିସେବା ନୁହେଁ; ମନୁଷ୍ୟସେବାକୁ ମଧ୍ୟ ସେ ମହାସୁଖକର ଜ୍ଞାନ କରୁଥିଲେ । ମୁଣ୍ଡକୁ ହାତପାଇଲା ଦିନୁ ପୁଅମାନେ ପାଖ ପଶନ୍ତି ନାହିଁ । ବୋହୂମାନେ ଯେ ଅମାନ୍ୟ କରନ୍ତି ତାହା ନୁହେଁ; ମାତ୍ର ମୁରବି ମାନ୍ୟଟା ଥିଲା ନାହିଁ । ଶାଶୂ ବାଧିକି ପଡ଼ିଛନ୍ତି ବୋଲି ଯେ ବୋହୂମାନେ ତେଲହାତଟା ଗୋଡ଼ରେ ହାତରେ ବୁଲାଇ ଦେଇଛନ୍ତି, ଏ କଥାଟା କେବେ ଦେଖିବାରେ ଆସିନାହିଁ । ଏଇଟା କିନ୍ତୁ ସାଆନ୍ତାଣୀଙ୍କ ନିଜକୃତ ଦୋଷର ଫଳ । ଘରଣୀପଣିଆ ଜଣାଇବା, ପୁଅ, ବୋହୂ, ଚାକର, ପୋଇଲୀମାନଙ୍କୁ ଶାସନରେ ରଖିବାର କ୍ଷମତା ତାଙ୍କ ନ ଥିଲା । ସେ କଥାଟାକୁ ସେ ମଧ୍ୟ ସୁଖ ପାଉ ନ ଥିଲେ । ତାଙ୍କଠାରେ ଧୁଆମୂଳା ଅଧୁଆମୂଳା ସମାନ । ତାଙ୍କୁ ଯେ ମାନିଲା ଭଲ, ଯେ ନ ମାନିଲା ଭଲ । କେହି ଦଶପଦ ଗାଳି ଦେଉ, ଜାଡ଼ୀ ହଉଡ଼ୀ ପରି ଥାନ୍ତି ।

ଶାଳଗ୍ରାମର ଶୋଇବା ବସିବା ପରି ତାଙ୍କ ହସକାନ୍ଦ କେହି ଜାଣି ପାରିବେ ନାହିଁ । କାହାରି ସଙ୍ଗରେ କଳି କିମ୍ବା କାହାରି ସଙ୍ଗରେ ଭାବ ନାହିଁ । କାହାରି ପାଖରେ

ବସି ଦୁଃଖସୁଖ ଦୁଇଟା କଥା କହିବାର କେହି ଦେଖିନାହିଁ । କେବଳ ଉଆସ ମଧ୍ୟରେ କାହାରି ବେମାର ହେଲେ ଦିନ ନାହିଁ, ରାତି ନାହିଁ, ଜଗି ବସି ସେବା କରନ୍ତି । ବେମାରି ସମୟରେ ପୋଇଲୀ ହେଉ ବା ବୋହୂ ହେଉ, ନାହିଁ କରୁ କରୁ ଗୋଡ଼ରେ ହାତରେ ହାତ ବୁଲାଇଦେବେ । ବାହାରେ ହେଉ, ଘରେ ହେଉ କେହି ଉପାସ ଥିଲେ ତାହାକୁ ନ ଖୁଆଇ ଜଳ ଛୁଅନ୍ତି ନାହିଁ । ଗାଁର ଦରିଦ୍ର ବୁଢ଼ୀ ବା ଅନାଥା ବିଧବାମାନଙ୍କର ସର୍ବଦା ଖବର ନିଅନ୍ତି । କାହାରି ଘରେ ଖାଇବାକୁ ନ ଥିବାର ଶୁଣିଲେ, ସାଆନ୍ତଙ୍କୁ ଲୁଚାଇ, ପୁଅବୋହୂଙ୍କୁ ଲୁଚାଇ ଚାଉଳ ମାଣେ, ବିରିଜାଇ ମୁଠାଏ, ଲୁଣ ବକଟେ, ତେଲ ଟିକିଏ; କଖାରୁ ଖଣ୍ଡେ, ଭେଣ୍ଡି ଜହ୍ନି ପୁଞ୍ଜାଏ, ଯାହାର ଯାହା ଦରକାର ପଠାଇଦିଅନ୍ତି । ଗାଁଆର କାହାରି ବୋହୂଝିଅ ଦେହକୁ ଲାଗିଲେ ପୋଇଲୀ ପଠାଇ ତନଖି କରନ୍ତି । ଦେଉନ୍ତୁ ନ ଦେଉନ୍ତୁ, ଗରିବ ଦୁଃଖୀମାନଙ୍କର ତାଙ୍କଠାରେ ଗୋଟାଏ ବଡ଼ ଆଶା-ଭରସା ଥାଏ । ଅନେକ ପରଜାଏ ଖାତକ; ଅନେକ ଦରିଦ୍ର ପ୍ରଜା ସାଆନ୍ତାଣୀଙ୍କ ଯତ୍ନରେ ମଙ୍ଗରାଜଙ୍କ ଦାଢ଼ରୁ ମୁକ୍ତି ପାଇଥିବାର ଶୁଣାଯାଏ । ମଙ୍ଗରାଜେ କାହାରି ଉପରେ ଜୁଲମ କଲେ ସେ ଯଦି ବୋହୂ ଝିଅ ପଠାଇ ସାଆନ୍ତାଣୀଙ୍କ କାନରେ ଦୁଃଖକଥାଟା ବଜାଇପାରିଲା, ତେବେ ତ ବାସ୍ । ସେଥି ସକାଶେ ମଙ୍ଗରାଜଙ୍କ ଠାରୁ ଢେର୍ ଗାଳି ଗଞ୍ଜଣା ଶୁଣିବାକୁ ହୁଏ, ଚମ୍ପା ଟାହୁଲିମାହୁଲି କେତେ କଥା କହେ; ମାତ୍ର ସାଆନ୍ତାଣୀ ସେତେବେଳେ କାଲୁଣୀ । କାହାରି ଉପକାର କରିପାରିଲେ କୋଟିନିଧି ପାନ୍ତି । ଶିବୁ ପଣ୍ଡିତେ ସାଧୁଭାଷାରେ କହନ୍ତି, 'ସାଆନ୍ତାଣୀ ଦୟା, ସ୍ନେହ, ଭକ୍ତି ପ୍ରଭୃତି ସ୍ୱର୍ଗୀୟ ଗୁଣାବଳୀର ମୂର୍ତ୍ତିମତୀ ଦେବୀ ।'

ସାଆନ୍ତାଣୀଙ୍କର କିନ୍ତୁ ଗୋଟିଏ ବିଚିତ୍ର ସ୍ୱଭାବ ଥିଲା । ସେଟି ଦୋଷ କି ଗୁଣ, ଆମ୍ଭେମାନେ ସ୍ଥିର କରି ପାରୁନାହୁଁ; ଆପଣମାନେ ବୁଝନ୍ତୁ । ପାଞ୍ଚଟା କଥା ଯୋଡ଼ି ରଙ୍ଗଭଙ୍ଗ କରି କହିବାର ଶକ୍ତି ତାଙ୍କର ନ ଥିଲା, ପୁଣି କଥାଗୁଡ଼ିକ ଏତେ ଧୀରେ ଯେ, ଦାଣ୍ଡଦୁଆର ଲୋକ କେଭେଁ ତାଙ୍କର ତୁଣ୍ଡ ଶୁଣିନାହାନ୍ତି । ମାତ୍ର ସାଆନ୍ତେ ଉଆସ ମଧ୍ୟରେ କୌଣସି ପୋଇଲୀ ବା ଚାକର ଉପରେ ରାଗ ଚଳିହେଲେ ବା ମାରିବାକୁ ବସିଲେ ସାଆନ୍ତାଣୀ କିଛି ନ ବୁଝି ନ ଶୁଝି ମଝିରେ ପଶିଯାନ୍ତି ଏବଂ ବିବିଧ ଯୁକ୍ତି ପ୍ରୟୋଗପୂର୍ବକ ତାହାର ନିର୍ଦ୍ଦୋଷତା ପ୍ରମାଣ କରାଇବାକୁ ବିବିଧ ପ୍ରକାର ଚେଷ୍ଟା କରନ୍ତି । ସେତେବେଳେ ତାଙ୍କର ସତ୍ୟ ମିଥ୍ୟା ଜ୍ଞାନ ନ ଥାଏ; ସୁତରାଂ ସାଆନ୍ତଙ୍କ ରାଗଟା ତାଙ୍କରି ମୁଣ୍ଡ ଉପର ଦେଇ ଚାଲିଯାଏ । ପର ପାଇଁ, ବିଶେଷରେ ଦୋଷୀକୁ ରକ୍ଷା କରିବା ପାଇଁ ମିଥ୍ୟା କଥା କହିବା ଏବଂ ଅନ୍ୟର ଅପରାଧ ସକାଶେ ଆପେ ଲାଞ୍ଛିତ ହେବା ଅବଶ୍ୟ ବୁଦ୍ଧିମତ୍ତାର କାର୍ଯ୍ୟ ନୁହେଁ; ମାତ୍ର ଆଜିଯାଏ ତାଙ୍କର ସ୍ୱଭାବ

ବଦଳି ନ ଥିଲା । 'ସ୍ୱଭାବୋ ନୈବ ମୁଚ୍ୟତେ ।' ଦୋଷୀ ହେଉ ବା ନିର୍ଦ୍ଦୋଷ ହେଉ, କାହାରି କିଛି ଦୁଃଖ ଦେଖିଲେ ସେ କାନ୍ଦି ପକାଉଥିଲେ ।

ଆଉ ଗୋଟିଏ କଥା, ଉଆସ ମଧ୍ୟରେ ଦୁଇଟା ପୋଇଲୀ ମଧ୍ୟରେ ବା ବୋହୂ ବୋହୂ ମଧ୍ୟରେ କଳି ହେଲେ ସେ ପ୍ରାୟ ଦୁର୍ବଳ ପଟ ଧରି ଚାଲିବାର ଦେଖାଯାଏ । ଏଇଟା ଅବଶ୍ୟ ପକ୍ଷପାତିତାର ଚିହ୍ନ । ବୁଝି-ସମଜି ପକ୍ଷ ଧରିବାକୁ ହୁଏ ତାଙ୍କଠାରେ ଏ ଗୁଣର ନିତାନ୍ତ ଅଭାବ ଥିଲା ।

ସାଆନ୍ତାଣୀଙ୍କର ଗୋଟିଏ ମହତ୍ ଦୋଷ ଥିଲା - ଅବଶ୍ୟ ମହତ୍ ଦୋଷ ବୋଲିବାକୁ ହେବ- ସାଆନ୍ତେ ସେଥିସକାଶେ ଚିରକାଳ ବିରକ୍ତ । ତାଙ୍କର ଘରକରଣା ବୁଦ୍ଧି ଜଡ଼ସୁଦ ନ ଥିଲା । ଟଙ୍କା ପଇସା ଯେ କି ମହାମୂଲ୍ୟ ପଦାର୍ଥ, ସେ ତାହା ଜାଣୁ ନ ଥିଲେ । ସେ ଖୋଜନ୍ତି ନାହିଁ, ସୁତରାଂ ହାତପୈଠ ହୁଏନାହିଁ । ଯଦି ଦୈବାତ୍ ଦୁଇଅଣା ଚାରିଅଣା ପଇସା, ଟଙ୍କାଟିଏ, ସୁକିଟିଏ ହାତରେ ପଡ଼ିଯାଏ, ଧାନଉଷୁଆଁ ହାଣ୍ଡି ତଳେ, ନୋହିଲେ କୁଣ୍ଡାହାଣ୍ଡି ତଳେ ଉଗାଡ଼ିପକାନ୍ତି, ନୋହିଲେ ଚାଳବାଡ଼ରେ ଖୋସିଦିଅନ୍ତି । ଗାଁର କାହାରି ଝିଅ ଶାଶୂଘରକୁ ଯିବାବେଳେ ଶାଢ଼ି ଖଣ୍ଡେ କିମ୍ବା ଥୋପ ଯୋଡ଼ାଏ କିମ୍ବା ଭୁଜା ଉଖୁଡ଼ା ଦୁଇମାଣ ମୁକୁନ୍ଦା ହାତରେ କିଣାଇ ଦିଅନ୍ତି କିମ୍ବା କାହାରି ଘରେ ଖାଇବାର ନ ଥିଲେ ତାହା ଭାଗ୍ୟରେ ପଡ଼େ । ଏପରି ଦେବାର ଶୁଣାଯାଏ; କିନ୍ତୁ କେହି କେବେ ଦେଖିନାହିଁ ।

ଯାହାହେଉ ସାଆନ୍ତାଣୀଙ୍କର ଦୋଷ ଥାଉ ବା ଗୁଣ ଥାଉ, ଘରଠାରୁ ବାହାର ପର୍ଯ୍ୟନ୍ତ ସମସ୍ତେ ହାୟ ହାୟ କରୁଅଛନ୍ତି । କେବଳ କାନ୍ଦୁନାହିଁ ଜଣେ । ମୁକୁନ୍ଦା ହଳିଆ ପାକୁଆ ପାଟିଟା ଆଁ କରି ଆଖିବୁଜି ମାଂସଶୂନ୍ୟ ଡେଙ୍ଗା ହାଡୁଆ ଗୋଡ଼ ଦୁଇଟା ଲମ୍ବାଇଦେଇ ବାଡ଼କୁ ଆଉଜି ବସିପଡ଼ିଅଛି । ମୁକୁନ୍ଦାର ତିନି କୁଳରେ କେହି ଥିବାର ଜଣାନାହିଁ । ତାହାର ବୟସ, ଜାତି, କୁଳ, ଗୁଣଗ୍ରାମର କଥା ଶୁଣିବେ ? ହଳିଆ ବାପୁଡ଼ା କଥା କିଏ ପଚାରେ ? ସେ ନିଜେ କହେ, ସାଆନ୍ତାଣୀଙ୍କ ଜନ୍ମ ସମୟରେ ଦାଇକୁ ଡାକିବାକୁ ଯାଇଥିଲା ତାହା କୋଳରେ ସାଆନ୍ତାଣୀ ଏଡ଼େଟିଏ; ବାପଘରୁ ସାଙ୍ଗେ ସାଙ୍ଗେ ଆସିଅଛି । ହାଉଡ଼ା କଥା ହାଉଡ଼ା ମା' ଜାଣେ । କେବଳ ମୁକୁନ୍ଦା ସାଆନ୍ତାଣୀଙ୍କ ମନକଥା ବୁଝୁଥିଲା । କୌଣସି କଥାରେ ସାଆନ୍ତାଣୀ ମନଦୁଃଖ କଲେ ମୁକୁନ୍ଦା ଆସି ଜଳଜଳ କରି ତାଙ୍କ ମୁହଁକୁ ଚାହିଁରହେ । ସାଆନ୍ତାଣୀ ତା ମୁହଁକୁ ଚାହିଁ ମୁଣ୍ଡ ତଳକୁ ପୋତିଦିଅନ୍ତି । ସେହି ଚାହାଣୀ ଅର୍ଥାତ୍ ନୀରବ ବକ୍ତୃତାରେ ସବୁ କଥା ଛିଡ଼େ । ସାଆନ୍ତାଣୀ ସାନ୍ତ୍ୱନା ନ ପାଇ ତୁନି ହୁଅନ୍ତି । ସାଆନ୍ତାଣୀ କିଛି ମାତ୍ର ମନଦୁଃଖ କଲେ ଯାହା ଆଖିରୁ ଝର୍ ଝର୍ ହୋଇ ପାଣି ବୋହି ପଡୁଥିଲା, ଆଜି ମରି

ପଡ଼ିଛନ୍ତି, ସେ କାନ୍ଦୁ ନାହିଁ । ଯାହାର ଜଗତର ସମସ୍ତ ସୁଖ, ସମସ୍ତ ଶାନ୍ତି, ସମସ୍ତ ଭରସା, ସମସ୍ତ ଆଶା, ସମସ୍ତ ସାନ୍ତ୍ୱନା, ସମସ୍ତ ସ୍ନେହ ଏକ ସଙ୍ଗରେ ଶେଷ ହୋଇଥାଏ, ସେ କାନ୍ଦେ ନାହିଁ । କେବଳ ସେ ବେଳେ ବେଳେ ଫଁ-ଫଁ ନିଶ୍ୱାସ ପକାଉଛି । ବୋଧହୁଏ, ସେଥି ସକାଶେ ତାହାର ଶୁଷ୍କ ହୃଦୟ ଫାଟି ଯାଉ ନାହିଁ ।

ମଙ୍ଗରାଜେ ମୁଣ୍ଡ ପାଖରେ ବସି ଏକାଧ୍ୟାନରେ ସାଆନ୍ତାଣୀଙ୍କ ମୁହଁକୁ ଅନାଇଅଛନ୍ତି । ନିଶ୍ଚଳ ସ୍ତବ୍ଧ ଦୁଇ ଆଖିରୁ ଲୋତକ ବହିଯାଉଅଛି । ମଙ୍ଗରାଜଙ୍କ ଆଖିରୁ କେହି କେବେ ଲୋତକ ଦେଖିନାହିଁ, ଆଜି ନୂତନ ଦେଖାଗଲା । ଲୋକେ କହନ୍ତି, ସ୍ନେହ ମାୟା ମମତା ଚକ୍ଷୁଲଜ୍ଜା ଧର୍ମ କର୍ମ ମଙ୍ଗରାଜଙ୍କ ମନକୁ ଛୁଇଁ ନାହିଁ । ସେ ଭଲକରି ବୁଝୁଥିଲେ "ଟଙ୍କା ଏବ ମନୁଷ୍ୟାନାଂ ଚତୁର୍ବର୍ଗଫଳପ୍ରଦା ।" ଦିବା ରାତ୍ର ତାଙ୍କର ଟଙ୍କା ଥିଲା ଧ୍ୟାନ-ଟଙ୍କା ଥିଲା ଜ୍ଞାନ । ସେ ତୁନି ହୋଇ ବସି ଭାବିବାର ଅନେକ ଥର ଦେଖାଯାଇଅଛି; କିନ୍ତୁ ସେ ସମୟରେ ଏକପ୍ରକାର ଜ୍ୟୋତି ତାଙ୍କ ଆଖିରୁ ବାହାରୁଥାଏ । ସମୁଦ୍ରଗର୍ଭଜାତ ଉତ୍ତାଳ ତରଙ୍ଗମାଳା ବେଳାଭୂମିରେ ପଡ଼ି ଲୀନ ହୋଇଗଲାପରି ହୃଦୟଜାତ ନାନା ଆଶା, ନାନା ଚିନ୍ତାର ତରଙ୍ଗ ଆସି ଭ୍ରୂଲତାର ଉପରିଭାଗରେ ରେଖାକାର ଧରି ଲୀନ ହେଉଥାଏ । ଆଜି ଭାବନା କିନ୍ତୁ ଅନ୍ୟରୂପ । ନେତ୍ର ଅର୍ଦ୍ଧନିମୀଳିତ, ସ୍ପନ୍ଦନଶୂନ୍ୟ, ଅଶ୍ରୁସିକ୍ତ । ମଙ୍ଗରାଜ କି ସାଆନ୍ତାଣୀଙ୍କ ସକାଶେ କାନ୍ଦୁଛନ୍ତି ? ପ୍ରିୟବସ୍ତୁର ବିୟୋଗ ମନୁଷ୍ୟ ପକ୍ଷରେ ଅସହ୍ୟ । ମଙ୍ଗରାଜେ କି ପବିତ୍ର ଦାମ୍ପତ୍ୟ ପ୍ରେମର ସ୍ୱର୍ଗୀୟ ମାଧୁରୀ ଅନୁଭବ କରୁଥିଲେ ? କାହିଁ ? ସେ ସାଆନ୍ତାଣୀଙ୍କୁ ପ୍ରେମରେ ଦୁଇଟା କଥା କହିବାର ତ କେହି କେବେ ଶୁଣି ନାହିଁ ! ତେବେ ଆଜି ଏତେ ବ୍ୟାକୁଳ କିମ୍ପାଇଁ ?

ଯାହାହେଉ, ସାଆନ୍ତାଣୀଙ୍କ ବିଚ୍ଛେଦ ଯନ୍ତ୍ରଣା ଯେ ସେ ଅନୁଭବ କରୁଅଛନ୍ତି, ସହଜ ବିଶ୍ୱାସରେ ଆମ୍ଭେମାନେ ଏହା ବୋଧ କରୁଅଛୁଁ । ଯାହାକୁ ଆଠ କଳସ ମାଡ଼ି ବେଦିଉପରେ ବିବାହ କରି ଅର୍ଦ୍ଧାଙ୍ଗରୂପେ ଗ୍ରହଣ କରିଅଛି, ସେ ଭଲ ହେଉ ବା ମନ୍ଦ ହେଉ, ତାହା ପ୍ରତି ଗୋଟାଏ ମାୟା ଥାଏ । ଏହି ନୈସର୍ଗିକ ମାନବଧର୍ମ ଅତିକ୍ରମ କରିବା ସହଜସାଧ୍ୟ ନୁହେଁ । ଯେ ସ୍ତ୍ରୀ ଧର୍ମକାର୍ଯ୍ୟର ସହଧର୍ମିଣୀ - ପ୍ରାଣାଧିକ ସନ୍ତାନସନ୍ତତିଙ୍କ ଜନନୀ, ଯେ ସ୍ତ୍ରୀ ସୁଖଦୁଃଖରେ ଏକାମାତ୍ର ସମଭାଗିନୀ, ଯେ ସ୍ତ୍ରୀ ରୋଗରେ ଶୁଶ୍ରୂଷାକାରିଣୀ, ବିପଦରେ ମନ୍ତ୍ରୀ, ଶରୀରରକ୍ଷାରେ ଧାତ୍ରୀ, ତୁମ୍ଭେ ଯଦି ନିତାନ୍ତ ପାଷାଣ୍ଡ ହୁଅ, ତାହାର ଗୁଣଗାରିମା ଅନୁଭବ କରିବାର ଶକ୍ତି ଯଦି ନିତାନ୍ତ ତୁମ୍ଭର ନ ଥାଏ - ଜୀବନକାଳରେ ତାହାକୁ ପ୍ରେମ କର ଅବା ନ କର; କିନ୍ତୁ ତାହାର ବିଚ୍ଛେଦଯନ୍ତ୍ରଣା ଅବଶ୍ୟ ଭୋଗ କରିବାକୁ ହେବ । ଆଉ ସାଧ୍ୱୀ, ସଚ୍ଚରିତ୍ରା,

ପତିପରାୟଣା, ଧାର୍ମିକା ସ୍ତ୍ରୀର ଗୁଣଗାରିମା ଯେଉଁ ଲୋକ ଥରେ ମାତ୍ର ହୃଦୟରେ ଅନୁଭବ କରିଅଛି, ତାହାର ବିଚ୍ଛେଦ ଯନ୍ତ୍ରଣା ଯେ କି ରୂପ ଅସହ୍ୟ, ତାହା ବର୍ଣ୍ଣନା କରିବାକୁ ଭାଷାର ସୃଷ୍ଟି ହୋଇନାହିଁ । ତାହା ସ୍ତ୍ରୀ ବିୟୋଗବିଧୁର ବ୍ୟକ୍ତି କେବଳ ହୃଦୟରେ ଅନୁଭବ କରେ । ନାଗସର୍ପ ଯାହାକୁ ଦଂଶନ କରିଅଛି, ସେହି ବ୍ୟକ୍ତି ବିଷର ଯନ୍ତ୍ରଣା ଜାଣେ; କଥାରେ ବୁଝାଇବାର କଥା ନୁହେଁ । ସେହି ବ୍ୟକ୍ତି ଜାଣେ, ଶୋଣିତ ବାହିନୀ ଶିରା ସମସ୍ତ ଛିନ୍ନଭିନ୍ନ ହୋଇଯାଇ ତାହାର ହୃତ୍‌ପିଣ୍ଡ ଶୁଷ୍କଭାବରେ ପଡ଼ିଅଛି । ସେହି ବ୍ୟକ୍ତି ବୋଧକରେ ଜଗତର ସମସ୍ତ ସୁନ୍ଦର ପଦାର୍ଥର ସୌନ୍ଦର୍ଯ୍ୟ, ସମସ୍ତ ମାଧୁର୍ଯ୍ୟର ମାଧୁରିମା, ସମସ୍ତ ପୁଷ୍ପର ସୁଗନ୍ଧ, ସମସ୍ତ ସଙ୍ଗୀତର ତାନଲହରୀ, ସମସ୍ତ ପବିତ୍ରତା ଚିତାଗ୍ନିରେ ଦଗ୍ଧୀଭୂତ ହୋଇ ଯାଇଅଛି । ସଂକ୍ଷେପରେ କହିବାକୁ ଗଲେ, ସେ ଆପଣାକୁ ମୃତ ଲୋକ ମଧ୍ୟରେ ଜୀବିତ, ଜୀବିତ ମଧ୍ୟରେ ଆପଣାକୁ ମୃତ ବୋଲି ଜ୍ଞାନ କରେ ।

ମଙ୍ଗରାଜଙ୍କ ଜୀବନକ୍ଷେତ୍ରରେ ଦୁଇଗୋଟି ନଦୀ ପ୍ରବାହିତ ହେଉଥିଲା । ଗୋଟିଏ ଉତ୍ତାଳ ତରଙ୍ଗମୟୀ ସର୍ପକୁମ୍ଭୀରସଙ୍କୁଳା କୂଳପ୍ଲାବିନୀ ଚର୍ମଣ୍ୱତୀ, ଆଉ ଗୋଟିଏ ଅନ୍ତଃସ୍ରୋତା ପୂତସଲିଳା କୂଳ ପାବନୀ ଫଲ୍‌ଗୁ । ହୁଏତ ମଙ୍ଗରାଜେ ବୁଝିଛନ୍ତି, ଫଲ୍‌ଗୁ ଚିରକାଳ ନିମନ୍ତେ ବିଦାୟ ଗ୍ରହଣ କଲା । ମଦ୍ୟପର ସମ୍ମୁଖରେ ଗିନାଏ ଜଳ, ଗିନାଏ ମଦିରା ଥୁଆ ହୋଇଥିଲେ ସେ ସୁରାଗିନାଟିକୁ ଅଧିକ ଆଦର କରେ ଏବଂ ଯତ୍ନରେ ରଖେ; ମାତ୍ର ଜଳଗିନାଟିର ଏକାବେଳକେ ଅଭାବ ହେଲେ ସେ ତେତେବେଳେ ବୁଝିପାରେ ସୁରା ଉନ୍ମାଦକାରିଣୀ ସତ୍ୟ; ମାତ୍ର ଜଳ ତାହାର ଜୀବନ ।

ମଙ୍ଗରାଜଙ୍କ ଅବସ୍ଥା ଦେଖି ଆମ୍ଭେମାନେ ଅନୁମାନ କରୁଅଛୁ, ତାଙ୍କ ମନରେ ଦୁଃଖ ଓ ଅନୁତାପ ଉଭୟ ଉପସ୍ଥିତ ହୋଇଅଛି । ଦୁଃଖରେ ମନୁଷ୍ୟ କାନ୍ଦେ, ଅନୁତାପରେ କାନ୍ଦେ ନାହିଁ; ଦୁଃଖ ହୃଦୟର ଜ୍ୱଳନ୍ତ ଅଙ୍ଗାର, ଅନୁତାପ ତୁଷାନଳ ନିଜର ଦୁଷ୍କୃତି ନିଜର ଅଯତ୍ନ ସହିତ ସାଆନ୍ତାଣୀଙ୍କ ମୃତ୍ୟୁର ନିକଟ ସମ୍ବନ୍ଧ ଥିବାର ଅନୁମାନ କରି ସେ ଅନୁତାପ କରୁଅଛନ୍ତି କି ? ତାଙ୍କଦ୍ୱାରା ସଂଖ୍ୟାତୀତ ଦୁଷ୍କୃତି ଅନୁଷ୍ଠିତ ହୋଇଅଛି । କାହିଁ, କେବେ ହେଲେ ସେ ତ ଅନୁତାପ କରୁଥିବାର କେହି ଦେଖି ନାହିଁ ? କିଏ ବୋଲିପାରେ ? କ୍ଷଣପରିବର୍ତ୍ତନଶୀଳ ମନୁଷ୍ୟସ୍ୱଭାବ କିଏ ଜାଣେ ? ବିଶ୍ୱବିଧାତା ସମାନ ଉପାଦାନରେ ଜଗତରେ ସମସ୍ତ ନରନାରୀଙ୍କୁ ସୃଷ୍ଟି କରିଅଛନ୍ତି । ରକ୍ତ, ମାଂସ, ଅସ୍ଥି, ମଳ, ମୂତ୍ରରେ ଯେପରି ଶରୀର ଗଠିତ, ସେହିପରି ଦୟା, ମାୟା, ସ୍ନେହ, ମମତା, ହିଂସା, ଦ୍ୱେଷ, ନିଷ୍ଠୁରତା ପ୍ରଭୃତ ବୃତ୍ତିମାନଙ୍କରେ ମନ ଗଠିତ । ସେହି ସମସ୍ତ ବୃତ୍ତି ଉପଯୁକ୍ତରୂପେ ସମାନଭାବରେ କାର୍ଯ୍ୟକାରୀ ହେଲେ ମନୁଷ୍ୟ ମନୁଷ୍ୟ

ହୋଇଥାଏ । ମାତ୍ର ଯେବେ ଗୋଟିଏ ଉପାଦାନ ବଳବତ୍ତର ହୋଇ ସୀମାଲଙ୍ଘନପୂର୍ବକ ଅନ୍ୟ ବୃତ୍ତିମାନଙ୍କ ଉପରେ ଆଧିପତ୍ୟ ବିସ୍ତାର କରେ, ତେବେ ସେ ମନୁଷ୍ୟର ମନୁଷ୍ୟତ୍ୱ ଲୁପ୍ତ ହୋଇଯାଏ; ତେତେବେଳେ ହୁଏତ ସେ ଦେବତା, ନଚେତ୍ ରାକ୍ଷସରୂପେ ପରିଣତ ହୁଏ ।

ଅର୍ଥାତ୍ ମନୁଷ୍ୟର ମନ ସ୍ୱର୍ଗୀୟ ଓ ନାରକୀୟ ଦୁଇପ୍ରକାର ବୃତ୍ତିରେ ଗଠିତ । ସ୍ୱର୍ଗୀୟ ବୃତ୍ତି ମନୁଷ୍ୟକୁ ଦେବରୂପରେ ପରିଣତ କରେ ଓ ନାରକୀୟ ବୃତ୍ତି ରାକ୍ଷସ କରିପକାଏ । ଯଦି ତୁମ୍ଭେ ଶୁଣ, ଗୋଟିଏ ଲୋକ ଦୟାପରବଶ ହୋଇ ଅନ୍ୟର ଜୀବନ ରକ୍ଷା କରିବାକୁ ଯାଇ ଆପଣାର ଜୀବନ ବିସର୍ଜନ କଲା, ସେତେବେଳେ କି ତାହାକୁ ଦେବତା କହିବ ନାହିଁ ? ଯେତେବେଳେ ଶୁଣ, ଜଣେ ଲୋକ କେତେ ଖଣ୍ଡ ସୁନା ଅଳଙ୍କାର ସକାଶେ ଗୋଟିଏ ଶିଶୁହତ୍ୟା କଲା- ମିଳାଇ ଦେଖ, ପୁରାଣବର୍ଣ୍ଣିତ ରାକ୍ଷସ ସହିତ ତାହାର ମେଳ ହେଉଅଛି କି ନା ? ମାତ୍ର ଏପରି ଦୃଷ୍ଟାନ୍ତ ବିରଳ ନ ଥିଲେ ମଧ୍ୟ ସଚରାଚର ଦେଖାଯାଏ ନାହିଁ । ମନୁଷ୍ୟ ଚିରକାଳ ମନୁଷ୍ୟ ଏବଂ ମନୁଷ୍ୟ ମନର ମୂଳ ଉପାଦାନ ସମାନ ଥିଲେ ମଧ୍ୟ ବାହ୍ୟ ପ୍ରକୃତି ଅସାମଞ୍ଜସ୍ୟମୟ । କୋଟି କୋଟି ମନୁଷ୍ୟ ମଧ୍ୟରେ ଜଣକ ରୂପ ସହିତ ଅନ୍ୟ ଜଣକର ରୂପର ମିଳନ ନାହିଁ । ମାନସ ପ୍ରକୃତି ମଧ୍ୟ ସେହିପରି । କାହାରି କାହାରି କୌଣସି ଚିତ୍ତବୃତ୍ତି ବଳବତୀ, କାହାର ଦୁର୍ବଳା, କାହାରି କାହାରି ଚିରନିଦ୍ରିତା । ସମୟ ବିଶେଷରେ ଘଟଣାଚକ୍ର ପରିବର୍ତ୍ତନରେ ନିଦ୍ରାତା ବୃତ୍ତି ସମସ୍ତ ଜାଗରିତ ହୋଇ ଉଠିବାର ଦେଖାଯାଏ । ମଦ୍ୟପ ଦୁରାଚାର ଜଗାଇମାଧାଇ ପରମବୈଷ୍ଣବ ହେବେ, କିଏ ଜାଣିଥିଲା ? ଆଉ ଖ୍ରୀଷ୍ଟବିଦ୍ୱେଷୀ ଅତ୍ୟାଚାରୀ ପାଉଲ ଆଜି ପୂଜନୀୟ, ମହର୍ଷିପଦବାଚ୍ୟ । ଗାଧିନନ୍ଦନ ରାଜର୍ଷି ବିଶ୍ୱାମିତ୍ରଙ୍କର ସହସ୍ର ସହସ୍ର ଯୁଗବ୍ୟାପୀ ତପସ୍ୟା, ତତୋଽଧିକ ଜ୍ୱଳନ୍ତ ବ୍ରହ୍ମନିଷ୍ଠା, ମେନକାର ନିମେଷମାତ୍ର ଅପାଙ୍ଗ ଦୃଷ୍ଟିରେ ଟଳିଗଲା । ବିଶେଷ ଅନୁଧ୍ୟାନ କରି ଦେଖ, ଏପରି ହଠାତ୍ ପରିବର୍ତ୍ତନର ମୂଳ କାରଣ, ଘଟଣା ଏବଂ ସଂସର୍ଗୀ ଭଗବାନ ଶଙ୍କରାଚାର୍ଯ୍ୟଙ୍କର ମହାକାବ୍ୟ ସମସ୍ତଙ୍କର ସ୍ମରଣ ରଖିବାର ଉଚିତ -

"କ୍ଷଣମିହ ସଜ୍ଜନ ସଂଗତିରେକା
ଭବତି ଭବାର୍ଣ୍ଣବତରଣେ ନୌକା ।"

ସନାତନ ବ୍ରହ୍ମଧର୍ମର ଉପଦେଶ - ତୁମ୍ଭେ ପାପକୁ ଘୃଣା କର; ପାପୀକୁ ଘୃଣା କର ନାହିଁ ।

ଯେଉଁ ବୃତ୍ତିର ବଶମ୍ବଦ ହୋଇ ମନୁଷ୍ୟ ଅନୁତାପ କରେ, ମଙ୍ଗରାଜଙ୍କର ସେହି ବୃତ୍ତି ଆଜି ଉତ୍ତେଜିତ ହୋଇ ଉଠିନାହିଁ, ଏ କଥା କିଏ କହିପାରେ ?

ଆମ୍ଭେମାନେ ଅନ୍ତର୍ଯ୍ୟାମୀ ନୋହୁଁ, ମଙ୍ଗରାଜଙ୍କ ମନର ଭାବ କିପରି ଜାଣିବୁଁ ? ଜାଣିଲେ ମଧ୍ୟ ଦୁଃଖ ଏବଂ ଅନୁତାପ ଯୁଗପତ୍ କିପରି ତାହାଙ୍କ ମନକୁ ବଶୀଭୂତ କରି କଣ୍ଠରୋଧ ଏବଂ ବାହ୍ୟଜ୍ଞାନଶୂନ୍ୟ କରି ପକାଉଛି, ତାହା ବର୍ଣ୍ଣନା କରି ଆପଣଙ୍କୁ ବୁଝାଇ ଦେବାର ଶକ୍ତି ନାହିଁ । ଜଡ଼ା ଯେପରି କଥା କହି ନ ପାରି ହାତଗୋଡ଼ ହଲାଇ ଆପଣା ମନର ଭାବ ପ୍ରକାଶ କରିବାକୁ ଚେଷ୍ଟା କରେ, ଆମ୍ଭେମାନେ ସେହିପରି ଏଣୁତେଣୁ ଗୁଡ଼ାଏ କହିପକାଇଲୁ ।

ହେ ପାଠକ ଅବଧାନ, କ୍ଷମା କରନ୍ତୁ, ଏତିକି ହେଉ, ଦେବଦୁନ୍ଦୁଭି ଅହିଅ ନାଗରା ବାଜିଲାଣି । ଶୁଭକଉଡ଼ି ଗୋଟାଇ ନେଇ ମଙ୍ଗଳପେଡ଼ିରେ ରଖିବା ସକାଶେ ଗ୍ରାମର ସୁଲକ୍ଷଣୀ ଅହିଅ ସ୍ତ୍ରୀମାନେ ଦାଣ୍ଡକୁ ଚାହିଁ ବସିଛନ୍ତି, ଏତିକି ହେଉ ।

'ହରି ହରି ବୋଲ ମନ ।'

ପରିଚ୍ଛେଦ-୧୯

ପୁଲିସ ତଦାରଖି

ପ୍ରତିଦିନ ଗୋବିନ୍ଦପୁରରେ ଯେପରି ରାତି ପାହେ, ଆଜି ମଧ୍ୟ ଠିକ୍ ସେହିପରି ପାହିଅଛି; କିନ୍ତୁ ସୂର୍ଯ୍ୟ ସଙ୍ଗେ ଦେଖା ନାହିଁ । ମେଘଟା ଝରଝର ଫରଫର କରୁଥିଲା- "ସକାଳ ମେଘ ମେଘ ନୁହେଁ, ସକାଳ କୁଣିଆ କୁଣିଆ ନୁହେଁ । ଆକାଶଟା ଟିକି ସଫା ହୋଇଗଲାଣି, ବଛାବଛି କାମ ସରିଛି, କେହି ବିଲବାଡ଼ିକୁ ଯିବାକୁ ନାହିଁ । କେହି ପିଣ୍ଡାରେ ବସି ବାଟଣା ବାଟୁଛି, କେହି ଗୁହାଳକଡ଼ାରେ ଲାଗିଛି, କେହି କେହି ଝାମ୍ପିଟାଏ ମୁଣ୍ଡେଇ ହାତରେ ଦଉଡ଼ି ଖଣ୍ଡେ ଦା'ଟାଏ ଧରି କାହାଳୀଟାଏ ଓଟାରି ଓଟାରି ବାହୁଙ୍ଗିଟାଏ କାନ୍ଧରେ ପକାଇ ଘାସ କାଟିବାକୁ ବାହାରିଅଛି, କେହି ପିଢ଼ାରେ ଚଢ଼ି କଖାରୁ ଡ଼ଙ୍କ ସଳଖି ଦେଉଛି । ଘରେ ଲୁଣ ନ ଥିବା ଶୁଣି ହରି ପୁହାଣ ବିବିଧ ଯୁକ୍ତି ପ୍ରଦର୍ଶନପୂର୍ବକ ଆପଣା ଭାର୍ଯ୍ୟାର ଅପରିମିତ ବ୍ୟୟଶୀଳତା ସାବ୍ୟସ୍ତ କରୁଅଛି । ମାଇକିନିଆମାନେ ବାସି ପାଇଟି ସାରି ବାଡ଼ି ପୋଖରୀକୁ ବାହାରିଲେଣି । ତନ୍ତୀସାଇଟା ଝସ୍-ଦୁମ୍, ଝସ୍-ଦୁମ୍ ଶବ୍ଦରେ ଉଚ୍ଛୁଳି ପଡୁଅଛି । ତନ୍ତିଆଣୀମାନେ ପିଣ୍ଡାରେ ବସି ଖଡ଼ର ଖଡ଼ର କରି ନଟେଇ ବୁଲାଇ ପକାଉଅଛନ୍ତି ।

ବେଳ ଅନ୍ଦାଜ ତିନିଘଡ଼ି କି ଦଣ୍ଡେ ଦୁଇଦଣ୍ଡ ବେଶି, ଶାମ ସାହୁ ଘର ହଳିଆ ଗୋପାଳ ସାମଲ ଝାମ୍ପିଟାଏ ମୁଣ୍ଡରେ ଦେଇ କୋଡ଼ି ଧରି ନଇଁପଡ଼ି ବିଲର ହିଡ଼ ବାନ୍ଧୁଥିଲା । ବାଟପାଖିଆ ବିଲ, ସାଆନ୍ତଘର ହଳିଆ ଘୁଷୁରିଆ ଗୋବରା ଜେନା ଘରଆଡ଼କୁ ଚଞ୍ଚଳ ଚାଲିଅଛି । ଗୋପାଳିଆ ଉପରେ ନଜର ପଡ଼ିଯିବାରୁ ତାକୁ ହାତ ଟେକି ଇସାରା କରି ପାଖକୁ ଡାକିଲା । ତାକୁ କହିଲା, "ମୁଁ ଗୋଟାଏ ଭାରୀ କାମରେ ଯାଉଛି, ଭାରୀ ଗୁପ୍ତକଥା, ତୋତେ ବିଶ୍ୱାସ ପାଏ ବୋଲି କହୁଛି ।" ତାହା କାନରେ

ତୁନି ତୁନି କରି କଣ କହିଲା, "ବୁଝି ଖବରଦାର୍ ! ଏ କଥା ଯେମନ୍ତ ଆଉ କାହା କାନରେ ନ ପଡ଼େ, ସାଆନ୍ତଙ୍କର ମନା ଅଛି ।" ଘୁଷୁରିଆ ଯାଉଁ ଯାଉଁ ବାଟରେ ମକର ଜେନା ପାଣକୁ ଭେଟିଲା । ତାହା କାନରେ ମଧ୍ୟ ତୁନି ତୁନି କେତେଟା କଥା କହି କଥାଟା ଗୁପ୍ତରେ ରଖିବା ସକାଶେ ଉପଦେଶ ଦେଇ ଚାଲିଗଲା । ତାହା ବାଦ୍ ଦନେଇ ସାହୁ, ବିନୋଦିଆ, ନଟବରିଆ, ଭୀମା ମା' ଏମାନଙ୍କ ସଙ୍ଗରେ ସାକ୍ଷାତ୍ ହେଲା । ସେମାନଙ୍କୁ ମଧ୍ୟ ସେହିପରି ତୁନି ତୁନି କହି ସେହିପରି ଗୁପ୍ତରେ ରଖିବାକୁ ଉପଦେଶ ଦେଲା ।

ଗୋପାଳିଆ କାମ କରିବ କଣ, ସାଉ ପାଖକୁ ଧାଇଁଲା । ହରି ସାହୁ କହିଲା ଶାମ ସାହୁକୁ, ହଟିଆ କହିଲା ନଟିଆକୁ, ଜେମା-ମା' କହିଲା- ଶାମା ମା'କୁ, ଶ୍ରୀମତୀ କହିଲା କନ୍ୟା ବୋହୂକୁ; ଗ୍ରାମ ଗୋଟାଯାକ କୁହାକୁହି ହେଲେ । ସମସ୍ତଙ୍କର ତୁନି ତୁନି କଥା, ଗୋପନ ରଖିବାକୁ ସମସ୍ତଙ୍କର ଉପଦେଶ । କେହି କହିଲା, ଉଚ୍ଛୁଣି ଜମାଦାର ପହଞ୍ଚିବ । ଆଉ ଜଣେ ପ୍ରତିବାଦ କରି କହିଲା, "ନାହିଁ, ନାହିଁ, ଖୁଣି ମାମଲା, ଦାରୋଗା ନିଜେ ଘୋଡ଼ାରେ ଚଢ଼ି ଆସିବେ ।" ମାତ୍ର ଜାଣିବା ଶୁଣିବା ଲୋକମାନେ କହିଲେ, "ଏ କି ତମ ଆମ ଘର କଥା ? କଟକରୁ ନିଜେ କୁମ୍ପୁନୀ ପଲଟଣ ଘେନି ଆସିବ; ଗାଁ ଲୋକେ ଯେ ବନ୍ଧାଛନ୍ଦା ହେବେ, ଏହା ନିଃସନ୍ଦେହ, ସର୍ବବାଦିସମ୍ମତ ।"

ଦଣ୍ଡକ ମଧ୍ୟରେ ଗାଁ ନିସ୍ତବ୍ଧ ହୋଇଗଲା । ବୋହୂଗୁଡ଼ାକ ପାଣିରେ ବୁଡ଼ି ପଡ଼ି ଘରକୁ ଧାଇଁଛନ୍ତି, ଲୁଗା ଚୁପୁଡ଼ିବାକୁ ବେଳ ନାହିଁ । ଲୁଗା ଧଡ଼ର ଧଡ଼ର ବାଜି ଗୋଡ଼ତଳେ ଝରଝର ହୋଇ ପାଣି ବୋହିପଡ଼ୁଛି । ଚଞ୍ଚଳରେ ମାଠିଆ ପୂରାଇ ପାରିନାହିଁ; ଅଧମାଠିଆଏ ପାଣି, ବେଶୀ ଦେଶହିତୈଷୀମାନେ ସଭାରେ ବକ୍ତୃତା କଲାପରି ଘଟର ଘଟର କରି ଭାରି ଗର୍ଜନ କରୁଅଛି । ବେତ୍ରହସ୍ତ ଅବଧାନେ ସହସା ଅନ୍ତର୍ଦ୍ଧାନ ହେବାରୁ ଚାଟ ଟୋକାଗୁଡ଼ାକ ଗୋହିରିରେ ଭାରୀ ଗୋଳମାଳ କରି ଧାଁ-ଦଉଡ଼ ଲଗାଇଅଛନ୍ତି । ଖୁଣି ଆସାମୀକୁ ପୁଲିସ ବାନ୍ଧି ନେଲାପରି ଗୋଟାଏ ସାନ ପିଲାକୁ ବଡ଼ଚାଟ ଧରି ଘେନିଯାଇଥିଲା । ସେହି ପିଲାଟା ସମସ୍ତଙ୍କଠାରୁ ବେଶି ଧାଇଁଛି ।

ଘୁଷୁରିଆ ଫେରିଆସି ସାଆନ୍ତଙ୍କୁ ଖବର ଦେଲା, ଗୋବରା ଜେନା ଘରେ ନାହିଁ, ସେ କାଲି ରାତିରୁ ଘରକୁ ଯାଇନାହିଁ । ସାଆନ୍ତେ ପ୍ରଥମେ ହଳିଆ ପଠାଇଲେ, ତାହା ବାଦ୍ ଆପେ ତନ୍ତୀସାଇ ଦୁଆର ଦୁଆର ବୁଲିଲେ, ଜଣକର ସୁଦ୍ଧା ଭେଟ ପାଇଲେ ନାହିଁ । ଆଉ ଯାହା ଦୁଆରକୁ ଯାଆନ୍ତି ତାହାର କବାଟ କିଳା, ଘରେ କେହି ନାହିଁ । ମଙ୍ଗରାଜେ ନିତାନ୍ତ ବ୍ୟସ୍ତ ହୋଇପଡ଼ି ଘର-ବାହାର ହେଉଛନ୍ତି, କାହାରି ଭେଟ ନ

ପାଇ କିଛି ସ୍ଥିର କରିପାରୁ ନାହାନ୍ତି । ଘୁଷୁରିଆ ହଳିଆ ଗୋଟାଏ ଠେଙ୍ଗା ଧରି ବାଡ଼ିପଟରେ କୁକୁର ତଡ଼ୁଅଛି, ଯୋଡ଼ାଏ ବିଲୁଆ କିଆବଣ ଭିତରେ ପଶି ଜଳଜଳ କରି ଓଳିକୁ ଚାହିଁ ତୁନି ହୋଇ ପଡ଼ିଛନ୍ତି ।

ବେଳ ଦୁଇପ୍ରହର ଗଡ଼ିଗଲା । ଗୋବିନ୍ଦପୁର ଗ୍ରାମ ପୂର୍ବମୁଣ୍ଡରେ ଗୋଟାଏ ଟାଙ୍ଗଣ ଘୋଡ଼ା ଉପରେ ଏକ ବିଶାଳମୂର୍ତ୍ତି ସୁଆର ଦେଖାଗଲେ । ସୁଆରଙ୍କ ବିଶାଳ ଦାଢ଼ି ଛାତି ଘୋଡ଼ାଇ ପକାଇଅଛି, ଦେହରେ ଛ କଳିଆ ଢିଲାହାତ ଚପକନ୍, ମୁଣ୍ଡରେ ଜାମଦାନି ଲୁଗାର ବାଙ୍କ ଟୋପି, ଗୋଡ଼ରେ ଢିଲା ପାଇଜାମା । ଘୋଡ଼ା ଠୁକ୍ ଠୁକ୍ କରି ମିଠା କଦମ୍ ଚାଲିଅଛି । ଆଗରେ ପଛରେ ପାଞ୍ଚଜଣ ଠେଙ୍ଗାସ୍କନ୍ଧ ଚୌକିଦାର ନସର ପସର ହୋଇ ଧାଇଁଛନ୍ତି । ସମସ୍ତଙ୍କ ଆଗରେ ଗୋବରା ଜେନା ଠେଙ୍ଗା କାନ୍ଧେଇ ଧାଇଁଛି । ମଙ୍ଗରାଜଙ୍କ ଦୁଆର ଆଗରେ ଗୋବରା ପଛମୁହଁ କରି ଛିଡ଼ା ହୋଇଗଲା । ସୁଆର କହିଲେ, "ଏହି ଘର ?" ଗୋବରା ହାତଯୋଡ଼ି କହିଲା, "ଖୋଦାବନ୍ଦ୍ ।" ସୁଆର ଘୋଡ଼ାରୁ ଓହ୍ଲାଇ ପଡ଼ି 'ବିସ୍‌ମିଲ୍ଲା' କହି ନିଶ୍ୱାସଟାଏ ପକାଇଲେ ।

ଘଡ଼ିକ ଉତ୍ତାରେ ଗୋହିରି ଦାଣ୍ଡରେ ଆହୁରି ଏକ ଘୋଡ଼ାସୁଆର ମୂର୍ତ୍ତି ଦେଖାଗଲା । ଘୋଡ଼ାଟି ଦଳଖିଆ ତଟୁ, ବୟସ-ପ୍ରବୀଣତାର ସାକ୍ଷ୍ୟ ଦେବା ନିମନ୍ତେ ଦେହର ପଞ୍ଜରା ହାଡ଼ଗୁଡ଼ାକ ଉପରକୁ ବାହାରି ପଡ଼ିଅଛି । ପଛ ଦୁଇଗୋଡ଼ ଘଷିହୋଇ ଲୋମଶୂନ୍ୟ ଘା'ଯୁକ୍ତ ହୋଇଗଲାଣି । ଖୋଲ ପଶିଯାଇ ବଡ଼ ବଡ଼ ଆଖି ଦୁଇଟା ବାହାରିପଡ଼ିଛି, ପିଠିରେ ଖୁଗୁରୀ, ତାହା ଉପରେ ଲାଲ ବନାତର ଚାରଜାମା । ସୁଆରଟି କିନ୍ତୁ ବିଶାଳ ଶରୀର; ପୋଷାକ ମଧ୍ୟ ବଡ଼ଲୋକଭଳି-ମାଣିଆବନ୍ଦି ଚାରି ଫୁଲିଆ ଧୋତିପିନ୍ଧା, ଦେହରେ ବନ୍ଧାଲଗା ଗନ୍ତା, ମୁଣ୍ଡରେ ମଝିସିଆ ଛଫୁଲିଆ ରହୁମୀ ବନ୍ଧା । ଘୋଡ଼ା ପଛରେ ଜଣେ ଚୌକିଦାର ବାଉଁଶ ଠେଙ୍ଗା କାନ୍ଧରେ ପକାଇ ଡାହାଣ ହାତରେ ଖଣ୍ଡେ ବାସଙ୍ଗଛଡ଼ି ଧରି ବାଡ଼ୋଉଅଛି ଏବଂ ପାଟିରେ ଟାକରା ଫୁଟାଉଅଛି । ସଇସ୍ ପାଣଟୋକା ଖଣ୍ଡେ ଝୋଟ ଦଉଡ଼ି ବାଗଡ଼ୋର ଲଗାଇ ଆଗରେ ଭିଡ଼ୁଅଛି । ଘୋଡ଼ାଟା ବେକ ଲମ୍ବ କରିଦେଇ ବଡ଼ କଷ୍ଟରେ ଧୀରେ ଧୀରେ ଟଳ ଟଳ ହୋଇ ଚାଲୁଅଛି ।

ଏହି ସୁଆର ମଧ୍ୟ ପୂର୍ବ ସୁଆରଙ୍କ ପରି ମଙ୍ଗରାଜଙ୍କ ଦୁଆର ଆଗରେ ଜଣେ ଲୋକ କାନ୍ଧରେ ଦୁଇ ହାତ ଭରାଦେଇ ଓହ୍ଲାଉ ଓହ୍ଲାଉ ହାମୁଡ଼ି ପଡ଼ିଗଲେ । ଉଠିପଡ଼ି ସେହି ଲୋକ ଗାଲରେ ଠୋକରି ଚାପୁଡ଼ାଟାଏ ମାରିଲେ - ଅର୍ଥାତ୍ ଲୋକମାନେ ଜାଣନ୍ତୁ ସେହି ଲୋକର ଅସାବଧାନତା ଏହି ପତନର କାରଣ ଅଟେ, ନୋହିଲେ ଏପରି ପକ୍କା ସୁଆର ପଡ଼ିବାର ନୁହେଁ । ସୁଆର ଓହ୍ଲାଇଯିବା ମାତ୍ରକେ ସହିସପିଲା ଧରୁଁ ଧରୁଁ ଜଗନ୍ନାଥ ମହାପ୍ରଭୁଙ୍କ ରଥ ଆଗ ଶରଧାବାଲିରେ ଭକ୍ତ ଗଡ଼ିଗଲାପରି ଘୋଡ଼ାଟା

ତିନିଚାରି ଥର ଗଡ଼ିଯାଇ ଠିଆହେଲା । ଘୋଡ଼ାଟା ଧୂଳିରେ ଗଡୁଥିବା ସମୟରେ ସୁଆର ମଧ୍ୟ ଦାନ୍ତ ନିସିଡ଼ି ଦେହର ସ୍ଥାନ ଅସ୍ଥାନର ଯାଦୁଗୁଡ଼ାକ କୁଣ୍ଡେଇ ପକାଇଲେ ।

ସେଖ୍ ଇନାଏତ ହୋସେନ୍ କଟକ ଜିଲ୍ଲାର ଜଣେ ଅଉଲନମ୍ବର ପୁଲିସ୍ ଦରୋଗା, ପାର୍ସି ଇଲମ୍‌ରେ ଭାରି ମଜବୁତ୍ । ଓଡ଼ିଆ ନାଲାଏକ୍ ଇଲମ୍, ସେଥିସକାଶେ ସେ ଲେଖନ୍ତି ନାହିଁ, ସରକାରୀ କାଗଜରେ ପାର୍ସି ଦସ୍ତଖତ କରନ୍ତି । ଲାଏକତୀ ହେତୁରୁ ବାର ବରଷ ହେଲା ଏକ କଲମରେ କେନ୍ଦ୍ରପଡ଼ା ଥାନାରେ ଅଛନ୍ତି । ଗଲା ବରଷ କେବଳ ସଦର କଚେରି ସରେସ୍ତାଦାର ଆଉ ପେସ୍କାରଙ୍କ ପାର୍ବଣ ଫରମାସ ପହଞ୍ଚିବାରେ ବିଳମ୍ବ ହେବାରୁ ଥରେ ବଦଳିର ଗୋଳସାଳ ଶୁଣାଯାଇଥିଲା । ମୁନ୍‌ସି ଚକ୍ରଧର ଦାସ ମଧ୍ୟ ଜଣେ ଓଆକ୍‌ଫକାର ପୁଲିସ୍ ଅମଲା । ଏହାଙ୍କ ରିପୋର୍ଟ ପଢ଼ି ମେଜେଷ୍ଟରସାହେବ ଭାରି ଖୁସି ଥିବା ଚୌକିଦାରମାନଙ୍କ ଠାରୁ ସର୍ବଦା ଶୁଣାଯାଏ ।

ମଙ୍ଗରାଜଙ୍କ କଚେରି ମେଲାରେ ପୋଲିସ୍ କଚେରି ବସିଅଛି । ଖୋଦ୍ ଦାରୋଗା ସେଖ୍ ଇନାଏତ୍ ହୋସେନ୍ ଖଣ୍ଡେ ସତରଞ୍ଜିରେ ଦାଢ଼ି ମେଲାଇଦେଇ ବସିଛନ୍ତି । ଆଗ ଡାହାଣପାଖରେ ମୁନ୍ସି ଚକ୍ରଧର ଦାସ ହେଁସ ଉପରେ ବିଛା ଘୋଡ଼ାଚାରଜାମାରେ ବସିଛନ୍ତି । ଆଗରେ କୋଡ଼ିଏ ହାତ ଦୂରରେ ବରକନ୍ଦାଜ ଗୋଲାମ୍ କାଦର ଏବଂ ହରି ସିଂହ ଏବଂ ପାଞ୍ଚଜଣ ଚୌକିଦାର ଛିଡ଼ାହୋଇଅଛନ୍ତି । ରାମଚନ୍ଦ୍ର ମଙ୍ଗରାଜ ଗ୍ରେପ୍ତାର ହୋଇ ସେମାନଙ୍କ ନଜରବନ୍ଦିରେ ମୁଣ୍ଡକୁ ତଳେ ପୋତିଦେଇ ବସିଛନ୍ତି । ମଙ୍ଗରାଜଙ୍କ ଘର ଚାରିପିଠି ମହାସଭା ବସିଗଲାଣି । ବାହାର ମନୁଷ୍ୟ ଭିତରକୁ ଯିବାକୁ, ଭିତର ମନୁଷ୍ୟ ବାହାରକୁ ଆସିବାକୁ ହକୁମ ନାହିଁ । ପ୍ରଥମେ ସ୍ତ୍ରୀଲୋକମାନଙ୍କୁ ଏକତରଫ କରି ଦିଆଯାଇ ଘର ଖାନତଲାସ ଆରମ୍ଭ ହେଲା । ଘରର ପ୍ରତ୍ୟେକ ସିନ୍ଦୁକ ପେଟରା ଆଡ଼ଖୁର ତଲାସ ହେଲା, ଧାନ ଅମାରରେ ଲୁହାଗଜ ମାରି ତଦାରଖ ହେଲା, ଭାତହାଣ୍ଡି ଖୋଜାଗଲା, ଦୁଇଚାରି ଜାଗା ଖୋଳାଗଲା, ଦୁଇଚାରି ଜାଗା ଚାଳ ଓଲରା ଗଲା; କୌଣସି ସନ୍ଦେହୀ ମାଲ ଠିକଣା ହେଲା ନାହିଁ । କେବଳ ମଙ୍ଗରାଜଙ୍କ ପହଡ଼ଘରୁ ତିନି ଚାରିହାତ ଲମ୍ବ ରେକେ ମୋଟ ଗୋଟାଏ ବାଉଁଶ ଠେଙ୍ଗା ବରାମଦ ହେଲା । ବାଡ଼ିପଛ ଓଳିତଳେ ଗୋଟାଏ ସ୍ତ୍ରୀଲୋକର ଲାସ୍ ଖଣ୍ଡେ ପୁରୁଣା ହେଁସରେ ଘୋଡ଼ାହୋଇଥିବାର ବରାମଦ ହୋଇ ଦାଣ୍ଡ ଦୁଆରକୁ ଅଣାଗଲା । ସେହି ଲାସ୍ ତନ୍ତିଆଣୀ ସାରିଆର ଥିବାର ଗୋବରା ଜେନା ସନାକ୍ତ କଲା । ଦାରୋଗା ଦାଢ଼ିରେ ହାତ ବୁଲାଇ କହିଲେ, "କେଉଁ ରାମଚନ୍ଦର ମଙ୍ଗରାଜ ! ଅବ୍ କ୍ୟା ମତଲବ୍ ହୈ - ରତନପୁର ଡୋମ୍ ଲୋକୋଁକା ମାମଲା ଇୟାଦ ହେ କି ନେହିଁ ।" ମୁନ୍ସି କହିଲେ, "ଏକା ମାଘରେ ଶୀତ ଗଲା ବୋଲି ମଙ୍ଗରାଜେ ମନେ କରିଥିଲେ ପରା ?"

ଆମ୍ଭେମାନେ ଗୋପନରେ ସନ୍ଧାନ କରି ବୁଝିଲୁ, ରତନପୁର ଡୋମମାନଙ୍କୁ ଜେଲ କରାଇଦେବା ସକାଶେ ମଙ୍ଗରାଜେ ଦାରୋଗାଙ୍କୁ ହଜାରେ ଟଙ୍କା ଲାଞ୍ଚ ଯାଚିଥିଲେ; ମାତ୍ର ଫାଙ୍କିଦେଇଥିବାରୁ ଦାରୋଗା ସେହି କଥାଟା ମନେ କରାଇଦେଲେ ।

ମାମଲା ତଦାରଖି ଆରମ୍ଭ ହେଲା । ମୁନ୍ସି ଚକ୍ରଧର ଦାସ ବିଶାଳ ବସ୍ତାନି ଫିଟାଇ ସେରସ୍ତା ମେଲିଦେଲେ । ବେକରେ ଦଉଡ଼ିବନ୍ଧା, ମୁହଁରେ ସୋଲବିଣ୍ଡା ଦିଆ ଚେନିବାସନର ଦୁଆତ ଆଗରେ ଥୁଆଗଲା । ପାହାଡ଼ି ଗୋଟାଏ ପରକଲମ ଶିଶୁକାଠବେଣ୍ଟିଆ ଛୁରିରେ କାଟି ଖଣ୍ଡେ ସାନ କାଗଜରେ ପରୀକ୍ଷା କଲେ, "ଶ୍ରୀଗୁରୁଦେବ ଉଦ୍ଧାର କରିବେ", "ଶ୍ରୀଜଗନ୍ନାଥ ମହାପ୍ରଭୁଙ୍କର ଚରଣେ ଶରଣ", "ଶ୍ରୀବଳଦେବଜୀଉଙ୍କ ଚରଣେ ଶରଣ", "ଶ୍ରୀଲିଙ୍ଗରାଜ ମହାପ୍ରଭୁଙ୍କ ଚରଣେ ଶରଣ", "ଶ୍ରୀ ଗ୍ରାମଦେବତୀଙ୍କ ଚରଣେ ଶରଣ" ଇତ୍ୟାଦି ଦେବଦେବୀଙ୍କ ନାମ ଲେଖି କଚେରି କାମରେ ହାତ ଦେଲେ ।

ସରକାର କୁମ୍ପୁନୀ ବାହାଦୁର, ମୁଦେଇ ।

ରାମଚନ୍ଦ୍ର ମଙ୍ଗରାଜ, ସା-ଗୋବିନ୍ଦପୁର, ଜି-କଟକ, ମୁଦାଲା ।

ସାରିଆ ନାମକ ତନ୍ତିଆଣୀକୁ ବଧ କରି ତାହା ଘରୁ ନେତ ନାମକ ଗାଈ ଏକରାଶ ଏବଂ ଅନ୍ୟାନ୍ୟ ମାଲ ଲୁଟତରାଜ କରି ଆଣିଥିବାର ମୋକଦ୍ଦମା ।

ଗୃହ ତଲାସ ହେଲା- ବରକନ୍ଦାଜ ଚୌକିଦାରମାନେ ଗ୍ରାମଯାକ ବୁଲିଆସି ଖବର ଦେଲେ, ଗ୍ରାମରେ ପୁରୁଷଲୋକ ଜଣେ ନାହିଁ । କବାଟ ଫାଙ୍କରୁ ସ୍ତ୍ରୀଲୋକମାନେ ଯେ ଜବାବ ଦେଲେ ସେଥିରୁ ଜଣାଗଲା, ଆଠପଣ ଲୋକ ଯାଇଛନ୍ତି କୁଣୁଆ ଘରକୁ, ଚାରିପଣ ଗୋରୁ ଖୋଜି, ଦୁଇପଣ ଜଗନ୍ନାଥ-ଦର୍ଶନକୁ, ଦୁଇପଣ ପଡ଼ିଛନ୍ତି ବାଧିକି । କେବଳ ଦୁଇପଣ ଭଲ ଲୋକ, ଭିନ୍ନ ଗ୍ରାମବାସୀ ଗୁହା ଆପଣାର କର୍ତ୍ତବ୍ୟ ବୁଝି ଆପେ ହାଜର ହୋଇଗଲେ । ଗ୍ରାମର ଲୋକ ହାଜର ନ ହେବାରୁ ଦାରୋଗା ଖପାହୋଇ ବରକନ୍ଦାଜମାନଙ୍କୁ ଉଲ୍ଲୁ, ଗଧା, ବେକୁଫ୍, ନାଲାଏକ ଇତ୍ୟାଦି ଇତ୍ୟାଦି ସମ୍ବୋଧନ କରିବାରୁ ଗ୍ରାମଯାକ ହୁରି ହାଲର ପଡ଼ିଗଲା । ଗୁମାଗୁମ ମାଡ଼ ଆଉ କବାଟ ଭଙ୍ଗା । ସନ୍ନିପାତ ରୋଗୀ କତରା ଘୋଡ଼ିହୋଇ ପଡ଼ି ଯମକୁ ଫାଙ୍କିଦେଇ ଦୁଇଦିନ ରହିଯାଇପାରେ; ମାତ୍ର ପୁଲିସ୍‌କୁ ଫାଙ୍କିଦେବ କିଏ ? ପୁରୁଷ ଲୋକଗୁଡ଼ିକ ସଳଖ ସଳଖ ଘରୁ ବାହାରି ଆସିଲେ । ଦୁଇ ଦିନ ପର୍ଯ୍ୟନ୍ତ ବତ୍ରିଶ ଜଣ ଗୁହାଙ୍କ ଜବାନବନ୍ଦି ଗ୍ରହଣ କରାଗଲା । ପ୍ରଥମ ଦିନରେ ଦୁଇଜଣ ଚୌକିଦାର ହମରାଏ ଲାସ ମାଇନା ସକାଶେ କଟକ ଚାଲାଣ ଦିଆଗଲା । ମୁନ୍ସି ସାହେବ ଜେଲଖାନା କଏଦୀଙ୍କ ତିଆରି ଅଢ଼େଇଦିସ୍ତା ହରିତାଳୀ କାଗଜରେ ଜବାନବନ୍ଦି କଲମ ବନ୍ଦ କରିପକାଇଲେ ।

ଆପଣଙ୍କ ଜାଣିବା ନିମନ୍ତେ ସେଥିରୁ କେତେ ଜଣ ସାକ୍ଷୀ ଜବାନବନ୍ଦି ଏଠାରେ ପ୍ରକାଶ କରୁଅଛୁ -

୧ନମ୍ବର ଗୁହା- ତରଫ ସରକାର କୁମ୍ପୁନିବାହାଦୁର । "ମୋ ନାମ- ଗୋବରା ଜେନା, ବାପର ନାମ- ଗୁଦିଆ ଜେନା, ମୁତୋଫା" ଜାତିରେ ପାଣ, ବୟସ ୪୫ବର୍ଷ, ପେଷା- ଗ୍ରାମର ଚୌକିଦାରୀ । ସା-ଗୋବିନ୍ଦପୁର । ପ୍ର-ବାଲୁବିଶ । ଜି-କଟକ ।

"ମୁଁ ମୌଜା ମଜକୁର ଚୌକିଆ । ସାରାରାତି ଗ୍ରାମରେ ଠିଆ ପହରା ଦିଏଁ । ଗଲା ରାତିରେ ପହରା ଦେବା ସମୟରେ ଅଧରାତି ଅନ୍ଦାଜ ସାରିଆ ତନ୍ତିଆଣୀ 'ମାରି ପକାଇଲା, ମାରି ପକାଇଲା' ବୋଲି ମଙ୍ଗରାଜଙ୍କ ବାଡ଼ି ପଛଆଡ଼େ ହୁରି ପକାଉଥାଏ, ମୁଁ ଶୁଣିଅଛି । ତାକୁ କେହି ବାଉଁଶ ବାଡ଼ିରେ ମାଇଲା ପରି ଜଣାଯାଉଥାଏ ।

ସୁଆଲରେ ଜବାବ ଦେଲା, "ନା, ମୁଁ ସେ ସମୟରେ ମଙ୍ଗରାଜଙ୍କୁ ଦେଖି ନାହିଁ । ପୁନର୍ବାର କହିଲା, "ହଁ ହଁ, ତାଙ୍କ ପାଟି ଶୁଣିଅଛି । ଏହି ଗାଈ ସାରିଆର, ଏହାର ନାମ ନେତ । ଆଜକୁ ମାସେ ହେଲା ମଙ୍ଗରାଜଙ୍କ ଅଗଣାରେ ବନ୍ଧା ହେବାର ଦେଖୁଅଛି। କିପରି ଏଠାକୁ ଆସିଲା ଜାଣେ ନାହିଁ ।" ପୁନର୍ବାର କହିଲା, "ମଙ୍ଗରାଜେ ବାନ୍ଧି ଆଣିଛନ୍ତି ।"

ଏ ବାଡ଼ି ସନ୍ତକ ଗୋବରା ଜେନାର ସହି ।

୨ନମ୍ବର ଗୁହା- ସନା ରଣା । ପ୍ରଥମେ ହାଜର ହୋଇ କୌଣସି କଥା ଜାଣି ନଥିବାର ପ୍ରକାଶ କଲା । ଦାରୋଗା ସାହେବ ଭାରୀ ଖପ୍‌ପା ହୋଇ ତାହାକୁ ଚାଟଶାଳୀ ବୁଲାଇ ଆଣିବା ସକାଶେ ହୁକୁମ ଦେବାରେ ସେ ଦୁଇଜଣ ବରକନ୍ଦାଜ ହେପାଜତରେ ଅଧଘଣ୍ଟା ବାଦ୍ ମୁକୁଳା ବାଳ, ଧୂଳିଆ ଦେହ, ପିଠି ହାତ ଗାଲରେ ମାଡ଼ର ଦାଗ ସହିତ ହାଜର ହୋଇ କହିଲା, "ହଜୁର, ମୁଁ ସବୁ ସତ କହିବି । ମୋ ନାମ ସନା ରଣା, ବାପର ନାମ ବନା ରଣା, ଜାତି ମାଳୀ, ବୟସ ତିରିଶ, ପେଷା- ଗ୍ରାମଦେବତୀଙ୍କ ପୂଜା ଆଉ ଚାଷ । ସା-ଗୋବିନ୍ଦପୁର । ପ୍ର-ବାଲୁବିଶ । ଜି-କଟକ ।

"ମୁଁ ସାରିଆକୁ ଚିହ୍ନେ, କିପରି ମଲା ଜାଣେ ନାହିଁ । ଆଜକୁ ଅନ୍ଦାଜ ବରଷେ କି ଦେଢ଼ବରଷ ହେବ ସକାଳଓଳି, ମଙ୍ଗରାଜେ ମୋତେ ଜଣେ ହଳିଆ ହାତରେ ଡକାଇ ତୋଟା ମଧ୍ୟରେ ମୋତେ ନିରୋଳାରେ କହିଲେ, 'ଦେଖ୍ ସନା, ତୋତେ ମୁଁ କହୁଛି, ତୁ ଗୋଟାଏ କାର୍ଯ୍ୟ କରିବୁ । ମୁଁ ଯାହା କହୁଛି, ସେ କାମଟା କରିଦେଲେ ତୋତେ ଭଲ ଗହୀର ଜମି ଦୁଇମାଣ ଚଷିବାକୁ ଦେବି; ଆଉ ଦୁଇଟଙ୍କା ଖଜା ଖାଇବାକୁ ଦେବି ।' ମୁଁ ପଚାରିଲି, 'କଣ କରିବି ?' ସାଆନ୍ତେ କହିଲେ, 'ଏହି ଯେ ଭଗିଆ ତନ୍ତୀ ଅଛି - ତା ମାଇପ ଯେ ସାରିଆ, ସେଟା ବାଞ୍ଝ । ପୁଅ ହେବା ପାଇଁ ପ୍ରତିଦିନ

ବୁଢ଼ୀମଙ୍ଗଳାଙ୍କ ପାଖରେ ମୁଣ୍ଡିଆ ମାରେ । ତୁ ଯାଇ ତାକୁ କହିବୁ– ଠାକୁରାଣୀ ସ୍ୱପ୍ନରେ କହିଛନ୍ତି, ତୁ ପୂଜା ଦେ, ଠାକୁରାଣୀ ତୋ ସାଙ୍ଗରେ ଆପେ କଥା କହିବେ, ଆଉ ତୋତେ ପୁଅଦେବେ ।' ମୁଁ ଯାଇ ଦୁଇ ତିନି ଥର ଭଗିଆକୁ ଆଉ ସାରିଆକୁ ସାଆନ୍ତଙ୍କ କହିବା ମାଫିକେ କହିଲି । ସେମାନେ ଭଲକରି ଶୁଣିଲେ; ମାତ୍ର କିଛି ଜବାବ ଦେଲେ ନାହିଁ ।

"ଦିନେ ଉପରଓଳି ଭଗିଆ ମୋତେ ତା ଦୁଆରକୁ ଡାକି ଘେନିଗଲା । କିପରି ପୂଜା ହେବ, କି ଦ୍ରବ୍ୟ ଲୋଡ଼ା, କେତେ ଖରଚ ହେବ, ସବୁକଥା ପଚାରିଲା । ମୁଁ ତାକୁ ସବୁ ବୁଝାଇଦେଲି । ପୂଜାଦ୍ରବ୍ୟ କିଣିବା ସକାଶେ ତା ପାଖରୁ ଦଶଅଣା ଦୁଇପାହି ପଇସା ଆଣିଲି । ଦିନେ ଶନିବାର ସଞ୍ଜ ବାଦ୍ ମୁଁ, ମଙ୍ଗରାଜେ ଆଉ ଜଗା ଭଣ୍ଡାରି, କୋଡ଼ି ଧରି ଜଣେ ହଳିଆ ଚାରିଜଣ ମଙ୍ଗଳାଙ୍କ ନିକଟକୁ ଗଲୁଁ । ମଙ୍ଗରାଜ କହିବା ଅନୁସାରେ ଠାକୁରାଣୀଙ୍କ ଆସ୍ଥାନ ତଳୁ ପଛ ଦିଗକୁ ଗୋଟାଏ ବଡ଼ ଗାଡ଼ ଖୋଳାଗଲା । ଗାଡ଼ ମଧ୍ୟରେ ଜଗା ଭଣ୍ଡାରି ଲୁଚିରହିଲା, ଗାଡ଼ମୁହଁ ତାଳପତ୍ରରେ ଲୁଚାଇ ଦିଆଗଲା । ମୁଁ ସକାଳୁ ଖବର ଦେଇ ସାରିଆ ଆଉ ଭଗିଆକୁ ଉପାସ ରଖାଇଥିଲି । ଅଧରାତି ବେଳେ ଗ୍ରାମ ନିସୋର ହେବାରେ ସେମାନଙ୍କୁ ଡାକିଆଣି ପୂଜା କଲି, ଭୋଗ ଲଗାଇ ଠାକୁରାଣୀଙ୍କୁ ଅନେକ ଜଣାଣ କଲି । ମୋ କହିବାନୁସାରେ ସାରିଆ ଏବଂ ଭଗିଆ ବେକରେ ଲୁଗା ପକାଇ ମୁହଁମାଡ଼ି ଠାକୁରାଣୀ ଆଗରେ ଧାରଣା ପଡ଼ିଥାନ୍ତି । ମୁଁ ଆହୁରି ଜଣାଣ କରି କହିଲି, 'ମା ମଙ୍ଗଳା ! ସାରିଆକୁ ଆପେ ବର ଦିଅ, ସେ ଅନେକ ଦିନ ହେଲା ତୁମର ସେବା କରୁଅଛି । ଅନେକ ଲୋକଙ୍କୁ ବର ଦେଲଣି, ଏମାନଙ୍କୁ ବର ଦିଅ ।' ଜଗା ଗାଡ଼ିଭିତରୁ ଜବାବ ଦେଲା, 'ଆଲୋ ସାରିଆ, ତୁ ଅନେକ ଦିନ ହେଲା ମୋର ପୂଜା କରୁଛୁ, ପ୍ରତିଦିନ ଗାଧୋଇସାରି ଯିବାବେଳେ ମୋତେ ଜୁହାର ହୋଇ ଯାଉ, ପାଣି ଚଳାଏ ଦେଉ; ମୁଁ ସେ ପାଣି ପାଏ । ତୋତେ ବର ଦେଉଛି, ତୋର ତିନିଗୋଟି ପୁତ୍ର ହେବ, ଆଉ ତୋହର ଢେର୍ ଟଙ୍କା ସୁନା ହେବ । ତୁ ମୋହର ଦେଉଳ ତୋଳାଇ ଦେ । କାଲି ବଡ଼ି ସକାଳେ ଅଧୁଆ ମୁହଁରେ ଦୁଇପ୍ରାଣୀ ତନ୍ତୀ ତୁଠକୁ ଆସିବ । ମୋ ପୂଜା ମନ୍ଦାର ଫୁଲ ଯେଉଁଠାରେ ପଡ଼ିଥିବ, ତା ତଳେ ଖୋଳିବୁ, ଯାହା ପାଇବୁ ଘରେ ନେଇ ରଖିବୁ; ପ୍ରତିଦିନ ପୂଜା କରିବୁ, ତୋତେ ସେହପରି ଥଳି ଥଳି ଦେବି । ମୋ ଆଜ୍ଞା ନ ମାନିଲେ ଭଗିଆ ବେକ ମୋଡ଼ିଦେବି ।

"ସାରିଆ ଭଗିଆ ଦୁଇଜଣ ଶୁଣି ଡରରେ ଥରୁଥାନ୍ତି, କିଛି କଥା କହି ପାରିଲେ ନାହିଁ । ମୁଁ ପୂଜା ସାରି ସେମାନଙ୍କୁ କିଛି ଭୋଗ ଦେଇ ଘରେ ଛାଡ଼ି ଆସିଲି, ବାକି ଭୋଗକୁ ବାନ୍ଧିଲି । ମୁଁ ସେମାନଙ୍କୁ ଛାଡ଼ି ଆସିବା ବାଦ୍ ଜଗା ହସି ହସି ଗାଡ଼ରୁ

ବାହାରି ଆସିଲା । ଆମେ ଦୁଇଜଣ ଯାଇ ସାଆନ୍ତେ ଦେଇଥିବା ଗୋଟିଏ ମୋହର ତୁଠ ପାଖରେ ପୋତି ତାହା ଉପରେ ମନ୍ଦାରଫୁଲ ଥୋଇଦେଇ ଘରକୁ ଗଲୁଁ । ତହିଁ ଆରଦିନ ମୁଁ ଭଗିଆ ଦୁଆରକୁ ଯାଇଥିଲି । ମୋତେ ଦେଖି ସେ ଦୁଇଜଣ କାନ୍ଦଣୁମାନ୍ଦୁଣୁ ହୋଇ କହିଲେ, 'ଆମ୍ଭେମାନେ ଦେଉଳ କିପରି ତୋଳାଇବୁ ବୁଦ୍ଧି କହିଦିଅ ।' ମୋ କହିବା ଅନୁସାରେ ତାହାର ଜମି ଛ'ମାଣ ଆଠଗୁଣ୍ଠ ମଙ୍ଗରାଜଙ୍କ ପାଖରେ ବନ୍ଧକ ଦେଇ ଟଙ୍କା ନେଲେ । ସରକାରରୁ ଜମାଦାର ଆସି ଭଗିଆ ଘର ଭାଙ୍ଗିଲେ । ଜମାଦାର ଛିଡ଼ା ହୋଇଥାଏ, ତାହାର ସବୁ ଜିନିଷ ବୋହି ଘେନିଗଲେ । ଘର ଭଙ୍ଗାଗଲାଦିନଠାରୁ ଭଗିଆ ବାୟା ହୋଇ ଗାଁରେ ବୁଲୁଅଛି, ସାରିଆ ସାତ ଆଠଦିନ ହେଲା ମଙ୍ଗରାଜଙ୍କ ବାଡ଼ିଦୁଆରେ ବସି କାନ୍ଦୁଥିବାର ମୁଁ ଶୁଣିଅଛି ।"

ସୁଆଲରେ ଜବାବ ଦେଲା- "ମଙ୍ଗରାଜେ ଭଗିଆକୁ କେତେ ଟଙ୍କା ଦେଲେ ମୁଁ ଜାଣେ ନାହିଁ, କେବଳ ତମସୁକ ରେଜେଷ୍ଟରୀ କରିବା ସକାଶେ ଖଣ୍ଡେ ଶାଢ଼ି କିଣି ଦେଇଥିଲେ, ମୁଁ ଜାଣେ । ଦେଉଳ ତୋଳିବା ସକାଶେ କଟକକୁ ଘେନିଯାଇଥିବା ସମୟରେ ସାରିଆ ସକାଶେ କୋଡ଼ିଏ ଶଗଡ଼ ଅନ୍ଦାଜ ପଥର ମଙ୍ଗରାଜେ ମଙ୍ଗଳାଙ୍କ ନିକଟରେ ପକାଇଛନ୍ତି । ମଙ୍ଗରାଜେ ସେହି ଦିନ ମୋତେ ଚାରିଅଣା ପଇସା ଦେଇଥିଲେ, ଆଉ କିଛି ଦେଇ ନାହାନ୍ତି । ମୁଁ ଡରରେ ମାଗେ ନାହିଁ । ଆଉ କିଛି ଜାଣେ ନାହିଁ ।"

(ଦସ୍ତଖତ) ସନା ରଣା ।

୩ନମ୍ବର ଗୁହା- "ମୋ ନାମ ମରୁଆ, ବାପର ନାମ ଲକ୍ଷ୍ମଣ ତିହାଡ଼ି, ଜାତି ବ୍ରାହ୍ମଣ; ବୟସ ଜଣା ନାହିଁ, ସା- ହାଲ ଗୋବିନ୍ଦପୁର, ଜି- କଟକ ।"

ସୁଆଲରେ ଜବାବ ଦେଲା- "ସାରିଆ କି ରୋଗରେ ମଲା ମୋତେ ଜଣାନାହିଁ । ଆଜକୁ ଆଠଦିନ ହେଲା ଆମ ବାଡ଼ିଦୁଆରରେ ବସିଥିଲା । ଦିନରାତି ଏକ ଜାଗାରେ ବସିଥାଏ; ଯାହାକୁ ଦେଖେ ଡକାପାଡ଼େ । 'ମୋ ଛ ମାଣ ଆଠଗୁଣ୍ଠ, ମୋ ଛ ମାଣ ଆଠଗୁଣ୍ଠ, ମୋ ନେତ, ମୋ ନେତ'- ଏତିକି କହି ଡକା ପାଡୁଥାଏ । ସାଆନ୍ତାଣୀଙ୍କୁ ଦେଖିଲେ ଗୋଡ଼ତଳେ ପଡ଼ି ଗଡ଼େ, କାନ୍ଦେ; ସାଆନ୍ତାଣୀ ମଧ୍ୟ କାନ୍ଦନ୍ତି । ଚମ୍ପା ତାକୁ ତିନିଥର ଛାଞ୍ଚୁଣି ମାରି ତଡ଼ିଦେଲା । ସେ ଗଲାନାହିଁ । ସେ ଆଠଦିନ ହେଲା କିଛି ଖାଇ ନାହିଁ । ସାଆନ୍ତାଣୀ ଆପଣା ଖାଇବା ଭାତ ଖଣ୍ଡେ କଦଳୀପତ୍ରରେ ତା ପାଖରେ ଥୋଇଦିଅନ୍ତି, ସେ ଖାଏ ନାହିଁ । ଭାତ କୁକୁର ନୋହିଲେ ଗାଈ ଖାଇଯାଏ । କେବେ କେବେ ସାଆନ୍ତାଣୀ ବସି କୁହାବୋଲା କଲେ ଦୁଇଗୁଣ୍ଡା ଗୁଣ୍ଡାଏ ଖାଏ । ସାଆନ୍ତାଣୀ ମଧ୍ୟ ସାତଦିନ ହେଲା ଖାଇନାହାନ୍ତି; ଖାଇବାକୁ କହିଲେ ସେ

ଅଧିକ କାନ୍ଦନ୍ତି । ସେଥି ସକାଶେ ମୁଁ କିଛି କହେ ନାହିଁ । ସପ୍ତମୀ ଦିନ ଏକବାର ରାନ୍ଧି ବୁଢ଼ୀମଙ୍ଗଳାଠାକୁ ଯାଉଥିଲେ, ତେତିକିବେଳେ ସାରିଆ ପାଟି କରିବାରୁ ହବିଷ ଭାତ ତା ପାଖରେ ବସାଇଦେଲେ । ତେତିକିବେଲୁ ସାଆନ୍ତାଣୀ ଘରକୁ ଆସି ଯେ ପଡ଼ିଛନ୍ତି, ସେ ପଡ଼ିଛନ୍ତି । ଗଲା ଅଷ୍ଟମୀ ଦିନ ତାଙ୍କର କାଳ ହେଲା ।"

ସୁଆଲରେ ଜବାବ ଦେଲା- ସାଆନ୍ତାଣୀଙ୍କର କି ବେମାରି ହୋଇଥିଲା ଜାଣେନାହିଁ । ସ୍ନାନପୂର୍ଣ୍ଣମୀ ଆଠ ଦଶ ଦିନ ଆଗରୁ ତାଙ୍କୁ ଅଳ୍ପ ଅଳ୍ପ ବେମାରି ଧରିଥିଲା । ସ୍ନାନପୂର୍ଣ୍ଣମୀ ଦିନ ଚମ୍ପା କୁଆଡ଼େ ସୁଆରି ଚଢ଼ି ଯାଇଥିଲା; ହସି ହସି ଆସି କଣ କହିଲା । ସେହିଦିନୁ ସାଆନ୍ତାଣୀଙ୍କର ବେମାରି ବଢ଼ିଅଛି । ରାତିରେ କିଛି ଖାଆନ୍ତି ନାହିଁ; ଦିନବେଳେ ଖିଆ ମଧ୍ୟ ସେହିପରି । ସବୁବେଳେ କାନ୍ଦନ୍ତି । ସାରିଆ ଜମି ଛାଡ଼ିଦେବା ସକାଶେ ସାଆନ୍ତଙ୍କ ଗୋଡ଼ ତଳେ ପଡ଼ି ଢେର୍ କହିଲେ । ସାଆନ୍ତ ଶୁଣିଲେ ନାହିଁ । ଚମ୍ପା ଖପା ହେବାରୁ ସାଆନ୍ତାଣୀ ଆଉ କିଛି କହିଲେ ନାହିଁ, ଅନ୍ନ ଛାଡ଼ିଦେଲେ । ମୁକୁନ୍ଦା ବଇଦ ପାଖରୁ ତାଙ୍କ ବେମାରି ସକାଶେ ଔଷଧ ଆଣିଦେଇଥିଲା । ସେ ଔଷଧ ଖାଇଲେ ନାହିଁ, ମୁଣ୍ଡରେ ମାରି ଥୋଇଦେଲେ ।"

ସୁଆଲରେ ଜବାବ ଦେଲା- "ମୁଁ ଆଜକୁ ଦଶ ବରଷ ହେଲା ଏହି ଘରେ ଅଛି । ମୋ ବାପଘର ପୁରୀ ବ୍ରାହ୍ମଣ ଶାସନରେ ଥିଲା । ମୋ ସ୍ୱାମୀର ନାମ ଟାଗନାଥ ତିହାଡ଼ୀ । ଶୁଣିଛି ବିଭାବେଳେ ମୋର ସାତ ବରଷ ବୟସ ହୋଇଥିଲା; ସ୍ୱାମୀର ବୟସ ହୋଇଥିଲା ତିନି କୋଡ଼ି ଚାରି ବରଷ । ମୋ ସ୍ୱାମୀ ତାଙ୍କ ଜମି ବିକି ମୋ ବାପକୁ ଆଠ କୋଡ଼ି ଟଙ୍କା ଦେଇଥିଲେ । ବିଭାବେଳେ ମୋ ସ୍ୱାମୀର ଶ୍ୱାସ ବେମାରି ଥିଲା । ସେହି ବେମାରିରେ ସେ ମଲେ । ମୋ ସ୍ୱାମୀଘରେ ଆଉ କେହି ନ ଥିଲେ । ନନା ଯାଇ ତାଙ୍କ ଜମି ବାଡ଼ି ବିକିଦେଇ ମୋତେ ଘରକୁ ଘେନିଆସିଲେ । ନନାଙ୍କ ଘରେ ପାଞ୍ଚ ସାତ ବରଷ ରହିଥିଲି । ଗ୍ରାମରେ ଲଳିତା ଦାସ ବାବାଜି ଥିଲେ । ମୁଁ ତାଙ୍କ ପାଖକୁ ଚୈତନ୍ୟଚରିତା ମୃତ ଶୁଣିବାକୁ ଯିବାରୁ ଭାଇମାନେ କଳିଲଗାଇଲେ । ମୁଁ ବୃନ୍ଦାବନ ଯିବା ସକାଶେ ବାବାଜିଙ୍କ ସାଙ୍ଗରେ ଦିନେ ରାତିରେ ପଳାଇ ଆସି କଟକ ତେଲଙ୍ଗା ବଜାରରେ ଥିଲି । ସାଆନ୍ତ ମାମଲା କରିବା ସକାଶେ କଟକ ଯାଇଥିଲେ । ତାଙ୍କ ସାଙ୍ଗରେ ଆସି ଏହି ଘରେ ଅଛି ।"

୦।ଏ ମୁଦିସନ୍ତକ ମରୁଆ ସହି ।

୪ନମ୍ବର ଗୁହା- "ମୋ ନାମ ବାଇଧର ମହାନ୍ତି, ବାପର ନାମ ଡମ୍ବରୁଧର ମହାନ୍ତି, ଜାତି କରଣ, ବୟସ ୫୬ବରଷ, ସା- କନକପୁର, ପ୍ର- ଝଙ୍କଡ଼, ଜି- କଟକ ।

"ଆଜକୁ କୋଡ଼ିଏ ବରଷ ହେଲା ମୁଁ ଏହି ଫତେପୁର ସରଷଣ୍ଡ ତାଲୁକ୍‌ରେ ଗୁମାସ୍ତା ଅଛି । ପ୍ରଥମେ ମେଦିନୀପୁରର କେରାମତ୍ ଆଲି ଜମିଦାର ଥିଲେ, ବର୍ତ୍ତମାନ ଜମିଦାର ରାମଚନ୍ଦ୍ର ମଙ୍ଗରାଜେ କଟବନ୍ଧକ ସୂତ୍ରେ ଏହି ଜମିଦାରୀ ପାଇଅଛନ୍ତି ।"

(ଦାରୋଗା ଗୁହାଙ୍କୁ ଢେର୍ ସୁଆଲ କଲେ; ଗୁହା ମଧ୍ୟ ଢେର୍ ଜବାବ ଦେଲେ । ସେ ସମସ୍ତ ଛାଡ଼ିଦେଇ ଆମ୍ଭେମାନେ ଗୁହା ଜବାବର ସାର ସାର କେତୋଟି କଥା ବାଛି ଲେଖୁଅଛୁ ।)

ଗୁହାର ଜବାବ- "ମଙ୍ଗରାଜେ ଘରୁ କିଛି ଟଙ୍କା ଦେଇ ଜମିଦାରୀ କିଣିନାହାନ୍ତି, ଜମିଦାରୀ ଅସୁଲୀ ଟଙ୍କାରୁ କିଣିଛନ୍ତି । ମଙ୍ଗରାଜେ ପ୍ରଥମ ବରଷ ଖଜଣା ଟଙ୍କା ଅସୁଲ କରିନେଇ ଜମିଦାର ଦିଲଦାର ମିଆଁଙ୍କୁ ଦେଲେ । ଦୁସରା କିସ୍ତି ଟଙ୍କା ଅସୁଲ କରିନେଇ ମେଦିନୀପୁର ଗଲେ । ମୁଁ ସାଙ୍ଗରେ ଗଲି । ଜମିଦାରଙ୍କୁ କହିଲେ, 'ପୁରୁଣା ଜମିଦାର ବାଘସିଂହ ବଂଶ ମେଳି ଲଗାଇବାରୁ ଖଜଣା ଅସୁଲ ହେଲା ନାହିଁ, କଣ ହେବ, କାଲି ନାଟବନ୍ଦି ।' ମଙ୍ଗରାଜେ ତମସୁକ ଲେଖାଇ ନେଇ ଖଜଣା ଟଙ୍କା କରଜ ଦେଲେ । ଏଣେ ଜମିଦାର କରଜ କରିଅଛନ୍ତି ବୋଲି ପ୍ରଜାମାନଙ୍କ ଠାରୁ କଳନ୍ତର ନିଅନ୍ତି । ପ୍ରତି କିସ୍ତିରେ ଏହିପରି ହୁଏ । ଶେଷ ଥର ମଙ୍ଗରାଜେ ମୁସାହେବମାନଙ୍କୁ ଅନେକ ଲାଞ୍ଚ ଦେଇ ଅସଲ ସୁଧ ତିରିଶ ହଜାର ଟଙ୍କାରେ ତମସୁକ ଲେଖାଇନେଲେ । ଦିଲୁମିଆଁ ନିଶାରେ ପଡ଼ିଥିବା ସମୟରେ ତମସୁକ ଦସ୍ତଖତ କରିଦେଲେ । ମଙ୍ଗରାଜେ ଆଉ ମେଦିନୀପୁର ନ ଯାଇ କଟକରେ ମାମଲା କରି ଜମିଦାରୀ ଦଖଲ କରିଗଲେ ।"

ସୁଆଲରେ ଜବାବ ଦେଲା- "ହଁ, ଭଗିଆ ତନ୍ତୀଠାରୁ ଛ ମାଣ ଆଠଗୁଣ୍ଠ ଜମି କଟକବଲା କରି ନେଇଥିଲେ । କବଲାରେ ଦେଢ଼ଶ ଟଙ୍କା ଲେଖାଅଛି । ତମସୁକ ଲେଖାଇ ମାମଲା ଖରଚ ଇତ୍ୟାଦି ସେଥିରେ କେତେ ଟଙ୍କା ଖରଚ ପଡ଼ିଅଛି, ପାଞ୍ଜି ଦେଖିଲେ କହିବି- (ଗୁହାପାଞ୍ଜି ଦେଖି କହିଲା) ଗାଏ ଟ୩୪୫, ୧୭୫ ।"

ଗୁହା କହିଲା- "ହଁ, ସାଆନ୍ତେ ଭଗିଆ ନାମରେ କଟକ ଅଦାଲତରେ ନାଲିସ କରିଥିଲେ । ମକଦ୍ଦମାର ଏତଲାନାମା ଡିଗ୍ରୀଜାରୀ ପରୁଆନା ନିଲାମି ଇସ୍ତାହାର ସବୁ ମୋ ପାଖରେ ଅଛି । ଭଗିଆକୁ କିଛି ଦିଆଯାଇନାହିଁ । ଅଦାଲତର ପିଆଦା ଆସି ସାଆନ୍ତଙ୍କଠାରୁ ବକ୍‌ସିସ୍ ନେଇ ମୋ ପାଖରୁ ରସିଦ୍ ଲେଖାଇ ନେଇ ଚାଲିଯାଏ । ସାରିଆ କିପରି ମଲା ମୁଁ ଜାଣେ ନାହିଁ । ଏହି ଗାଈଟା ଭଗିଆର ।"

(ସ୍ୱାକ୍ଷର) ବାଇଧର ମହାନ୍ତି

୫ନମ୍ବର ଗୁହା- "ମୋ ନାମ ଚମ୍ପା, ବାପର ନାମ ଜଣାନାହିଁ, ଜାତି- ଏହି ଘର ମନୁଷ୍ୟ, ସା- ଗୋବିନ୍ଦପୁର, ଜି- କଟକ ।

"ମୁଁ ସାରିଆକୁ ଚିହ୍ନେ ନାହିଁ । ତା'ଘର ଏ ଗାଁରେ ନୁହେଁ । ସେ ଆମ ଦୁଆରେ ମରିନାହିଁ, ଆଉ କୁଆଡ଼େ ମରିଯାଇ ଆମ ଦୁଆରେ ପଡ଼ିଥିଲା । ତାକୁ ଜର ହୋଇଥିଲା, ମରିଗଲା । ଆମ ସାଆନ୍ତ ତାକୁ କିଛି କହି ନାହାନ୍ତି । ସାଆନ୍ତ ବଡ଼ ଭଲଲୋକ, ହଲିଲା ପାଣିରେ ଗୋଡ଼ ଦିଅନ୍ତି ନାହିଁ । ସାଆନ୍ତାଣୀଙ୍କୁ ଜର ହୋଇଥିଲା, ସେ ମରିଗଲେ । ତାଙ୍କ ପାଇଁ ମୁଁ ଭାତ ଖାଉନାହିଁ । ଢେର୍ କାନ୍ଦୁଛି । (ଗୁହା କାନ୍ଦି ବସିଲା, ଦାରୋଗା ଧମକ ଦେବାରୁ ତୁନିହେଲା) ଏହି ଗାଈଟା ଆମର ଘର ବାଛୁରୀ (ପୁନର୍ବାର କହିଲା) ସାରିଆକୁ ଟଙ୍କା ଦେଇ କିଣିଛୁ ।"

- ଏ ମୁଦିସନ୍ତକ ଚମ୍ପାର ସହି ।

ଅଧିକ ରାତି ହେବାରୁ କଚେରି ବନ୍ଦ ହେଲା । ଦାରୋଗା, ମୁନ୍‌ସି, ଚୌକିଦାର ଗୋବରା ଜେନା ଅନେକ ରାତି ପର୍ଯ୍ୟନ୍ତ ବସି ପରାମର୍ଶ କଲେ । ଉପଯୁକ୍ତ ଗୁହା ଠିକଣା କରାଯାଇ ତହିଁ ପରଦିନ ପୁନର୍ବାର ସାକ୍ଷୀ ଜବାନ ବନ୍ଦୀ ଆରମ୍ଭ ହେଲା ।

୬ନମ୍ବର ସାକ୍ଷୀ- "ମୋ ନାମ ବନା ଜେନା, ବାପର ନାମ ଦନା ଜେନା, ଜାତି ପାଣ, ବୟସ ୧୮, ପେଷା ହଳିଆଗିରି । ସା- ମକ୍ରାମ ପୁର । ପ୍ର- ବାଲୁବିଶି । ଜି- କଟକ ।

"ମୁଁ ସାରିଆକୁ ଚିହ୍ନେ, ତା ଦୁଆରକୁ ଢେର୍ ଥର ଯାଇଛି । ତା ଘର ସଉତୁଣିଆ । ମୌଜା ବ୍ରାହ୍ମଣ ସାହିରେ, ନା ନା ପାଣସାଇରେ । (ପୁନର୍ବାର କହିଲା) ନା ନା ଏହି ଗ୍ରାମରେ । ରାମଚନ୍ଦ୍ର ମଙ୍ଗରାଜ ଆଜକୁ ଆଠଦିନ ହେଲା ତାହାକୁ ଧରିଆଣି ବାଡ଼େଇଥିଲେ । ଏହି ବାଉଁଶ ବାଡ଼ିରେ ବାଡ଼ଉଥିଲେ । (ସାକ୍ଷୀ ବାଡ଼ି ଦେଖେଇଦେଲା) ଗଲା ଦ୍ୱାଦଶୀ ଦିନ ଅଧରାତି ବେଳେ ରାମଚନ୍ଦ୍ର ମଙ୍ଗରାଜ ବାଡ଼ଉଥିଲେ, ଦେଖି ଅଛି । ସାରିଆ ପିଠିରେ କୋଡ଼ିଏ ପାହାର ବାଡ଼େଇଲେ । ମୁଁ ସାଉଘର ଗୋରୁ ଖୋଜି ଆସିଥିଲି । ମୋ ଘର ଏଠାକୁ ଦୁଇକୋଶ ବାଟ । ସାଆନ୍ତଙ୍କ ସାଙ୍ଗରେ ମୋହର ତକରାର ନାହିଁ । ଗୋବରା ଜେନା ଚୌକିଆ ମୋ ଭିଣୋଇ ନୁହେଁ ।"

- ଏ ବାଡ଼ିସନ୍ତକ ବନା ଜେନାର ସହି ।

୭ନମ୍ବର ଗୁହା- "ମୋ ନାମ ଧକେଇ ଜେନା, ବାପର ନାମ ନାଙ୍ଗୁଡ଼ ଜେନା, ଜାତି- ପାଣ, ବୟସ- ଜଣାନାହିଁ, ପେଷା- ହଳିଆଗିରି । ସା- ରାଇପୁର । ପ୍ର- ବାଲୁବିଶି । ଜି- କଟକ ।

ଗଲା ନବମୀ ଦିନ ଅଧରାତିବେଳେ ମୁଦାଲା ରାମଚନ୍ଦ୍ର ମଙ୍ଗରାଜ ଏହି ବାଉଁଶ ବାଡ଼ିରେ ସାରିଆକୁ ବାଡ଼ଉଥିଲେ, ମୁଁ ଦେଖିଅଛି । ମୁଁ ଲୁଣ କିଣିବାକୁ ଦୋକାନକୁ

ଆସିଥିଲି । ରାତି ହୋଇଯିବାରୁ ଦୋକାନପିଣ୍ଡାରେ ଶୋଇଥିଲି । ଗୁମ୍ ଗୁମ୍ ଶବ୍ଦ ଶୁଭିବାରୁ ମୁଁ ଦୋକାନ ଚାଳ ଉପରେ ଚଢ଼ି ଅନାଇଲି । (ପୁନର୍ବାର କହିଲା) ନାହିଁ ନାହିଁ, ମୁଁ ମଙ୍ଗରାଜଙ୍କ ପିଢ଼ାରେ ଚଢ଼ି ଅନାଇଲି, ଦିଶୁଥିଲା । ମୁଁ ଏହି ଗାଈକୁ ଚିହ୍ନେ, ନିଜେ ଢେର୍ ଥର ଦୁହିଁଛି । ଗାଈର ନାମ ବଉଳା । ଏ ଗାଈ ଭଗିଆ ତନ୍ତୀର । ରାମଚନ୍ଦ୍ର ମଙ୍ଗରାଜ ତା ଘରୁ ଚୋରି କରି ଆଣିଅଛି, ସିନ୍ଧି କରି ଚୋରିକରି ଆଣିଛନ୍ତି ।"

ମୁଦାଲାର ସୁଆଲରେ ଜବାବ ଦେଲା- "ଗୋବରା ଜେନା ମୋ ମାଉସୀପୁଅ ଭାଇ ନୁହେଁ । ସେ ମୋତେ ଡାକିଆଣି ନାହିଁ । ମୁଁ ଗୁହାଇ ଦେବା ସକାଶେ ଆପଣା ଇଚ୍ଛାରେ ଆସିଅଛି । ସେ ମୋତେ ଖାଇବାକୁ ଦିଏ ନାହିଁ । ମୁଁ ଘରୁ ଚୂଡ଼ା ଚାଉଳ ବାନ୍ଧି ଆଣିଅଛି । ନବମୀ ଆଜକୁ କୋଡ଼ିଏ କି ବାଇଶି ଦିନ ହେଲା ଗଲାଣି । ଆଜି ତିଥି କଣ ମୋତେ ଜଣାନାହିଁ ।"

- ଏହି ବାଡ଼ିସନ୍ତକ ଧକେଇ ଜେନାର ସହି ।

୮ନମ୍ବର ଗୁହା- "ମୋ ନାମ ଖତୁ ଚନ୍ଦ, ବାପର ନାମ ନିତା ଚନ୍ଦ । ଜାତି ତନ୍ତୀ, ବୟସ ୨୮, ପେଷା ଲୁଗାବୁଣା । ସା- ଗୋବିନ୍ଦପୁର । ଜି- କଟକ ।

"ଏ ଗାଈ ଭଗିଆର, ଜାଣେ । ଭଗିଆ ମୋ ପଡ଼ିଶା । ଯେଉଁଦିନ ସରକାରୀ ଜମାଦାର ଆସି ଭଗିଆଘର ଭଙ୍ଗାଇଦେଲେ ସେହିଦିନ ମଙ୍ଗରାଜେ ଗାଈ ବାନ୍ଧିଆଣି ଉଆସରେ ରଖିଅଛନ୍ତି । କି ସକାଶେ ଗାଈ ବାନ୍ଧିଆଣିଲେ ମୋତେ ଜଣାନାହିଁ । ମଙ୍ଗରାଜଙ୍କ ହଳିଆମାନେ ଯାଇ ଭଗିଆ ଘର ଭାଙ୍ଗି ପକାଇଲେ । ଘରର ସବୁ ଜିନିଷ ବୋହିଆଣିଲେ । ଭଗିଆ, ସାରିଆ ଦୁଇଜଣ ଡକାପାଡ଼ି ଦାଣ୍ଡରେ ଗଡୁଥାନ୍ତି । ସରକାରୀ ଜମାଦାର ଆସିଥିବାରୁ ଆମ୍ଭେମାନେ କବାଟ କିଳିଦେଇ ଘରେ ଲୁଚିଥିଲୁଁ । ମୁଁ କବାଟ କିଳିଦେଇ ଜଳାରେ ଅନାଇଥାଏ । ଚୌକିଆ ଗୋବରା ଜେନା ମୋତେ ଡାକୁଥାଏ । ମୁଁ ଜବାବ ଦେଲି ନାହିଁ । ମୋ ଭାରିଯା ଜବାବ ଦେଲା, ମୁଁ ଘରେ ନଥିବାର କହିଲା ।"

- ଏ ଡଙ୍ଗିସନ୍ତକ ଖତୁ ଚନ୍ଦର ସହି ।

ଜବାବ ଆସାମୀ ରାମଚନ୍ଦ୍ର ମଙ୍ଗରାଜ- ପିତାର ନାମ ଧନୀ ନାୟକ, ଜାତି- ଖଣ୍ଡାଏତ, ବୟସ- ୫୨, ପେଷା ଜମିଦାରୀ । ସା- ଗୋବିନ୍ଦପୁର, ଜି- କଟକ ।

ଜବାବ ଦେଲା- "ମୁଁ ସାରିଆକୁ ମାରିନାହିଁ । ଭଗିଆ ମୋ ପାଖରୁ ଟଙ୍କା କରଜ ନେଇଥିଲା, ନାଲିସ କରି ତାହାର ଛ ମାଣ ଆଠଗୁଣ୍ଠ ଜମି ଡିଗ୍ରୀ କରି ନେଇଅଛି, ମୋକଦ୍ଦମା ଖର୍ଚ୍ଚାକୁ ତାହାର ଗାଈ ନେଇଅଛି ।"

(ସ୍ୱାକ୍ଷର) ରାମଚନ୍ଦ୍ର ମଙ୍ଗରାଜ ।

ଠିକ୍ ଏହି ସମୟରେ ଗୋଟାଏ ବାୟା ସେଠାରେ ପହଞ୍ଚିଲା । ଅଣ୍ଟାରେ ଖଣ୍ଡେ

ଛିଣ୍ଡାକନା ଗୁଡ଼ାଇଅଛି, ମୁଣ୍ଡବାଳ ମୁକୁଳା, ଦେହଯାକ ଧୂଳି କାଦୁଅ, ହାତରେ ଗୋଟିଏ ବାଇଜି ହାଣ୍ଡି ଧରିଅଛି । ଖୁବ୍ ନାଚିଲା, ସାରିଆ ସାରିଆ ବୋଲି ଗୀତ ଗାଇଲା । ତାକୁ ଦେଖି ଗାଁ ଲୋକମାନେ ହା ହା କାର କରି କହିଲେ, "ଆରେ ଭଗିଆ, ତୋ କପାଳରେ ଏହା ଥିଲା ।" ମଙ୍ଗରାଜ ଉପରେ ନଜର ପଡ଼ିଯିବାରୁ ବାୟା ତାଙ୍କୁ କାମୁଡ଼ିବାକୁ ଧାଇଁଲା । ଚଉକିଆମାନେ ତାକୁ ଧରିପକାଇଲେ, ସମ୍ଭାଳି ନ ପାରି ଦାରୋଗାଙ୍କ ହୁକୁମ ଅନୁସାରେ ବାନ୍ଧିପକାଇଲେ ।

ଦାରୋଗା ମାମଲା ତଦାରଖି ଖତମ କଲେ । ବତ୍ରିଶ ଜଣ ଗୁହାର ଜମାନବନ୍ଦି ହୋଇଥିଲା । ସେଥିମଧ୍ୟରୁ ଚାରିଜଣ ଗୁହାଙ୍କୁ ବାହାଲ ରଖି ଆଉ ଆଉ ଲୋକମାନଙ୍କୁ ରୋକ୍‌ସୋତ ଦେଲେ ।

ଆସାମୀ ଗଲାଣି । ବେଳ ପ୍ରହରକ ସମୟରେ ମଙ୍ଗରାଜ ଚଲାଣ ହେଲେ । ହାତରେ ହାତକଡ଼ି; ଚୌକିଆ ବରକନ୍ଦାଜ ଘେରିଛନ୍ତି, ମଧ୍ୟରେ ମଙ୍ଗରାଜେ ମୁଣ୍ଡରେ ଖଣ୍ଡେ ଗାମୁଛା ପକାଇ ମୁଣ୍ଡପୋତି ଚାଲିଛନ୍ତି । ଗ୍ରାମ ଲୋକମାନେ ଯାତ୍ରାକାଳୀ ପରି ଛିଡ଼ା ହୋଇ ଚାହିଁଅଛନ୍ତି । ଆଗରେ ଦାରୋଗା, ପଛରେ ମୁନ୍‌ସି । ମଙ୍ଗରାଜଙ୍କର ଏହି ଦୁର୍ଦ୍ଦଶା ଦେଖି ଗ୍ରାମର କେହି ବ୍ୟାକୁଳ ହୋଇଥିଲା କି ନାହିଁ, ଆମ୍ଭେମାନେ ଠିକ୍ କହିବାକୁ ଅକ୍ଷମ । କେବଳ ଚମ୍ପା "ମୋ ସାଆନ୍ତ, ମୋ ସାଆନ୍ତ, ମୋ ସାଆନ୍ତଙ୍କୁ କାହିଁ ଘେନିଯାଉଚ, ମୋ ସାଆନ୍ତେ" ଇତ୍ୟାଦି କରୁଣ ରାଗିଣୀରେ ଡକାପାଡ଼ି ଧାଇଁଥିବାବେଳେ ବାଟ ଉଛୁଳିପଡ଼ୁଥାଏ । ସାଆନ୍ତେ ପଛକୁ ମୁହଁ ବୁଲାଇ ଦୁଇ ତିନି ଥର ଫେରିଯିବାକୁ କହିଲେ । ଦାରୋଗା ମୁନ୍‌ସି ଦିକ୍‌ଦାର ହେଲେଣି, ଶୁଣିବାକୁ ନାହିଁ, ମୁଣ୍ଡରେ ଲୁଗା ନାହିଁ, କାନ୍ଦି ଅଥୟ ହୋଇଯାଉଛି । ଏହିପରି ଦୁଇ କୋଶ ଯାଇ ସାଆନ୍ତଙ୍କୁ ଶୁଣାଇ ଶୁଣାଇ କହିଲା, "ଗନ୍ତାଘର ଜିନିଷଗୁଡ଼ାକ ଉଇ ଧରିଯିବେ, ମୂଷା ଖାଇଯିବେ, କ'ଣ ହେବ ?" ମଙ୍ଗରାଜେ ଟିକିଏ ଛିଡ଼ାହୋଇଯାଇ ଲମ୍ବ ଲମ୍ବ ଦୁଇଟା ନଳୀକଞ୍ଚି ତା ହାତରେ ଦେଇ କହିଲେ, "ସବୁ ସାବଧାନରେ ରଖିବୁ, କିଛି ଚିନ୍ତା କରିବୁ ନାହିଁ ।" ଚମ୍ପା କଞ୍ଚି ଦୁଇଟା ଖୁବ୍ ସାବଧାନରେ ଅଣ୍ଟିରେ ଖୋସିଦେଇ କହିଲା, "ଆପଣ ଠା'ରେ ବସୁଥିବେ, ଓପାସ ରହିବେ ନାହିଁ ।" ଗୋବିନ୍ଦା ଭଣ୍ଡାରି ସାଙ୍ଗେ ସାଙ୍ଗେ ଥିଲା । ଦୁଇଜଣ ସାଙ୍ଗହୋଇ ଘରକୁ ବାହୁଡ଼ିଲେ । ବାହୁଡ଼ିବା ସମୟରେ ଚମ୍ପାର କାନ୍ଦଣା କେହି ଶୁଣିନାହିଁ ।

ଦାରୋଗା ସାହେବ ଥାନାରେ ପହଞ୍ଚି ଗୁହା ଜବାନବନ୍ଦି ସମସ୍ତ ପୁନର୍ବାର ଥରେ ଶୁଣି ମୁନ୍‌ସିଙ୍କ ପରାମର୍ଶ ଅନୁସାରେ କାଟକୁଟ କରି ଗୁହାମାନଙ୍କୁ ସଦୁପଦେଶ ଦେଲେ । ତାହା ବାଦ୍ ରିପୋର୍ଟ ସହିତ ଆସାମୀକୁ କଟକ ମେଜେଷ୍ଟର ସାହେବଙ୍କ

ହଜୁରକୁ ଚାଲାଣ ଦେଲେ । ଆମ୍ଭେମାନେ ଦାରୋଗାଙ୍କ ରିପୋର୍ଟର ଏକ ପ୍ରସ୍ତ ସଇ ମୋହର ନକଲ ହାସଲ କରିଅଛୁ । ଆପଣଙ୍କର ଇଚ୍ଛା ହେଲେ ଶୁଣନ୍ତୁ -

ଦାରୋଗା ରିପୋର୍ଟର ନକଲ ।

ଧର୍ମାବତାର,

ଚଳିତ ଅକ୍‌ଟୋବର ମାସ ତିନି ତାରିଖ ଭୋର୍ ଆଠବଜେ ଅତ୍ରାଧୀନ ଆପଣା ଏଲକା ମଧ୍ୟରେ ଆପଣା କଚିରି ଜାଗାରେ ବସି ସରକାରୀ କାମ ଅଞ୍ଜାମ କରୁଥିବା ହାଲତ ମୁନ୍‌ସି ଚକ୍ରଧର ଦାସ ବନ୍ଦା ଡାହାଣ ପାଖରେ ବସି ରୋଜିନା ଡାଇରି କଲମ ବନ୍ଦ କରୁଥିବା ହାଲତ ବରକନ୍ଦାଜ ଗୋଲାମ କାଦର ଓ ହରି ସିଂ ଆପଣା ପହରାରେ ମୁତୟନ ଥିବା ହାଲତ - ଅତ୍ର ଥାନା ଏଲାକା ଫତେପୁର ସରଷଣ୍ଡ ମୌଜା ଗୋବିନ୍ଦପୁର ଛାଟିଆ ଗୋବରା ଜେନା ହାଜର ଆସି ଜାହେର କଲା କି - ତାଲୁକା ମଜକୁର, ମୌଜା ମୁଜକୁର ରହିସ ସାରିଆ ନାମକ ତନ୍ତିଆଣୀକୁ ଖୁଣ କରିଥିବା । ବନ୍ଦା ଏହି ରିପୋର୍ଟ ପାଇବାମାତ୍ରେ ଲହମାକ ଗୁଦସ୍ତ ନ କରି ହଜୁରକୁ ପ୍ରଥମ ଏତଲାଇ କାଟି - ଆସାମୀ ଜଣେ ଜମିଦାର ଥିବା ଏବଂ ସେ ଜଣେ ମଶୁର ବଦମାଏସ ଏବଂ ଜାଲିମବାଜ ଥିବା ହାଲତ ଏବଂ ମାମଲା ଭାରି ସଙ୍ଗିନ ଥିବା ଲିହାଜ ବନ୍ଦା ତଡ଼େଦମ ଉକ୍ତ ସ୍ଥାନକୁ ରମାନା ହୋଇ ସରଜମିନ୍‌ରେ ପହଞ୍ଚି ଦସ୍ତୁର ମୁତାବକ ଆସାମୀ ଘର ମହାସଗ ଖାନତଲାସ ବହୁତ ହୁସିଆରିରେ ଆସାମୀକୁ ଗ୍ରେପ୍ତାର କଲା ବାଦ୍ - ମହିଲୁକିଆ ସାରିଆର ଲାସ୍ ଏବଂ ତାହାର ଘରର ମାଲ ଆସବାବ ଏବଂ ମହିଲୁକିଆର ନେତ ନାମକ ଏକରାଶି ସଫେଦ ଗାଈ ଆସାମୀ ଜିମାରୁ ବରାମଦ କରିଅଛି । ଆସାମୀ ଯେଉଁ ବାଉଁଶବାଡ଼ିରେ ସାରିଆକୁ ଖୁଣ୍ କରିଅଛି ସେ ବାଡ଼ି ମଧ୍ୟ ବରାମଦ ହେବା ହାଲତ । ଆସାମୀ ରାମଚନ୍ଦର ମଙ୍ଗରାଜ ଆପେ ଏକଗୋଟା ବାଉଁଶବାଡ଼ିରେ ସାରିଆକୁ ଖୁଣ୍ କରିଥିବା ଚାରିଜଣ ଗୁହାଙ୍କ ଜମାନବନ୍ଦିର ସାଫ୍ ସାବିତ । ଏମାନେ ରୁଇତ ଗୁହା ଥିବା ସାଫ୍ ସାବିତ । ଆସାମୀ ଯେ ଜଣେ ଜାଲମ୍‌ବାଜ୍, ଜଣେ ଇମାନଦାର ମୁସଲମାନର ଜମିଦାରୀ ଜୁଆଚୋରୀ କରି ନେଇଅଛି, ତାହା ଚାରି ନମ୍ବର ଗୁହା ଜମାନବନ୍ଦିରୁ ସାଫ୍ ସାବିତ । ଏହି ସବୁ ହାଲ-ଲିହାଜରେ ଆସାମୀ ଉପରେ ଖୁଣ୍ ସାବିତ ହେବାରୁ ହଜୁରକୁ ଚାଲାଣ ଦେଲି । ହଜୁର ଖୋଦାବନ୍ଦ, ମା ବାପ, ଦୁନିଆର ବାଦସା, ରିପୋର୍ଟ କସୋର ମାଫ୍ ହେବ, ନୌସନାରୀ ତଜ୍‌ବିଜ୍ ହେବ ।

୧୦ ତାରିଖ ଅକ୍ଟୋବର ସନ ୧୮୩୧

ଦାରୋଗା ଇନାଏତ ହୋସେନ

ଥାନେ କେନ୍ଦ୍ରାପଡ଼ା ।

ପ୍ରକାଶ ଥାଉ କି ଅଲାହିଦା ଫର୍ଦ୍ଦମୁତାକ ଆସାମୀ ଘରୁ ବରାମଦ ହୋଇଥିବା ଚୋରାମାଲ ହରି ସିଂ ବରକନ୍ଦାଜ ହେପାଜତରେ ଭେଜାଗଲା । ଏପରି ଆସାମୀ ସାରିଆକୁ ଖୁନ୍ କରିବାରୁ ତାହାର ମାଲିକ ଭଗିଆ ଚନ୍ଦ ଭାରି ବାୟା ହୋଇ ଲୋକମାନଙ୍କ ଉପରେ ଜୁଲମ କରୁଥିବା, ତାହାର ହେପାଜତ ସକାଶେ କେହି ଏଗାନା ଲୋକ ନ ଥିବା ହାଲତ ହଜୁରକୁ ଚାଲାଣ ଦେଲି, ହଜୁର ମାଲିକ୍ ।

ତାରିଖ ସନ ପନ୍ଦର ।

ପରିଚ୍ଛେଦ-୨୦

ଓକିଲ ରାମ ରାମ ଲାଲ

କାଠ ରେଲିଂବେଢ଼ା ନାଜରଖାନା ଗାରଦଘରର ଗୋଟାଏ କୋଣରେ ବାଡ଼କୁ ଆଉଜି ଆଖି ବୁଜି ଗୋଟିଏ ଆସାମୀ ବସିଅଛି । ଚାରି ଜଣ ବରକନ୍ଦାଜ ପହରା । ଆହା ! ଲୋକଟାକୁ ପଦେ କଥା କହିବାକୁ କେହି ନାହିଁ । ସମସ୍ତେ ସୁଖର ସାଥୀ, ଅର୍ଥର ଦାସ; ବେଳ ପଡ଼ିଲେ କେହି କାହାରି ନୁହେଁ । ତୁମ୍ଭେ ତ ଦେଖୁଛ, କାହା ଦୁଆରେ ଦୂବ ମରୁନାହିଁ; କାହାର ଦୁଆରେ ମଣିଷ ପେଲାପେଲି । ଅବସ୍ଥା ସବୁ କରାଏ । ଜଣେ ବିଲାତୀ କବି କହିଛନ୍ତି, 'ସୂର୍ଯ୍ୟହୀନ ଜଗତ ଆଉ ବନ୍ଧୁଶୂନ୍ୟ ଜୀବନ ସମାନ ।' ଏଣୁ ମନୁଷ୍ୟକୁ ବନ୍ଧୁ ଛାଡ଼ିପାରେ ନାହିଁ ।

"ଦଣ୍ଡବତ ମଙ୍ଗରାଜେ !" ଆସାମୀ ଚମକିପଡ଼ି ଅନାଇଲେ । ପୂର୍ବେ ସେ ଢେର୍ ଢେର୍ ଦଣ୍ଡବତ ଶବ୍ଦ ଶୁଣିଥିଲେ, ମାତ୍ର ଆଜି ଦଣ୍ଡବତ ଶବ୍ଦଟା ଶୁଣି ତାଙ୍କ ପିଣ୍ଡରେ କିଛି ପ୍ରାଣ ପଶିଲା ପରି ଜଣାଗଲା । ବନ୍ଦୀ କିଛି କଥା କହି ନ ପାରି ଗୋଡ଼ଠାରୁ ମୁଣ୍ଡଯାଏଁ ସେହି ମୂର୍ତ୍ତିକୁ ଦର୍ଶନ କରୁଛନ୍ତି । ବିଶାଳ ମୂର୍ତ୍ତି, ଆଣ୍ଠୁଲମ୍ବିତ ବାହୁ, ଦେହରେ ଢିଲାହାତ ଆଜାନୁଲମ୍ବିତ ଛ'କଲିଆ ବନ୍ଧଲଗା ସ୍ଥାନେ ସ୍ଥାନେ କାଳିଚିହ୍ନିତ ଚପକନ୍, ମୁଣ୍ଡରେ ହାତେ ଚଉଡ଼ା ଚବିଶ ହାତ ଲମ୍ବ ଜରି ମୁହାଁ ଢାଲିଆ ପାଗ ବନ୍ଧା, ପାଛୋଡ଼ି ଖଣ୍ଡକ ପଛରୁ ଫେରିଆସି ବାଁକାନି ଡାହାଣ କାନ୍ଧରେ ଡାହାଣ କାନି ବାଁ କାନ୍ଧର ଛାତିରେ ଛକା ପଡ଼ିଛି । ତିନିଫୁଲିଆ ମାଣିଆବନ୍ଧି ଖଦି ପିନ୍ଧା, ଗୋଡ଼ରେ ଫୁଲପକା ମରହଟ୍ଟୀ ଯୋତା, କାନରେ ପାହାଡ଼ୀ ଶର କଲମ, ଯାଉଁଳି ନିଶ, ଏକଗାଲିଆ ଗାଲେ ପାନ । ସେହି ମୂର୍ତ୍ତି ଦେଖି ଆଶା, ଭରସା, ବିସ୍ମୟ, ସନ୍ଦେହ ଆସାମୀ ମନକୁ ମନ୍ଥି ପକାଉଅଛି । କିଛି କଥା କହିପାରୁ ନାହିଁ । ଜଣାଲୋକ ପରି, ସ୍ନେହୀ ଲୋକପରି ଦଣ୍ଡବତ କଲେ, ଏ କିଏ ?

ଆମ୍ଭେମାନେ ଅନୁମାନ କରୁଁ, ଏ ଜଣେ ବନ୍ଧୁ ହେବେ । ଚାଣକ୍ୟ ଶାସ୍ତ୍ରରେ ଆମ୍ଭମାନଙ୍କର ବିଶେଷ ଜ୍ଞାନ ଥିବାରୁ ଏପରି ମୀମାଂସା କରିବାକୁ ସାହସ କରିଅଛୁଁ । ଶାସ୍ତ୍ରରେ ଅଛି, "ରାଜଦ୍ୱାରେ ଶ୍ମଶାନେ ଚ ଯଃ ତିଷ୍ଠତି ସ ବାନ୍ଧବଃ ।" ବୋଇଲେ ରାଜଦ୍ୱାରେ କି କଚେରିରେ, ଶ୍ମଶାନେ କି ମଶାଣିପଦାରେ, ତିଷ୍ଠତି କି ଥାନ୍ତି, ଇତ୍ୟର୍ଥଃ । ସ ବାନ୍ଧବ ଅର୍ଥାତ୍ ଓକିଲମାନେ କଚେରିରେ ଆଉ ବିଲୁଆମାନେ ମଶାଣିରେ ଥାନ୍ତି; ଏମାନେ ବାନ୍ଧବ; କେବଳ ଜୀବିତପକ୍ଷେ ଆଉ ମୃତପକ୍ଷେ ପ୍ରଭେଦ । ଆସାମୀକୁ ବହୁତ ବେଳଯାଏ ଭକଭକ କରି ଚାହିଁରହିବାକୁ ହେଲା ନାହିଁ । ପହରା ବରକନ୍ଦାଜ ଗୋପୀ ସିଂ ଚିହ୍ନାଇଦେଇ କହିଲା, "ଦେଖ, ଏହାଙ୍କର ନାମ ରାମ ରାମ ଲାଲା, କଚେରିର ବଡ଼ ଓକିଲ; ଏହାଙ୍କୁ ଆଚ୍ଛା କରି ଧର; ସାହାବ ଏହାଙ୍କ କଥା ଖୁବ୍ ଶୁଣନ୍ତି ।" ଓକିଲବାବୁ ଖୁସି ହୋଇ ଛାତି ଆଉ ଦୁଇ ବାହୁରେ ଦୁଇଥର ଆଖି ବୁଲେଇଲେ, ଦୁଇଥର ଗଳା ଖଙ୍କାରି ପୁରୁଣା ସ୍ନେହୀ ମଣିଷପରି କହିଲେ, "ମଙ୍ଗରାଜେ, ମାମଲାଟା ଏତେ ବଢ଼ିଗଲା, ଆଗରୁ ମୋତେ ଖବର ଦେଲ ନାହିଁ ? ସଂସାରଯାକ ମାମଲା ମୋ ପାଖରେ, ଲୋକମାନେ ଥୁକ ପକାଇବାକୁ ସୁଦ୍ଧା ବେଳ ଦେଉନାହାନ୍ତି; ତେବେ ମଧ୍ୟ ଆପଣଙ୍କ ନାମ ଯେପରି କାନରେ ପଡ଼ିଲା, ଧାଇଁଛି ।" ମଙ୍ଗରାଜେ ଫଁ କରି ନିଶ୍ୱାସଟାଏ ପକାଇ ଭୋ କରି କାନ୍ଦିପକାଇଲେ, ହାତ ଯୋଡ଼ି ଭୂଇଁରେ ମୁଣ୍ଡ ଲଗାଇଦେଲେ ।

ଓକିଲ- "ଉଠନ୍ତୁ ଉଠନ୍ତୁ, ଏଣିକି ସବୁ କଥା ମୋତେ ଲାଗିଲା, ଆପଣ ନିଶ୍ଚିନ୍ତରେ ବସନ୍ତୁ, କିଛି ପରବାଏ ନାହିଁ । କାଲି ରାତିରେ ସାହେବଙ୍କ କୋଠିକି ଯାଇଥିଲି, ଢେର୍ ଢେର୍ ମାମଲା କଥା ପଡ଼ିଲା, ଆପଣଙ୍କ କଥା ମୋତେ ଜଣାଥିଲେ ଆଜି କଣ ବୋଲି କଣ କହିପକାଇଥାନ୍ତି । ଆପଣଙ୍କ ମକଦ୍ଦମା ହାଲ ମୁଁ ସବୁ ବୁଝିଲିଣି, ସବୁ ମିଛ, ସବୁ ମିଛ । ସେହି ଯେ ମୁହଁପୋଡ଼ା ଦାରୋଗା, ତାହାରି ଏତେ ଖେଳ । ସେହି ଦାରୋଗାର ହାଲ୍ କଣ କରିବି, ଦେଖିବେ । ଥରେ ସାହେବଙ୍କ ସଙ୍ଗରେ କଥା ହେଉ ।"

ମଙ୍ଗରାଜେ- (ହାତ ଯୋଡ଼ି) "ଓକିଲ ସାହେବ, ମୁଁ କଣ କରିବି, ମୋତେ ବଞ୍ଚାନ୍ତୁ; ମୋତେ ପ୍ରାଣ ଦିଅନ୍ତୁ । ଆପଣ ମୋର ଧର୍ମର ବାପା, ମୁଁ ପିଲାଲୋକ, ପିଲା ବୁଦ୍ଧି, ଆପଣଙ୍କୁ ସବୁ ଲାଗିଲା ।"

ଓକିଲ- "ଆପଣଙ୍କୁ କିଛି କହିବାକୁ ହେବ ନାହିଁ, ମୁଁ ତ ସବୁ ଜାଣେ, ସବୁ କରିବି । ତେବେ ଗୋଟାଏ କଥା କଣ ଜାଣନ୍ତି, ମାମଲାଟା କିଛି ଟାଣ, ଫାଶୀର ମାମଲା, ବେଳରୁ ନ ଜଗିଲେ ଫାଶୀ ଠିକ୍ । ପୁଣି ସେହି ପୋଡ଼ାମୁହାଁ ଦାରୋଗାଟା ପିଛା ଧରି ଚାଲିଛି । ଆପଣ ତ ବୁଦ୍ଧିମନ୍ତ ଲୋକ, ଅଧିକ କଣ କହିବି । କଚେରି

ମାମଲା କଥା ସବୁ ଆପଣଙ୍କୁ ଜଣା, କିଛି ଖରଚ ଲାଗିବ । ଖରଚକୁ ଡରିଲେ ହେବ ନାହିଁ, ହାତ ଫିଟାଇବାକୁ ହେବ । ଦାରୋଗା କଣ କହିବୁଲୁଛି ଶୁଣିଲେଣି ତ ? ଫାଶୀ ମକଦ୍ଦମା । ପ୍ରାଣ ଥିଲେ ସବୁ । ଟଙ୍କା ଆପଣ ଅର୍ଜିଛନ୍ତି କି ଟଙ୍କା ଆପଣଙ୍କୁ ଅର୍ଜିଛି ? ଆପଣ ସେଥିର ଗୋଟାଏ ଠିକ୍ କରିପକାନ୍ତୁ ।"

ମଙ୍ଗରାଜେ- (କାନ୍ଦି କାନ୍ଦି) "ଆଜ୍ଞା, ଏଥିରେ କେତେ ଟଙ୍କା ଲାଗିବ ? ମୋ ହାତରେ ତ ଗୋଟିଏ ପଇସା ନାହିଁ; ସାଙ୍ଗରେ କେହି ଲୋକ ନାହିଁ । ଯେ ଗୁମାସ୍ତା ଚାକର ଆସିଛନ୍ତି, ଦାରୋଗା ସେମାନଙ୍କୁ ମୋ ସାଙ୍ଗରେ କଥା କହି ଦେଉନାହିଁ । ମୋତେ ଖଲାସ କରିଦିଅନ୍ତୁ, ଘରକୁ ଗଲେ ହଜାରେ ଟଙ୍କା ଆପଣଙ୍କୁ ଦେବି ।"

ଗୋପୀ ସିଂହ- "ଆହେ ମଙ୍ଗରାଜେ, ତୁମେ କି ଏହି ବୁଦ୍ଧିରେ ଜମିଦାରୀ କରୁଥିଲ ? ଏଠାରେ କ'ଣ କିଣାବିକା କଥା ଯେ ଧାର-ଉଧାର ଚଳିବ ? 'ମକ୍‌କେଲ ବୋଲେ ରଖ ମଉସା, ଓକିଲ ବୋଲେ ଆଣ ପଇସା ।' ଟଙ୍କାଟି ଥୁଅ, କଥାଟି କୁହ । ଟଙ୍କା କାଢ଼, ଟଙ୍କା କାଢ଼, ମାମଲା ଜିଣିବ ତ ଟଙ୍କା କାଢ଼ । ଓକିଲ ସାହେବ, ମୁଁ ଆଉ ଆସାମୀ ସାଙ୍ଗରେ କହିବାକୁ ଦେବି ନାହିଁ । ନାଜର ଦୁଇପଦ କଥା କହିବାକୁ ହକୁମ ଦେଇଥିଲେ । ମୁଁ କିଛ ଏକଲା ନାହିଁ, ଆମ୍ଭେମାନେ ଚାରିଜଣ ।"

ଓକିଲ- "ଶୁଣୁଛ ତ ମଙ୍ଗରାଜେ ! ସହଜ କଥା ନୁହେଁ, ବରକନ୍ଦାଜ ଠାରୁ ହାକିମ ପର୍ଯ୍ୟନ୍ତ ସମସ୍ତଙ୍କୁ ହାତ କରିବାକୁ ହେବ । ମାମଲା ଯେପରି ଟାଣ, ଆଉ କେହି ଓକିଲ ହୋଇଥିଲେ ନଗଦ ଦଶ ହଜାର ଧରି ମଧ୍ୟ ମୁହଁ ଦେଇପାରନ୍ତା ନାହିଁ, ମୁଁ ବୋଲି ଏଥିରେ ପଶୁଛି । ଆପଣ ଯେତେବେଳେ ଧର୍ମବାପ ବନାଇଲେଣି, ଆଉ କଣ ଭସାଇଦେବି ? ଆଚ୍ଛା, ଏହି ମାମଲାରେ ଯେତେ ଟଙ୍କା ଖରଚ ହେବ, ମୁଁ ଖରଚ କରୁଛି, ଏଥିରେ ତ ଦଶହଜାରରୁ ପଇସାଏ ଊଣା ନୁହେଁ । ଆପଣଙ୍କ ଜମିଦାରୀ ମୋତେ କଟକବାଲା ଲେଖିଦିଅନ୍ତୁ । ସବୁ ଟଙ୍କା ଯେ ଏବେ ଖରଚ ହୋଇଯିବ, ଏପରି ନୁହେଁ । ଆପଣ ଖଲାସ ହେଲେ ମୁଁ କଡ଼ା ଦାମ ହିସାବ ବୁଝାଇଦେବି ।"

ମଙ୍ଗରାଜେ ଗାଲରେ ହାତଦେଇ ଦଣ୍ଡେ ବସି କଣ ଭାବିଲେ । ସାପର ଗୋଡ଼ ସାପକୁ ଦିଶେ । କଟକବାଲା ଅର୍ଥ ମଙ୍ଗରାଜେ ଭଲ ଜାଣନ୍ତି । ହେଲେ ମନୁଷ୍ୟ ଭାସିଯାଉଥିବା ବେଳେ ବାଘଲାଞ୍ଜଟା ମଧ୍ୟ ହାତରେ ପଡ଼ିଲେ ଛାଡ଼େ ନାହିଁ ।

ଓକିଲ ରାମ ରାମ ଲାଲ କାର୍ଯ୍ୟବେଳେ ଖୁବ୍ ଚଞ୍ଚଳ । ଦୁଇ ଘଣ୍ଟା ମଧ୍ୟରେ ସିଠାମ କିଣି କବଲା, ଚିଠା, ସାଫି ଶେଷ କଚେରିରେ କାର୍ଜିଖାନରେ କବଲା ରେଜେଷ୍ଟରୀ ସମାପ୍ତ । ଓକିଲ ସାହେବ ଶେଷରେ କହିଲେ- "ମଙ୍ଗରାଜେ । ଆପଣ ବେପରବାଏ ହାଜତ ଖାନାରେ ବସିଥାନ୍ତୁ, ମୁଁ ଅଛି, ଚିନ୍ତା ନାହିଁ ।"

ପରିଚ୍ଛେଦ-୨୧

କଟକ ସେସନ୍ ଜଜ୍‌କୋର୍ଟ

ଆଜି ଜଜ୍‌କୋର୍ଟରେ ଭାରି ଭିଡ଼ । କଚେରିଆ, ବଜାରୀ, ହଟାରୀ ପର୍ଯ୍ୟନ୍ତ ଦେଖିବାକୁ ଧାଇଁଛନ୍ତି । କୌଣସି ସ୍ଥାନରେ ବାଦୀପାଲା ହେଲେ ଦେଖଣାହାରୀମାନେ ଯେପରି ଗାଆଣିଆମାନଙ୍କ ବେଶ ବାନ୍ଧିବା ଆଗରୁ ଜମିଯାଆନ୍ତି, ସେହିପରି ଜଣ ଜଣ କରି କଚେରି ପୂରିଗଲେଣି । ଭାରି ଭିଡ଼, ଭାରି ଗୋଳମାଳ । ଦୁଇଜଣ ଚପରାସି, 'ଚୋଓପ୍, ଚୋ-ଓ-ପ୍' କହି ଆହୁରି ଗୋଳମାଳ ବଢ଼ାଉଛନ୍ତି । ମଫସଲର ଜଣେ ମାତବ୍ବର ଜମିଦାର ମଣିଷମାରୁ ମାମଲାରେ ଚଲାଣ ହୋଇ ଆସିଛି । ମେଜେଷ୍ଟର ସାହେବ ଦୋହରା ସମ୍ପ୍ରୋଦ କରିଥିଲେ । ପାଞ୍ଚଦିନ ହେଲା ମକଦ୍ଦମା ଚାଲିଛି, ଆଜି ଶେଷ ବିଚାର ଦିନ । ମାମଲା ଏପର୍ଯ୍ୟନ୍ତ ପଡ଼ିନାହିଁ । କାଲି ବୁଧବାର; ବିଲାତୀ ମେଲ୍‌ଯିବ । ସାହେବ 'ମାଇଁ ଡିଅର ଲେଡ଼ି' ଆରମ୍ଭ କରି ଚଞ୍ଚଳ ଚିଠିଖଣ୍ଡ ଲେଖି ପକାଉଛନ୍ତି । ଫୌଜଦାରୀ ମାମଲା ପଡ଼ିଲେ ହାକିମ ସାହେବ ବିଲାତୀ ଛପା କାଗଜ ମେଲାଇ ବସନ୍ତି କିମ୍ବା ଚିଠିଲେଖା ଆରମ୍ଭ କରନ୍ତି, ପେସ୍କାର ଜିମା ସବୁ କାର୍ଯ୍ୟ । ସାହେବ ଜମାନବନ୍ଦି କାଗଜରେ ଗାରେ ଗାରେ ଦସ୍ତଖତ ଟାଣିଦେବା ଆଉ ରାୟ ଶୁଣାଇବାରେ ମାଲିକ । ଆଜି ସାହେବଙ୍କୁ ସବୁ କାର୍ଯ୍ୟ ହାତରେ କରିବାକୁ ହେବ; କାରଣ ଆଜି ସାକ୍ଷୀଜଣକ ଇଂରାଜ, ଇଂରାଜୀରେ ମଧ୍ୟ ରାୟ ଲେଖିବାକୁ ହେବ । ଆଜିକାଲି କାରଖାନା ସବୁ ଇଂରେଜୀମୟ; ମାତ୍ର ଆମ୍ଭେମାନେ ଓଡ଼ିଆ, ପାଠକମାନେ ମଧ୍ୟ ସେହିପରି, ଛପାଖାନାର ଅକ୍ଷରଗୁଡ଼ିକ ମଧ୍ୟ ଏହି ଦେଶୀ; ସୁତରାଂ ଆମ୍ଭମାନଙ୍କୁ ତରଜମା କରି ସମସ୍ତକଥା ଲେଖିବାକୁ ହେଉଛି ।

ସାହେବ ମେଞ୍ଚାଏ ଛେପରେ ଲଫାଫା ବନ୍ଦ କରି ଚପରାସୀ ହାତରେ

ଡାକଘରକୁ ପଠାଇଦେଇ କହିଲେ, "ଉଏଲ୍ ବାବୁ ! ମକଦ୍ଦମା ପେସ୍ କର ।" ସରକାର ତରଫ ଓକିଲ ଈଶାନଚନ୍ଦ୍ର ସରକାର ଏବଂ ପୋଲିସ୍ ଦାରୋଗା ଇନାଏତ୍ ହୋସେନ୍ - ମୁଦାଲା ତରଫ ଓକିଲ ରାମ ରାମ ଲାଲା ହାଜର ।

ଆସାମୀ ରାମଚନ୍ଦ୍ର ମଙ୍ଗରାଜ- ଆସାମୀ କାଠଗଡ଼ା ଭିତରେ ହାତ ଯୋଡ଼ି ଠିଆହୋଇଛନ୍ତି । ଜଜ୍‌ସାହେବଙ୍କ ଡାହାଣ ପାଖରେ ଚଉକିରେ ବସି ହୋଲୀ ବାଇବେଲ୍ ଧରି ଡାକ୍ତର ସାହେବ ଜମାନବନ୍ଦି ଦେଲେ -

"ମୋ ନାମ ଏ.ବି.ସି.ଡ଼ି. ଡଗ୍‌ଲାସ୍, ବାପର ନାମ ଇ.ଏଫ୍.ଜି. ଏଚ୍. ଡଗ୍‌ଲାସ୍; ଜାତି ଇଂରେଜ, ବୟସ ୪୦, ହାଲ ସାକିନ କଟକ; ଆମ୍ଭେ କଟକ ଜିଲ୍ଲାର ସିଭିଲ ସର୍ଜନ । ଗତ ୮ ତାରିଖ ଭୋର ସାତଟା ତିରିଶ ମିନିଟ୍ ସମୟରେ ସରକାରୀ ଲାସ୍ ମାଇନା ଘରେ ଆମ୍ଭ ସାକ୍ଷାତରେ ସାରିଆର ଲାସ୍ ପୋଷ୍ଟମର୍ଟେମ ଏକ୍‌ଜାମିନ୍ କରାଯାଇଛି । ଚୌକିଦାର ଗୋବରା ଜେନା ଚିହ୍ନିତ ଦେବା ଅନୁସାରେ ଆମ୍ଭେ କହୁଛୁ, ତାହା ସାରିଆର ଲାସ୍ ଥିଲା । ଆମ୍ଭେ ଯେତେଦୂର ପରୀକ୍ଷା କରିଅଛୁ, ସାହସ କରି କହିପାରୁ, କୌଣସି ପ୍ରାଣନାଶକ ଅସ୍ତ୍ର ବା ଅନ୍ୟ ପଦାର୍ଥ ଏହାର ମୃତ୍ୟୁର କାରଣ ନୁହେଁ । ଦୀର୍ଘକାଳ ଉପବାସ ରହି ବିଶେଷ ମାନସିକ ଯନ୍ତ୍ରଣା ଭୋଗ କରି ମରିଯାଇଥିବାର ଆମ୍ଭେ ଯଥେଷ୍ଟ ପ୍ରମାଣ ପାଇଅଛୁ ।"

ଜଜ୍‌ସାହେବଙ୍କ ସୁଆଲରେ ସାକ୍ଷୀ ଜବାବ ଦେଲେ, "ଲାସ୍ ଦେହରେ କୌଣସି ପୀଡ଼ାର ଲକ୍ଷଣ ଥିଲା ନାହିଁ, ଅଥଚ ତାହା ଦେହର ରକ୍ତ ଶୁଖିଯାଇଥିଲା, ହୃଦୟରେ ପ୍ରାୟ ରକ୍ତ ନ ଥିଲା । ପାକସ୍ଥଳୀ ପ୍ରାୟ ଶୂନ୍ୟ ଥିଲା । ମୂତ୍ରାଧାର, ମଳବାହିନୀ ନାଡ଼ିରେ କିଛି ପଦାର୍ଥ ନ ଥିଲା । ଏହି ସମସ୍ତ ଲକ୍ଷଣଦ୍ୱାରା ଜାଣିଛୁଁ ସେ ଉପବାସରେ ମରିଛି ।"

ସରକାରୀ ଓକିଲଙ୍କ ସୁଆଲରେ ଜବାବ- "ହଁ, ଲାସ୍ ପିଠିରେ ତିନି ଜାଗାରେ ଚିହ୍ନ ଥିବାର ଗୋବରା ଜେନା ଆମ୍ଭଙ୍କୁ ବିଶେଷ ରୂପେ ଦେଖାଇଲା । ଆମ୍ଭେ ମଧ୍ୟ ଉତ୍ତମରୂପେ ପରୀକ୍ଷା କରି ଦେଖିଅଛୁ, ତାହା ମାଡ଼ର ଦାଗ ନୁହେଁ, ପ୍ରାଣତ୍ୟାଗ ଉତ୍ତାରେ ଗରମ ଲୁହା କିମ୍ବା ଅନ୍ୟ କୌଣସି ଆଗ୍ନେୟ ପଦାଥରେ ଦାଗ ଦେଲେ ଯେପରି ଚିହ୍ନ ହୁଏ, ଏହା ସେହିପରି ଈଷତ୍ ପୋଡ଼ା ଚିହ୍ନ ।"

ପୁନର୍ବାର ସରକାରୀ ଓକିଲ ସୁଆଲରେ- "ନା, ଆମ୍ଭେ ନିଜେ ଛୁରି ଧରି ଶବ କାଟିନାହୁଁ, ନେଟିଭ ଡାକ୍ତର ଗୌରାଙ୍ଗ କର, ଆଉ କମ୍ପାଉଣ୍ଡର ବାସୁଦେବ ପଟ୍ଟନାୟକ ଦୁଇଜଣ ଆମ୍ଭ ସାକ୍ଷାତ୍‌ରେ ଶବଚ୍ଛେଦ କରିଛନ୍ତି ।"

ପୁନର୍ବାର ଓକିଲ ସୁଆଲରେ ସାକ୍ଷୀ କିଞ୍ଚିତ୍ ଖପା ହୋଇ ଜବାବ୍ ଦେଲେ,

"ଆମ୍ଭେ ଆଜକୁ ସାଢ଼େଦଶ ବରଷ ହେଲା ସିଭିଲସର୍ଜନୀ କରି ଆସୁଅଛୁଁ । ପ୍ରଥମେ ମିଲିଟେରୀ ଡିପାର୍ଟମେଣ୍ଟରେ ଥିଲୁଁ । ଆମ୍ଭେ ଲଣ୍ଡନ କଲେଜରେ ଡାକ୍ତରୀ ପଢ଼ି ପାସ୍ କରିଛୁଁ ।"

ପୁନର୍ବାର ସୁଆଲରେ ଜବାବ ଦେଲେ- "ପ୍ରଥମେ ଆମ୍ଭେ ହସ୍ପିଟାଲ ଆସିଷ୍ଟାଣ୍ଟ ଥିଲୁ । ବର୍ମାଯୁଦ୍ଧରେ ଆମ୍ଭର ପ୍ରମୋଶନ୍ ହୋଇଛି ।"

ଜଜ୍ ସାହେବ୍ ଆସାମୀ ଓକିଲକୁ ଅନାଇ କହିଲେ- "ତୁମାରା କୁଛ୍ ସବାଲ ହୈ ?"

ଆସାମୀ ତରଫ ଓକିଲ ରାମରାମ ଲାଲଙ୍କ ସୁଆଲ- ଡାକ୍ତର ସାହେବଙ୍କୁ ଅନାଇ କହିଲେ, "ଆଚ୍ଛା, ମିସଲ ଉପରେ ଆସାମୀର ଯେଉଁ ବାଉଁଶ ଠେଙ୍ଗା ଅଛି, ଏହି ଠେଙ୍ଗାରେ କିଛି ଦାଗ ଲାସ୍ ପିଠିରେ ଥିଲା କି ?"

ଜଜ୍ସାହେବ- "ନନ୍ସେନ୍ସ ! ଅଉର କ୍ୟା ପୁଛ୍ନେକା ହୈ ପୁଛୋ ।"

ଓକିଲ ସାକ୍ଷୀକୁ ପୁନର୍ବାର ଜେରା କଲେ- "ଆଚ୍ଛା, ଆପଣ କହୁଛନ୍ତି ସାରିଆ ଉପାସ ରହି ମରିଛି, ସେ ଆପେ ଉପାସ ରହିଥିଲା କି ଆସାମୀ ତାକୁ ଉପାସ ରଖାଇଥିଲା ?"

ଜଜ୍ସାହେବ- "କୁଛ୍ ବାତ୍ ନେହି, ଗୋ ଅନ୍, ଚଲୋ ଚଲୋ ।"

ପୁନର୍ବାର ଜେରା- "ଆଚ୍ଛା, ସାରିଆ ଆସାମୀ ଦୁଆରେ ମରିଥିବାର କିଛି ପ୍ରମାଣ ଅଛି ?"

ଜଜ୍ସାହେବ ଖପା ହୋଇ କହିଲେ- "ଦେଖୋ, ତୁମ୍ ଏସା ବେହୁଦା ସବାଲ କରୋଗେ ତ ତୁହ୍ମାରା ଓକାଲତୀ କେନ୍ସଲ୍ କରଦେଗା ।"

ଓକିଲ- "ହଜୁର ଖୋଦାବନ୍ଦ୍-ମା ବାପା- ଦୁନିଆ କା ବାଦ୍ସା ।"

ଆସାମୀର ଜବାବ ନିଆଗଲା ଉତ୍ତାରେ ଦୁଇପକ୍ଷ ଓକିଲଙ୍କ ବକ୍ତୃତା ହେଲା, ଭାରି ଝଟାପଟା ଲାଗିଲା, ଊଣା ନୁହେଁ, ଅଢ଼େଇ ଘଣ୍ଟା କାଳ ବକ୍ତୃତା ! ଏହି ଅବକାଶରେ ସାହେବ ବେଁ ଲମ୍ବର ଖଣ୍ଡେ ଛପା କାଗଜ ପଢ଼ି ପକାଇ ଟିଫିନ୍ ଖାଇଆସିଲେଣି । ହାକିମ ବନ୍ଦ କରାଇ ନ ଥିଲେ ବକ୍ତୃତା ବରାବର ଚାଲିଥାନ୍ତା ।

ହାକିମଙ୍କ ହୁକୁମ ଅନୁସାରେ ସେରସ୍ତାଦାର ରୋବକାରୀ ଲେଖି ପ୍ରକାଶ କଲେ । ସେହି ରୋବକାରୀଟା ବାର ଫର୍ଦ୍ଦ କାଗଜରେ ଲେଖାଗଲା । ରୋବକାରୀ ଲେଖାଯାଇ ପ୍ରକାଶ ହେବାକୁ ତିନି ଦିନ ଲାଗିଲା । ଆମ୍ଭେମାନେ ସେହି ରୋବକାରୀର ସହିମୋହର ନକଲ ହାସଲ କରିଛୁ; ମାତ୍ର ଆମ୍ଭେମାନେ ସମସ୍ତ କଥା ସଂକ୍ଷେପରେ ବୋଲିଆସୁଥିବାରୁ ସେହି ରୋବାକାରୀର ଯେତିକି କଥା ପ୍ରକାଶ କଲେ ପାଠକ ମକଦ୍ଦମାର ସମସ୍ତ ହାଲ ବୁଝିପାରିବେ, ଆମ୍ଭେମାନେ ସେତିକି ସାର ଅଂଶ ମାତ୍ର ପ୍ରକାଶ କରୁଛୁ ।

ରୋବକାରୀ କଚେରି ଅଦାଲତ ଓ ଫୌଜଦାରୀ ସେସନ୍ ଜଜ୍ କୋର୍ଟ ଇଜଲାସ ଏଇଚ.ଆର୍.ଜେକ୍‌ସନ୍ ସ୍କୋୟାର, ସେସନ୍ ଜଜ୍ ମିଲିକିୟତ ଶ୍ରୀଯୁକ୍ତ ଇଷ୍ଟଇଣ୍ଡିଆ କମ୍ପାନୀ ବାହାଦୁର, ଓଡ଼ିଶା ଖଣ୍ଡ, ଜିଲେ- କଟକ ।

ସରକାର ବାହାଦୁର ମୁଦେଇ ବନାମ ରାମଚନ୍ଦ୍ର ମଙ୍ଗରାଜ ସା- ଗୋବିନ୍ଦପୁର, ପ୍ର- ଅସୁରେଶ୍ୱର, ଜିଲେ- କଟକ, ମୁଦାଲା । ସାରିଆ ନାମକ ଗୋଟିଏ ତନ୍ତିଆଣୀ ସ୍ତ୍ରୀକୁ ହତ୍ୟା କରିଥିବା ଏବଂ ତାହା ଘରର ଆସବାବ ଲୁଟତରାଜ କରି ନେଇଥିବାର ମାମଲା ।

ନଥିର ସମସ୍ତ କଥା କାଗଜାତ୍ ଏବଂ ପକ୍ଷମାନଙ୍କର ସମସ୍ତ କଥା ଓକିଲମାନଙ୍କର ଜବାବ ସୁଆଲ ଦୃଷ୍ଟେ ଏବଂ ଶ୍ରବଣରେ ଆସିଲା ଉତ୍ତାରେ ଜଣାଗଲା କି ଏହି ମକଦ୍ଦମା ପୋଲିସ୍ ଚାଲାଣୀ ଅଟେ । ଜିଲାର ମାଜିଷ୍ଟ୍ରେଟ ସାହେବ ଆସାମୀ ଉପରେ ନରହତ୍ୟା ଅଭିଯୋଗ କରି ଏହି ମକଦ୍ଦମା ସେସନ୍ ସମ୍ପ୍ରୋଦ କରିଛନ୍ତି । ଆସାମୀର ଦୋଷ ସାବ୍ୟସ୍ତ କରାଇବା ନିମନ୍ତେ ପୋଲିସ୍ ଆଠଜଣ ସାକ୍ଷୀର ଜବାନବନ୍ଦି କରାଇଛି । ଆମ୍ଭେ ସାକ୍ଷୀମାନଙ୍କୁ ଅତି ସତର୍କତା ଏବଂ ମନଯୋଗ ସହିତ ପରୀକ୍ଷା କରିଛୁ ଏବଂ ଉଭୟ ପକ୍ଷ ଓକିଲମାନଙ୍କ ବକ୍ତୃତା ଶ୍ରବଣ କରି ଏହି ସିଦ୍ଧାନ୍ତରେ ଉପନୀତ ହୋଇଛୁଁ କି, ଆସାମୀ ପୋଲିସ୍ କଥିତମାତେ ବାଉଁଶ ଠେଙ୍ଗାରେ ପ୍ରହାର କରି ସାରିଆକୁ ବଧ କରିନାହିଁ । ଦୀର୍ଘକାଳ ଉପବାସ ଏବଂ ମନକଷ୍ଟ ତାହାର ମୃତ୍ୟୁର କାରଣ ଅଟେ । ଆମ୍ଭର ଏପରି ବିଶ୍ୱାସ କରିବାର ହେତୁ ଏହି କି; ପ୍ରଥମ-ନରହତ୍ୟା ମକଦ୍ଦମାର ପ୍ରଧାନ ସାକ୍ଷୀ ସିଭିଲସର୍ଜନ ସୁସ୍ପଷ୍ଟରୂପେ ପ୍ରକାଶ କରିଅଛନ୍ତି କି, ଲାସ୍ ଦେହରେ କୌଣସି ପ୍ରକାର ଆଘାତର ଚିହ୍ନ ନ ଥିଲା ।

ଆମ୍ଭେ ସାକ୍ଷୀମାନଙ୍କ ଦ୍ୱାରା ଯଥେଷ୍ଟ ପ୍ରମାଣ ପାଇଛୁ ଯେ, ଏହି ମକଦ୍ଦମାଟି ସମ୍ପୂର୍ଣ୍ଣରୂପେ ଗଠିତ ଅଟେ । ଆମ୍ଭର ବିଶ୍ୱାସ, ପ୍ରଥମ ରିପୋର୍ଟକାରୀ ଗୋବରା ଜେନା ଚୌକିଦାର ସୂତ୍ରପାତକାରୀ ଅଟେ । ତାହାର ପ୍ରଥମ ରିପୋର୍ଟ ସହିତ ଶେଷ ଜବାନବନ୍ଦି ମିଳାଇ ଦେଖିଲେ ସ୍ପଷ୍ଟ ଜଣାଯାଏ, ସେ ମିଥ୍ୟାକୁ ସତ୍ୟରୂପେ ପ୍ରତିପନ୍ନ କରାଇବା ନିମନ୍ତେ ଯଥେଷ୍ଟ ଚେଷ୍ଟାକରି ଅଦାଲତରେ କୂଟ ପ୍ରଶ୍ନରେ ଆତ୍ମରକ୍ଷା କରିବାକୁ ଅସମର୍ଥ ହୋଇଅଛି । ମକଦ୍ଦମାର ଚାକ୍ଷୁଷ ସାକ୍ଷୀ ବନା ଜେନା ଏବଂ ଧକେଇ ଜେନା କି ଯେଉଁମାନେ ଆସାମୀ ବାଉଁଶ ବାଡ଼ିରେ ସାରିଆକୁ ମାରିପକାଇଥିବାର ବୟାନ କରନ୍ତି, ସେମାନେ ଚୌକିଦାରର ଆତ୍ମୀୟ; ସେମାନଙ୍କ ଘର ଆସାମୀ ଘରଠାରୁ ଦୁଇକ୍ରୋଶ ଦୂର । ଅର୍ଦ୍ଧରାତ୍ରି ସମୟରେ ଜାଗରିତ ହୋଇ ଆସାମୀର କାର୍ଯ୍ୟମାନ ଦେଖିବା ନିତାନ୍ତ ଅସମ୍ଭବ । ପୋଲିସ୍ ମାମଲା ଉକ୍ତ ସ୍ଥାନର ଯେଉଁ ନକ୍ସା ଦାଖଲ କରିଅଛି, ସେଥିରୁ

ସ୍ପଷ୍ଟ ଜଣାଯାଏ, ଆସାମୀ ଯେଉଁ ସ୍ଥାନରେ ଠିଆହୋଇ ସାରିଆକୁ ବଧ କରିବାର କଥିତ ହୁଏ, ଆଉ ସାକ୍ଷୀମାନେ ଯେଉଁସ୍ଥାନରେ ଠିଆ ହୋଇଥିବାର ପ୍ରକାଶ କରନ୍ତି, ତହିଁ ମଧ୍ୟରେ ତିନି ପରସ୍ତ ଘର ବ୍ୟବଧାନ; ସୁତରାଂ ଦୃଷ୍ଟିରେଖା ଭେଦକରି ଚଳିବା ନିତାନ୍ତ ଅସମ୍ଭବ ଏବଂ ଅନ୍ୟାନ୍ୟ ପାର୍ଶ୍ୱଘଟଣା ଏବଂ କୂଟ ପ୍ରଶ୍ନରେ ସାକ୍ଷୀମାନଙ୍କର ବିଶୃଙ୍ଖଳ ଜବାବଦ୍ୱାରା ଏମାନଙ୍କୁ ଅବିଶ୍ୱାସ କରିବାର ଯଥେଷ୍ଟ କାରଣ ବିଦ୍ୟମାନ ରହିଅଛି । ଏହି ହତଭାଗ୍ୟମାନେ ସରଳ ଗ୍ରାମ୍ୟଲୋକ ଥିବାଯୋଗୁଁ ଅନ୍ୟଲୋକର କୁ-ମନ୍ତ୍ରଣାରେ ପ୍ରତାରିତ ହୋଇ କିପରି କାର୍ଯ୍ୟ କରିବାକୁ ପ୍ରବୃତ୍ତ ହୋଇ ଅଛନ୍ତି, ସେଥିର ଭୀଷଣତ୍ୱ ହୃଦୟଙ୍ଗମ କରିବାକୁ ସେମାନେ ଅକ୍ଷମ ଏବଂ ଗୋବରା ଜେନା କୂଟ ପରୀକ୍ଷାରେ ବାରମ୍ବାର ମିଥ୍ୟାକଥା କହୁଥିବାର ପ୍ରକାଶ ପାଇଛି । ଅତଏବ ଆମ୍ଭେ ତାହାକୁ ଫୌଜଦାରୀ ସମ୍ପ୍ରୋଦ କଲୁ ।

ଆସାମୀର ପୂର୍ବ ଦୁଶ୍ଚରିତ୍ରତା ପ୍ରମାଣ କରାଇବା ସକାଶେ ପୋଲିସ କେତେ ଜଣ ସାକ୍ଷୀର ଜବାନବନ୍ଦି କରାଇଛି । କିନ୍ତୁ ତଦ୍ଦ୍ୱାରା ଆମ୍ଭେ ଏହି ପ୍ରମାଣ ପାଇଅଛୁ କି, ଆସାମୀ ଅନ୍ୟ ଲୋକର ସମ୍ପତ୍ତି ହରଣ କରିବା ସକାଶେ କୁଟିଳ ବୁଦ୍ଧି ପ୍ରୟୋଗ କରିବା ବିଷୟରେ ନିପୁଣ ଅଟେ । ମାତ୍ର କାହାରି ପ୍ରତି ଦୋଷଯୁକ୍ତ ବଳ ପ୍ରକାଶ କରିବାର ପ୍ରମାଣ ନାହିଁ । ସୁତରାଂ ଏପରି ଲୋକଦ୍ୱାରା ନରହତ୍ୟା ଘଟଣା ଅସମ୍ଭବ ଅଟେ ଏବଂ ହତ୍ୟା କରିବାର କୌଣସି କାରଣ ମଧ୍ୟ ଦେଖୁନାହିଁ ।

ମୃତ ସାରିଆ ବା ଭଗି ଚନ୍ଦର ପାନିଆ, ଢୁଙ୍ଗୀ, ନରାଜ, ଚରଖି ତନ୍ତବୁଣାର ସରଞ୍ଜାମ ଏବଂ କଂସା, ଢାଳ ପ୍ରଭୃତି ଗୃହର ବ୍ୟବହାର୍ଯ୍ୟ ଦ୍ରବ୍ୟ ପୋଲିସ୍ ଆସାମୀ ଘରୁ ବରାମଦ କରିଛି । ମାତ୍ର ଆସାମୀ ସିଭିଲକୋର୍ଟରେ ଯେଉଁ ତାଲିକା ଦାଖଲ କରେ, ସେଥିରୁ ଜଣାଯାଏ ଯେ, ଭଗି ଚନ୍ଦ ଛ ମାଣ ଆଠଗୁଣ୍ଠ ଜମି ଆସାମୀଠାରେ କଟବନ୍ଧକ ରଖିଥିଲା । ସେହି ମାମଲାର ଅଦାଲତ ଖର୍ଚ୍ଚା ଆଦାୟ ଜମିଲାକୁ ଆସାମୀ ନିଲାମସୂତ୍ରେ ସେ ସବୁ ଖରିଦ କରି ନେଇଅଛି । ଅବଶ୍ୟ ସ୍ୱୀକାର କରିବାର ଯଥେଷ୍ଟ କାରଣ ବିଦ୍ୟମାନ ଅଛି ଯେ, ସେହି କଟକବାଲା ନାଲିସ୍ ନିଲାମ ସମସ୍ତ ପ୍ରତାରଣା ପୂର୍ଣ୍ଣ । ମାତ୍ର ଉପସ୍ଥିତ ମକଦ୍ଦମାରେ ସେ ସମସ୍ତ ବିଷୟ ବିବେଚ୍ୟ ନୁହେଁ । ଆସାମୀ ଭଗି ଚନ୍ଦର ଛ ମାଣ ଆଠଗୁଣ୍ଠ ନିଷ୍କର ଭୂମି ଏବଂ ତାହାର ସର୍ବସ୍ୱ ହରଣ କରିବାରୁ ସେହି ଦୁଃଖରେ ଭଗି ଚନ୍ଦ ପାଗଳ ହୋଇଯାଇଥିବା, ସାରିଆ ଅନାହାରରେ ପ୍ରାଣତ୍ୟାଗ କରିଥିବା ଆମ୍ଭେ ବିଶ୍ୱାସ କରୁଁ । ମାତ୍ର ସେଥିପାଇଁ ଆସାମୀକୁ ନରହତ୍ୟା ଅପରାଧରେ ଅପରାଧୀ କରାଯାଇ ନ ପାରେ ।

ଆସାମୀ ଅଗଣା ମଧ୍ୟରୁ ନେତ ନାମକ ଏକରାଶ ଧଳା ରଙ୍ଗର ଗାଈ ପୋଲିସ୍

ବରାମଦ୍ କରିଅଛି । ଗାଈ ଭଗି ଚନ୍ଦର ଥିବା ପକ୍ଷମାନେ ସ୍ୱୀକାର କରୁଅଛନ୍ତି । ଆସାମୀ ପ୍ରକାଶ କରେ, ତାହାର ମକଦ୍ଦମା ଖର୍ଚ୍ଚ ଆଦାୟ ନିମନ୍ତେ ଅଦାଲତର ପିଆଦା ନିଲାମ କରିବାରୁ ପ୍ରକାଶ୍ୟ ନିଲାମରେ ସେ ତାହା ଖରିଦ କରିଅଛି । ମାତ୍ର ଏହା ସମ୍ପୂର୍ଣ୍ଣ ଅସତ୍ୟ ଅଟେ । କାରଣ ସିଭିଲ୍‌କୋର୍ଟ ଦସ୍ତଖତ ମୋହରଯୁକ୍ତ ଯେଉଁ ନିଲାମୀ ଫର୍ଦ୍ଦ ଆମ୍ଭ ସାକ୍ଷାତରେ ଉପସ୍ଥିତ କରାଯାଇଛି, ସେଥିରେ ନେତଗାଈର ଉଲ୍ଲେଖ ନାହିଁ । ଆମ୍ଭେ ଯଥେଷ୍ଟ ପ୍ରମାଣ ପାଇଛୁଁ ଯେ, ଆସାମୀ ଶଠତା ପ୍ରତାରଣାଦ୍ୱାରା ପର-ସମ୍ପତ୍ତି ଆତ୍ମସାତ୍ କରିବା ବିଷୟରେ ଖୁବ୍ ନିପୁଣ ଅଟେ । ସେ ଜଣେ ସାମାନ୍ୟ ଲୋକ ଥିଲା । ଅସତ୍ ଉପାୟ ଅବଲମ୍ବନ ଦ୍ୱାରା ଅନେକ ଉପାର୍ଜନ କରିଛି ଏବଂ ସେ ଗ୍ରାମର ଜମିଦାର ଏବଂ କ୍ଷମତାଶାଳୀ ଥିବାରୁ ଏବଂ ଭଗି ଚନ୍ଦକୁ ଦୁର୍ବଳ ଏବଂ ପ୍ରତିକାର କରିବାକୁ ଅକ୍ଷମ ଜ୍ଞାନକରି ସ୍ୱାଭାବିକ ଲୋଭରିପୁ ଦ୍ୱାରା ଚାଳିତ ହୋଇ ଉଲ୍ଲିଖିତ ଗାଈକୁ ଆତ୍ମସାତ୍ କରିଅଛି । ଏହି ସମସ୍ତ କାରଣ ଦୃଷ୍ଟିରେ ହୁକୁମ ହେଲା କି –

ଆସାମୀ ରାମଚନ୍ଦ୍ର ମଙ୍ଗରାଜକୁ ନରହତ୍ୟା ଅପରାଧରୁ ମୁକ୍ତି ଦିଆଯାଇ ନେତ ନାମକ ଗାଈକୁ ଆତ୍ମସାତ୍ କରିଥିବା ଅପରାଧରେ କଠିନ ପରିଶ୍ରମ ସହିତ ଛ'ମାସ କାରାଦଣ୍ଡ ଏବଂ ପାଞ୍ଚଶତ ଟଙ୍କା ଜରିମାନା କରାଯାଉ । ଜରିମାନା ଅସୁଲ ନ ହେଲେ ଅତିରିକ୍ତ ତିନିମାସ କାରାରୁଦ୍ଧ ରଖାଯାଉ । ଇତି । ମେ ମାସ ୧୭ତାରିଖ, ସନ ୧୮୩୨ ମସିହା ।

ଏଇଚ୍.ଆର୍.ଜେକ୍‌ସନ୍

ସେସନ୍ ଜଜ୍ ।

କଚେରି ଶେଷ ହେଲାଣି । ଜଜ୍‌ସାହେବଙ୍କ ବଗି ଚାଲିଗଲାଣି । ଚାରିଜଣ ବରକନ୍ଦାଜ ଜଣେ ଆସାମୀକୁ ହାତକଡ଼ି ଦେଇ ନାଜରଖାନାରୁ ଜେଲ ୱାରେଣ୍ଟ ଧରି ବାହାରିଲେ । ଓକିଲ ରାମରାମ ଲାଲା କଚେରି ଆଗ ବରଗଛ ମୂଳରେ ବସିଥିଲେ । ଆସାମୀ ଉପରେ ତାଙ୍କର ଦୃଷ୍ଟି ପଡ଼ିଯିବାରୁ ସେ ଦୂରରୁ ଡାକିଦେଲେ, "ଦେଖନ୍ତୁ ମଙ୍ଗରାଜେ, ଆଜି ଆପଣଙ୍କ ସକାଶେ ସାହେବଙ୍କ ଆଗରେ କିପରି ଲଢ଼ିଲି ଦେଖିଲେ ତ ? ଫାଶୀରୁ ଖଲାସ କରାଇଦେଲି । କିଛି ପରବାଏ କରିବେ ନାହିଁ, ବେଧଡ଼କ ଜେଲଖାନାକୁ ଚାଲିଯାଆନ୍ତୁ । ମାଠିଆଏ ତେଲ ପେଡ଼ିଥିବେ କି ନାହିଁ, ସୁପ୍ରିମ୍‌କୋର୍ଟରେ ଅପିଲ୍ କରି ଖଲାସ କରାଇଦେବି ।"

ଆମ୍ଭେମାନେ ନିଶ୍ଚିତ ସମ୍ବାଦ ପାଇଅଛୁ, ଅପିଲ ବିଷୟରେ କୌଣସି ଯତ୍ନ କରାଯାଇନାହିଁ ।

ପରିଚ୍ଛେଦ-୨୨

ଗୋପୀ ସାହୁ ଦୋକାନଘରେ

ବିରୂପା ନଦୀକୂଳ-ଗୋପାଳପୁର ଘାଟ । ଏହିଟି କଟକ ଯିବାର ଦାଣ୍ଡ, ଲୋକମାନେ ଏହିଠାରେ ପାରି ହୁଅନ୍ତି । ଆଗେ ଗୋପାଳପୁର ଗ୍ରାମ ଏହିଠାରେ ଥିଲା; ଗଲା ଆଠଅଙ୍କ ଭୋଦୁଅ ଅଷ୍ଟମୀ ବଡ଼ ବଢ଼ିରେ ଭାସିଯାଇଅଛି । ଗ୍ରାମ ଗଲାଣି, ନାମ ଯାଇନାହିଁ । ଡୁଠ ଉପରେ ଗୋଟିଏ ଭାରୀ ବଡ଼ ବରଗଛ । ଗଛମୂଳରେ ଗୋପୀ ସାହୁର ଦୋକାନଘର । ଘରଟି ସାତପାଞ୍ଚ । ସେଥିମଧ୍ୟରୁ ଅଧକରେ ଗୋଟିଏ କୋଠରି, ଅଧେ ମେଲା । ଆଗରେ ଦୁଇହାତ ଲମ୍ୱ ପିଣ୍ଡା । ଦୈବ ଦୁର୍ବଳେ କେହି ବାଟୋଇ ରହିଗଲେ ମେଲାଘରେ ରୋଷେଇ କରନ୍ତି । ଗୋପୀ ବୁଢ଼ା ହୋଇଗଲାଣି, ବିଲବାଡ଼ିକି ଆଉ ପାରେ ନାହିଁ । ଗଲା ଅଙ୍କରେ ବୁଢ଼ୀ ଚାଲିଗଲା ଦିନରୁ ତା ଅଣ୍ଟା ବସିଗଲାଣି । ପୁଅମାନେ ମଧ୍ୟ ବୁଢ଼ାକୁ ଧନ୍ଦାରେ ପକାନ୍ତି ନାହିଁ ।

ଗୋପୀ ତୁଚ୍ଛା ବସିବା ଲୋକ ନୁହେଁ । ବସିବାଠାରୁ ଘଷିବା ଭଲ ବରଷେ ହେଲା ଫନ୍ଦାଟାଏ ଫାନ୍ଦିଛି । ଦିନ ପ୍ରହରକ ବେଳେ ଚାରିଟା ମୁହଁରେ ଦେଇ ଦୋକାନକୁ ଆସେ, ସଞ୍ଜବେଳେ ଦୋକାନଘରେ ଲମ୍ୱା ନଳୀ କୋଲପଟାଏ ପକାଇ ଘରକୁ ଚାଲିଯାଏ । ଦୋକାନଠାରୁ ଘର ଅଧକୋଶେ ଛଡ଼ା । ଦୋକାନରେ ଚାଉଳ, ଡାଲି, ଲୁଣ, ଚୁଡ଼ା, ଧୂଆଁପତ୍ର ରଖିଥାଏ । ସଞ୍ଜବେଳେ ଘରକୁ ଯିବାବେଳେ ପସରା ସବୁ ଗୋଟାଏ ଟୋକେଇରେ ଭରତି କରି ଘରକୁ ଘେନିଯାଏ । ଗୋପୀ ଗାଁ ଲୋକଙ୍କ ପାଖରେ କହେ, ସେ ଏଣିକି ବଡ଼ ସାହାଖର୍ଚ୍ଚୀ ହୋଇପଡ଼ିଲାଣି । ସଞ୍ଜବେଳେ ସୋରିଷେ ସୋରିଷେ ଆପୁ ନ ଖାଇଲେ ରାତିରେ ନିଦ ହୁଏ ନାହିଁ । ଆପୁ ଖାଇସାରି ଚୁଡ଼ାଗୁଣ୍ଡି ଦି'ଟା କିମ୍ୱା ମୁଢ଼ି ଗୁଣ୍ଡି ଦି'ଟା ପାଟିରେ ନ ପକାଇଲେ ନୁହେଁ । ଧୂଆଁ ଅଭ୍ୟାସ ତ

ଅଛି । ହେଲେ ଖର୍ଚ୍ଚ ନିଜ ଅର୍ଜନରୁ ଚଳାଏ । ପୁଅମାନେ ଦୋକାନ କରିବା ସକାଶେ ଯେ ଆଠଣିଟିଏ ଦେଇଥିଲେ, ସେଥିରୁ ଯେ ପଇସାଏ ଅଧଲାଏ ବାହାରେ, ସେଥିରେ ଚଳିଯାଏ, ପାଣ୍ଠିରେ ହାତ ଲାଗେ ନାହିଁ ।

ଅଶିଣମାସିଆ ଦିନ, ଦିନଯାକ ମେଘଟା ଘୋଡ଼େଇଛି, ଦୁଇ ତିନି ଅସରା ପାଣି ମଧ୍ୟ ହୋଇଗଲାଣି । ବର୍ଷା ପଡ଼େ ଟପର ଟପର, ବାଟଟା କାଦୁଅରେ ଚପର ଚପର, ବାଟୋଇ କେହି ନାହାନ୍ତି । ବେଳ ଆହୁରି ଦଣ୍ଡେ ଅଛି; ମାତ୍ର ମେଘ ଘୋଟିଥିବାରୁ ଅନ୍ଧାର ହୋଇ ଆସିଲା ପରି ଜଣାଯାଉଅଛି । ଗୋପୀ ଦୋକାନକୁ ଅନାଇ କହିଲା, "ଆଜି ସକାଳୁ କାହା ମୁହଁ ଚାହିଁଥିଲି, ଅଧଲାଟିକର ଧୂଆଁପତ୍ର ମଧ୍ୟ ସରିଲା ନାହିଁ ।" ଗୋପୀ ଦୋକାନକୁ ଗୋଟାଏ ଟୋକେଇରେ ପୂରାଇ ଗାମୁଛା ମୁଣ୍ଡରେ ବାନ୍ଧି ପିଣ୍ଡାରେ ବସିଲା, ଆକାଶକୁ ଅନାଇ ଆପେ ଆପେ କହିଲା- "ବେଳ ବୁଡ଼ିନାହିଁ ।" ନଦୀଘାଟକୁ ଅନାଇ ଅଛି, କେହି ବାଟୋଇ ପାରି ହୋଇ ଆସିବ ପରା । ନଦୀ ତୁଠକୁ ଏକଧ୍ୟାନରେ ଅନାଇ ଭଜନ ଆରମ୍ଭ କରିଅଛି -

"ଦିନ ଗଲାଟିରେ ସରି,
ବୃଥା କାଳ କାଟିଦେଲି ନ ଭଜି ଶ୍ରୀହରି । ଘୋଷା ।
ବହିଯାଉଅଛି ଆୟୁ ନଦୀସ୍ରୋତ ପରି,
ପଡ଼ିଲେ କାଳସାଗରେ ନ ଆସିବ ଫେରି ।
ବିଷୟରେ ମତ୍ତ ହୋଇ ଦିବସ ଶର୍ବରୀ,
ଆପଣାର ନିଜ ଧାମ ରହିଛି ପାସୋରି ।
ଦୀନଜନେ ଦୟାକର ଦୟାମୟ ହରି,
ନିରନ୍ତର ତୁମ୍ଭ ନାମ ଥିବି ହୃଦେ ଧରି ।"

"ଏ ଦୋକାନୀ - ରହିବାକୁ ଜାଗା ମିଳିବ ?" ଗୋପୀ ଚମକିପଡ଼ି ଅନାଇଲା, ଦୋକାନ ଆଗରେ ଦୁଇଜଣ ବାଟୋଇ । କଥାଟି ପିନ୍ଧା, ମୁଣ୍ଡରେ ଗାମୁଛାଗୁଡ଼ିଆ, ପିଠିରେ ସାନ ଗୋଟିଏ ବୋକଚ଼ା, କାନ୍ଧରେ ତାଳପତ୍ର ଛତାଟିଏ । ଜଣେ ପୁରୁଷ, ତା ପଛଆଡ଼େ ଗୋଟିଏ ସ୍ତ୍ରୀ, ପାଟଶାଢ଼ି ଖଣ୍ଡିଏ ପିନ୍ଧା, କୁମ୍ଭକର୍ଣ୍ଣ ଧଡ଼ି ସୂତାଶାଢ଼ି ଖଣ୍ଡିଏ ଚଉତା ହୋଇ ଉପରାଣ ପଡ଼ିଛି, ସର୍ବାଙ୍ଗ ଢଙ୍କା, କେବଳ ନାକର ଫୁଲଗୁଣା ଆଉ ନାଟମୟୂର ଦିଶୁଛି । ଲୋକେ କହନ୍ତି, "ଭେକ ଥିଲେ ଭିକ ।" ଲୁଗାପଟାରୁ ଗୋପୀ ବୁଝିଗଲା ଆଣ୍ଠୁଆ ମହାଜନ । ଗୋପୀ ଚଞ୍ଚଳ ଦୋକାନ ପିଣ୍ଡାରୁ ଓହ୍ଲାଇପଡ଼ି ଦୁଇଜଣଙ୍କୁ ଦୁଇଟା ଦଣ୍ଡବତ ହୋଇ କହିଲା, "ଆଜ୍ଞା ଆସନ୍ତୁ, ଦୋକାନ

ଉପରକୁ ଆସନ୍ତୁ, ରୋଷେଇ କରନ୍ତୁ, ସବୁ ସରଞ୍ଜାମ ଅଛି, ଦେବି ।" ଗୋପୀ ଦୁହିଁଙ୍କ ଗୋଡ଼କୁ ଅନାଇ ଦୁଇ ଢାଳ ପାଣି ଦେଲା, ଆଉ ମେଲାଘରେ ଛିଣ୍ଡା ପଟିଖଣ୍ଡ ମେଲାଇଦେଲା ।

ସ୍ତ୍ରୀଲୋକଟି ଆଗେ ଗୋଡ଼ ଧୋଇ ଓଦାଲୁଗା ପାଲଟି ପଟିରେ ଯାଇ ଚକା ପାଡ଼ି ବସିଲେ । ଦେହର ଅଳଙ୍କାରମାନ ଦେଖି ଗୋପୀ 'ଆଜ୍ଞା', 'ସାଆନ୍ତ', 'ସାଆନ୍ତାଣୀ' ଇତ୍ୟାଦି ସମ୍ବୋଧନ କଥାମାନ ପ୍ରତି କଥା ଆଗରେ ବୋଲିଯାଉଅଛି । ଏଣେ ସ୍ତ୍ରୀଲୋକ ଗୋପୀର ଭକ୍ତି ଦେଖି ଭାରି ଖୁସି ହୋଇଗଲେଣି । ପଣତକାନିରୁ ଚାରିଅଣିଟିଏ ଫିଟାଇ ଗୋପୀ ପାଖକୁ ଫୋପାଡ଼ିଦେଇ କହିଲେ, "ଏ ବୁଢ଼ାପୁଅ, ରୋଷେଇ ସରଞ୍ଜାମ ଦେ ।" ଗୋପୀ ଲଣ୍ଡଭଣ୍ଡ ହୋଇ ସୁଉକିଟି ଉଠାଇନେଇ ଦୁଇ ହାତରେ ଲେଉଟା-ଲେଉଟି କରି ଦୁଇ ତିନି ଥର ଦେଖିଲା । ତାହା ବାଦ୍ ଦୁଇଥର ଚୁମା ଖାଇ ଦୁଇଥର ମୁଣ୍ଡରେ ମାରି କୁଞ୍ଚତଳ କାନିରେ ବାନ୍ଧି, ନାହି ପାଖରେ ଖୋସିଦେଲା । ଗୋପୀ ମୁଖ ଦେଖି ଜଣାଯାଏ, ସେ ଆଉ ଥରେ ମନ ମଧ୍ୟରେ ବୋଲିଥିବ, ଆଜି ସକାଳେ କାହା ମୁହଁ ଚାହିଁଥିଲି, ସଉଦା ନ ନେଉଣୁ ସୁଉକିଟାଏ ! ଦୋକାନ ଆରମ୍ଭ ଦିନରୁ ଏଟା ନୂଆ କଥା ।

ଗୋପୀ ରୋଷେଇ ସରଞ୍ଜାମ ସମସ୍ତ ଅର୍ଥାତ୍ ଚାଉଳ, ଚୋପାଳିଆ ବିରିଜାଇ, ଲୁଣ ଆଣି ଥୋଇଦେଇ ଆଗେ ନିଆଁବରିହା ଫୁଙ୍କି ଚୁଲି ଲଗାଇ ଦେଲା । ସ୍ତ୍ରୀଲୋକଟି ଭାତ ରାନ୍ଧିବାକୁ, ପୁରୁଷ ମାଠିଆ ଡେବିରି ହାତରେ ଧରି ପାଣି ଆଣିବାକୁ ବାହାରିଲେ । ସ୍ତ୍ରୀଲୋକଟି କହିଲେ, "ଆରେ ବୁଢାପୁଅ, ଏଠି ଦୁଧ ଘିଅ ମିଳିବ ? ଦୁଧ ଘିଅ ନ ହେଲେ ମୁଁ ଖାଏ ନାହିଁ ।"

ଗୋପୀ କହିଲା, "ଆଜ୍ଞ ସତକଥା, ସତକଥା, ନ ମିଳିବାକୁ ସିନା, ଏସବୁ କଣ ଛାମୁ ଠା'ବସିବା ଜିନିଷ ? ଜଳଖିଆ ପାଇଁ ଆଚ୍ଛା କାଣ୍ଡିଆ ସରୁଚୁଡ଼ା ହୁଅନ୍ତା, ନିରୁତା ଗାଇଦୁଧ ହୁଅନ୍ତା, ନବାତ ନୋହିଲେ ଦକ୍ଷିଣୀ ନୂଆ ଗୁଡ଼ ହୁଅନ୍ତା, ଆଉ ଖନ୍ଦା ପାଇଁ ବଡ଼ ଶେଉଳ ନୋହିଲେ ବାଳିଆ-ମାଛ, ବନ୍ତଳକଦଳୀ, ମୁଗଜାଇ, ଦୁଧଘିଅ ହୁଅନ୍ତା । କଣ କରିବି ? ଆଜ୍ଞା ଏଇଟା ତ କାଙ୍ଗାଳ ଦେଶ, ଆପଣଙ୍କ ପଦାରବିନ୍ଦ ଧୂଳିରଜ କିପରି ମୋ କପାଳକୁ ପଡ଼ିଗଲା । ଆଜ୍ଞା ଗୋଟାକେତେ ପଇସା ଦିଅନ୍ତୁ, ଗାଁ ବୁଲି ଦେଖେ ।"

ସ୍ତ୍ରୀଲୋକଟି ପୁନର୍ବାର ଗୋଟାଏ ସୁକି ଫୋପାଡ଼ିଦେଲେ । ଗୋପୀ ପୂର୍ବପରି କାନିରେ ବାନ୍ଧି ଗ୍ରାମକୁ ଧାଇଁଲା । ରାତି ଅଧଘଡ଼ି ସମୟରେ ଗୋପୀର ସାନପୁଅ ବୃନ୍ଦାବନ ଖଣ୍ଡେ କଦଳୀପତ୍ର ଠୋଲାରେ ଦୁଇ ତିନି ତୋଳା ଘିଅ, ଗୋଟାଏ ମାଟି

ଠେକିରେ ମାଣେ ଅନ୍ଦାଜ ଦୁଧ, ଯୋଡ଼ାଏ ବାଇଗଣ ଦୋକାନ ପିଣ୍ଡାରେ ଥୋଇଦେଇ କହିଲା, "ଆଜ୍ଞା, ବାପା ବଟେଇ ଦେଲା, ସେ ଅନ୍ଧାର କଣା, ଆସିପାରିଲା ନାହିଁ ।"

ଦୋକାନରେ ତୃତୀୟ ଲୋକ ନାହିଁ, ସ୍ତ୍ରୀଲୋକଟି ଭାତ ରାନ୍ଧୁଛି, ପୁରୁଷଟି ଯୋଗାଇଦେଉଛି । ଦୁହେଁ କଥାବାର୍ତ୍ତା ଆରମ୍ଭ କଲେ ।

ସ୍ତ୍ରୀ- ଶୁଣିଲୁରେ ଗୋବିନ୍ଦା, ଶୁଣିଲୁ ତ, କାନ ଲଗେଇ ଶୁଣିଲୁ ତ, ମତେ ସମସ୍ତେ ସାଆନ୍ତାଣୀ କହୁଥିଲେ, ଯେଉଁଠିକି ଯିବି ସମସ୍ତେ ସାଆନ୍ତାଣୀ କହିବେ, ତତେ ସାଆନ୍ତ କିଏ କହୁଥିଲା ? ଚାଲ, କଟକକୁ ଚାଲ, ତତେ କଣ କରିଦେବି ଦେଖିବୁ । ତତେ ଚାରିଦିନ ହେଲା ବୁଝେଇ ବୁଝେଇ ଥକିଲିଣି ।

ଗୋବିନ୍ଦା- ନା ଚମ୍ପା ସାଆନ୍ତାଣୀ, ଚାଲ ଆମ ଗାଁକୁ ଯିବା, ସେଇଠି ରହିବା । ବିଲବାଡ଼ି କିଣିବା, ଚାଷ କରିବା, ହଳିଆ ରଖିବା ।

ଚମ୍ପା- ଆରେ ସତେ ଲୋକେ ଯାହା କହନ୍ତି -

'ଅତି ନିଉଛଣା ଅନ୍ଧାର ରାତି,
ଅତି ନିଉଛଣା ଭଣ୍ଡାରି ଜାତି ।'

ବିଲବାଡ଼ି କଣ ହବ ରେ ? ଆରେ ଯାହା ସାଙ୍ଗରେ ଆଣିଛି, ଶହେ ବରଷ, ଦି'ଶ ବରଷ ବସି ଖାଇଲେ ତ ସରିବ ନାହିଁ ।

ଗୋବିନ୍ଦା- ନା ସେ କଥା ହବ ନାହିଁ, ମୁଁ ଗାଁକୁ ଯିବି, ଘରୁ ଢେର୍ ଦିନ ହେଲା ଖବର ପାଇନାହିଁ । ମୋ ମନ କିମିତି ଗୁଡ଼େଇ ପୁଡ଼େଇ ହେଉଛି । ନୋହିଲେ ମୋ ଭାଗ ଦିଅ, ମୁଁ ଯାଏଁ, ତୁମର ଯାହା ମନ କର ।

ଚମ୍ପା- ଭାଗ ? ଭାଗ କ'ଣ ? ଭାଇଭାଗ ? ଆରେ ଯାହା କହନ୍ତି-

'ପଡ଼ୋଶୁଣୀ ପିଠା ଦେଖି ରବାଇଖବାଇ,
ଘଷିଫଡ଼ାରେ ଗୁଡ଼ ଲଗାଇ ଭଡ଼ଭଡ଼ ଚୋବାଇ ।'

ଧନ ସେଠି ଥିଲା ମୋର - ଏଠି ବି ମୋର । ମୁଁ କଣ ଚୋରିକରି ଆଣିଛି ? ସାତଦିନ ହେଲା ବରଷା ନାହିଁ, କାଦୁଅ ନାହିଁ, ଏ ଗାଁ, ସେ ଗାଁ, ଯା ଓଳି, ତା ଓଳି ବୁଲେଇ ବୁଲେଇ ମାରିଲାଣି । କହିଲୁ ସାଆନ୍ତ ପହଡ଼ଘର କଣରେ ତିନି ଜାଗାରେ ସୁନା ଟଙ୍କା, କଲ ଟଙ୍କା, ସୁନା ଗହଣା ସବୁ ପୋତା ହୋଇଥିଲା, କିଏ ପୋତିଥିଲା ? ନଶୂନ ରାତିରେ ମୁଁ ଗାତ ଖୋଳେ, ସାଆନ୍ତ ମୁଁ ଦୁହେଁ ପୋତୁଁ । ତୁ କଣ ଜାଣିଥିଲୁ ? ଏ ସବୁ ମୋର ନା ଆଉ କାହାର ?

ଗୋବିନ୍ଦା- ଟଙ୍କା ତ ପୋତିଥିଲ, ସବୁ କରିଥିଲ । କଞ୍ଚି ନପାଇଥିଲେ କିଛି ପାଇଥାନ୍ତ କି ? କଞ୍ଚି ଆଣିବା ବୁଦ୍ଧି କିଏ କାଢ଼ିଲା ?

ଚମ୍ପା– 'ଏହିକି ଏତେ ନା, ମୁଦି ନାହିଁ ଗୋଡ଼ କଚାଡୁ କେତେ ।' ବଡ଼ ବୁଦ୍ଧିଟାଏ କାଢ଼ିଲାରେ । ମତେ ଆଉ ବୁଦ୍ଧି ଆସନ୍ତା ନାହିଁ । ଦେଖିଛୁ, ସେଦିନ ସାଆନ୍ତଙ୍କ ପଛେ ପଛେ ତତଲା ବାଲିରେ ଦୁଇକୋଶ ବାଟ ଧାଇଁ ଗୋଡ଼ରେ ଫୋଟକା ବାହାରି ପଡ଼ିଲା, କାନ୍ଦି କାନ୍ଦି ତୋଟି ବସିଗଲା । କହୁଛି କଣ ନା, ବୁଦ୍ଧି କହିଲି ! 'ବୁଦ୍ଧିରେ ବୁଦ୍ଧି ନା ବଳେଇପଡ଼ି ଯାଇଛି କୁଦି ?' ଆଚ୍ଛା କହିଲୁ, ମୁଁ ଯେ ସେ ରାଣ୍ଡ ବ୍ରାହ୍ମଣୀ ସାଙ୍ଗରେ ସଙ୍ଗାତ ବସି ରାତିଏ ରହି ତା ଘରୁ ଜମିର ସନନ୍ଦ ଆଡ଼ଖୁର ଭିତରୁ ଘେନିଆସିଲି, ସେ ବୁଦ୍ଧି ତୁ କହିଦେଇଥିଲୁ ?

ଗୋବିନ୍ଦା ଆଉ କିଛି ନ କହି ରୁଷି ଆସି ପିଣ୍ଡାରେ ବସିଲା । ଚମ୍ପା ମଧ୍ୟ ତୁନି । ଏକା ଚାହାଳୀରେ ପାଠ, ଏକ ଅବଧାନର ଚାଟ । ଚତୁର ଚତୁରା କଥା, କେହି କାହାକୁ ଊଣା ନୁହେଁ, ସହଜରେ କିଏ ପଛଘୁଞ୍ଚା ଦେବ ? ଦୁଇଜଣଙ୍କୁ ଦୁଇଜଣ ଚିହ୍ନନ୍ତି । ଚମ୍ପାର ଭାବନା, ଯଦି ଗୋବିନ୍ଦା ଘରକୁ ଯାଏ, ଟଙ୍କା-ସୁନାଗୁଡ଼ାକ ତା ହାତରୁ ଯାଇ ଭଣ୍ଡାରି ଘରେ ପଶେ, ପୁନର୍ବାର ହାତପୈଠ ହେବା ସହଜ ନୁହେଁ । ପୁଣି ଗୋବିନ୍ଦାର ମା' ଆଉ ଭାର୍ଯ୍ୟା କଥା ମଧ୍ୟ ତା ମନରେ ପଡ଼ିଲା । ଏଣେ ଗୋବିନ୍ଦାର ଭାବନା, ଚମ୍ପା କଟକ ସହରରେ ପଶିଲେ ତାକୁ ଆୟତ୍ତ ରଖିବା ସହଜ ହେବ ନାହିଁ । ଅଇଣ୍ଠା ଖାଇ କୁକ୍‌କୁରୀ ଆଉ ଖଣ୍ଡିଏ ଅଇଁଠାପତ୍ର ସମ୍ମୁଖରେ ଦେଖିଲେ ପୂର୍ବ ପତ୍ର ଗୋଡ଼ରେ ଦଳିଦେଇ ଯାଏ । ବିପରୀତମୁଖ ଦୁଇ ବଳ ସମାନ ହେଲେ ଦୁହେଁ ସ୍ୱ ସ୍ୱ ସ୍ଥାନରେ ସ୍ଥିର ହୋଇ ରହନ୍ତି ।

ରାତ୍ର ଅନ୍ଦାଜ ପାଞ୍ଚ ଘଡ଼ି କି ଛ'ଘଡ଼ି, ଭାତ ଡାଲି ପ୍ରସ୍ତୁତ ହୋଇଗଲାଣି । ଚମ୍ପା ଅଳ୍ପକାଳ ଛିଡ଼ାହୋଇ କ'ଣ ଭାବିଲା, ପାଖକୁ ଆସି ସାକୁଲେଇ ସାକୁଲେଇ କହିଲା, "ଦେଖ୍ ଗୋବିନ୍ଦା ତୁ ତ କହୁଛୁ ନଈ ଆରପାରି ଚାରିକୋଶ ବାଟରେ ତୋ ଘର । ହେଉ ଚାଲ, କଟକକୁ ଚାଲ, ମୁଁ କିଛିଟଙ୍କା ଦେବି, ତୁ ଘରେ ଦେଇଯିବୁ । ତୁ ଯଦି ମୋ କଥା ନ ଶୁଣୁ, ଟଙ୍କା ତ ଟଙ୍କା, ସୁନା ତ ସୁନା, କାଣି କଉଡ଼ି ଧୋଇ ପାଣି ଟୋପାଏ ? ଆ, ଆ ବଡ଼ ଭୋକ ଲାଗିଲାଣି, ଖାଇବା ଆ !" ଗୋବିନ୍ଦା ମଧ୍ୟ ଭୋକରେ କାଉଳି ହେଲା, ବୋଧହୁଏ ସେ ଏଥିରେ ଅଧା ରାଜିହୋଇ ଉଠ ଉଠ ହୋଉଥିଲା । ମାତ୍ର ଅନ୍ଧାରରେ ଚମ୍ପାକୁ ତ ଦିଶୁନାହିଁ, କିଛି ଜବାବ ନ ପାଇ ସେ ଭାରି ଖପା ହୋଇ କହିଲା, "ମଲା ଯା, ପୋଇଲାଙ୍କୁ ସାଆନ୍ତ କହିଲେ ମୁଣ୍ଡରେ ଚଢ଼ନ୍ତି । ଯା ମ ଯା, ଖାଇଲୁ ଖାଇଲୁ, ନ ଖାଇଲୁ ନାହିଁ ।"

ଗୋବିନ୍ଦା ଉଠୁଥିଲା, ପୁନର୍ବାର ବସିପଡ଼ି ଚମ୍ପାକୁ ତରାଟିମରାଟି ଚାହିଁଲା । ପାଞ୍ଚିଲା, ହଁ ମୁଁ ପୋଇଲା, ତୁ ସାଆନ୍ତାଣୀ; ମାତ୍ର ପାଟି ଫିଟାଇ କିଛି କହିଲା

ନାହିଁ । ଗୋବିନ୍ଦା ଆପଣାର କେଡ଼େ ସୌଭାଗ୍ୟ ସ୍ୱପ୍ନ ଦେଖୁଥିଲା, କେତେ ବିଲବାଡ଼ି, କେତେ ବଳଦ ହଳିଆ, କେତେ ଦୁହାଁଳି ଗାଈ ଘରେ ବନ୍ଧା, କେତେ ଖାତକ ଟଙ୍କା କରଜ ନେବାକୁ ଆସି ଦୁଆରେ ବସିଛନ୍ତି, ସବୁଥିରୁ ଏକାବେଳକେ ନିରାଶ । ଦିନଯାକ ପାଣି-କାଦୁଅରେ ବୁଲି ଥକା, ତା ଉପରେ ଭୋକ । ଗୋବିନ୍ଦା ଏତେବେଳଯାଏ ମନର ଦୁଃଖରେ ବସି ଭାବୁଥିଲା । ବର୍ତ୍ତମାନ ଚମ୍ପା 'ପୋଇଲା' କହିବାରୁ ତାଳୁରେ ବିଛା କାମୁଡ଼ିଲା ପରି ସର୍ବାଙ୍ଗ ଜଳୁଅଛି, କିଛି କହିପାରୁ ନାହିଁ । ସେ ଜାଣେ, ତା'ପରି ଦୁଇଜଣ ଲୋକ ବଳରେ ଚମ୍ପା ସାଙ୍ଗରେ ପାରିବେ ନାହିଁ । ସେ କେତେଥର ମଙ୍ଗରାଜ ଘର ଭେଣ୍ଡିଆ ହଳିଆମାନଙ୍କୁ ବାଡ଼େଇଥିବାର ନିଜ ଆଖିରେ ଦେଖିଛି । ତୁଷ ମଧ୍ୟରେ ନିଆଁ ଥିଲା ପରି ତା ମନକୁ ଭିତରେ ପୋଡ଼ିପକାଉଛି ।

ଚମ୍ପା ଦୁଇ ପତ୍ର ଭାତ ବାଢ଼ି, ମଝିରେ ଗାଡ଼ କରିଦେଇ ଡାଲି ବାଢ଼ିଦେଲା । ବୃନ୍ଦାବନ ଯେ ଦୁଧ ଠେକିଟି ଦେଇଥିଲା, ସେତକ ବାହାରକୁ ଥରେ ଅନାଇଦେଇ ଆପଣା ଭାତରେ ଢାଳିଦେଲା । ଗୋବିନ୍ଦା ଅନ୍ଧାରରେ ବସି ଦେଖୁଛି । ଦୁଧ ଢଳା ଦେଖି ତା ଦେହରେ ନିଆଁ ଢାଳିଦେଲାପରି ଜଣାଗଲା । ମନରେ କଲା, ଦୁଧଟିକକରେ ତ ଏହା, ଟଙ୍କା ସୁନା କଥା ତ ଅଛି ।

ଚମ୍ପା ଡାକିଦେଲା, "ହେଇ ତୋ ଭାତ ରହିଲା, ଖା ବା ନ ଖା, ମୁଁ ଏତେ ଗୋଡ଼ ଧରିପାରେ ନାହିଁ ।" ଚମ୍ପା ଓଦା ହାତଟା ମୁହଁରେ ବୁଲାଇଦେଇ ଠୁଙ୍ଗାହୋଇ ଭାତପତ୍ର ପାଖରେ ବସି ବଡ଼ ବଡ଼ ଗୁଣ୍ଡା ସୁଡ଼୍ ସୁଡ଼୍ ଶବ୍ଦରେ ଦଣ୍ଡକ ମଧ୍ୟରେ ପତ୍ର ଖାଲିକରିଦେଲା । ଚୁଲିମୁହଁ ପାଖରେ ମୁହଁଟା ଧୋଇପକାଇ ପୁନର୍ବାର ଥରେ ବାହାରକୁ ଅନାଇ ଡାକିଲା, "ଆରେ ଆ, ଭାତ ଖାଆ ।" ଉତ୍ତର ନାହିଁ । ଖପାହୋଇ କହିଲା, "ଆରେ ୟାକୁ କହନ୍ତି ସୁଖ ଭାତ ତୋଟି କୁଣ୍ଡାଇବା ।" ଜଳନ୍ତା ନିଆଁରେ କୁଟା ପକାଇଲାପରି ଗୋବିନ୍ଦାକୁ ଏ କଥା ଜଣାଗଲା । ତାହା ବାଦ୍ ଚମ୍ପା ପଟି ଖଣ୍ଡିକ ଉପରେ ଗଣ୍ଠିରା ଲୁଗାରୁ ଅଧେ ମେଲାଇଦେଇ ଗଣ୍ଠିରାଟି ସାବଧାନରେ ବେକତଳ ପର୍ଯ୍ୟନ୍ତ ଦେଇ ଚିତ୍‌ହୋଇ ଶୋଇପଡ଼ିଲା ।

ଗୋବିନ୍ଦା ସେହିପରି ପିଣ୍ଡାରେ ବସି ଭାବୁଚି । ସେ ବର୍ତ୍ତମାନ ଭଲକରି ବୁଝିଲାଣି, ସାପୁଣୀ ମୁଣ୍ଡରୁ ମଣି ନେବା ସହଜ ନୁହେଁ । ଆମ୍ଭେମାନେ ଗୋବିନ୍ଦପୁରର ଲୋକଙ୍କଠାରୁ ଯେପରି ଶୁଣିଛୁଁ, ସେଥିରୁ ଅନୁମାନ କରୁଅଛୁ, ଗୋବିନ୍ଦାର ଆଉ ଅଧିକ କିଛି ପ୍ରତ୍ୟାଶା ଥିଲା । ସ୍ତ୍ରୀଠାରୁ ମର୍ଯ୍ୟାଦା, ପ୍ରେମ, ଭକ୍ତି, ଅନୁଗତ୍ୟ ପ୍ରତ୍ୟାଶା କରିବା ପୁରୁଷ ଜାତିର ସ୍ୱଭାବ । ଚମ୍ପାର ଆଚରଣରୁ ଜଣାଯାଏ, ତାହାର ଇଚ୍ଛା ଭଲ ପାଏଁ ତ

ଭଲ ପାଏଁ, ହେଲେ ତୁ ଯେଉଁ ଭଣ୍ଡାରି ସେହି ଭଣ୍ଡାରି । ଗୋବିନ୍ଦା ଏହି ଅବସ୍ଥାରେ କେତେ ବେଳଯାଏ ବସିଲାଣି, ସେ ଜାଣେ ନାହିଁ ।

ଘୋର ଅନ୍ଧକାର ରାତ୍ରି, ମଣିଷ ନିଜ ଦେହ ବି ଦେଖିପାରିବ ନାହିଁ । ସାଁ ସାଁ କରି ଦକ୍ଷିଣାପବନ ବାଡ଼ୋଉଛି, ତୁହାକୁ ତୁହା ବରଷା, ବରଗଛଟା ଗୋଟାଏ ଅନ୍ଧକାର ଗଦାପରି ଛିଡ଼ାହୋଇ ଦୋହଲି ଦୋହଲି ଗୋଟାଏ କେମନ୍ତ ଆତଙ୍କଜନକ ଶବ୍ଦ କରୁଅଛି । ଗୁଡ଼ାଏ ବାଦୁଡ଼ି ସାନ ସାନ ଅନ୍ଧକାର ଖଣ୍ଡପରି ଚାରିଆଡୁ ଉଡ଼ି ସେହି ଅନ୍ଧକାର ଗଦାରେ ଝୁଲିପଡୁଛନ୍ତି, ପୁଣି କେତେଖଣ୍ଡ ଅନ୍ଧକାର ପରି ବାହାରି ଆକାଶରେ ଉଡ଼ିଯାଉଛନ୍ତି, କିଚ୍ କିଚ୍ ଶବ୍ଦ କରି ବର ଫଳ ଖାଉଅଛନ୍ତି, ଟପ୍ ଟପ୍ ବର ଫଳ ତଳେ ପଡୁଛି । ଚତୁର୍ଦ୍ଦିଗରେ ପୈଶାଚିକ ଶବ୍ଦ, ଘର ମଧ୍ୟରେ ଚମ୍ପାର ଅନୁନାସିକ ଶବ୍ଦ ଆହୁରି ଭୟଙ୍କର ଶୁଭୁଅଛି । ସେହି ଅନ୍ଧକାର ଗଦା ତଳେ ଦୁଇଟା ପଶୁର ଖେଁ-ଖେଁ କାମୁଡ଼ାକାମୁଡ଼ି ଶବ୍ଦ ଶୁଣି ଗୋବିନ୍ଦା ଚମକିପଡ଼ି ଅନାଇଲା । ଘର ମଧ୍ୟରେ ଜଳୁଥିବା ଦୀପର ତେଜଟି କ୍ରମଶଃ କ୍ଷୀଣ ହୋଇଆସୁଛି । ଶେଷ ସନ୍ଧ୍ୟାରେ ପଶ୍ଚିମ ଆକାଶରେ ଗୋଟିଏ ମାତ୍ର ଲୋହିତ କିରଣରେଖା ଅନନ୍ତ ଆକାଶରେ ପଡ଼ିଲା ପରି ଘର ମଧ୍ୟରେ ଜଳୁଥିବା ଦୀପରୁ ଗୋଟିଏ କିରଣରେଖା ନିସ୍ତେଜ ଭାବରେ ସେହି ଅନ୍ଧକାର ତଳେ ପଡ଼ିଅଛି ।

ଗୋବିନ୍ଦା ଭଲକରି ଅନାଇ ଦେଖିଲା, ଦୁଇଟା ବିଲୁଆ ବର ଫଳ ଖାଉ ଖାଉ କଳି ଲାଗିଲେ; ଗୋଟାଏ ବିଲୁଆ ଆରଟାକୁ ତଡ଼ିଦେଇ ଆପେ ସମସ୍ତ ଫଳ ଅଧିକାର କରିବସିଲା । ଗୋବିନ୍ଦା ବିଲୁଆର କାର୍ଯ୍ୟଦେଖି କଣ ବୁଝିଲା, କଣ ମନରେ ପାଞ୍ଚିଲା, ଉଠିବସି ଚାରିଆଡ଼କୁ ସାବଧାନରେ ଅନାଇଲା । ଧୀରେ ଅତି ଧୀରେ ଉଠିଯାଇ ଚମ୍ପାର ଗୋଡ଼ଠାରୁ ମୁଣ୍ଡଯାଏ ଅନେଇଲା । ଠଣାରେ ମୁଠି ରଖିଦେଇଥିଲା, ଧୀରେ ଧୀରେ ଆଣି ସେଥିରୁ କଣ ଫିଟାଇ ଅଣ୍ଟାରେ ଭଲକରି ଲୁଗା ଭିଡ଼ିଦେଇ ସେହି ପଦାର୍ଥଟା ଦୃଢ଼ରୂପେ ଧରିଲା । ଧୀରେ ଧୀରେ ଯାଇ ଚମ୍ପାକୁ ଏକଧ୍ୟାନରେ ଅନାଇଲା । ଭୂମି ଉପରେ ପଡ଼ି ନିଦ୍ରିତା ଶୂକରୀକୁ ବଣ ମଧ୍ୟରୁ କେନ୍ଦୁଆ ଯେପରି ଅନାଏଁ, ସେହିପରି ଏକଧ୍ୟାନରେ ଚାହିଁଅଛି, ତାହାର ଆଖି ଦୁଇଟା ଜଳୁଅଛି । ଡାହାଣ ହାତରେ ଦୃଢ଼କରି କଣ ଧରିଅଛି, ଏତେ ସାବଧାନ, ଏତେ ଧୀର ଯେ, ନିଶ୍ୱାସଟା ମଧ୍ୟ ବଳରେ ପକାଉ ନାହିଁ । ଡାହାଣ ଗୋଡ଼ଟିକୁ ଆଗକୁ ପକାଇବା ମାତ୍ରେ ଗୋଟାଏ ଜ୍ୟୋତି ଚକ୍‌ଚକ୍ କରି ଚମ୍ପା ଉପରଦେଇ କାନ୍ଥରେ ବୁଲିଗଲା । ଗୋବିନ୍ଦା ଚମକିପଡ଼ି ଏକାବେଳକେ ପିଣ୍ଡାତଳକୁ ଓହ୍ଲାଇପଡ଼ିଲା । ଚତୁର୍ଦ୍ଦିଗକୁ ସାବଧାନରେ ଅନାଇଲା, କାହିଁ କିଛି ନାହିଁ, କେବଳ ପୂର୍ବପରି ଚତୁର୍ଦ୍ଦିଗରେ ଘୋର ପୈଶାଚିକ ଶବ୍ଦ, ଗଛତଳ ଡାଳର କେତେଖଣ୍ଡ

ଅନ୍ଧକାର ଫଡ଼ଫଡ଼ ହୋଇ ଉଡ଼ିପଳାଇଲେ । ବିଲୁଆଟା ଚରୁଥିଲା, ପଳାଇଗଲା । ତାହା ହସ୍ତରେ ଥିବା ପଦାର୍ଥବିଶେଷରେ ଆଲୁଅ ପଡ଼ି ଚକ୍‌ଚକ୍ ଦିଶିଲା ।

ଗୋବିନ୍ଦା ସମସ୍ତ ବୁଝିପାରିଲା । ପୂର୍ବଠାରୁ ଅଧିକ ସାହସ ବାନ୍ଧି ଧୀରେ ଧୀରେ ଗୋଡ଼ ପକାଇ ଘର ମଧ୍ୟକୁ ଗଲା । ଶୂକରୀ ଉପରେ କେନ୍ଦୁଆ ଯେପରି ଝାମ୍ପିପଡ଼େ, ସେହିପରି ଚମ୍ପା ଉପରକୁ ଝାମ୍ପି ପଡ଼ିଲା । ଠିକ୍ ସେହି ସମୟରେ ଦୀପଟା ଗର୍ଭକୁ ପୋଡ଼ିଯାଇ ଦପ୍‌କରି ଜଳିଉଠି ନିଭିଯିବାରୁ କିଛି ଦିଶିଲା ନାହିଁ । ଘର ମଧ୍ୟରେ ଉତ୍କଟ ଗଁ-ଗଁ ଶବ୍ଦ, ଗୋଡ଼ହାତ ବାଡ଼େଇବା ଶବ୍ଦ ଶୁଭି ନିସ୍ତବ୍ଧ ହୋଇଗଲା । ସେହି ଶବ୍ଦ ଶୁଣି ବିଲୁଆ ଧଡ଼ପଡ଼ ହୋଇ ପଳାଇଗଲା । ଗଛଟାରୁ ଅନ୍ଧକାରଖଣ୍ଡ ବୁଣିଗଲା ପରି ବାଦୁଡ଼ିଗୁଡ଼ାକ କର୍କଶ ଡେଣାଶବ୍ଦ କରି ଉଡ଼ିବାକୁ ଲାଗିଲେ । ଏହି ସମୟରେ ଗୋଟାଏ ପ୍ରବଳ ଝଞ୍ଜା ପବନ ଆସି ଗଛର ଡାଳମାନଙ୍କୁ, ଦୋକାନ ଘରକୁ, କଡ଼୍‌କରି ଦୋହଲାଇ ଦେଲା । ମୁହୂର୍ତ୍ତକ ସକାଶେ ସେଠାରେ ଅଦୃଶ୍ୟ ଅନ୍ଧକାର ମଧ୍ୟରେ ପ୍ରଳୟ ଉପସ୍ଥିତ ହେଲାପରି ଜଣାଗଲା ।

ପରିଚ୍ଛେଦ-୨୩

କର୍ମଫଳ

ଗୋପାଳପୁର ପାଖରେ ବିରୂପା ନଦୀଟା ଭାରି ଚୌଡ଼ା, ଅଧକୋଶରୁ ଊଣା ନୁହେଁ । ମାତ୍ର ଧାରଟା ତେତେ ଚୌଡ଼ା ନୁହେଁ, ଗଣ୍ଡଭଳିଆ ଜାଗା, କମ୍ ଚୌଡ଼ା ହୁଏ । ନଦୀର ଦକ୍ଷିଣ ତରଫଟାରେ ଧାର, ଗୋପାଳପୁର ଘାଟଠାରେ ତୁଚ୍ଛା ବାଲି । ସେହିପରି ଟାଣୁଆ ବଢ଼ି ହେଲେ ତୋଠଯାଏ ପାଣି ଯାଏ । ଦଶ ବାର ଦିନ ହେଲା ସେହିପରି ବର୍ଷା ନ ଥିବାରୁ ନଦୀଟା ଛାଡ଼ିପଡ଼ିଥିଲା, ଗଲା ପରଦିନ ଉପରଓଳିଠାରୁ ଅଳ୍ପ ଅଳ୍ପ ପାଣି ପଡୁଅଛି, ମେଞ୍ଚା ମେଞ୍ଚା ଫେଣ ଧାଡ଼ି ଧାଡ଼ି ହୋଇ ଭାସିଯାଉଅଛି । କୌଣସି କୌଣସି ସ୍ଥାନରେ ପାଣି କଖାରୁ ପରି ଫେଣଟାଏ ଭଉଁରିରେ ପଡ଼ି ଭାଙ୍ଗି ଟିକିଟିକି ହୋଇଯାଉଅଛି । କାଠିକୁଟା କେତେ ଭାସିଯାଉଅଛି, ଠିକଣା ନାହିଁ । ଗଣ୍ଡଜାଗା ଥିବାରୁ ଏଠାରେ ଗୋମୁହାଁ କୁମ୍ଭୀରର ଉପଦ୍ରବ ଭାରି, ଦାଢ଼ିଆଣି, ଘଡ଼ିଆଳ ତ ପଣ ପଣ । ଏଠାରେ ଭରସି ଆଣ୍ଠୁଆଣିରୁ କେହି ବେଶୀ ପାଣିକି ଯାଇପାରେନାହିଁ । ପୁଣି ନୂଆ ପାଣି ପଡ଼ିଲେ କୁମ୍ଭୀରଗୁଡ଼ାକ ଭାରୀ ମାତନ୍ତି । ନୂଆ ବଢ଼ିକି ପରତେ ନାହିଁ । ଫେଣ କୁମ୍ଭୀର ଖାଏ ।

ତୋଠରେ ଦିନରାତି ଖଣ୍ଡିଏ ଡଙ୍ଗା ବନ୍ଧାଥାଏ; ଗାଉଁଲି ଲୋକେ, ହାଟୁଆ ଲୋକେ ପାରିହୁଅନ୍ତି । ସରକାରୀ ଡାକ ପାରି କରିବା ସକାଶେ ନାଉରୀ ଦିନରାତି ପଲା ମାରି ଜଗିଥାଏ, ସରକାରରୁ ମାସକୁ ଦୁଇଟଙ୍କା ଦରମା ପାଏ । ଗାଉଁଲି ଲୋକେ ନଗଦ କିଛି ଦିଅନ୍ତି ନାହିଁ, ପୁଷ ମାସ ଧାନକଟା ସମୟରେ ନାଉରୀ ବିଲ ବିଲ ବୁଲି ପ୍ରତି ଘରକୁ ଗୋଟାଏ ଗୋଟାଏ ହଳା ଅସୁଲ କରେ । ହାଟପାଳି ଦିନ ହାଟୁଆମାନେ କେହି ପିତାଶୁଖୁଆ ପୁଞ୍ଜାଏ, କେହି ବାଇଗଣ ଯୋଡ଼ାଏ, କେହି ଲୁଣ ଚିମୁଟେ,

କେହି ତେଲ ଦି'ଟୋପା ଦେଇଯାଏ । କୌଣସି କୌଣସି ଦିନ ବଡ଼ ମହାଜନ, ଅଚିହ୍ନା ବାଟୋଇ ପହଞ୍ଚିଗଲେ ପଇସାଏ ଅଧଲାଏ ଖଜାଖିଆ ଦେଇଯାନ୍ତି । ଦେଶ କାଳ ପାତ୍ର ଘେନି ଏହି ଲାଭ ଊଣା ଅଧିକ ହୁଏ । ମାତ୍ର ସରକାରୀ ମନୁଷ୍ୟ ଅର୍ଥାତ୍ ଥାନା ଦାରୋଗା, ମୁନ୍‌ସି, କାନଗୋଇ ପାରହେବା ଦିନ କାନମୋଡ଼ାଟା, ଚାପୁଡା, ଗାଳିଟା କେଭେ ଊଣା ହୁଏ ନାହିଁ । କେଉଟ ଚାନ୍ଦିଆ ବେହେରା କହେ, "ଏହି ଘାଟ ବାହି ତା ଦେହକ ପାହିଲାଣି, ତାପରି ଜଣେ ଆଣ୍ଟୁଆ ନାଉରୀ ଏ ଖଣ୍ଡମଣ୍ଡଳରେ ଦେଖାନାହିଁ ।"

ରାତି ଶେଷ ହୋଇଆସିଲାଣି । ରାତିରେ ଭାରୀ ବର୍ଷା, ଭାରୀ ତୋଫାନ ଥିଲା, ବର୍ତ୍ତମାନ ପାଣି କିମ୍ବା ପବନ ନାହିଁ, ମେଘଟା ସେହିପରି ଘୋଡ଼ାଇଛି, ଅକାରଣ କେଉଁଠି କିପରି ଫାଙ୍କରେ ସାନ ସାନ ତରାଟିମାନ ଜୁଲୁଜୁଲୁ କରି ଅନାଇ ଲୁଚିଯାଉଛନ୍ତି । ଠିକ୍ ଏହି ସମୟରେ ଜଣେ ବାଟୋଇ ସାନ ଗଣ୍ଠିରାଟିଏ ପିଠିରେ ବୋକଚା କରି ତୋଠ ପାଖରେ ନଦୀ କୂଳେ କୂଳେ ବୁଲୁଅଛି, ନଦୀ କୂଳେ କୂଳେ ଚାରି ପାଞ୍ଚଶ ହାତ ଚାଲିଯାଇ ପୁନର୍ବାର ତୋଠ ଠାକୁ ଫେରିଆସୁଅଛି । ଜଣାଯାଏ ପହଁରି ନଦୀ ପାରିହେବା ଲୋକଟାର ଇଚ୍ଛା, ହେଲେ ବଳ ଖଟୁନାହିଁ । ତୋଠ ଠାରେ ଠିଆ ହୋଇ ଡାକିଲା, "ଏ ନାଉରୀ ଭାଇ, ଏ ନାଉରୀ ଭାଇ !"

ଚାନ୍ଦିଆ ବେହେରା ବାଲିରେ କାତଟା ପୋତି ଖଣ୍ଡେ ଲମ୍ବା ଦଉଡ଼ିରେ ଡଙ୍ଗାଟା ଖଟାଇଦେଇ ତୁଠ ପାଖରେ ଭୂଇଁ ପଲାରେ ଶୋଇଅଛି । ବାଟୋଇ ପୁନର୍ବାର ଥରେ ଅତି ସାବଧାନରେ ଡାକିଲା, "ଏ ନାଉରୀ ଭାଇ, ଏ ନାଉରୀ ଭାଇ !" ବାଟୋଇ ଡାକିସାରି ଚମକି ପଡ଼ିଲା ପରି ଥରେ ପଛକୁ ଅନାଇଲା । ନାଉରୀ କି ଶୋଇଯାଇଛି ? ଏତେ ଡାକର ଜବାବ ନାହିଁ କ୍ୟାଁ ? ମାତ୍ର ଆମ୍ଭେମାନେ ନିଶ୍ଚୟ ଜାଣୁ, ନାଉରୀ ରାତି ଘଡିଏ ଥାଉଁ ଉଠି ବସିଥାଏ । ଶାସ୍ତ୍ରକାରମାନେ ବୋଲିଅଛନ୍ତି, ବ୍ରାହ୍ମମୁହୂର୍ତ୍ତର ଶଯ୍ୟା ତ୍ୟାଗ କରିବ । ଶାସ୍ତ୍ରବିଧି ପାଳିବା ସକାଶେ ଯେ ଚାନ୍ଦିଆ ଉଠିଥାଏ, ଏହା ନୁହେଁ । ଦିନେ ଦିନେ ରାତି ପିଛିଲା ପହରରେ ଡାକ ଆସି ପଡ଼ିଯାଏ, ସେଥି ସକାଶେ ସେ ଜାଗ୍ରତ ଥାଏ । ଆଉ ଗୋଟିଏ କଥା, ସଞ୍ଜବେଳୁ ଘାଟ ବନ୍ଦ ହୋଇଯାଏ, ସଅଳେ ସଅଳେ ଚାରିଟା ଖାଇଦେଇ ଶୋଇପଡ଼ିଥାଏ । ରାତିଟାଯାକ କେତେ ଶୋଇବ ? ଚାନ୍ଦିଆ ପଲା ମଧ୍ୟରେ ଦୁଇ ଆଣ୍ଠୁ ଉପରେ ମୁଣ୍ଡ ଦେଇ ଠୁଙ୍ଗା ହୋଇ ବସିଛି, ଆଗରେ ନିଆଁ ଉମ୍ଭେଇ, ତୁଷନିଆଁକୁ ଦୁଇ ହାତ ବଢ଼ାଇ ଦେଇଅଛି । ବୋଧହୁଏ ସେ ମନ ମଧ୍ୟରେ ଭାବୁଛି, ଅବେଳରେ ଏ ବାଟୋଇଟା କିଏ ? ସରକାରୀ ଲୋକ ତ ନିଶ୍ଚୟ ନୁହେଁ । ଏ ଲୋକଟା 'ଭାଇ ଭାଇ' ଡାକୁଛି । ସରକାରୀ ଲୋକ ହୋଇଥିଲେ ତା'

ଘରଆଡ଼ ଭାବ ଲେଖାକରି ଡାକନ୍ତା । ଯିଏ ହେଉ ଡାକୁଥାଉ; ରାତି ପାହୁ ଦେଖିବି । ପୁନର୍ବାର ଡାକ, "ଏ ନାଉରୀ ଭାଇ, ଆ ବାହାରି ଆ, ଖଜାଖିଆ ଦେବି ।" ଚାନ୍ଦିଆ ଆଉ ସମ୍ଭାଳି ପାରିଲା ନାହିଁ, ଖଜାଖିଆ ନାଁ ଶୁଣି ଦୁଇତିନି ଥର କାଶିଲା । ଖଜାଖିଆ ଶବ୍ଦରେ କିପରି ଗୋଟାଏ ମନମୋହନ ଶକ୍ତି ଅଛି; ନାଉରୀ ତ ନାଉରୀ, ଖଜାଖିଆ ଶବ୍ଦ ଶୁଣିଲେ କେଡ଼େ କେଡ଼େ ଲୋକମାନେ କାଶିପକାନ୍ତି । ଚାନ୍ଦିଆ ପଲା ମଧ୍ୟରୁ ଜବାବ ଦେଲା, "କିଏ ପାଟି କରୁଛ ହୋ, ରୁହ, ରାତି ପାହୁ, ଲକ୍ଷେ ଟଙ୍କା ଦେଲେ ତ ମୁଁ ବାହାରକୁ ବାହାରିବି ନାହିଁ ।"

ବାଟୋଇ– ଦେଖ, ଭାଇ ନାଉରୀ, ମୋର କଟକରେ ମାମଲା ଅଛି, ଚଞ୍ଚଳ ଯିବି, ନେ ପାଞ୍ଚଟଙ୍କା ନେ ।

ପାଞ୍ଚଟଙ୍କା ! ଏ କ'ଣ ଏ ! ଗୋଟାଏ ପଝାରିକୁ ପାଞ୍ଚଟଙ୍କା ! ଚାନ୍ଦିଆ ଜୀବନରେ କେଭେ ଏପରି ଘଟଣା ଘଟିନାହିଁ । ଏକାବେଳକେ ପାଞ୍ଚଟଙ୍କା ତା ହାତରେ ପଡ଼ିଛି କି ନାହିଁ, ସେ ବିଷୟରେ ଆମ୍ଭମାନଙ୍କର ଘୋର ସନ୍ଦେହ ଅଛି । ସେ ପୂର୍ବମୁହୂର୍ତ୍ତରେ ପ୍ରତିଜ୍ଞା କରିଥିଲା ଲକ୍ଷେ ଟଙ୍କା ପାଇଲେ ମଧ୍ୟ ବାହାରନ୍ତା ନାହିଁ, ଲକ୍ଷକରୁ ପାଞ୍ଚ ଫେଡ଼ିଦେଲେ ବାକି କେତେ ଊଣା ହେଲା, ଏ କଥା ଆଲୋଚନା କରିବା ବୋଧହୁଏ ଅନାବଶ୍ୟକ ବୋଧକଲା । ଏଣେ ଡର, ବାଟୋଇଟା ଯେବେ ବାହୁଡ଼ିଯାଏ, ଅବା ରାତି ପାହିଗଲେ ପଇସାଟାଏ ନୋହିଲେ ଯୋଡ଼ାଏ । ଚାନ୍ଦିଆ ପଲାଭିତରୁ ଡାକ ଦେଲା, "ରହ ତେବେ ରହ, ମୁଁ ଯାଏଁ ।" ନିଆଁ ଉପରେ ଫୁଙ୍କି ଫୁଙ୍କି କାହାଳି ଲଗାଇ ହାତରେ ଆଉଲାଟାଏ ଧରି ପଲାରୁ ବାହାରିପଡ଼ିଲା, ପିନ୍ଧିଲା ଲୁଗାପଟା ଅଣ୍ଟାରେ ଭିଡ଼ିଦେଇ ମୁଣ୍ଡରେ ଗାମୁଛାଟାଏ ଗୁଡ଼ାଇ ଟୋପରଟା ଥୋଇଦେଲା । ବାଟୋଇକୁ କହିଲା, "ଆଣ ଆଣ, କଣ ଦେଉଛ ଦିଅ । ତୁମେ ବୋଲି ମୁଁ ବସାରୁ ବାହାରିଲି, ଆଉ କେହି ହୋଇଥିଲେ ମୁଁ କି ଉଠିଥାନ୍ତି ।"

ବାଟୋଇ ପାଞ୍ଚଟି ଟଙ୍କା ବଢ଼ାଇଦେଲା । ନାଉରୀ ଦୁଇ ହାତରେ ଏକ, ଦୁଇ, ତିନି, ଚାରି, ପାଞ୍ଚ, ଏ ହାତ ସେ ହାତ କରି ତିନିଥର ଗଣିଲା । 'ଟଙ୍କା ନେବ ଗଣି, ପାଣି ପିଇବ ଛାଣି ।' କାହାଳିଟା ବଳରେ ଭିଡ଼ିଦେଇ ଆଲୁଅରେ ଥରେ ଟଙ୍କାଗୁଡ଼ାକ ଦେଖିନେଲା । କୁଞ୍ଚକାନିରେ ବାନ୍ଧି ଅଣ୍ଟାରେ ଭଲକରି ଖୋସିଦେଇ ଆକାଶକୁ ପୁଣି ଚାରିଆଡ଼କୁ ଅନାଇଲା, ଆଉ ରାତି ନାହିଁ । ବାଟୋଇ ନାଆ ଆଗ ମଙ୍ଗରେ ବସିସାରିଲାଣି । ନାଉରୀ ଡାକି ଦେଲା, "ଭଲକରି ସମ୍ଭାଳି ବସ ।" ଡଙ୍ଗାରେ ଡାହାଣ ହାତ ତିନିଥର ଲଗାଇ ମୁଣ୍ଡରେ ମାରି ଫିଟାଇଦେଲା, "ଜେ ଗଙ୍ଗା ମାତା" କହି ନାଆରେ ଉଠି ବସିଲା । ଉପର ପାଣି ତୋଡ଼ ପଡ଼ିଛି, ସମ୍ଭାଳି ହେଉ ନାହିଁ, ଆଉଲା

ବାହୁ ବାହୁ ଡଙ୍ଗାଟା ଢେର୍ ତଳକୁ ଭାସିଗଲା । ସମ୍ଭାଳି ଟେକୁ ଟେକୁ ନଦୀ ଛ'ପଣି ଦଶପଣିଆ ହୋଇଅଛି, ରାତି ପ୍ରାୟ ପାହିଆସିଲାଣି, ଗୋପାଳପୁର ତୋଠପାଖକୁ ଗୋଟାଏ ଗୀତ ଶୁଭିଲା-

'ଏ-ଏ-ଏ-ରାମ ଯେ ଲଇକ୍ଷଣ ହୋ ଗଲେ ମୃଗ ମାରି
କୁଡ଼ିଆ ଦୁଆରେ ଆସି ଉଭା ବ୍ରହ୍ମଚାରୀ ।
ବୋଇଲେ ସୀତୟା ଗୋ ଭିକ୍ଷା ଦିଅ ଆମ୍ଭଙ୍କୁ,
ନୋହିଲେ ଆପଶାପ ଗୋ ଦେବୁ ରାମ ଲଇକ୍ଷଣଙ୍କୁ ।'

ବାଟୋଇ ଡଙ୍ଗାରେ ବସି ବାରମ୍ବାର ଗୋପାଳପୁର ତୋଠଆଡକୁ ଚାହୁଁଛି । ଗୀତର ଶବ୍ଦ ଅବିରଳ ଅନ୍ଧକାରରାଶି ଭେଦକରି କାନରେ ପଡ଼ିବାରୁ ବାଟୋଇ ଚଙ୍ଗଚଙ୍ଗ ହୋଇ ଠିଆ ହୋଇ ସେହି ଦିଗକୁ ଅନାଇଲା । ନାଉରୀ କାନକୁ ଶବ୍ଦ ଯାଇନାହିଁ, ଏକମନରେ ଡଙ୍ଗା ବହୁଥିଲା । ଡଙ୍ଗା ଟଳଟଳ ହେବାରୁ ଡାକିଦେଲା, "ଆରେ ବସିପଡ, ବସିପଡ଼ ।" ବାଟୋଇର ଭାବ ଦେଖି ନାଉରୀ ମଧ୍ୟ ତୋଠ ଆଡ଼କୁ ଚାହିଁ କହିଲା, "ଓହୋ ଟପାଟା ହାବୁଡ଼ିଲା ଯେ ।" ଏହା କହି ଡଙ୍ଗାମଙ୍ଗ ଫେରାଇଦେଲା । ବାଟୋଇ ବ୍ୟାକୁଳ ହୋଇ କହିଲା, "ଏ ନାଉରୀ ଭାଇ, ଡଙ୍ଗା ଫେରାନା, ଫେରାନା, ମୋତେ ଆଗ ପାରି କରି ଦେ ।"

ନାଉରୀ କହିଲା, "ମଲା ଯା, ସରକାରୀ କଥା, ମୁଁ କଣ ଜେଲ୍ ଯିବି ?" ରାତ୍ର ଶେଷ, ଅଳ୍ପ ଅଳ୍ପ ଆଲୁଅ ପଡ଼ିଲାଣି । ନାଉରୀ ଦେଖିଲା ବାଟୋଇର ସର୍ବାଙ୍ଗ ରକ୍ତମୟ, ଲୁଗାରେ ରକ୍ତ, ହାତରେ ରକ୍ତ, ବୋକଚାରେ ରକ୍ତ । ଦୋଳରେ ଫଗୁ ଖେଳିଲାପରି ଲାଲ୍ ଟହଟହ ଦିଶୁଅଛି । ନାଉରୀ ଚମକିପଡ଼ି କହିଲା, "କ'ଣ ହେ ! ରକ୍ତ କାହୁଁ ଅଇଲା ? ତୁମେ କ'ଣ କାହାକୁ ମାରିଛ ?" ବାଟୋଇ ଚଞ୍ଚଳ ଗଣ୍ଠିରାଟି ଧରି, ନାଉରୀ ହାଁ ହାଁ କହୁ କହୁ ନଦୀକୁ ଡେଇଁପଡ଼ିଲା । ପନ୍ଦର କୋଡିଏ ହାତ ପହଁରି ଯାଉଁ ଯାଉଁ କାହୁଁ ଗୋଟିଏ ଗୋମୁହାଁ କୁମ୍ଭୀର ଆସି ଟପ୍ କରି ଧରିପକାଇଲା; ଗଣ୍ଠିରାଟି ଅଳ୍ପ ଦୂର ଭାସିଯାଇ ବୁଡ଼ିଗଲା । ଚାନ୍ଦିଆ ଚାହିଁଥାଏ । ଏ ଲୋକଟା କିଏ, କେଉଁଠାରୁ ଅଇଲା, କାହିଁ ଯାଉଥିଲା ?

ବୁଝିବାହେଲେ ପାଠକ ଅବଧାନ ! ଆମ୍ଭେମାନେ ହେଲୁ ଗ୍ରନ୍ଥକାର, ସୁତରାଂ ସର୍ବଜ୍ଞ । ଏହି ଯେ କୁମ୍ଭୀର ଲୋକଟାକୁ ଘେନିଗଲା, କିପାଇଁ ଘେନିଗଲା, କାହିଁ ଘେନିଗଲା, ତାହା ସହିତ ସଦ୍‌ବ୍ୟବହାର କଲା କି ଅସଦ୍‌ବ୍ୟବହାର କଲା, ଏ ସମସ୍ତ ଗୁପ୍ତ ବିଷୟ ଆମ୍ଭମାନଙ୍କୁ ଭଲ ଜଣା । ହେଲେ, ଚାନ୍ଦିଆ ବେହେରା କୌଣସି କାରଣରୁ ଏ କଥା ଅନେକ ଦିନ ପର୍ଯ୍ୟନ୍ତ ଲୁଚାଇଥିବାରୁ ଆମ୍ଭେମାନେ ପ୍ରକାଶ କରିବାକୁ

ନାରାଜ । ଲୋକଟା ଡଙ୍ଗାରୁ ପାଣିକି ଡେଇଁପଡ଼ିବା ବେଳେ ତାହା ଗଣ୍ଠିରିରୁ ଡେଙ୍ଗେ ଲମ୍ବ ବିଡ଼ାଏ ତାଳପତ୍ର ଡଙ୍ଗାରେ ପଡ଼ିଯାଇଥିଲା, ସେହି ବିଡ଼ାଟା ଚାନ୍ଦିଆ ପଲା ମଧ୍ୟରେ ଲୁଚାଇ ରଖିଥାଏ । କିଛିଦିନ ଉତ୍ତାରେ ଜଣେ ପଝାରି ଅବଧାନଙ୍କୁ ପଢାଇବାରେ ସେ ଖଣ୍ଡେ ପତ୍ରରୁ ଏହିପରି ପଢ଼ିଲେ-

ଶ୍ରୀ ଶ୍ରୀ ମୁକୁନ୍ଦ ଦେବଙ୍କ ସାତ ଅଙ୍କ କୁମ୍ଭ ମାସ କୃଷ୍ଣପକ୍ଷ ଦ୍ୱିତୀୟା ଦିନ ବେଳ ଦୁଇ ଘଡ଼ି ସମୟରେ ଗୋବିନ୍ଦପୁର ଜମିଦାର ରାମଚନ୍ଦ୍ର ମଙ୍ଗରାଜ ମହାଜନଙ୍କ ସୁସାକ୍ଷତକୁ ଏହି ଗ୍ରାମର ରହିବା ଲୋକ ତେଲୀପୁଅ ଶାମ ସାହୁର ଦେଲି ଗୁଜା । ଏ ନିମନ୍ତେ ଗୁଜା ଲେଖିଦେଲି କି, ମୋ ପୁଅ ଭୀମା ବିଭାଘରକୁ ଆପଣଙ୍କଠାରୁ ଦଶଟଙ୍କା କରଜ ନେଲି । ଆସନ୍ତା ଧନୁ ମାସରେ ମୋ ଖଳା ଉପରୁ ଆପଣଙ୍କ ଖମାର ଗଉଣୀରେ ଦାଣ୍ଡ ଭାଉ ପ୍ରମାଣେ ଧାନ ମାପିନେଇ ତହିଁ କଳନ୍ତରକୁ ଅଧା କି ମୂଳ ନଉତିକେ ଆଠ ବିଶ୍ୱା ପରିମାଣରେ ମାପିନେବେ । ଏ ପ୍ରମାଣ, ଏଥକୁ ସାକ୍ଷୀ ଚନ୍ଦ୍ର ସୂର୍ଯ୍ୟ ଦଶଦିଗପାଳ ।

ଚାନ୍ଦିଆ ବେହେରା ଡଙ୍ଗା ବାହିନେଲାବେଳେ ଢେର୍ ଦିନ ପର୍ଯ୍ୟନ୍ତ ଠିକ୍ ସେହି ସ୍ଥାନରେ ପାଣିକୁ ଥରେ ଅନାଏ ।

ପରିଚ୍ଛେଦ - ୨୪

ଖଣି ତଦାରଖ

ବେଳ ଅନୁମାନରେ ପହରେ କି ଛ'ଘଡ଼ି, ଆଜି ବର୍ଷା ନାହିଁ । ଗୋପୀ ସାହୁ ଦୋକାନୀ ଚିରା ଗଣ୍ଠିଳ କଳା କନାପରି ଗାମୁଛା ଖଣ୍ଡିଏ ମୁଣ୍ଡରେ ପକାଇ ଦୋକାନ ଟୋକେଇ କାନ୍ଧରେ, ହାତରେ କଞ୍ଚିଟା ଧରି ଦୋକାନକୁ ଆସିଲା । ଦୋକାନ ଫିଟାଇ ମେଲାଘରକୁ ଅନାଇ ଦେଲା । ଯାହା ଦେଖିଲା, ସେଥିରେ ତାକୁ ପ୍ରାୟ ଝାମ ମାରିଗଲାଣି, କାଠଟି ପରି ଛିଡ଼ାହୋଇଛି, ପାଟିରେ କଥା ନାହିଁ । କେବେ ଦେଖାନାହିଁ, କେବେ ଶୁଣା ନାହିଁ, ଗୋଟିଏ ସ୍ତ୍ରୀଲୋକ ଚାଳକୁ ଚାହିଁ ମରି ପଡ଼ିଛି । ଘରସାରା ରକ୍ତମୟ, ଖଲିପତ୍ରରେ ରକ୍ତ, ଚୁଲିମୁହଁରେ ରକ୍ତ, ଭାତହାଣ୍ଡିରେ ରକ୍ତ, ରକ୍ତ ପିଚକାରୀ ମାରି କାନ୍ଥ-ବାଡ଼ରେ ଝୋଟିଦେଲାପରି ହୋଇଯାଇଛି । ଗୋପୀ ଧାଇଁଯାଇ ଗାଁରେ କହିଲା । ଗାଁ ଲୋକ ଦେଖିବାକୁ ଧାଇଁଲେ ।

ଗାଁ ଛାଟିଆ ସନ୍ତିଆ ଜେନା ଫାଣ୍ଡିକୁ ଏତଲା ଦେବାକୁ ଧାଇଁଲା । ମକ୍ରାମପୁରରେ ବାଲାଗସ୍ତି ଫାଣ୍ଡି, ଗୋପାଳପୁରଠାକୁ ଦେଢ଼କୋଶ ଦୂର । ବେଳ ତିନି ପ୍ରହର ସମୟରେ ବାଲାଗସ୍ତି ଜମାଦାର ସେଖ ତୋରାବାଲ୍ଲି, ବରକନ୍ଦାଜ ପିତୁ ଖାଁ ଘଟଣା ସ୍ଥାନରେ ଆସି ଉପସ୍ଥିତ ହେଲେ । ସେଖ୍ ତୋରାବାଲ୍ଲି ଜଣେ ରବେୟା ହାକିମ । ଆଖପାଖ ଚାରିକୋଶରେ ତାଙ୍କ ନାମ ଶୁଣିଲେ ଲୋକେ ଥରନ୍ତି; ଗର୍ଭିଣୀ ଗାଈ ବାଟ ଛାଡ଼ିଦିଏ । ଜମାଦାର ସାହେବ ସରଜମିନରେ ଉପସ୍ଥିତ ହୋଇ ଦାଢ଼ି ଆଉ ନାକ ଘୋଡ଼ାଇ ଲାସ ମାଇନା କରିବାକୁ ଗଲେ । ଲାସ ଗୋଟିଏ ସ୍ତ୍ରୀଲୋକ, ପାଟ ଶାଢ଼ି ଖଣ୍ଡେ ପିନ୍ଧିଛି, ହାତରେ ବେକରେ ରୂପା ଓ ସୁନାର କେତେ ଖଣ୍ଡ ଅଳଙ୍କାର । ପଠାଣମାନେ କୁକୁଡ଼ା ଜଭେ କଲାପରି ତାହା ବେକକଟା ପାଖରେ ଖଣ୍ଡେ ରକ୍ତବୋଳା ଖୁର ପଡ଼ିଅଛି ।

ଲାସଟା କିଛି ପଚିଉଠିଲାଣି, ମହୁବସାରେ ମାଛି ବସିଲାପରି କାହାଣ କାହାଣ ମାଛି କଟା ଜାଗାରେ ବସିଅଛନ୍ତି ଏବଂ ଘର ସାରା ଭଣଭଣ ହୋଇ ଉଡୁଛନ୍ତି । ଲାସଟା ଚାରି ଆଙ୍ଗୁଳ ଜିଭ କାଢ଼ି ପକାଇ, କାମୁଡ଼ି, ଦାନ୍ତ ନିସିଡି ଦେଇଅଛି, ଚାଳକୁ ତରାଟି ଚାହିଁଅଛି, ବାଳ ମୁକୁଳା, ରକ୍ତରେ ଲଟପଟ । ଦୁଇ ପାଖରେ ଚାରି ଆଙ୍ଗୁଳି ବହଳରେ ରକ୍ତ ପଚି କାଳିଆ ପଡ଼ିଗଲାଣି; ସେଥିରୁ ଗୋଟାଏ ଉତ୍କଟ ଦୁର୍ଗନ୍ଧ ବାହାରୁଅଛି । ଗାଲ ଦୁଇଟା ଓଆଉପରି ଓ ପେଟଟା ଗୋଟାଏ ଓଳିଆପରି ଫୁଲିଗଲାଣି । ଦେଖାଗଲା, କୌଣସି ଲୋକ ତାହାର ବାଳ ଗୋଟାଏ ହାତରେ ଧରି, ମୁହଁ ଗୋଟାଏ ଗୋଡ଼ରେ ମାଡ଼ିବସି ଖୁରରେ ତା ବେକ କାଟିଅଛି । କଟାବେଳେ ସ୍ତ୍ରୀଲୋକଟା ଗୋଡ଼ ବାଡ଼େଇହେବାରୁ ଘର ଖୋଳି ହୋଇଯାଇଅଛି ।

ଦୁର୍ଗନ୍ଧ ଆଉ ଭୟଙ୍କର ମୂର୍ତ୍ତି ଯୋଗୁଁ ଜମାଦାର ବେଶି ବେଳଯାଏ ରହିପାରିଲେ ନାହିଁ । ବାହାରକୁ ବାହାରିଆସି ଆପଣା ଜ୍ଞାନବଳରେ ଠିକ୍ କଲେ, ଏ ମକଦ୍ଦମା ଖୁଣି, ଲେକିନ୍ ଡକାଇତୀ ନୁହେଁ । ଆଗେ ତ ଡକାଇତୀ ହୋଇଥିଲେ ଲାସ ଦେହରେ ଅଳଙ୍କାର ଥାନ୍ତା ନାହିଁ । ଜମାଦାରଙ୍କ ହୁକୁମରେ ଦୁଇଜଣ ହାଡ଼ି ଲାସ୍ ଗୋଡ଼ରେ ଦଉଡ଼ି ଲଗାଇ ଘୋଷାରି ଘୋଷାରି ଆଣି ନଈ ଆତଡ଼ାରେ ପକାଇଲେ । ଘୋଷାରି ଆଣିବାବେଳେ ତାହାର ପାଟଶାଢ଼ି ଖଣ୍ଡ ଲଙ୍ଗଳା କରି କାଢ଼ିନେବାରୁ ଲାସଟା ଆହୁରି ଭୟଙ୍କର ଦିଶିଲା । ସରକାରକୁ ଭେଜିବା ସକାଶେ ଲାସ୍ ଦେହରୁ ଅଳଙ୍କାରସବୁ ବାହାରକରାଇ ଜମାଦାର ଥଳିରେ ରଖିଲେ । କେବଳ ଗୋଡ଼ର କଂସାପାହୁଡ଼ ନ ବାହାରିବାରୁ ମେହେନ୍ତରମାନେ ଲାସ୍‌ର ଦୁଇ ଗୋଡ ଗୋଛି କୁରାଢିରେ ହାଣି ପାହୁଡ଼ ବାହାର କରି ଘେନିଗଲେ ।

ତହିଁ ଆରଦିନ ପ୍ରାତଃକାଳରୁ ମକଦ୍ଦମା ତଦାରଖ ଆରମ୍ଭ ହେଲା । ଆଖପାଖ ପାଞ୍ଚଖଣ୍ଡ ଗ୍ରାମରୁ ବରକନ୍ଦାଜ ଏବଂ ଚୌକିଦାରମାନେ ଯାଇ ଆସାମୀ ଗ୍ରେପ୍ତାର କରିଆଣିଲେ । ଜମାଦାର ସାହେବ ବରଗଛମୂଳରେ ବସି ମକଦ୍ଦମା ତଦାରଖ କରୁଅଛନ୍ତି, ତିନି ଚାରିଶ ଆସାମୀ ଧରାହୋଇ ଆସିଲେଣି; ମାତ୍ର ସମସ୍ତେ ଜମା ହୋଇନାହାନ୍ତି, ତଦାରଖ ଉତ୍ତାରେ ରୋକସୋତ୍ ହୋଇ ଯାଉଅଛନ୍ତି । ଆସାମୀ ଧରା ହୋଇ ଆସିଲେ ତାହାକୁ ଲାସ୍ ନିକଟରେ ବସାଇ ରଖାଯାଏ । ଲାସ୍‌ଟା ଫୁଲି ଚାରିଗୁଣ ମୋଟା ହୋଇଗଲାଣି, ଜିଭଟା ଗୋଟାଏ ସାନ କଦଳୀଭଣ୍ଡାପରି ଦିଶୁଛି, ଦୁର୍ଗନ୍ଧ କଥା ଛାଡ଼ । ଉଲଙ୍ଗ ସ୍ତ୍ରୀମୂର୍ତ୍ତି ତ ସତ, ଏହାର ଗୋଡ଼ପାପୁଲି ନାହିଁ, ଚାଲୁଥିଲା କିପରି ? ଏଟା କି ରାକ୍ଷସୀ ? ଆସାମୀମାନଙ୍କୁ ବହୁତ ବେଳଯାଏ ଲାସ୍ ନିକଟରେ ବସିବାକୁ ହୁଏ ନାହିଁ, ଦୁର୍ଗନ୍ଧ ଏବଂ ତ୍ରାସରେ ଶୀଘ୍ର ଜମାଦାରଙ୍କ ନିକଟରେ ହାଜର ହୋଇଯିବାକୁ

ହେଉଅଛି । ବରଗଛ ମୂଳରେ ଜମାଦାରଙ୍କ କଚେରି । ନଦୀବାଲିରେ ଦଶ ପନ୍ଦର ଗଣ୍ଡା ଶାଗୁଣା ଏକଧ୍ୟାନରେ ଅନାଇ ବସିଅଛନ୍ତି, କେତେଟା ଉଡିଆସୁଅଛନ୍ତି; ଦଶ ପନ୍ଦର ଗୋଟା ବିଲୁଆ କୁକୁର ଜମା ହୋଇଗଲେଣି, ଚାରି ଛ'ଟା କୁକୁର ଗୋଟାଏ ଗୋଡ଼ର ପାପୁଲି ସକାଶେ କାମୁଡ଼ାକାମୁଡ଼ି ଲଗାଇ ଅଛନ୍ତି । କିଛି ଦୂରରେ ଆଉ ଗୋଟାଏ ଗୋଡ଼ପାପୁଲିକୁ ସାତଟା ଶାଗୁଣା ଝିଙ୍କାଝିଙ୍କି କରୁଥିଲେ; ଗୋଟାଏ ବିଲୁଆ ଆସି ସେମାନଙ୍କ ନିକଟରୁ ଛଡ଼ାଇ ଘେନିଗଲା । ଶାଗୁଣାଗୁଡ଼ାକ ଅଣ୍ଟ ଘୁଞ୍ଚିଯାଇ ଡେଣା ମେଲାଇ ବସିଅଛନ୍ତି । ଚାରିଜଣ ହାଡ଼ି ନାକରେ ଲୁଗା ବାନ୍ଧି ଠେଙ୍ଗା କାନ୍ଧରେ ପକାଇ କୁକୁର ଶାଗୁଣା ଘଉଡ଼ାଉଅଛନ୍ତି । ଜମାଦାର ଅନେକ ଲୋକଙ୍କ ଇଜାହାର କଲମବନ୍ଦ କରିପକାଇଲେଣି ।

ଦୋକାନୀ ଗୋପୀ ସାହୁ ବୁଢ଼ା ଇଜାହାର ଦେଲା, "ଆଜ୍ଞା ମୋହର ତିନି କାଳ ଗଲାଣି, କାଳେ ଅଛି, ମୁଁ କି ଏ ବୟସରେ ମିଛ କହିବି ? ଆଜି ଏକାଦଶୀ, ଦାନ୍ତରେ ତିରଣ ଦେଇ ନାହିଁ, ଏହି ବିଷ୍ଣୁବୃକ୍ଷ ମୂଳରେ ସତ୍ୟ କହୁଛି, ମୁଁ ଏ ମାମଲା କଥା କିଛି ଜାଣେ ନାହିଁ । ଛମାସ ହେଲା ଘରେ ବାଥିକି ପଡ଼ିଛି, ଦୋକାନକୁ ଆସିନାହିଁ ।"

ନାଉରୀ ଚାନ୍ଦିଆ ବେହେରା ଇଜାହାର ଦେଲା- "ବରଷା ଆଉ ତୋଫାନ ହେବାରୁ କେହି ନଈ ପାରି ହେଉନାହାନ୍ତି, ଚାରିଦିନ ହେଲା ନଈକୂଳକୁ ଆସିନାହିଁ ।" ଏହିପରି ଗ୍ରାମର ଅନେକ ଲୋକଙ୍କଠାରୁ ଇଜାହାର ନିଆଗଲା ।

ବେଳ ବୁଡ଼ିଆସିଲାଣି, ଗ୍ରାମରେ ଆଉ କେହି ଲୋକ ନାହାନ୍ତି । ସମସ୍ତଙ୍କଠାରୁ ତଦାରଖ୍ ସରିଲାଣି । ମକଦ୍ଦମା କାଲି ପର୍ଯ୍ୟନ୍ତ ରଖାଯିବ କି ଆଜିରେ ଖତମ କରାଯିବ, ଜମାଦାର କରକନ୍ଦାଜ ଦୁଇ ଜଣ ବସି ବିଚାର କରୁଅଛନ୍ତି । ଏହି ସମୟରେ ଗଛଡ଼ାଳରୁ ଗୋଟାଏ ଶଙ୍ଖଚିଲ ପୋଖରୀପାଣି କରିଦେବାରୁ ଜମାଦାରଙ୍କ ଦାଢ଼ିର ଅଧାଅଧି ଧଳା ହୋଇଗଲା । ତୋବା ତୋବା କହି ଜମାଦାର ଉଠିପଡ଼ିଲେ । ଚିଲମାନଙ୍କୁ ଅନାଇ କମବଖତ୍, ବେକୁବ୍, ହାରାମଜାଦା ବୋଲି କ୍ରୋଧରେ ଗାଳିଦେବାକୁ ଲାଗିଲେ । ଚୌକିଦାରମାନେ ମଧ୍ୟ ଗାଳି ଦେଇ ଚିଲମାନଙ୍କୁ ଟେକା ମାରିବାକୁ ଲାଗିଲେ । ଜମାଦାରଙ୍କ ଲମ୍ବା ଦାଢ଼ି ପରିଷ୍କାର କରିବାକୁ ତିନି ବଦନା ପାଣି ଲାଗିଲା ।

ଜମାଦାର ମାମଲା ଖତମ କରିବାକୁ ବସି ଲୋକମାନଙ୍କୁ କହିଲେ, "ଦେଖ, ଏହି ଲୋକ କିଏ ଜଣାନାହିଁ, ବୋଧହୁଏ ଯାତ୍ରୀ । ଏହାକୁ କେହି ଖୁଣ୍ କରି ନାହିଁ; ଏ ସାପକାଟି ।" ଗୋପୀ ସାହୁ ଦୋକାନୀ ଆଗକୁ ଆସି ସାକ୍ଷ୍ୟ ଦେଲା- "ଧର୍ମାବତାର, ଏଠାରେ ସାପର ଭାରି ଉପଦ୍ରବ, ନଈବଢ଼ିରେ କାହୁଁ ଭାସି ଆସି ହଜାର ହଜାର ସାପ

ଏଠି ଅଛନ୍ତି । ସାପ ଭୟରେ ଗ୍ରାମ ଭାଙ୍ଗିଗଲା । ମୁଁ କାଲି ଦୋକାନକୁ ଆସିଥିଲି, ଗୋଟାଏ ଲମ୍ବ କୋଳଥିଆ ନାଗ ବୁଲୁଥିଲା, ମୁଁ ଭୟରେ ପଳାଇଲି ।”

ଛାଟିଆ ମୁଟୁରୁ ମଳିକ କହିଲା, “ଧର୍ମାବତାର, ଏଠେଇଁ ଅନେକ ସାପ । ମୁଁ ସେଦିନ ହଜୁରକୁ ଏହି ବାଟେ ଯାଉଥିଲି । ଏହି ଗଛମୂଳରେ ପନ୍ଦରଟା ନାଗସାପ ଶୋଇଥିଲେ, ମୁଁ ଦେଖି ପଳାଇଗଲି ।”

ଗତ ପରଦିନ ରାତ୍ରରେ ସ୍ତ୍ରୀଲୋକଟା ଘର ମଧ୍ୟରେ ଶୋଇଥିବା ସମୟରେ ଦୁଆରେ ଗୋଟାଏ ତମ୍ପସାପ ବୁଲୁଥିବା ବିଷୟରେ ମୁଗପୁର ମୌଜାର ଛାଟିଆ ବୁଧେଇ ଧପଟ ସିଂ ସାକ୍ଷ୍ୟ ଦେଲା ।

ଜମାଦାର ସମସ୍ତଙ୍କର ସାକ୍ଷ୍ୟ କଲମବନ୍ଦ କରି ଗୋଟିଏ ପଶ୍ଚିମା ଭିକାରୁଣୀ ଯାତ୍ରୀ ଗ୍ରାମରେ ଭିକ୍ଷା କରି ଖାଉଥିବା ଓ ତାହାକୁ ଗତ ପରଦିନ ରାତ୍ରରେ ଗୋପାଳପୁର ମୌଜାରେ ସାପକାଟି ହୋଇଥିବା ଓ ଲାସ ଦେହରେ ସାପକାମୁଡ଼ା ଚିହ୍ନ ଜାହେର ଥିବା ଏବଂ ଏହାର ମୃତ୍ୟୁ ବିଷୟରେ ଅନ୍ୟପ୍ରକାର ସକ୍ କିମ୍ବା ଦାବିଦାବା ନ ଥିବା ଏକ ରିପୋର୍ଟ କେନ୍ଦ୍ରାପଡ଼ା ଥାନା ଦାରୋଗା ନିକଟକୁ ପଠାଇ ମାମଲା ଖତମ୍ କଲେ । ଦାରୋଗା ଏବଂ ମୁନ୍‌ସିଙ୍କ ରୋସମ ସହିତ ରିପୋର୍ଟ ପୁଲିନ୍ଦା ଥାନାକୁ ପଠାଗଲା । ଜମାଦାରଙ୍କ ହକୁମ ଅନୁସାରେ ଚାରିଜଣ ହାଡ଼ି ଲାସ୍ ବେକରେ ଦଉଡ଼ି ଲଗାଇ ଭିଡ଼ି ନେଇ ନଦୀରେ ଭସାଇ ଦେଲେ । ନାଉରୀ ଚାନ୍ଦିଆ ବେହେରା ଦେଖିଲା, ଲାସ୍‌ଟା ନଦୀରେ ଭାସି ଯାଉ ଯାଉ ଯେଉଁଠାରେ ବାଟୋଇଟାକୁ କୁମ୍ଭୀର ଧରିଥିଲା, ଠିକ୍ ସେହି ସ୍ଥାନରେ ତାକୁ ଗୋଟାଏ କୁମ୍ଭୀର ଧରି ଘେନିଗଲା ।

ଜମାଦାର ଡଙ୍ଗାପାର ହେଉ ହେଉ ବରକନ୍ଦାଜକୁ କହିଲେ, “ଦେଖ, ଏଡ଼େ ମାମଲାଟାରେ ଦୁଇଶ ମଧ୍ୟ ପୂରା ହେଲା ନାହିଁ ।” ବରକନ୍ଦାଜ କହିଲା, ‘ଖୋଦା ମାଲିକ, ଯୋ ହୁକୁମ ହୁଆ ।”

ଗୋପୀ ସାହୁ ସେହି ଦିନଠାରୁ ଆଉ ଦୋକାନକୁ ଯାଇନାହିଁ । କାର୍ତ୍ତିକ ତିନିଦିନିଆ ଲଗାଣରେ ଘର ପଡ଼ିଗଲା; ସେ ବାଟଟା ମଧ୍ୟ ପଡ଼ିଗଲା । ଚାନ୍ଦିଆ ବେହେରା ଅଧକୋଶେ ତଳକୁ ହରିପୁର ପାଖରେ ନାଆ ପକାଇଲାଣି । ରାତି ତ ରାତି, ଦିନରେ ମଧ୍ୟ ଭୟରେ ସେଠାକୁ କେହି ଯାନ୍ତି ନାହିଁ । ସେହି ବରଗଛରେ ଗୋଟାଏ ବଡ଼ ପେତୁଣୀ ବସି ଡାଳ ଦୋହଲାଏ, ମଧ୍ୟ ସେହି ପେତୁଣୀଟା ଖରାବେଳେ ନଦୀବାଲି ଉଡ଼ାଇ ଖେଳୁଥିବାର ଅନେକ ଲୋକ ଦେଖିଲେଣି । ଗୋପାଳପୁର ତୁଠର ଆଉ ନାମ ନାହିଁ । ଲୋକେ କହନ୍ତି ପେତୁଣୀପଦା ।

ପରିଚ୍ଛେଦ-୨୫

ମଙ୍ଗରାଜ-ଘରର ହାଲଚାଲ

ଛ ମାଣ ଆଠଗୁଣ୍ଠ କ'ଣ ? କଥିତ ଅଛି, ପୃଥିବୀର ବିଖ୍ୟାତ ମଣି କୋହିନୂର ଯାହାଠାରେ ରହେ, ତାହାର ବଂଶ ନାଶ କରିଦିଏ । ଆଲ୍ଲାଉଦ୍ଦିନ ଠାରୁ ରଣଜିତ୍ ସିଂହ ପର୍ଯ୍ୟନ୍ତ ତାହାର ଜାଜ୍ୱଲ୍ୟମାନ ପ୍ରମାଣ; ମାତ୍ର ସେହି ମଣି ଆମ୍ଭମାନଙ୍କର ପୂଜନୀୟା, ମହାମାନ୍ୟା ପ୍ରତ୍ୟକ୍ଷ କମଳା ସ୍ୱରୂପା ଶ୍ୱେତଦ୍ୱୀପବାସିନୀ ଭାରତେଶ୍ୱରୀଙ୍କ ଶିରୋଭୂଷଣ ହେବା ଦିନଠାରୁ ଇଂଲଣ୍ଡର ମହିମା ଦିନକୁ ଦିନ ପୃଥିବୀ ବ୍ୟାପୁଅଛି । ଅନ୍ୟର ପ୍ରାଣନାଶକାରୀ ବିଷ ଦେବାଧିଦେବ ଉମାପତିଙ୍କ କଣ୍ଠସ୍ଥ ହୋଇ ତାଙ୍କର ମହାଦେବତ୍ୱ ପ୍ରକାଶ କରୁଅଛି । ସାର କଥା, ଉପଯୁକ୍ତ ଦ୍ରବ୍ୟ ଉପଯୁକ୍ତ ସ୍ଥାନରେ ନ୍ୟସ୍ତ ହେଲେ ଜଞ୍ଜାଳର କାରଣ ହୁଏନାହିଁ । ତେତେବଡ଼ କଥା ଛାଡ଼ିଦିଅ, ନିହାତି ସାନରୁ ସାନ ଆମ୍ଭମାନଙ୍କ ଛ ମାଣ ଆଠଗୁଣ୍ଠ କଥା ଦେଖ । ଲୋକମାନେ କହନ୍ତି, ଗୋବିନ୍ଦପୁର ଗାଁ ତଳଚକ ଛ ମାଣ ଆଠଗୁଣ୍ଠ ଜମି ପରି କଳିନ୍ଦ ଆଉ ନାହିଁ; ମାତ୍ର ଜମିଟା ଘରବୁଡ଼ା । ବାଘସିଂହ ବଂଶଟା ଲଣ୍ଡଭଣ୍ଡ ହୋଇଗଲା । ସାରିଆ ତ ଧନ-ପ୍ରାଣରେ ଗଲା, ମଙ୍ଗରାଜ ବଂଶକଥା ତ ଦାଣ୍ଡରେ ପଡ଼ିଅଛି । ଜମିଟା ନେବାର ଛ'ମାସ ଛ ପକ୍ଷ ଯାଇନାହିଁ, ଦଶାଟା ଦେଖ ।

ମଙ୍ଗରାଜ କଟକ ଯିବାର ଚତୁର୍ଥ ଦିନ ସକାଳେ ଦେଖାଗଲା, ଗନ୍ତାଘର ଚାରିଜାଗା ଆଣ୍ଠୁଏ ଖୋଳା । ସେହିଦିନ ସକାଳୁ ଗୋବିନ୍ଦା ଆଉ ଚମ୍ପା ଉଆସ ମଧ୍ୟରେ ଦିଶୁନାହାନ୍ତି । ସେ ଦୁଇଜଣ ଆଗଲି ପିଛିଲି ହୋଇ କଟକ ଦାଣ୍ଡ ପଦ୍ମପୁର ଗହୀରରେ ଯାଉଥିବାର ଲୋକେ ଦେଖିଆସି ଗ୍ରାମରେ କହିଲେ । ପୁଅମାନେ ବାପ ଭୟରେ ଶଙ୍କି ରହିଥିଲେ, ଏତେବେଳେ ପୋ-ବାର ପଡ଼ିଯାଇଅଛି । ବଡ଼ପୁଅଙ୍କର ଆଗରୁ

କିଛି ବାତୁଲ ଛିଟା ଥିଲା, ବର୍ତ୍ତମାନ ଦିନରାତି ଗଞ୍ଜେଇ ଭିଡ଼ି ଭିଡ଼ି ସାଫ୍ ବାୟା ହୋଇଗଲେଣି । ମଝିଆଁ ଆଉ ସାନ ପୁଅଙ୍କର ନାକ ପୋଛିବାକୁ ତର ନାହିଁ । ମକର ସଂକ୍ରାନ୍ତି ମୁଣ୍ଡ ଉପରେ, ଗୋବରା ଚଢ଼େଇଧରାରେ ଲାଗି ଅଛନ୍ତି, ଦିନରାତି ଧାନ ବିକା ଲାଗିଛି ।

ଆଜି ଗାଁରେ ଚହଲ ପଡ଼ିଛି, ମଙ୍ଗରାଜଙ୍କ ଘରଦ୍ୱାର ନିଲାମ ହେବ । ବେଳ ଅନ୍ଦାଜ ଛ ଘଡ଼ି, ପୋଲିସ ଜମାଦାର, ବରକନ୍ଦାଜ, ଛାଟିଆ ଏପରି ଆଠ ଦଶ ଜଣ ମଙ୍ଗରାଜଙ୍କ ଉଆସ ଦୁଆରେ ଉପସ୍ଥିତ ହେଲେ । ଜଜ୍ ସାହେବ ମଙ୍ଗରାଜଙ୍କୁ ହଜାରେ ଟଙ୍କା ଜରିମାନା କରିଥିଲେ, ଚଳନ୍ତି ସମ୍ପତ୍ତି ନିଲାମ ହୋଇ ଟଙ୍କା ଅସୁଲ ହେବ । ଜମାଦାର ଘରେ ପଶି ମାଲମତାଗୁଡ଼ାକ ବହିଆଣି ଦାଣ୍ଡରେ ଜମା କରୁଅଛନ୍ତି । ବଣିବସାରେ ଢେମଣା ପଶିଲାପରି ବୋହୂ ଭୁଆସୁଣୀଗୁଡ଼ାକ ଘରୁବାହାରି ଯାଇ ଉଆସ ପଛ ତୋଟାରେ କାଉଳି ହେଉଛନ୍ତି । ପୁଅ କେହି ଘରେ ନାହାନ୍ତି । ଛାମୁକରଣ କଣ କହିବାକୁ ଯାଉଥିଲା, ଜମାଦାର ଆଖି ଦେଖାଇବାରୁ ତୁନିହୋଇ ଗାଲରେ ହାତଦେଇ ପିଣ୍ଡାରେ ବସିପଡ଼ିଅଛି । ମୁକୁନ୍ଦା ସମସ୍ତଙ୍କ କଥାରେ 'ହୋଇ ଆଜ୍ଞା, ହୋଇ ଆଜ୍ଞା' କହି ଲଣ୍ଡଭଣ୍ଡ ହେଉଛି ।

ଦାଣ୍ଡରେ ମାଲମତାଗୁଡ଼ାକ ନିଲାମ ହେଲା । ନିଲାମ ତ ନିଲାମ, ଦି'ପାଣିଆ ବଳଦ ହଳକର ଦାମ୍ ସାଢ଼େଚାରି କି ପାଞ୍ଚଟଙ୍କା କେବେ କିଏ ଶୁଣିଥିଲା ? ଦୁହାଁଳ ଗାଈଗୁଡ଼ାକ ଟଙ୍କାଏ ଟଙ୍କାଏ, ଦି'ବରଷିଆ ଛଡ଼ା ତା ସାଙ୍ଗେ ସାଙ୍ଗେ । ପ୍ରଥମେ ପ୍ରଥମେ ନିଜ ଗାଁ ଲୋକ ନିଲାମ ଡାକୁ ନ ଥିଲେ, ଦାମ୍ ଦେଖି ପଛକେ ଗୋଟାକ ଉପରେ ଗୋଟାଏ ପଡ଼ିଲେ । ଜମାଦାର ତ ନିଲାମ କରି ଟଙ୍କା ଘେନିଗଲା; ବାକି ଯେ ଗାଈ ବଳଦଗୁଡ଼ାକ ଥିଲେ, ଏ ବିଲ ସେ ବିଲ, ଏ ଦାଣ୍ଡ ସେ ଦାଣ୍ଡ ଲଣ୍ଡଭଣ୍ଡ ହେଉଛନ୍ତି, ଆୟତିବାକୁ କେହି ନାହିଁ । ବଙ୍ଗଳା ଗୋଆଲା ଗୋଠରେ କେତେ ଗଲେଣି, କେତେ ବଣା ହୋଇ ଆଉ ଆଉ ଗ୍ରାମରେ ଉଠୁଅଛନ୍ତି । ହଳିଆମାନେ ଦୁଇ ଦୁଇ ବରଷର ବରତନ ପାଇ ନ ଥିଲେ । ଶୁଣାଯାଏ ତୋଟା, ନଡ଼ିଆ ବଗିଚା, ଗୋରୁଗାଈରୁ ସେମାନେ ଅସୁଲ କରି ନେଉଛନ୍ତି ।

ତୁଳ ଅଧାଅଧି ହେଲାଣି, ଆଶୁଧାନ ଶୁକ୍ରବାର ହୋଇନାହିଁ । ପାଣ ହଳିଆଗୁଡ଼ାକ ପଳାଇଗଲେଣି, ଖାଲି ପଳେଇବା ନୁହେଁ, ଗୋରୁ ଲାଙ୍ଗୁଡ଼ ଧରି ପାର ।

ଗାଁର ତିଳପରି କଥାଟା ହାଟରେ ତାଳପରି ଫୁଲିଯାଏ, ସେ କଥାଟା ଏକା ସତ । ଚାରିଆଡ଼େ କଥା ବାଜିଛି, ଜଜ୍‌ସାହେବ ମଙ୍ଗରାଜଙ୍କ ହାତରୁ ତାଲୁକ ଛଡ଼ାଇନେଇ ଜଣେ ଓକିଲକୁ ଦେଲେ । ସେ ଓକିଲ ଆସନ୍ତା ମକର ସଂକ୍ରାନ୍ତି ଦିନ

ଦୁଇଶ ପାଇକ ଘେନି ପାଞ୍ଚଟା ଘୋଡ଼ା, ଦୁଇଟା ସବାରିରେ ଚଢ଼ି ଗାଁ ଦଖଲ କରିବାକୁ ଆସିବ । ପ୍ରାଜାମାନେ ଶୁଣି କହିଲେ, "ଘୋଡ଼ାରେ ତୋତେ ଚୋର ନେବ, ନା ସେଠି ଦାନାପାଣି ଏଠି ଦାନାପାଣି । ଯେ ରାଜା ହେବ, ତାର ପ୍ରଜା ହେବୁ, ଆପଣା ଗଣ୍ଡାକ କିଏ ଛାଡ଼ିବ ।" ମାତ୍ର ଦୁଷ୍ମନପକ୍ଷିଆ ଲୋକମାନେ ଭାରି ଖୁସି । ଆପଣା ଅସୁଲ ତ ଥାଉ, ଡରରେ ଲାଜରେ ମଙ୍ଗରାଜଙ୍କ ପାଇକ ଗାଁରେ ଛିଡ଼ା ହୋଇପାରୁ ନାହାନ୍ତି । ବେଗଡ଼ା ଲୋକେ ପାଇକମାନଙ୍କୁ ଦେଖିଲେ ଗଛପତ୍ରକୁ ଲଗାଇ ଦୁଇପଦ କଥା ଶୁଣାଇଦିଅନ୍ତି ।

ପରିଚ୍ଛେଦ-୨୬

ବାବାଜି ଲଳିତା ଦାସ

ଗଲାକାଲିଠାରୁ ଗାଁରେ ଭାରୀ ଗୋଟାଏ ଚହଳ ପଡ଼ିଛି । ହାଟବାଟ, ଗାଧୁଆତୁଠ, ହାଣ୍ଡିଶାଳ, ଢେଙ୍କିଶାଳ, ଯେଉଁଠାକୁ ଯାଅ ଶୁଣ ସେହି କଥା । କେଉଁଠାରେ ତୁନି ତୁନି କଥା ଚାଲିଛି, କେହି ପାଟିକରି କହୁଛି । କେହି ଜଣେ କୁହାଳିଆ ହାତ ହଲାଇ, ମୁଣ୍ଡ ହଲାଇ କଥା ମେଲିଛି, ପାଞ୍ଚଜଣ ବସି ଥିର ମନରେ ଶୁଣୁଛନ୍ତି । କଥାଟା ତ ନାନା ରୂପ ଧାରଣ କରିଚାଲିଛି । ଆମ୍ଭେମାନେ ତାହାର ସାରାଂଶ ଆପଣଙ୍କୁ ଶୁଣାଇବୁ ।

ମଙ୍ଗରାଜେ କଟକ ଯିବା ସାତଦିନଠାରୁ ପୁରୀକ୍ଷେତ୍ରର ଗୋଟିଏ ବାବାଜି ଆସି ଗୋବିନ୍ଦପୁରର ଭାଗବତଘରେ ମଠ କରିଛନ୍ତି । ବାବାଜିଙ୍କ ନାମ ଲଳିତା ଦାସ, ବୟସ ଅଧୋଡ଼ା, ବର୍ଣ୍ଣ ଶ୍ୟାମଳ, ଦେହଟା ଥାକୁଲ-ଥୁକୁଲ, ମୁଣ୍ଡଟି ଲଣ୍ଡା, ମଝିରେ ତରବୁଜ ଡେମ୍ଫପରି ଚୁରୁକି, ବେକରେ ମୋଟା ମୋଟା ତୁଳସୀ କଣ୍ଠି ପାଞ୍ଚଫେରା ବସିଛି । ବାବାଜି ମୁହଁ ଅନ୍ଧାରରୁ ଉଠି ପ୍ରାତଃସ୍ନାନ ସାରି ନାସାର୍ଦ୍ଧରୁ କେଶ ପର୍ଯ୍ୟନ୍ତ ଚିତା ଆଉ ଡେଡ୍ ଲେଟର ଅଫିସରୁ ବେରିଂ ଚିଠି ବାହୁଡ଼ିଲା ପରି ସର୍ବାଙ୍ଗରେ ଛପା ଲଗାଇ ହରିନାମ ଶୁଣାଇବା ସକାଶେ ଗ୍ରାମକୁ ବାହାରନ୍ତି । ପରିଧାନ କୌପୀନ, ତାହା ଉପରେ ବହିର୍ବାସ, ପିଠିରେ ନାମାବଳୀ, ହାତରେ ଝୁଲି । ବାବାଜି ଗ୍ରାମରେ ବୁଲି ଲୋକମାନଙ୍କୁ ହରିନାମ ଶୁଣାନ୍ତି, ସନ୍ଧ୍ୟା ସମୟରେ ଖଞ୍ଜଣି ବଜାଇ କୀର୍ତ୍ତନ ଗାନ୍ତି, ତହିଁ ଉତ୍ତାରେ ଚୈତନ୍ୟ ଭାଗବତ ପାଠ । ସନ୍ଧ୍ୟା ସମୟରେ ଭାଗବତଘରେ ଭାରୀ ବୈଠକ ହୁଏ, ଗ୍ରାମର ବୁଢ଼ାଭଲିଆ ଦଶ ବାର ଜଣ ତନ୍ତୀ ଭେକନେବାର କଥା ହେଲାଣି । ବାବାଜିଟି ଭାରି ନିର୍ଲୋଭ, କେହି କିଛି ଦେଲେ, "ହରେ କେଷ୍ଟ, ହରେ କେଷ୍ଟ" କହନ୍ତି । ଏପରି ସାଧୁ କେବେ କାହିଁ ଦେଖାନାହିଁ । ଆଜକୁ ଦୁଇ ଦିନ

ହେଲା ବାବାଜି କାହିଁ ଅନ୍ତର୍ଦ୍ଧାନ ହୋଇଗଲାଣି; ସାଙ୍ଗେ ସାଙ୍ଗେ ମଙ୍ଗରାଜଙ୍କ ଉଆସର ମରୁଆକୁ ଖୋଜାପଡ଼ିଛି । କେହି କେହି କହନ୍ତି, ସେ ବାବାଜି ସାଙ୍ଗରେ ବୃନ୍ଦାବନଧାମକୁ ଚାଲିଗଲା । ବାସ୍ତବରେ ସେ ଯଦି ସାଧୁ ସହବାସରେ ତୀର୍ଥଯାତ୍ରା ଉଦ୍ଦେଶ୍ୟରେ ବାହାରିଯାଇଥାଏ ତେବେ ଆମ୍ଭେମାନେ ତାହର ଚରିତ୍ର ବିପକ୍ଷରେ କୌଣସି ମନ୍ତବ୍ୟ ପ୍ରକାଶ କରିବାଦ୍ୱାରା ସାଧୁ ଏବଂ ସାଧ୍ୱୀଙ୍କର ନିନ୍ଦାଜନିତ ମହାପାତକ ଅର୍ଜନ କରିବାକୁ ଅନିଚ୍ଛୁକ । କେବଳ ଗୋଟାଏ କଥା ଶୁଣିବାବେଳୁ ମନଟା କିପରି ଗୁଡ଼େଇପୁଡ଼େଇ ହେଉଛି । ମରୁଆ ସାନବୋହୂଙ୍କର ଭାରି ବିଶ୍ୱାସୀ ଥିଲା, ସବୁବେଳେ ତାଙ୍କରି ପାଖରେ ଥାଏ । ମରୁଆ ସହିତ ସାନବୋହୂଙ୍କ ବାକ୍ସରେ ଥିବା ଅଳଙ୍କାରଗୁଡ଼ିକ ମଧ୍ୟ ମିଳୁନାହିଁ । ବାପଘରୁ ଏବଂ ଶାଶୂଘରୁ ବିଭା ସମୟରେ ମୁହଁଚାହାଣି ଯାହା ନଗଦ ଟଙ୍କା ପାଇଥିଲେ, ତାହା ମଧ୍ୟ ବାକ୍ସରେ ଥିଲା । ବାକ୍ସ ମେଲା ହୋଇ ପଡ଼ିଛି, ପଦାର୍ଥ କିଛି ନାହିଁ । ସମସ୍ତେ ମାଲ ସହିତ ମରୁଆର ସମ୍ପର୍କ ରଖି କଥା କହୁଛନ୍ତି । ସାନବୋହୂ ତ ସାଫ୍ ଡକା-ପାଡୁଛନ୍ତି । ସମସ୍ତେ ଡକାପାଡ଼ି ତୁନିହେଲେ, ମରୁଆକୁ ଖୋଜିବାକୁ କିଏ ଯାଉଛି ?

ଯେଉଁ ଦୁଆରେ ଦିନ ନାହିଁ, ରାତି ନାହିଁ, ଲୋକ ଯିବା ଆସିବା ଗହଳ ଲାଗିଥିଲା, ସେ ଦୁଆରେ ଦୂବ ମାଡ଼ିଗଲାଣି ।

ସାର କଥା, କେତେଟା ମାସ ମଧ୍ୟରେ ସମ୍ପତ୍ତି, ଗୌରବ, ଆଧିପତ୍ୟ ସବୁ ଛାରଖାର ହୋଇଗଲାଣି ।

"ନିର୍ଜଗାମ ଯଦା ଲକ୍ଷ୍ମୀଃ
ଗଜଭୁକ୍ତକପିତ୍ଥବତ୍ ।"

ପରିଚ୍ଛେଦ-୨୭

ଅପୂର୍ବ ମିଳନ

ମନୁଷ୍ୟ ଆପଣା କର୍ମଫଳ ଭୋଗକରେ । ତୁମ୍ଭେ ଭଲ ଅବା ମନ୍ଦ ଯେପରି କର୍ମ କରିବ, ତହିଁର ପ୍ରତିଫଳ ଅବଶ୍ୟ ତୁମ୍ଭଙ୍କୁ ଭୋଗ କରିବାକୁ ହେବ । ହେ ବୁଦ୍ଧିମାନ୍ ! ତୁମ୍ଭେ ଅତି ନିର୍ଜନରେ, ଅତି ସାବଧାନରେ କିଛି କର୍ମ କରି ମନେକରୁଛ, ମନୁଷ୍ୟର ଦୃଷ୍ଟିରେଖାର ଅନ୍ତରାଳରେ ରହିଛ । ଭୂମିରେ ଗୋଟିଏ କ୍ଷୁଦ୍ର ବୀଜ ପୋତିବା ବେଳେ କେହି ଦେଖେ ନାହିଁ ସତ୍ୟ, ମାତ୍ର ସେଥିରୁ ଜାତ ବୃକ୍ଷର ମନୁଷ୍ୟ ନେତ୍ର ଅତିକ୍ରମ କରିବାର ଉପାୟନାହିଁ । ପୁଣି ତୁମ୍ଭେ ଯେଉଁ ବୃକ୍ଷ ରୋପଣ କଲ, ତାହାର ଫଳ ତୁମ୍ଭଙ୍କୁ-କଦାଚିତ୍ ବଂଶପରମ୍ପରାକୁ ଭୋଗ କରିବାକୁ ହେବ । ହେ ବଳବାନ୍, ଧନବାନ୍, ଗର୍ବିତ ! ତୁମ୍ଭେ ଯାହାକୁ ଅତି ସାମାନ୍ୟ ଲୋକବୋଲି ତୁଚ୍ଛଜ୍ଞାନ କରୁଛ, ଦିନେ ତାହାରିଦ୍ୱାରା କି କାର୍ଯ୍ୟ ସାଧିତ ହୋଇପାରେ, ତୁମ୍ଭେ ତାହା ଜାଣ ନାହିଁ । ବଙ୍ଗ, ବିହାର, ଓଡ଼ିଶାର ସୁବାଦାର ଗୋଟିଏ ସାମାନ୍ୟ ଫକୀର ପ୍ରତି ଅତ୍ୟଚ୍ୟାର କରି ରକ୍ଷା ପାଇପାରି ନାହାନ୍ତି । ଶିଖଗୁରୁ ଗୋବିନ୍ଦ ଜଣେ ସାମାନ୍ୟ ମୁସଲମାନର ଉପକାର କରି ପ୍ରାଣସଙ୍କଟ ଘୋର ବିପଦରୁ ରକ୍ଷା ପାଇଥିଲେ । ସେ ଐତିହାସିକ ବଡ଼ ବଡ଼ କଥା ଛାଡ଼ିଦିଅ । ବାଘସିଂହ ଘରେ ଚୌକିଆ ଥିବା ହେତୁରୁ ରତନପୁରର ଯେଉଁ ଡମମାନଙ୍କୁ ଆମ୍ଭମାନଙ୍କ ମଙ୍ଗରାଜେ ଚକ୍ରାନ୍ତ କରି ଜେଲ୍ ଦିଆଇଥିଲେ, ଘଟନାସୂତ୍ରରେ ଆଜି ସେହିମାନଙ୍କ ହାତରେ ଲାଞ୍ଛନା ଭୋଗକରିବାକୁ ହେଲା ।

ରତନପୁର ମୌଜାର ଡମମାନେ ପ୍ରଥମ ଦିନ ମଙ୍ଗରାଜଙ୍କୁ ଜେଲଖାନାରେ ଦେଖି-ସଙ୍ଗାତ ତ ଅଇଲେ-ଶଶୁର ଅଇଲେ-ସାଆନ୍ତେ ଅଇଲେ-କହି ହସି ହସି ଟାପରା କରି ତାଙ୍କୁ ଦଣ୍ଡବତ କରିଥିଲେ । କେହି ଜଣେ ଧନବନ୍ତ ବଡ଼ଲୋକ ଜେଲ୍ ଗଲେ,

ପୁରୁଣା ସରଦାର କଏଦୀମାନେ କିଛି ପାଇବା ଆଶାରେ ତାହାପ୍ରତି ଅତ୍ୟାଚାର କରିଥାନ୍ତି । ମଙ୍ଗରାଜେ ରତନପୁରିଆଙ୍କ ସାଙ୍ଗରେ ଘଣା ପେଲିବା ସମୟରେ ତାଙ୍କ ଉପରେ ଗୋଇଠାଟାଏ ଖୁନ୍ଦାଟାଏ ବାଜିଯାଉଥାଏ ।

ଆମ୍ଭେମାନେ ଗୋଟିଏ କଥା କହିବାକୁ ଭୁଲିଯାଇଛୁ । ମିଥ୍ୟା ସାକ୍ଷ୍ୟ ଦେବା ଅପରାଧରେ ଗୋବରା ଜେନାର କଠିନ ପରିଶ୍ରମ ସହିତ ଏକବର୍ଷ ମିଆଦ ହୋଇଯାଇଛି ।

ଦିନ କାହାରିକୁ ଅନାଇ ବସି ରହେନାହିଁ । ଚିରକାଳ ସମାନଭାବରେ ଦିନ ରାତି ବହିଯାଉଛି । ମଙ୍ଗରାଜେ ଘଣା ପେଲୁଛନ୍ତି ବୋଲି ଯେ ଦିନ ଅଟକି ରହିବ, ଏମନ୍ତ କିଛି ନୁହେଁ । ଲୋକେ କହନ୍ତି, 'ସୁଖର ଦିନ ଘୋଡ଼ାରେ ଧାଏଁ; ଦୁଃଖର ଦିନ ହାତୀରେ ଚଢ଼ି ଯାଏ ।' ତୁମ୍ଭେ ଯାହା କହ, ଦିନ ତାହାର ନିଜର କାର୍ଯ୍ୟ ଭଲ ବୁଝେ । ତାହାର ଆଠ ପହରରୁ ନିମିଷେ ଆଡ଼ବାଙ୍କ ହେବାର ନାହିଁ । ଏକ-ଦୁଇ-ତିନି-ଚାରି ଦିନ କରି ମଙ୍ଗରାଜଙ୍କ ଜେଲ୍ ମିଆଦ ଦୁଇ ମାସ କଟିଗଲାଣି ।

ସେ ଯେଉଁ ବଖରାରେ ଶୋଉଥିଲେ, ସେ ବଖରାଟା ମରାମତ୍ କରାଯିବାର ପ୍ରୟୋଜନ ହେବାରୁ ତାଙ୍କୁ ଅନ୍ୟ ଗୋଟିଏ ବଖରାକୁ ନିଆଗଲା । ଜେଲଖାନାରେ ଗୋଟିଏ ଗୋଟିଏ ବଖରାରେ ଆଠଟି ଲେଖାଏଁ ମାଟିରେ ପିଣ୍ଡି ବନ୍ଧାଥାଏ । ରାତିରେ କମ୍ବଳ ପାରି ସେଥିରେ ଆଠଜଣ କଏଦୀ ଶୁଅନ୍ତି । ଦୈବାତ ରତନପୁର ମୌଜାର ଛ ଜଣ ଡମ, ଗୋବରା ଜେନା ଏବଂ ମଙ୍ଗରାଜେ ଏହି ଆଠଜଣ ଗୋଟିଏ ବଖରାରେ ରହିଲେ ।

ଚାରିଦିନ ତଳେ ମଙ୍ଗରାଜଙ୍କ ଉପରେ ଭାରୀ ଗୋଟାଏ ବିପଦ ଘଟି ଯାଇଛି । ଆଜିକାଲି କଟକ ଦରଘାବଜାରରେ ଯେ ଗୋଟିଏ ପାଗଳଖାନା ଅଛି, ଏପରି ପୂର୍ବେ ନ ଥିଲା । ବାୟାମାନଙ୍କୁ ଜେଲଖାନାରେ ବନ୍ଦି କରି ରଖାଯାଉଥିଲା । ମଙ୍ଗରାଜଙ୍କ ରହିବା କୋଠରିର କିଛି ଦୂରରେ ପାଗଳା ଗାରଦ । ସେଠାରେ ଗୋଟିଏ ଭୟଙ୍କର ବାୟା ଥିଲା । ସେ ରାତିଯାକ ଶୁଏ ନାହିଁ, ମୋ ସାରିଆ, ମୋ ଛ ମାଣ ଆଠଗୁଣ୍ଠ କହି ନାଚେ, ଚିଲାମାରେ, ଡକାପାଡ଼େ, ହସେ । ସେ ମଙ୍ଗରାଜଙ୍କୁ ଦେଖିଲେ ସର୍ବଦା କାମୁଡ଼ିବାକୁ ଧାଏଁ । ବରକନ୍ଦାଜମାନେ ଧରାଧରି କରି ରଖନ୍ତି । ସେଦିନ ହଠାତ୍ ଧାଇଁଆସି ମଙ୍ଗରାଜଙ୍କ ନାକ କାମୁଡ଼ିପକାଇ ଛିଣ୍ଡାଇ ଦେଇଅଛି ।

ଆଜି ଜେଲଖାନା ଦୁଆରେ ଭାରି ଗୋଳମାଳ, ଦୁଇଗୋଟା ରୋଗୀ ପଡ଼ିଛନ୍ତି । ଗୋଟିଏ ଶୁକ୍ ଶୁକ୍ ହେଉଥିଲା, ମରିଗଲା । ଆଉ ଗୋଟାକୁ ଧୁଆଧୋଇ କରି ନେଟିଭ ଡାକ୍ତର ଓ କମ୍ପାଉଣ୍ଡର ପଟି ବାନ୍ଧିଦେଉଛନ୍ତି ।

ବେଳ ୯ଘଣ୍ଟା ସମୟରେ ଡାକ୍ତର ସାହେବ ଆସି ଲାସ ମାଇନା କଲେ, ରୋଗୀର ସର୍ବାଙ୍ଗ ପରୀକ୍ଷା କଲେ । ଜେଲ୍ ଦାରୋଗା ରେଜିଷ୍ଟରୀ ବହି ଦେଖି କହିଲେ-

ଲାସ୍- ୯୭୭ ନମ୍ବର, କଏଦୀ ଗୋବରା ଜେନା ।

ରୋଗୀ- ନଂ ୯୫୭ କଏଦୀ ରାମଚନ୍ଦ୍ର ମଙ୍ଗରାଜ । ରୋଗୀର ସର୍ବାଙ୍ଗ ସ୍ଥାନେ ଫୁଲିଛି, ନାକଦଣ୍ଡା ଫାଟିଯାଇ ରକ୍ତ ବହୁଛି, ସମୟ ସମୟରେ ରକ୍ତବାନ୍ତି ହେଉଛି । ଡାକ୍ତର ସାହେବ ରୋଗର କାରଣ ମାଡ଼ ବୋଲି ସ୍ଥିର କଲେ ।

ଖୁବ୍ ତଦାରଖ ହେଲା, ଧୁମ୍‌ଧାମ୍ ହେଲା, କିଏ ମାଡ଼ ମାରିଲା ସ୍ଥିର ହେଲା ନାହିଁ । ରୋଗୀର କଥା କହିବାର ଶକ୍ତି ନାହିଁ । କେବଳ ଗତ ରାତ୍ରିରେ ପହରା ବରକନ୍ଦାଜ ଅର୍ଦ୍ଧରାତ୍ର ସମୟରେ ଦୁମ୍‌ଦାମ୍-ଗୁମ୍‌ଗାମ୍ ଶବ୍ଦ ଶୁଣିଥିବାର ସାକ୍ଷ୍ୟ ଦେଲା । ଡମ ଛ'ଜଣ ସାକ୍ଷ୍ୟଦେଲେ, କଏଦୀ ଦୁଇଜଣ ପରସ୍ପର ବାଡ଼ିଆବାଡ଼େଇ ହୋଇଅଛନ୍ତି ।

ମକଦ୍ଦମା ତଦାରଖି ଖତମ୍ ହେଲା । ଡାକ୍ତର ସାହେବ ହୁକୁମ ଦେଲେ- ରୋଗୀର ବଞ୍ଚିବାର ସମ୍ଭାବନା ବିରଳ, ତାହାର ଜ୍ଞାତି ବନ୍ଧୁ ଇଚ୍ଛାକଲେ ଚିକିତ୍ସା ସକାଶେ ଘରକୁ ଘେନିଯାଇ ପାରନ୍ତି । ପୋଲିସ୍ ଥାନାଦ୍ୱାରା ଗୋବିନ୍ଦପୁର ସାହେବଙ୍କ ହୁକୁମ ପହଞ୍ଚିଲା ।

ପୁଅମାନେ ଧାନଅମାର ତଳିପୋଛ ପ୍ରାୟ କରିଦେଲେଣି । ସେମାନେ ବାପକୁ ଚିହ୍ନନ୍ତି । ଫେରିଅଇଲେ କି ରକ୍ଷା ? କେଉଁ ବୁଦ୍ଧିମାନ୍ ଲୋକ ଜାଣୁ ଜାଣୁ ଆପଣା ବିପଦକୁ ଡାକିଆଣେ ? "ଆତ୍ମା ନଂ ସତତଂ ରକ୍ଷେତ୍"- ଏ ନୀତିବାକ୍ୟଟା ସମସ୍ତଙ୍କୁ ଜଣା ।

ବୁଢ଼ା ହଳିଆ ମୁକୁନ୍ଦା ଲଣ୍ଡଭଣ୍ଡ ହୋଇ ଦୁଇଟା ଅଣ୍ଡିର ଚାରି ଛଟା ପହ୍ଲଣ ସଜ ବିକିଦେଇ ଖଣ୍ଡେ ଡୋଲି ଧରି ତରବର ହୋଇ କଟକ ଧାଇଁଲା ।

ପରିଚ୍ଛେଦ-୨୮

ଉପସଂହାର

ତିନି ମାସ ତଳେ ତୁଳସୀଚଉରା ପାଖରେ ସାଆନ୍ତାଣୀ ଯେପରି ପଡ଼ିଥିବାର ଦେଖାଯାଉଥିଲା, ଠିକ୍ ସେହି ସ୍ଥାନରେ, ଠିକ୍ ସେହିପରି ଉତ୍ତରକୁ ମୁଣ୍ଡକରି ପୁରୁଣା କତରା ଖଣ୍ଡକରେ ମଙ୍ଗରାଜେ ପଡ଼ିଛନ୍ତି । ହାତ ଗୋଡ଼ ନଡ଼ବଡ଼ ହେବାକୁ ନାହିଁ, ଆଖିରେ ପଲକ ପଡୁନାହିଁ, ଏକ ଧ୍ୟାନରେ ଉପରକୁ ଚାହିଁରହିଛନ୍ତି । ଶିବା ଚମାର, କାର୍ତ୍ତିକ ନାୟକ ଦୁଇଜଣ ବୈଦ୍ୟ ଲାଗିଥିଲେ, କାଲି ରାତିରୁ ଜବାବ ଦେଇ ଅଲଗା ହୋଇଗଲେଣି । ଗୋପିଆ ତନ୍ତୀ ହାତ ଲଗାଇଛି । ଗୋପିଆ ତନ୍ତୀ ଓରଫ୍ ଗୋପୀ କବିରାଜେ ଜଣେ ଡାକଫୁଙ୍କାର ଟାଣୁଆ ବୈଦ୍ୟ । ଚାରିଖଣ୍ଡ ଗ୍ରାମର ଲୋକେ ତାହାକୁ ଜାଣନ୍ତି, ଦିନରାତି ତାହାର ନାକ ପୋଛିବାର ତର ଥାଏ ନାହିଁ । ସକାଳୁ ଉଠି ପାଛୁଡ଼ାଟା ଅଣ୍ଟାରେ ଭିଡ଼ିଦେଇ, କାନ୍ଧରେ ନାଲିଆ ଗାମୁଛା ପକାଇ, କାଖତଳେ ଔଷଧ ବଟୁଆ ଝୁଲାଇଦେଇ, ବାଙ୍କମୁଣ୍ଡ ମୂଳିଆ ବାଉଁଶବାଡ଼ି ହାତରେ ଧରି ରୋଗୀ ଖୋଜିବାକୁ ବାହାରେ । ବଟୁଆ ମଧ୍ୟରେ ବାସ୍ତରୀ ନିଦାନ ରୋଗର ଔଷଧ ବଟିକା ଅଲଗା ତସର ଲୁଗାରେ ସାଇତା ଅଛି । ଗୋପୀର ଦଦେଇ ଜଣେ ନାମଜାଦା ବୈଦ୍ୟ ଥିଲେ, ତାଙ୍କ ଔଷଧ ରୋଗୀ ଦେହରେ ଚକମକି ପଥର ପରି ଲାଗିଯାଏ । ତାଙ୍କ ହାତତିଆରି ବଟିକା ଗୋପୀ ଆଜିଯାଏ ସାଇତି ରଖିଛି ।

ଗୋପୀ ମଲୁବିଛଣା ଡାହାଣ ପାଖରେ ବସି ଢେର୍ ବେଳଯାଏ ନାଡ଼ି ଚିପିଲେ, ଉପରକୁ ଅନାଇ, ଆଖିବୁଜି, ଦାନ୍ତନିସିଡ଼ି ରୋଗ ଅନୁମାନ କଲେ । ମୁକୁନ୍ଦା ଭକଭକ କରି କବିରାଜଙ୍କ ମୁହଁକୁ ଚାହିଁଥାଏ । ପଚାରିଲା, "କବିରାଜେ, କଣ ଦେଖିଲ ?" କବିରାଜେ ଗମ୍ଭୀରଭାବରେ ସ୍ଥିରହୋଇ ବସିକହିଲେ, "ଏଁ ବୋଇଲା,

କଣ୍ଠାଶ୍ଳେଷପ୍ରଣୟିନିଜନେ କିଂ ପୁନର୍ଦୂର ସଂସ୍ଥେ”- ବୋଇଲା, କଣ୍ଠରେ ତ ଶ୍ଳେଷ୍ମା ଲାଗିଲେ ପ୍ରାଣଯାଏ, ସେ ପୁଣି ଦୂରକୁ ଚାଲିଗଲେ କଣ ହେବଟି ? ହେଲେ ମୁଁ କି ଏମାନଙ୍କ ପରି ଅପାଠୁଆ କବିରାଜ ହୋଇଛି ? ଦେଖ, ମୁଁ ରୋଗକୁ କାନିରେ ବାନ୍ଧିନେବି ।” କବିରାଜେ ଏହା କହି କାନିରେ ଗଣ୍ଠି ପକାଇଲେ ।

ମୁକୁନ୍ଦା ପଚାରିଲା, “ମଲୁର ଗୋଟାଏ ଗୋଟାଏ ଜାଗା ଫୁଲିଛି କିଁା ?”

କବିରାଜେ- “ଏଁ, ବୋଇଲା, ‘ସ୍ୱର୍ଣ୍ଣାଦଷ୍ଟଗୁଣଂ ଶୋଥଂ ।’ ବୋଇଲେ ଶ୍ଳେଷ୍ମାଦୋଷ ଗୁଣରୁ ଶୋଥ ହୁଏ । ହେଉ, ଭାବନା ନାହିଁ, କସ୍ତୁରୀ ପେଟରେ ପଡ଼ିଲେ ସବୁ ଛାଡ଼ିଯିବ । ‘କସ୍ତୁରୀ ତିଳକଂ’ ପେଟକୁ ଦିଆଯିବ, ଆଉ ତିଳକ କରି ଦେବାକୁ ହେବ ।” କବିରାଜେ ମୁକୁନ୍ଦା ପାଖରୁ ନଗଦ ଚାରିଅଣା ପଇସା ନେଇ ଦେଢ଼ମାଢ଼ କସ୍ତୁରୀ ବଟୁଆରୁ କାଢ଼ିଲେ । ଏହାକୁ ଅନୁପାନ ଦରକାର । କବିରାଜେ ବୋଇଲେ, “ପାଠ କହିଲା, ମୁସ୍ତକଂ କଟୁକୀ ରାତ୍ରି ଶୁଣ୍ଠି ପିପ୍‌ପଳୀ ଏବ ଚ ।’ ଏଁ, ବୋଇଲା, ରାତ୍ରୀରେ ଶୁଣ୍ଠି ପିପ୍‌ପଳୀ ବଚ ମୁଥାମାରି କୁଟିବ ।” ମୁକୁନ୍ଦା ପଚାରିଲା, “କେତେ ଲେଖାଏଁ ଏ ସମସ୍ତ ପଦାର୍ଥ ଆସିବ ?”

କବିରାଜେ- “ଏଁ-ବୋଇଲା, ‘ଅନୁପାନ ବିଶେଷଣ କରୋତି ବିବିଧାନ୍ ଗୁଣାନ୍ ।’ ବୋଇଲା, ଅନୁପାନ ବିଶେଷକରି କି ଅଧିକ କରିଦେଲେ ବିଧା ମାରିଲାପରି ଗୁଣ ହେବ ।”

କବିରାଜେ ରୋଗର ବ୍ୟାଖ୍ୟା ଏବଂ ଔଷଧର ବ୍ୟବସ୍ଥା କରୁ କରୁ ରାଗୀ ଅଥୟ ହୋଇପଡ଼ିଲାଣି, କ୍ରମଶଃ ନିଶ୍ୱାସ ବଳିପଡୁଛି, ଦୁଇ ଆଖିକୋଣରୁ ଦୁଇଟୋପା ଜଳ ଗଡ଼ିପଡ଼ିଲାଣି । ମଙ୍ଗରାଜେ ଚାରିଦିନ ହେଲା ପଡ଼ିଛନ୍ତି, ଏକ ଧ୍ୟାନରେ ଆକାଶକୁ ଚାହିଁ ପଡ଼ିଛନ୍ତି । କେତେବେଳେ ଟିକିଏ ଆଖି ଲାଗିଗଲେ ହାଉଳି ଖାଇଲାପରି ଚମକିପଡ଼ି କହନ୍ତି, “ଥ-ମା-ଆ-ଗୁଁ ।” ସ୍ୱର କ୍ଷୀଣ, କ୍ରମଶଃ କ୍ଷୀଣତର, କିଛି ବୁଝାଯାଉ ନାହିଁ । ତାଙ୍କୁ ଟିକିଏ ଛାଇନିଦ ଲାଗିଲେ ଦେଖନ୍ତି ଆକାଶରେ ଏକ ଭୟଙ୍କରୀ ମୂର୍ତ୍ତି, ବିଶାଳ ମୁଣ୍ଡରେ ବାଳ ମୁକୁଳା, ମୂଳାପରି ବଡ଼ ବଡ଼ ଧଳ ଧଳା ଦାନ୍ତ, ଦୁଇ ତିନି ହାତ ଲମ୍ବ ଜିଭ ଲହଲହ କରି ତାଙ୍କୁ ଖାଇବାକୁ ଧାଇଁଛି । ମଙ୍ଗରାଜଙ୍କ ମନରେ ହୁଏ, ତନ୍ତୀସାହିରେ ଭଗିଆ ତନ୍ତୀ ପିଣ୍ଡାରେ ଗୋଟିଏ ସ୍ତ୍ରୀ ନଟି ବୁଲାଉଥିବାର ଦେଖିଥିଲେ । ସେହି ସ୍ତ୍ରୀମୂର୍ତ୍ତି ଭୟଙ୍କର ବିକଟାଳ ରୂପ ଧାରଣ କରି ଏହିପରି ବିକୃତ ଅବସ୍ଥାକୁ ପ୍ରାପ୍ତ ହୋଇଅଛି । ଏ ସେହି ମୂର୍ତ୍ତି ଯେମନ୍ତ ବଜ୍ରସ୍ୱରରେ କହୁଛି, “ମୋ ଛ ମାଣ ଆଠଗୁଣ୍ଠ ଜମି ଦେ ।” ମଙ୍ଗରାଜେ ହାଉଳିଖାଇ କହନ୍ତି, ‘ଥ-ମା-ଆ-ଗୁଁ ।’

ମଙ୍ଗରାଜଙ୍କର ଆଉ ଥରେ ଆଖି ଲାଗିଲା । ଦେଖିଲେ ଗୋଟାଏ ଭୟଙ୍କର

ନରକଙ୍କାଳ ଦିଗନ୍ତରାଳରେ ଦେହ ଲୁଚାଇ ମୁଖ ବ୍ୟାଦାନ ପୂର୍ବକ ତାଙ୍କୁ ଗ୍ରାସ କରିବା ନିମନ୍ତେ ଯେମନ୍ତ ଏକଧ୍ୟାନରେ ନୀରବରେ ଚାହିଁରହିଅଛି । ତାଙ୍କୁ ଭଲଭାବରେ ଜଣାଗଲା, ଯାହାର ଜମି ଛଡ଼ାଇନେବାରୁ ଅନାହାରରେ ଶୁଖି ଶୁଖି ପ୍ରାଣତ୍ୟାଗ କରିଥିଲା, ଏଇଟି ସେହି ମୂର୍ତ୍ତି । ଆଉ ଦେଖିଲେ, ଭଗିଆପରି ସହସ୍ର ସହସ୍ର ବାୟା ଆକାଶମାର୍ଗସ୍ଥ ଘୋର କଳାମେଘ ମଧ୍ୟରୁ ବାହାରୁଅଛନ୍ତି, ସମସ୍ତଙ୍କ ହସ୍ତରେ ଖଡ୍‌ଗ ଏବଂ ଲୁହାର ମୁଦ୍‌ଗର । ଏକାବେଳକେ ସମସ୍ତ ମୁଦ୍‌ଗର ତାଙ୍କ ମୁଣ୍ଡରେ ପଡ଼ିଲାପରି ଜଣାଗଲା । ମଙ୍ଗରାଜେ ରଡ଼ିଛାଡ଼ି ପଳେଇବାକୁ ବାହାରିଛନ୍ତି, ଦେହରେ ଶକ୍ତି ନାହିଁ, ପାଟି ଫିଟୁନାହିଁ । ମଙ୍ଗରାଜେ ଅନାୟତ୍ତ ହୋଇ ସେହି ଅନାଥଶରଣ ପତିତପାବନ ଭଗବାନଙ୍କ ପବିତ୍ର ନାମ ହୃଦୟ ମଧ୍ୟରେ ଚିନ୍ତା କରିବାକୁ ଲାଗିଲେ ।

ସେ ଦେଖିଲେ- ଅନନ୍ତ ଆକାଶରେ ସୂର୍ଯ୍ୟମଣ୍ଡଳର ଅତି ଊର୍ଦ୍ଧ୍ୱରେ ରତ୍ନସିଂହାସନରେ ଗୋଟିଏ ଜ୍ୟୋତିର୍ମୟୀ, ଶାନ୍ତିମୟୀ, ଆଶାପ୍ରଦାୟିନୀ ସ୍ତ୍ରୀମୂର୍ତ୍ତି ବିରାଜିତା, ପୂର୍ବ ପୂର୍ବ ପୀଡ଼ା ସମୟରେ ସେ ମୂର୍ତ୍ତି ଶଯ୍ୟା ପାଖରେ ବସି ମଙ୍ଗରାଜଙ୍କ ଦେହରେ କୋମଳ ହସ୍ତ ବୁଲାଉଥିଲେ । ବିମାନବାସିନୀ ଲାବଣ୍ୟମୟୀ ମୂର୍ତ୍ତି ସେ ମୂର୍ତ୍ତିର ପ୍ରତିଚ୍ଛାୟା ଅଟେ । ସେହି ମୂର୍ତ୍ତି ଆଙ୍ଗୁଳି ସଙ୍କେତ କରି ମଙ୍ଗରାଜଙ୍କୁ ପାଖକୁ ଡାକୁଛନ୍ତି । ମଙ୍ଗରାଜଙ୍କ ଆତ୍ମା ସେହି ମୂର୍ତ୍ତିକୁ ଲକ୍ଷ୍ୟ କରି ଧାବିତ ହେଲା । ମଙ୍ଗରାଜଙ୍କ ଉଆସରେ ଚହଳ ପଡ଼ିଗଲା । ହରି ବୋଲ, ହରି ବୋଲ, ହରି ହରି ବୋଲ ।

■

BLACK EAGLE BOOKS

www.blackeaglebooks.org
info@blackeaglebooks.org

Black Eagle Books, an independent publisher, was founded as
a nonprofit organization in April, 2019. It is our mission to
connect and engage the Indian diaspora and the world at large
with the best of works of world literature published on a
collaborative platform, with special emphasis on
foregrounding Contemporary Classics and New Writing.